FALLEN ANGELS

DESEJO

Universo dos Livros Editora Ltda.
Rua Haddock Lobo, 347 • 12º andar • Cerqueira César
CEP 01414-001 • São Paulo • SP
Telefone: (11) 3217-2603 • Fax: (11) 3217-2616
www.universodoslivros.com.br
e-mail: editor@universodoslivros.com.br
Siga-nos no Twitter: @univdoslivros

J.R. WARD

FALLEN ANGELS

DESEJO

São Paulo
2011

UNIVERSO DOS LIVROS

Diretor-Editorial
Luis Matos

Assistente-Editorial
Noele Rossi
Talita Camargo
Talita Gnidarchichi

Tradução
Carolina Curassá Rosa
[OK Linguística]

Preparação
OK Linguística

Revisão
Felipe C. F. Vieira

Arte
Stephanie Lin

Capa
Zuleika Iamashita

Dados Internacionais de Catalogação na Publicação (CIP)
(Câmara Brasileira do Livro, SP, Brasil)

W259d Ward, J. R.

Desejo / J. R. Ward ; [tradução de Carolina Curassá Rosa]. – São Paulo : Universo dos Livros, 2011.
432 p. – (Fallen Angels)

Tradução de: Crave

ISBN 978-85-7930-227-5

1. Anjos. 2. Ficção. 3. Romance. I. Título. II. Série.

CDD 813.6 22

Para Judith Peoples, PhD, e a todos os seus esforços – ela é a prova de que anjos podem usar sapatos MARAVILHOSOS *enquanto tocam os pés na terra.*

Prólogo

O deserto, longe de Caldwell, Boston, ou longe da... sanidade

Cerca de dois anos após o que aconteceu, quando Jim Heron já não estava mais atuando nos operações especiais, ele pensaria que Isaac Rothe, Matthias, o filho da mãe, e ele mesmo tiveram suas vidas transformadas na noite em que aquela bomba explodiu na areia.

Claro, naquela época, ninguém sabia o que tudo aquilo significava ou no que resultaria. Mas assim era a vida: ninguém tinha um guia turístico de seu próprio parque temático. Você tinha que participar dos passeios tal como eram apresentados, sem saber se ia gostar daquilo pelo que esperava na fila... ou se algum bastardo ia fazer você vomitar seu cachorro-quente ou seu algodão-doce.

Contudo, talvez aquilo fosse melhor assim. Será que, no passado, ele acreditaria que acabaria lutando com um demônio ao tentar salvar o mundo da condenação eterna?

Pois é.

Mas, naquela noite, no frio seco que banhou o local no segundo em que o sol se pôs atrás das dunas, ele e seu chefe andaram sobre um campo minado... e apenas um tinha saído dali.

O outro? Nem tanto...

– Chegamos. – Matthias disse enquanto subiam a uma vila abandonada que era da cor do caramelo em um grande sundae.

Eles estavam a mais de vinte quilômetros do alojamento em que dormiam, nas barracas cheias de garotos do exército. Uma vez que

Jim e seu chefe atuavam em operações extraoficiais, eles permaneciam à margem corpo militar oficial, o que era uma vantagem: soldados como eles portavam identidades de todos os ramos de atividades do serviço militar e as usavam sempre que fosse necessário.

Na "vila", havia quatro estruturas de pedra em ruínas e um punhado de barracos de madeira e lona. Quando eles se aproximaram, as bolas de Jim ficaram tensas no momento em que seus óculos de visão noturna captaram movimentos em toda parte. Ele odiava aquelas malditas lonas – elas se agitavam no vento, lançando sombras ao redor como se fossem pessoas armadas andando rápido. Com granadas. E com todos os tipos de coisas pontiagudas e brilhantes.

Nesse caso, eram coisas enlameadas e arenosas.

Ele odiava missões no deserto; era melhor matar em meio à civilização. Apesar de uma missão propriamente urbana ou mesmo suburbana implicar em maior exposição, pelo menos você tinha a chance de saber o que estava vindo até você. Aqui, as pessoas tinham recursos com os quais ele não estava familiarizado e que sempre o faziam ficar tenso.

Além disso, ele não confiava no homem que estava ao seu lado. Matthias era o líder da organização e tinha uma ligação direta com Deus e Jim tinha feito o treinamento junto com o cara. Mas, no fim, ele terminou sendo subordinado dele ao longo da última década.

Mas tudo isso apenas fez com que ele tivesse mais certeza de que não queria estar sozinho com o grandão – e, ainda assim, lá estavam eles, em uma "vila" no belo povoado de "Nada nem ninguém é encontrado aqui".

Uma rajada de vento assolou a paisagem plana, correndo sobre a areia, pegando as pequenas partículas e carregando todas elas até os colarinhos de suas fardas camufladas. Debaixo de suas botas pretas bem amarradas, o chão mudava constantemente, como se eles fossem formigas andando nas costas de um gigante, e estivessem irritando profundamente o animal.

Você começa a sentir que, a qualquer minuto, a grande palma de uma mão pode descer do céu e atingi-lo.

Esta caminhada para o leste foi ideia de Matthias. Algo que não poderia ser discutido em qualquer outro lugar. Então, naturalmente,

Jim vestia um colete a prova de balas de Kevlar e quase vinte quilos de armas. Também levava água. E refeições instantâneas.

Ele era um animal de carga. Definitivamente.

– Por aqui – Matthias disse, esquivando-se para a entrada sem porta de uma das estruturas de pedra.

Jim se deteve e olhou em volta. Nada além de lonas ao longo do caminho, até onde ele podia ver.

Ele sacou as duas armas que carregava antes de entrar. Moral da história? Este era o local perfeito para uma inquisição forçada. Ele não tinha ideia do que tinha feito ou do que tinha aprendido a fazer para garantir seu desempenho em um interrogatório, mas uma coisa estava clara: não havia motivos para correr. Essa era a "razão" pela qual tinha sido levado até ali, ele encontraria no local mais dois ou três caras que executavam operações extraoficiais para torturá-lo enquanto Matthias fazia as perguntas. E se ele fugisse? Eles o caçariam até o fim do mundo, mesmo que levasse semanas.

Isso explicava porque Isaac Rothe tinha aparecido esta tarde junto ao protegido de Matthias e segundo na linha de comando. Aqueles dois eram verdadeiros assassinos, dois *pit bulls* prontos para atacar a garganta de qualquer um.

Sim, isso fazia sentido e ele deveria ter percebido antes – contudo, mesmo se tivesse, não haveria como escapar de um julgamento. Ninguém saía vivo das operações extraoficiais. Não os agentes, não os caras da inteligência, nem os chefes. Morrer de botas era sua sentença – não que você pudesse saber o que iria acontecer.

E a coisa toda era: ele estava pensando em maneiras de sair. Matar pessoas para viver era tudo o que ele sabia fazer, mas aquilo estava começando a esmagar sua cabeça. Talvez Matthias tivesse adivinhado isso de alguma maneira.

Hora de dançar conforme a música, Jim pensou enquanto entrava.

Poderia lutar com eles...

Mas apenas Matthias estava lá dentro. Ninguém mais.

Jim baixou as armas lentamente e esquadrinhou o espaço apertado novamente. De acordo com seus óculos noturnos, havia apenas o outro homem. Pressionando um botão, ele mudou o modo de busca para termossensível. Nada além de Matthias. Ainda.

– O que está acontecendo? – Jim perguntou.

Matthias estava em um canto mais afastado; a uns três metros de distância dele. Quando as mãos do homem se posicionaram na cintura, Jim colocou suas armas SIGs de volta à posição de tiro... mas tudo que seu chefe fez foi balançar a cabeça e soltar o cinturão de armas. Um lance rápido e o objeto estava na areia.

E, então, ele deu um passo adiante, abrindo a boca para dizer algo em voz baixa...

Luz. Som. Uma explosão de energia.

Então... não havia nada além de uma chuva suave de areia e destroços.

Jim recobrou a consciência momentos depois. A explosão o lançou contra a parede de pedra, fazendo com que batesse com força, e considerando a maneira como ele estava rígido, entendeu que ficou um tempo fora de si.

Depois de alguns minutos xingando, ele se sentou com cuidado, pensando se tinha quebrado alguma coisa...

Do outro lado, havia uma pilha de trapos onde Matthias estava.

– Jesus Cristo... – Jim reposicionou seus óculos de busca noturnos e recuperou suas armas, então rastejou pela areia até seu chefe.

– Matthias... Oh, mas que droga de...

A perna do homem parecia uma raiz que tinha sido arrancada do chão, o membro não era nada além de um toco irregular que foi retalhado no final. E havia manchas escuras em seu uniforme que só podiam ser de sangue.

Jim checou o pulso no pescoço. Sentiu alguma coisa, mas estava fraco e irregular.

Desafivelando e afastando seu cinto, girou o couro em torno da parte superior da panturrilha de Matthias e puxou firme, fazendo um torniquete com o membro. Então, ele procurou rapidamente outro ferimen...

Droga. Quando Matthias foi lançado, caiu em uma estaca de madeira. A porcaria atravessou seu corpo, como o palito de dente que segura o enroladinho de salsicha.

Jim deu uma olhada em volta para descobrir se poderia ficar no local e tentar tirar Matthias dali...

Parecia estar tudo livre. Bom.

– Danny ... meu garoto

Jim franziu a testa e olhou para seu chefe.

– O quê?

Os olhos de Matthias se abriram como se suas pálpebras fossem venezianas de aço, mal conseguia levantá-las.

– Deixe-me... aqui...

– Você está sangrando pra caramba...

– Deixe-me...

– Dane-se – Jim pegou seu radiotransmissor e rezou para que Isaac, não aquele cara estranho que era o segundo na linha de comando, atendesse.

– Vamos... Vamos...

– Do que precisam? – O sotaque sulista suave que ele escutava em seu fone de ouvido era uma boa notícia.

Graças a Deus por Isaac.

– Matthias foi atingido. Bomba. Certifique-se de que não seremos alvos ao entrarmos em campo.

– Como ele está?

– Mal.

– Onde vocês estão? Vou mandar uma Land Rover para pegá-los.

– Estamos quarenta e seis graus nor...

A arma disparou do outro lado, uma bala passou raspando a orelha de Jim – até ele concluir que tinha sido atingido na cabeça e que a dor viria em seguida. Enquanto ele tocava o ferimento com a palma da mão, Matthias deixou sua arma cair para o lado... mas, veja só, Jim não caiu por causa de um tiro na cabeça. Foi apenas um tiro de aviso, com certeza.

O olho de seu chefe que estava enxergando brilhou com uma luz profana.

– Fuja... vivo... daqui...

Antes que Jim dissesse a Matthias que calasse a maldita boca, ele percebeu que alguma coisa estava batendo na mão que estava solta. Levantando a coisa, descobriu que... era parte do detonador da bomba.

Virando a coisa várias vezes, ele não entendeu, em um primeiro momento, para o que estava olhando.

E, então, soube muito bem o que era.

Estreitando os olhos em Matthias, colocou o fragmento no bolso da frente e se arrastou até seu chefe.

– Não vai me incriminar assim – disse Jim, severamente. – Não dessa maldita maneira.

Matthias começou a balbuciar assim que palavrões começaram a sair do rádio transmissor.

– Eu estou bem – Jim disse a Isaac. – Foi um tiro de raspão. Estou voltando para o acampamento. Certifique-se de que não levaremos um tiro ao nos aproximarmos.

A voz sulista ficou instantaneamente forte e estável, assim como a mão de um assassino.

– Onde vocês estão? Vou mandar uma...

– Não. Fique onde está. Encontre um médico em segredo e certifique-se de que ele consegue manter a boca fechada. E vamos precisar de um helicóptero. Ele precisará ser levado por um transporte aéreo – discretamente. Ninguém pode saber sobre isso.

A última coisa de que ele precisava era Isaac fora do acampamento, no meio da noite, procurando por ele. O cara era a única coisa entre ele e a acusação de ter assassinado o líder da organização mais sombria e mortal do governo dos Estados Unidos.

Ele não sobreviveria se fosse acusado

Mas, pelo menos, aquela confusão não seria transformada em notícia. Manter segredo sobre toda aquela merda era o *modus operandi* das operações extraoficiais – ninguém sabia quantos agentes havia, aonde eles iriam, o que eles faziam, se usavam o próprio nome ou um pseudônimo.

– Você me ouviu, Isaac? – ele perguntou. – Consiga o que eu preciso. Ou ele será um homem morto.

– Entendido – veio a resposta no fone de ouvido. – Câmbio e desligo.

Depois de confiscar a arma de Matthias, Jim pegou seu chefe, colocou o peso quase morto, escorrendo sangue, em seus ombros e começou a andar.

Estavam fora da cabana de pedra. Fora do alvoroço, iam em direção à noite gélida. Para o outro lado das dunas de areia.

Sua bússola o manteve no caminho certo, o norte o orientava e o levava através da escuridão. Não fosse esse ponto de referência, ele estaria completamente perdido – uma vez que o deserto é uma paisagem espelhada, com nada além de um reflexo de si mesmo em todas as direções.

Dane-se esse Matthias.

Maldito seja.

Por outro lado, concluía que se o cara sobrevivesse, ele daria o passaporte para que Jim saísse das operações extraoficiais... portanto, de certa maneira, ele devia sua vida ao cara: a bomba pertencia a Matthias e ele soube precisamente onde colocar o pé na areia. E isso só acontece quando alguém quer explodir a si mesmo.

Pelo visto, Jim não era o único que queria ser livre.

Mas que surpresa.

Capítulo 1

South Boston, dias atuais

– Ei! Espere... economize essa força para o ringue! – Isaac Rothe jogou o panfleto sobre o capô do carro, pronto para dar um murro no veículo, se fosse preciso.

– O que minha foto está fazendo nisso?

O promotor de lutas parecia mais interessado no dano causado ao seu Mustang, então, Isaac se inclinou e agarrou o cara pelo colarinho de sua jaqueta.

– Eu perguntei, o que minha cara está fazendo aqui?

– Relaxe, eu vou...

Isaac puxou-o para mais perto e inalou o cheiro que vinha do cigarro do filho da mãe.

– Eu disse. Nada de fotos minhas. *Nunca*.

As mãos do promotor se levantaram fazendo um sinal que equivalia a uma rendição.

– Sinto muito... mesmo... Olhe, você é meu melhor lutador... Você atrai multidões. É como a estrela do meu...

Isaac apertou bem o punho para cortar a onda do cara de ficar afagando seu ego.

– Sem fotos. Ou não haverá luta. Estamos entendidos?

O promotor engoliu em seco e guinchou.

– Sim, desculpe.

Isaac o soltou e amassou o papel com a imagem de seu rosto até chegar ao formato de uma bola. Olhando ao redor do estacionamento do armazém abandonado, ele amaldiçoou a si mesmo.

Estúpido. Mas que tremenda estupidez ter confiado no maldito puxa-saco.

O problema era o seguinte: nomes não eram tão importantes. Qualquer um poderia criar um Tom, Dick ou um Harry em uma identidade, em uma certidão de nascimento ou em um passaporte. Tudo o que precisava era a fonte certa e uma máquina de laminar capaz de fazer hologramas. Mas a sua foto, seu rosto, sua fuça, sua cara... a menos que tivesse dinheiro suficiente e contatos para fazer uma cirurgia plástica, esse era o único e verdadeiro traço que o identificava.

E seu rosto tinha acabado de ser impresso inúmeras vezes em uma gráfica. Só Deus sabia quantas pessoas já tinham visto.

Ou a quem seu paradeiro teria chamado atenção.

– Olhe, eu só estava fazendo um favor – o promotor sorriu, fazendo reluzir um dente de ouro – Quanto maior a multidão, mais dinheiro você ganha...

Isaac enfiou o dedo indicador no nariz do cara.

– Você precisa calar essa maldita boca agora mesmo. E lembre-se do que eu disse.

– Sim. Claro. Com certeza.

Houve alguns "sim claro", "sem problemas" e "como quiser," mas Isaac virou as costas para todo aquele falatório.

Ao seu redor, homens estavam saindo dos carros e empurravam uns aos outros como se tivessem quinze anos. Havia também o grupo dos mais animados, todos eles reforçavam a multidão e formavam a plateia. O mais próximo que poderiam chegar do octógono da luta era sentando do lado de fora da corda.

O fato de que Isaac estava quase desistindo daquela máquina de fazer dinheiro do submundo das lutas era irrelevante. As pessoas que estavam procurando por ele não precisavam de qualquer ajuda – e aquela bela foto de seu rosto, junto ao código de área 617, era exatamente o que ele não queria.

A última coisa de que ele precisava era um agente ou... Deus o livrasse, o segundo homem na linha de comando de Matthias... aparecendo por ali.

Além disso, foi simplesmente muita idiotice do promotor dele. Não se deve fazer propaganda de lutas clandestinas e apostas ilegais – o boca a boca funciona muito bem, considerando a quantidade de gente que aparece nas lutas.

Contudo, o cara encarregado disso era um idiota ganancioso.

E a questão agora era: Isaac lutava ou não? Os folhetos já tinham sido distribuídos... e quando lembrou de todo o dinheiro que tinha torrado, pensou que seria bom ganhar um ou dois mil extras.

Ele olhou em volta e soube que tinha de entrar no octógono. Droga... mais uma vez para que pudesse encher sua carteira e, então, ele iria embora.

Só mais uma vez.

Avançando ao longo da entrada dos fundos do armazém, ele ignorou as exclamações, os dedos apontados em sua direção e os *É ele*. A multidão tinha comparecido para assisti-lo vencer aquela maldita série de caras durante todo o mês passado e, evidentemente, isso fez dele um herói aos olhos da plateia.

O que era uma denominação muito estranha, até onde ele entendia. Ele estava longe de ser um herói.

Os seguranças na porta dos fundos se afastaram para dar passagem e ele acenou com a cabeça para eles. Esta era a primeira luta naquela "instalação", mas, na verdade, os locais eram todos iguais. Em Boston e nas suas redondezas, havia muitos galpões abandonados, armazéns e qualquer coisa parecida onde cinquenta caras com desejo de sangue poderiam assistir a uma meia dúzia de homens se agitarem em círculos dentro de uma gaiola de combate improvisada. E essa conta simples se somava ao motivo pelo qual o promotor tinha reproduzido o rosto de Isaac. Ao contrário dos outros lutadores sem luva, ele sabia o que estava fazendo.

Apesar de levar em consideração a quantidade de dinheiro que o governo dos EUA havia investido em seu treinamento, ele teve de se autocontrolar para não rachar alguns crânios como se fossem ovos, até agora.

E seriam essas mesmas habilidades, assim como tantas outras, que iriam ajudá-lo a permanecer na deserção.

Se Deus quisesse, aquilo ajudaria – foi o que pensou ao entrar no local. A reprodução malfeita de um cassino de Las Vegas tinha quase 200 metros quadrados – pelos quais o ar frio percorria ao longo de um piso de concreto e quatro paredes com algumas janelas sujas. O "octógono" foi colocado em uma das extremidades, o ringue de oito lados foi aparafusado e era surpreendente como parecia rígido.

Fazia sentido, pois havia vários operários que estavam envolvidos naquela montagem.

Isaac passou pelos caras de pescoço grosso que estavam cuidando das apostas e até eles o respeitavam, perguntando se precisava de algo para beber, comer ou qualquer outra coisa. Balançando a cabeça, ele foi para seu canto atrás do ringue e se acomodou, suas costas se apoiaram na junção de duas paredes. Ele sempre era o último a lutar, pois era a grande atração, mas ninguém dizia quando ele subiria. A maioria dos "lutadores" não durava muito, mas de vez em quando havia uma dupla que resistia – até um deles agarrar o outro como um urso para ouvir os gritos: *chega, já chega.*

Não havia juízes e as coisas só paravam quando uma expressão grave, ruborizada, tomava a face de um idiota com olhos arregalados deitado de costas para o guerreiro urbano vencedor e grandalhão, suando até os pés. Você poderia apostar qualquer coisa, incluindo o fígado e as joias da família, e truques sujos eram encorajados. A única regra era lutar com aquilo que o bom Deus deu a você quando nasceu: não era permitido levar protetores para os punhos, correntes, facas, areia, ou qualquer porcaria assim para dentro da corda.

Enquanto o primeiro round se desenvolvia, Isaac garimpava os rostos na multidão ao invés de prestar atenção no que estava acontecendo no ringue. Desde que tinha saído, procurava por alguém que estivesse deslocado, por olhos que se detinham nele, por algum rosto que conhecesse há cinco anos, ao invés dos que conhecia a cinco semanas.

Cara, ele sabia que não deveria usar seu nome verdadeiro. Quando tirou sua identidade falsa, sabia que devia ter escolhido outro. Claro, o número de seu seguro social não era o mesmo, mas o nome...

Contudo, isso parecia importante. Uma maneira de demarcar território, de assinalar esse novo início à sua maneira.

E talvez isso soasse como uma provocação. Um "venha me pegar, se acha que pode".

Agora, porém, ele se martirizava. Princípios, escrúpulos e toda aquela bobagem ideológica não eram mais tão valiosos quanto um possível batimento cardíaco.

E ele ainda achava que o promotor era um babaca?

Mais ou menos quarenta e cinco minutos depois, o promotor das lutas levantou-se sobre a corda e posicionou as mãos próximas à boca para projetar a voz pela multidão.

– E agora nossa atração principal...

Enquanto a multidão na plateia ia à loucura, Isaac tirava sua blusa com capuz e a pendurava do lado de fora do ringue. Ele sempre lutava com uma regata, calças de ginástica folgadas e com os pés descalços, algo que era exigido – mas aquilo constituía todo seu guarda-roupa.

Ao entrar pelo portão do octógono, manteve suas costas contra a extremidade do armazém e esperou calmamente para ver qual seria o prato de entrada.

Ah sim. Outro Sr. Valentão com problemas nas glândulas: no instante em que o adversário entrou no ringue, começou a saltar como se tivesse um pula-pula apoiado na barriga e o pré-show acabou com ele rasgando a camiseta pela metade e socando o próprio rosto.

O idiota continuou assim e Isaac não ia precisar fazer nada além de assoprar para jogar o traseiro do cara no chão.

Quando o sinal para iniciar a luta tocou, Isaac se aproximou, erguendo os punhos até a altura de seu peitoral, mas mantendo-os bem próximos ao tronco. Por pouco mais de um minuto, ele deixou o adversário se exibir e lançar golpes no ar que eram feitos com a precisão de um cego regando o jardim com uma mangueira.

Seria muito fácil.

Mas, enquanto a multidão gritava, Isaac pensou em quantas impressões uma máquina de fotocópia poderia fazer em sessenta segundos e decidiu levar a coisa a sério. Lançando um golpe de esquerda, pegou o tórax do cara, congelando temporariamente o coração que batia por trás daquele osso. Em seguida, um gancho de direita atingiu o pula-pula bem no queixo, fazendo com que os dentes do homem se chocassem e que a tensão atingisse a coluna, bem atrás da cabeça.

A deixa do espetáculo ficou por conta do sapateado: o Sr. Valentão foi incrível e deslizou para trás até o limite das cordas. Enquanto o rugido da plateia enchia o espaço e ecoava em toda parte, Isaac se aproximou e providenciou que o pobre bastardo saísse daquela sem querer mais dar uma de pula-pula – o cara parecia um bêbado cambaleando, cuja cabeça girava muito rápido para acompanhar o corpo. E no momento em que ele estava prestes a desmaiar, Isaac virou de costas e deixou o homem recuperar o fôlego.

Para ganhar os mil extras, ele deveria ter certeza de que aquilo levaria mais de três minutos.

Andando em volta, ele contou mentalmente até cinco. Então voltou para...

A faca girou em um grande círculo e deslizou ao longo da testa de Isaac, acertando apenas o couro cabeludo. O sangue fluiu e nublou sua visão – o tipo de coisa que ele teria chamado de estratégia se o cara tivesse alguma ideia do que estava fazendo. Contudo, dada a forma como alguns socos se seguiram, era evidente que foi apenas um golpe de sorte.

Ao vaiar da multidão, Isaac começou a ganhar tempo. Um idiota com uma faca era quase tão perigoso quanto alguém que realmente sabia o que estava fazendo com uma coisa assim – e ele não queria fazer uma cirurgia plástica com aquele desgraçado.

– Como se sente? – bradou o adversário. Na verdade, aquilo soou mais como um "Como fe fente?", devido ao seu lábio inchado.

Foram as últimas três palavras que o cara disse no ringue.

Quando Isaac lançou um chute no ar, seu próprio sangue espirrou pela multidão e o impacto jogou a arma das mãos do rapaz longe. Então, foi uma questão de um, dois... três socos na cabeça e toda aquela pretensão caiu mais rápido que um pedaço de carne em um frigorífico...

Isso aconteceu exatamente no momento em que os excelentes homens e mulheres do Departamento de Polícia de Boston invadiram o armazém.

Caos. Imediato.

E, claro, Isaac estava preso na jaula de luta.

Pulando sobre o corpo inerte do adversário, agarrou-se à lateral do ringue de pouco mais de um metro e oitenta e saltou por cima do topo. Quando colocou os dois pés no chão, congelou.

Todos estavam se movimentando em total confusão, exceto um homem que estava parado bem na lateral, seu rosto familiar e pescoço tatuado estavam salpicados com o sangue de Isaac.

O segundo homem na linha de comando de Matthias ainda era alto, forte e mortal... e o filho da mãe sorria como se tivesse encontrado o ovo dourado em uma manhã de Páscoa.

Oh, droga, Isaac pensou. Falando no diabo...

– Você está preso – a voz simpática do policial veio atrás dele e, menos de uma batida de coração depois, ele estava algemado.

– Qualquer coisa que disser pode e será usada contra você no...

Isaac lançou um olhar ao oficial e, em seguida, procurou o outro soldado. Mas o número dois das operações extraoficiais tinha desaparecido como se nunca tivesse estado ali.

Filho da mãe. Seu antigo chefe sabia onde ele estava agora.

O que significava que o fato de toda a unidade policial de Boston estar atrás dele era o menor de seus problemas.

Capítulo 2

Caldwell, Nova York

Enquanto Jim Heron permanecia em pé em frente à Casa Funerária McCready, em Caldwell, ele podia imaginar o interior como se já tivesse estado dentro da construção de tijolos à vista: tapetes orientais no chão, pinturas de arranjos de flores cobertos por névoa nas paredes, muitas salas com portas duplas e muito espaço.

Considerando o que aprendeu com sua experiência limitada sobre isso, as casas funerárias eram como restaurantes *fast-food*: todos pareciam iguais. Então, mais uma vez, ele achava que aquilo fazia sentido. Assim como havia um número limitado de maneiras de comer um hambúrguer, ele imaginava que seria a mesma coisa com os cadáveres.

Droga... ele não conseguia acreditar que estava indo ver seu próprio cadáver.

Ele tinha mesmo morrido há dois dias? Aquela era sua vida agora?

Da maneira como as coisas estavam acontecendo, ele se sentia como um maldito mauricinho que tinha acordado em uma cama estranha e que se perguntava: *Essas são minhas roupas? Eu me diverti na noite passada?*

Pelo menos ele conseguia responder essas: a jaqueta de couro e as botas de combate que ele estava usando eram dele, e ele *não* tinha se divertido na noite passada. Ele era responsável por lutar contra um demônio a fim de salvar a alma de sete pessoas e, embora tivesse vencido a primeira batalha, estava avançando para a próxima tarefa sem saber quem era seu alvo. E ainda estava aprendendo os truques dos negócios angelicais. E, ora essa, agora ele tinhas asas.

Asas.

Embora pudesse pensar que tudo aquilo era uma mentira, seu par de penas mágicas nada convencionais já tinha o levado daqui para Boston, em Massachusetts, a mil por hora.

Moral da história? Até onde sabia, o mundo que ele conhecia tinha desaparecido e o novo que ficou no lugar fazia com que seus anos como um assassino em operações extraoficiais parecessem um trabalho de secretária.

– Cara, isso é demais. Eu amo esse clima assustador.

Jim olhou sobre o ombro. Adrian, cujo o último nome era Vogel, era precisamente o tipo de louco que acharia legal visitar um bando de cadáveres no necrotério: cheio de brincos, tatuagens e vestindo roupas de couro, Ad gostava do lado negro e, levando em conta o que seu maior inimigo tinha feito ao anjo na noite anterior, aquilo era uma via de mão dupla: o lado negro gostava dele também.

Pobre bastardo.

Jim esfregou os olhos e observou o mais sensato dos dois caras que o acompanhava.

– Obrigado pelo apoio. Isso não vai demorar muito.

Eddie Blackhawk assentiu com a cabeça.

– Sem problemas.

Parado sentindo aquele vento forte de abril, Eddie estava com seu jeito usual de motociclista introspectivo: sua grossa trança descia pelas costas da jaqueta de couro. Com seu queixo quadrado, sua pele bronzeada e seus olhos vermelhos, ele fez Jim se lembrar de um deus Inca – o filho da mãe tinha punhos do tamanho da cabeça de muitos homens e ombros tão largos que um avião poderia aterrissar neles. E como pode imaginar, ele não era exatamente um escoteiro, mesmo tendo um coração de ouro.

– Certo, vamos ao trabalho – Jim murmurou, sabendo que aquela infiltração estava fora das atribuições de seu "trabalho", então, era melhor que eles usassem as pernas. Mas, pelo menos, seu novo chefe de operações não tinha problema com isso: Nigel, o arcanjo britânico todo certinho, tinha permitido esse desvio mórbido, mas não havia motivo para tirar vantagem dessa liberdade.

Quando Jim e seus garotos desmaterializaram através da parede de tijolos e voltaram a tomar forma... sim, sim, um grande hall de entrada com um candelabro e um monte de tapetes sisudos e espaço suficiente para uma festa... ele olhou ao redor, imaginando onde diabos os corpos eram mantidos.

Só estar no local já reafirmava o fato de que aquele desvio era algo que simplesmente precisava fazer. Ele poderia estar no negócio de salvar almas, mas agora mesmo a vida de um homem estava em jogo: Isaac Rothe tinha fugido das operações extraoficiais e Jim deveria matá-lo por isso.

Sem chance.

Só que havia um problema: a maneira como Matthias, o filho da mãe, trabalhava, fazia com que, se Jim não eliminasse o soldado desertor, outra pessoa o mataria... e, em seguida, algum agente poderia vir atrás de Jim.

Um pouco tarde para isso, rapazes – ele já estava morto.

Seu objetivo imediato? Enganar seu antigo chefe e encontrar Isaac. Assim, ele iria tirar aquele soldado do país em segurança... isso antes de retornar à sua rotina de trabalho, que era enfrentar Devina.

Ele odiava o atraso porque, sem dúvida nenhuma, o demônio já estava se preparando para sua próxima batalha. Mas sair de uma vida e entrar em outra nunca foi simples e nunca foi algo que se pode levar a ferro e fogo. Era inevitável, havia tentáculos de passado que estariam diante de você, que precisariam ser cortados para conseguir se desvencilhar de tudo – e isso levava tempo.

A verdade era: ele devia algo a Rothe. Há dois anos atrás no deserto, quando Jim precisou de ajuda, o cara esteve ali e fez isso por ele – e essa era uma dívida da qual não se podia fugir.

Provavelmente, esse era o motivo pelo qual Matthias havia designado a tarefa a Jim. O filho da mãe sabia muito bem da conexão que havia entre eles e do que ocorrera naquela noite, no outro lado do globo: no dia, seu chefe alternou momentos conscientes e inconscientes, mas passou tempo suficiente sendo transportado durante aquelas horas escuras, depois no voo e recebendo intervenção médica para saber quem estava em volta dele e o que estavam fazendo.

Certo. Foco. Onde estavam os cadáveres?

– Lá embaixo. – Ele disse aos seus colegas enquanto caminhava em direção a um sinal de "Saída."

No caminho para as escadas, os três passaram por todos os tipos de detectores de movimento sem ativar o funcionamento de qualquer um deles e, então, um a um, passaram como fantasmas através de uma porta fechada.

Trazer Adrian e Eddie nesta pequena excursão fazia dela mais segura, pois só Deus sabia que Devina poderia estar em qualquer lugar, a qualquer momento – além disso, Jim ainda estava aprendendo sobre os truques que poderia fazer ao se tornar um anjo caído e Eddie era mestre em todos eles. Encantos, poções, mágica – tudo isso era a especialidade de Eddie.

Com certeza ele fez PhD em abracadabra – e não era daqueles que qualquer idiota conseguiria fazer.

No porão, tudo era inóspito e limpo, o chão era de cimento e as paredes pintadas de cinza. O cheiro doce de fluídos para o processo de embalsamar fez com que Jim fosse para a direita e, enquanto ele caminhava, sentia como se tivesse voltado no tempo. Estranho demais. Essa rotina de se esgueirar era exatamente o que ele fazia de melhor durante todos aqueles anos com Matthias – e precisamente do que ele tinha se proposto a fugir.

Em sua primeira batalha com Devina, ele precisou de algumas informações e Matthias, o filho da mãe, era o único a quem poderia recorrer. Naturalmente, tudo o que dizia respeito ao bastardo estava relacionado estritamente a uma troca de favores, assim, se você quer alguma coisa, precisa dar outra em troca – e a "troca" em questão era matar Isaac. Afinal, não havia nenhuma carta de recomendação para os demitidos ou um Rolex de ouro para os aposentados das operações extraoficiais – você ganhava um tiro na cabeça e, se tivesse sorte, talvez um caixão para seu cadáver.

E, mesmo assim, era curiosamente gratificante: ser designado para assassinar o cara era a única maneira de ajudá-lo; caso contrário, não haveria nenhum modo de saber que Isaac tinha saído e era um homem caçado agora: Jim foi o único que saiu dessa inocentado.

Mas, então, sua situação era um "chute no saco" nas "circunstâncias extenuantes" de Matthias.

Ele parou em frente a uma porta dupla feita de aço inoxidável onde estava marcado APENAS FUNCIONÁRIOS e olhou por cima do ombro.

– Não toque em nada, Adrian.

Só Deus sabia que o anjo parecia querer tocar em tudo que se movia – o que o fazia se perguntar se coisas imóveis poderiam limitá-lo.

Com um palavrão, Adrian tomou uma atitude esnobe.

– Eu só toco se eles pedirem.

– Que alívio.

– Mas, você sabe, reanimá-los é possível.

– Não essa noite, não é mesmo? E, certamente, não neste lugar.

– Cara, você poderia acabar com a diversão em um clube de *strippers*.

– Não, obrigado.

Esquivando-se na grande sala da clínica, ficou muito óbvio por que filmes de terror utilizavam necrotérios como cenários. Entre a luz de segurança verde, as macas com rodinhas e os vãos por onde passavam os fluidos no chão, o local era perfeito para um caso de horror.

Mesmo que tivesse morrido e ido para o céu e toda aquela baboseira, suas glândulas suprarrenais ainda davam sinal de alerta. Mas, na verdade, os espasmos aconteciam não por causa dos outros caras mortos, mas pelo fato de que ele iria olhar o rosto de seu próprio cadáver.

Enquanto se dirigia para a unidade de refrigeração, com suas fileiras de superfícies planas e gélidas, ele sabia exatamente o que estava fazendo. Se ele não matasse Isaac dentro do prazo, duas coisas iriam acontecer: alguém faria isso e alguém seria enviado para procurar Jim.

E essa era a razão pela qual estavam ali. Seu antigo chefe ia querer ter certeza de que Jim tinha batido as botas, por assim dizer: Matthias não acreditava em certidões de óbito, laudos de necropsia ou fotografias, pois ele sabia muito bem como era fácil forjar esse tipo de documentação. Ele também não confiava em funerais, cemitérios ou viúvas e mães chorando, pois ele já tinha substituído corpos demais ao longo dos anos. A verificação face a face era a única maneira de ter certeza de algo assim, segundo sua cartilha.

Geralmente, Matthias enviava o segundo cara na linha de comando para fazer a dupla checagem, mas Jim tinha certeza de que o maioral seria o único a verificar o fato nesse caso. Era muito raro o bastardo sair de seu esconderijo e Jim precisava encontrá-lo cara a cara.

E a única maneira de fazer isso era usar seu próprio corpo congelado como isca.

E um pouco da mágica de Eddie.

Verificando as placas de identificação colocadas na frente das portas, ele encontrou seu nome entre Agnes D'Arterio e James Rutherford.

Girando o trinco, abriu a porta de 90 por 60 centímetros... e puxou o corpo para fora da geladeira. Havia um lençol que o cobria da cabeça aos pés e seus braços tinham sido cuidadosamente inseridos nas laterais. O ar que saía flutuando do vão da gaveta era frio e seco e cheirava a anticongelante.

Cara, mesmo tendo visto tantos cadáveres ao longo de sua vida violenta e cheia de sangue, aquilo o arrepiava.

– Diga o que eu devo fazer – disse a Eddie de maneira sombria.

– Você tem o objeto de invocação? – o anjo perguntou, colocando-se do outro lado.

Jim colocou a mão no bolso e pegou uma pequena peça de madeira que tinha sido esculpida há muitos, muitos anos, nos trópicos, do outro lado do planeta. Ele e Matthias nem sempre estiveram em desavença e Matthias nem sempre foi o chefe.

E, naquela época, quando os dois estavam no mesmo nível das operações extraoficiais, Jim ensinou o cara a esculpir.

A miniatura de um cavalo foi feita com uma competência surpreendente, considerando que foi a primeira e única coisa que Matthias tinha esculpido. Se a memória não o enganava, aquilo tinha levado umas duas horas – o que constituía a razão pela qual estava sendo usada: aparentemente, objetos inanimados tinham outras funções além de acumular poeira. Eles absorviam a essência de qualquer pessoa a quem tinham pertencido ou que o tinham fabricado e o que permanecia no espaço entre as moléculas era muito útil se você soubesse o que fazer com isso.

Jim segurou o cavalo.

– E agora?

Eddie arrancou o lençol do rosto cinza e manchado de Jim. Por um momento, era difícil se concentrar em qualquer coisa além de que estava morto havia 48 horas. Mas que inferno, a morte com certeza não nos deixa mais bonitos. Até mesmo os góticos teriam uma cor de pele melhor.

– Ei, não fale assim dos meus colegas – Adrian interrompeu. – Eu prefiro qualquer uma das nossas a uma idiota do sul da Califórnia com melões de plástico e cheia de spray bronzeador.

– Pare de ler minha mente, filho da mãe. E, de qualquer maneira, você transaria com a idiota.

Adrian sorriu e flexionou os grandes braços.

– Sim. Eu transaria. E com a irmã dela também.

Sim, aquele anjo parecia ter superado tudo o que o demônio Devina tinha feito a ele na noite da "morte" oficial de Jim. Era isso, ou ele foi automedicado com várias Barbies bem vivas e respirando, que eliminou qualquer tipo de introspecção.

Eddie tirou um pedaço de metal do bolso e mostrou o que fazer primeiro.

– Raspe um pouco o objeto com isso sobre o corpo. Qualquer lugar está bom.

Jim escolheu as superfícies planas de seu peito e os sons eram suaves dentro daquela fria caverna de azulejos.

Eddie pegou a ferramenta de volta.

– Onde está sua faca?

Jim pegou a faca de caça que foi dada a ele na época em que entrou no serviço militar. Matthias ganhou outra arma idêntica ao mesmo tempo – e a usou para esculpir o cavalo, isso era fato.

– Corte a palma de sua mão e segure firme o objeto. Ao fazê-lo, imagine claramente a pessoa que você quer ver aqui. Lembre-se do som de sua voz. Procure vê-lo em lembranças específicas. Veja como ele se movimenta, os gestos que faz, as roupas que veste, o cheiro da colônia que usa.

Forçando sua mente para se concentrar, Jim tentou chamar à memória alguma coisa, qualquer coisa, sobre Matthias, o filho da mãe...

A imagem que veio à sua mente era de uma clareza surpreendente: ele estava de volta ao deserto naquela noite, com o cheiro do produto químico explosivo em seu nariz e o som de "hora de fazer alguma coisa" em seus ouvidos. Matthias estava sem pernas, seu olho esquerdo tinha praticamente desaparecido no globo ocular e seu uniforme militar estava coberto por uma poeira clara e sangue vermelho brilhante.

– Danny... meu garoto... Danny... – ele dizia.

Jim colocou a lâmina no centro da palma de sua mão e a arrastou através de sua pele, deixando escapar um leve ruído quando o aço cortou fundo e com precisão.

A voz de Eddie interrompeu a lembrança e a dor gelada.

– Agora pegue sua mão e esfregue sobre as lascas de madeira. Então, pegue seu isqueiro e as aqueça. Levante a mão, sopre o fogo e a superfície do corpo, mantendo a imagem em sua mente.

Jim fez como ele orientou... e foi espantoso ver o brilho azul crescente na ponta de seu isqueiro Bic, era como se a coisa tivesse se transformado magicamente em um maçarico. E a expressão de "ei, veja só isso" não parou por ali. A chama que foi colocada em volta de seu corpo o cobriu por inteiro, com uma luz oscilante.

– Só isso – disse Eddie.

Jim acendeu o isqueiro e apenas olhou para si mesmo, perguntando-se o que Matthias ia pensar.

Houve um tempo, há muito tempo, quando ele e o cara tinham sido próximos um do outro. Mas, conforme os anos se passaram, o bastardo seguiu um caminho e Jim outro. E isso foi antes de toda aquela coisa de estar morto e ser um anjo caído.

Mas não se tratava dele e de Matthias.

Jim colocou o lençol de volta no lugar, cobrindo seu rosto e se perguntando quanto tempo levaria para a magia trazer Matthias até ali e para Jim ver o cara novamente.

Ele deslizou a mesa para dentro do refrigerador e fechou a porta, interrompendo aquele brilho azul fosforescente.

– Vamos dar o fora daqui.

Ele ficou em silêncio ao longo do caminho de saída, perdido em más recordações sobre o que tinha feito e quem tinha matado enquanto atuava nas operações extraoficiais. Dá para imaginar. Além da sua adrenalina, parecia que seus demônios pessoais também tinham sobrevivido à morte. Na verdade, ele tinha um pressentimento de que seus arrependimentos seriam um fardo eterno: a parte não muito legal de ser imortal era que o fim do jogo não existia, nenhuma perspectiva de pular fora da viagem quando as coisas ficarem difíceis e esmagadoras... e você passa a desprezar a si mesmo.

Quando ele e seus companheiros ressurgiram no gramado do lado de fora da funerária, estavam de volta à caça de Isaac Rothe.

– Tenho que encontrar aquele homem – ele disse de maneira severa. Contudo, era muito improvável que tivessem esquecido o que estavam fazendo.

Fechando os olhos, ele se concentrou naquilo que o levaria a percorrer quilômetros de distância entre Caldwell e o local onde Isaac foi visto pela última vez...

As enormes asas de Jim desfraldaram em suas costas, o caminho de penas que refletia as cores do arco-íris se estendia e flexionava como se fosse um membro que se comprimia. Quando levantou os olhos, Eddie e Adrian estavam movimentando as asas deles também, dois anjos caídos magnificentes e etéreos sob a iluminação das ruas.

Quando um carro passou, não houve qualquer guincho de freada ou um desvio no caminho. As asas, assim como ele, Eddie e Adrian, estavam e não estavam ali, eram reais e irreais, tangíveis e intocáveis.

Eram apenas o que eram.

– Pronto? – Eddie perguntou.

Jim lançou um olhar para trás, para o local onde sua antiga forma humana estava agora, forma que não era apenas um cadáver congelado, mas também uma isca para o homem a quem ele odiava.

Mesmo tendo salvado a vida do filho da mãe.

– Sim, vamos lá.

Para o alto, avante e toda aquela baboseira: em um piscar de olhos eles estavam voando através da escuridão dos céus e das estrelas cintilantes nas fortes e inabaláveis asas da Angel Airlines, como ele as chamava.

Das alturas e vivo, ele retomou sua busca por um homem que já estava sendo caçado... seguiu em direção a Boston com todas as suas notórias armas em chamas.

Capítulo 3

Devina era um demônio tão poderoso que perdia apenas para Aquele que criou os céus e a Terra: ela poderia assumir todos os tipos de rostos e corpos, tornando-se outra pessoa a qualquer hora e em qualquer lugar. Ela poderia aprisionar almas por toda eternidade. Ela comandava um exército de mortos-vivos.

E se cruzasse o caminho dela, poderia fazer com que a vida se tornasse um inferno. Literalmente. Mas ela tinha um pequeno problema.

– Desculpe, estou atrasada – disse ao entrar correndo no aconchegante escritório vermelho. – Tive um compromisso que levou mais tempo do que eu esperava.

Sua terapeuta sorriu da poltrona.

– Não se preocupe. Precisa de alguns momentos para se recompor?

Devina estava realmente atrasada e, quando se sentou, colocou sua bolsa Prada ao seu lado. Respirando fundo, ela arrumou seus cabelos morenos – ilusão corpórea que a mulher humana conseguia ver – e empurrou as calças de couro de lagarto – que realmente existiam.

– O trabalho tem sido um inferno – ela disse, olhando para baixo e verificando mais uma vez se o zíper da bolsa estava fechado. Havia manchas de sangue na blusa com capuz que estava dentro dela e a última coisa que precisava era ter de se explicar. – Simplesmente um inferno.

– Fiquei contente por ter pedido uma sessão noturna extra. Depois da semana passada, estive pensando em você e no que aconteceu. Como você está?

Devina desacelerou um pouco do caos de que tinha acabado de sair e se concentrou em si mesma. O que não era algo muito alegre. Imediatamente, lágrimas escorreram de seus olhos.

– Eu estou...

Nada bem.

Ela se esforçou para dizer alguma coisa.

– O pessoal da mudança colocou tudo no novo local onde vou morar agora e a maioria das coisas ainda está em caixas. Passei a tarde tentando desempacotar tudo, mas tem muita coisa e eu preciso ter certeza de que está tudo no lugar certo. Eu preciso verificar se o meu...

– Devina, pare de falar sobre coisas. – A terapeuta fez uma pequena anotação em seu caderno preto. – Nós podemos pensar nisso mais para o fim da sessão. Eu quero saber como você está. Diga como você se *sente*.

Devina olhou o tapete bordado e se perguntou, não pela primeira vez, o que a mulher iria pensar se ela soubesse que estava tratando de um demônio. Desde que Devina tinha chegado a Caldwell, fazia terapia com uma psicóloga e isso já somava mais de um ano. Ela manteve sua verdadeira identidade oculta sob sua forma favorita: de uma mulher morena, elegante e sexy. Mas por baixo disso... especialmente depois de sua primeira perda para Jim Heron... tudo estava uma tremenda bagunça.

E aquela humana estava realmente ajudando.

Devina puxou um lenço de papel da caixa sobre a mesa ao lado dela.

– É que eu simplesmente... odeio me mudar. Sinto que estou totalmente fora de controle. E perdida. E... assustada.

– Sei que está. – Havia de fato um calor que emanava dos poros da mulher. – Mudar-se é uma das coisas mais difíceis a se fazer para uma pessoa como você. Estou muito orgulhosa.

– Não tenho tempo. Não tenho tempo para fazer isso direito. – Mais lágrimas. Algo que ela odiava. Mas, Deus, ela tinha que arrumar rapidamente todas as suas coleções no lugar certo em questão de horas, misturando tudo, jogando as coisas em caixas.

– Eu ainda não consegui ordenar tudo e me certificar de que nada foi quebrado ou perdido.

Oh, Deus... *perdido*.

O pânico se espalhou em seu peito e fez o coração que possuía começar a bater três vezes mais rápido.

– Devina, olhe para mim.

Ela forçou seus olhos a se concentrarem mesmo em meio ao ataque de pânico.

– Sinto muito – ela soluçou.

– Devina, a ansiedade não é sobre as coisas. É sobre seu lugar nesse mundo. É sobre o local que você declara como sendo emocional e espiritualmente seu. Você precisa se lembrar de que não precisa de objetos para justificar sua existência ou para fazer com que se sinta sã e salva.

Certo, tudo aquilo soava muito bem, tudo muito bom, mas as coisas dela na Terra eram o que a ligava às almas que pertenciam a ela, a única ligação que ela tinha com suas "crianças". Ao longo dos séculos, ela tinha acumulado possessões pessoais de cada alma que tomou: botões, abotoaduras, anéis, brincos, dedais, agulhas de tricô, óculos, chaves, canetas, relógios... a lista continuava. Ela preferia coisas feitas de metal precioso, mas qualquer tipo de metal servia: assim como a maneira que o material refletia a luz, ele também emanava as vibrações de quem tinha possuído, vestido ou usado o objeto.

A marca que irradiava daqueles seres humanos era a única coisa que a acalmava quando não conseguia chegar até seu santuário para uma visita pessoal.

Deus, ela odiava ter que trabalhar na Terra. Com um tremor de mãos, ela limpou as lágrimas.

– É que eu simplesmente não consigo suportar ficar tanto tempo longe delas.

– Contudo, você precisa trabalhar. Você mesma disse. E seu ex-marido está mais bem preparado para lidar com o cuidado diário das crianças.

– Ele está. – Ela teve que inventar uma história que se parecesse de alguma maneira com uma situação humana. Não havia ex-marido, nem precisava dizer, mas quanto ao trabalho paralelo: suas almas estavam seguras onde as tinha deixado. É que ficar longe delas simplesmente a matava. Não havia qualquer outro lugar em que ela preferisse estar ao fundo do seu poço, vendo as contorções, os gritos da multidão presa para sempre em seus muros.

Brincar com eles era divertido, também.

– Então, como você ficou? – a terapeuta perguntou. – Depois que seu namorado e você decidiram terminar o relacionamento, para qual lugar da cidade você se mudou?

Agora, sua ansiedade se transformou em raiva. Ela não conseguia acreditar que tinha perdido a primeira batalha com Jim Heron... ou com aquele bastardo idiota que tinha invadido seu espaço particular. Graças a ele e àqueles outros dois anjos, ela teve de pegar tudo o que tinha e evacuar aquele galpão a toque de caixa.

– Tenho um amigo que tem um edifício vago. – Na verdade, não era bem um amigo. Era apenas um cara com quem ela tinha transado até que ele assinasse os papéis. Então, ela o matou, colocou o corpo dentro de um latão de lixo e selou a tampa. Ele estava em seu próprio porão agora, se decompondo bem devagar.

– E a mudança está completa?

– Sim, está tudo lá. Mas, como disse, eu ainda não organizei tudo de maneira adequada. – Contudo, ela tinha encontrado outra virgem, que foi cuidadosamente sacrificada e colocada como uma boa proteção para o espelho que a levava de volta ao inferno.

– Porém, instalei um sistema de segurança.

Se alguém violasse o selo de sangue que tinha posto no quarto onde a maioria de suas posses de valor estavam, ela descobriria num piscar de olhos. Foi assim que soube o instante em que Jim e seus camaradas anjos violaram seu espaço. Era assim que protegia suas coisas.

Porém, virgens eram difíceis de encontrar hoje em dia. Com todo mundo fazendo tanto sexo, o que era muito fácil de conseguir antes agora se tornava cada vez mais raro. Ela nunca matava crianças; era errado demais – seria como se alguém tirasse uma das almas dela. Mas tentava encontrar alguém por volta dos dezoito anos que ainda não tinha transado. Precisava ficar nisso por dias.

Vida longa ao movimento de abstinência, era tudo o que ela poderia dizer.

– Espere, edifício? – a terapeuta disse. – Você não está morando num prédio qualquer, está?

– Ah, não. Estou em um hotel por enquanto. Eu preciso sair da cidade a trabalho. Na verdade, preciso ir a Boston. – Pois era tempo da segunda batalha com seu maior inimigo.

Ah! Maldito seja, ela iria ganhar dessa vez.

– Devina, está fazendo um ótimo trabalho. – A terapeuta bateu uma de suas mãos no joelho dela e sorriu. – Você vai morar longe de suas coisas. Fez um importante avanço.

Não era bem assim, considerando que ela poderia estar em qualquer lugar em um piscar de olhos.

– Agora me diga, como está seu trabalho? Sei que a semana passada foi difícil.

A mão de Devina encontrou sua bolsa e tocou o couro macio.

– Vai melhorar. Vou dar o meu melhor.

– Tem um novo parceiro no trabalho. Como estão as coisas com ele? Sei que há um desgaste inicial.

Desgaste? Sim, pode-se dizer assim.

Ela pensou em si e em Jim Heron no estacionamento do Iron Mask, onde ele a penetrou profundamente, ela cavalgou com firmeza em cima dele. Apesar do fato de odiá-lo intensamente, não se importaria em ter um simples momento mais íntimo com ele.

Devina endireitou as costas.

– Ele não vai se tornar o vice-presidente. Não importa o que eu tenha de fazer, mas eu trabalhei muito durante muito tempo para ver um cara caindo de paraquedas na minha área e tomando tudo o que é meu.

Sete almas. Sete chances para o bem ou o mal vencer. E a primeira tinha sido favorável ao outro lado. Mas três que fossem a favor de Jim Heron e ela não estaria apenas fora do "trabalho", mas os anjos tomariam conta da Terra e cada uma de suas almas seria redimida.

Todo aquele esforço para nada: suas coleções desapareceriam. Seu exército também. Ela mesma... desapareceria.

Deixava encarou a terapeuta.

– Não vou permitir que ele vença.

A mulher assentiu com a cabeça.

– Você tem um plano?

Devina deu um tapinha em sua bolsa.

– Sim, tenho. Tenho mesmo.

Depois da sessão, Devina se dirigiu para o norte e para o leste, esvaindo-se no ar como uma sombra escura e voando pelo seu caminho através da noite. Ela reassumiu sua forma na Rua Boylston, em frente ao Jardim Público de Boston, onde os salgueiros-chorões ao longo da lagoa já estavam esverdeados.

A modesta parede de tijolos do Hotel Four Seasons, com sua entrada, seu pórtico para carruagens e as janelas de seu restaurante, ocupava quase todo o quarteirão. Ainda que o exterior fosse bastante simples, o interior era todo revestido de madeira e um elegante brocado, e sempre havia flores frescas.

Ela poderia ter ido direto para o quarto, mas era um desperdício não mostrar suas roupas: a calça de couro de lagarto Prüne e a blusa Chanel estavam um espetáculo, sem falar no seu sobretudo Stella McCartney.

E, como pode imaginar, era apenas sua segunda noite aqui e os porteiros e o pessoal da recepção já a cumprimentavam enquanto deslizava ao longo da entrada, seus sapatos Louboutins ecoando sobre o mármore.

O que a fazia se lembrar de algo que ela já sabia: de todas as formas de carne humana que já tinha usado, essa – a de uma mulher morena com pernas irresistíveis e um par de seios que faziam os homens humanos delirarem – era a que melhor se adaptava a ela. Ainda que tecnicamente fosse um ser assexuado, sua experiência comprovava que seu arsenal de armas era mais bem empunhado por uma mão bem cuidada em uma manicure. Além disso, ela gostava mais das roupas femininas.

E do sexo também.

Sua suíte no piso superior tinha uma vista magnífica do jardim e da cidade de Boston e muitos cômodos enormes – assim como um excelente serviço de quarto. O buquê de rosas era um detalhe agradável e fornecido como cortesia do hotel.

Isso era o que se recebia ao pagar milhares e milhares de dólares por um local para morar.

Ela atravessou a sala e o quarto principal com banheira de mármore. Colocou a bolsa sobre o balcão entre as duas pias e tirou a blusa com capuz que tinha conseguido no octógono onde aconteciam as lutas clandestinas. O moletom era da cor de um nevoeiro e o tamanho era extra G. Poderia ser encontrado em qualquer loja Wal-Mart ou outra de departamento, era uma daquelas roupas anônimas que poderia ter sido usada por qualquer homem, era fácil de encontrar, fácil de comprar. Nada especial.

Só que aquele era único. Especialmente devido às manchas de sangue.

Graças a Deus que aqueles policiais apareceram naquele momento. Caso contrário, ela teria perdido completamente a hora com sua terapeuta.

Tirando as roupas rapidamente, tentou deixá-las bagunçadas e bem amassadas... isso durou cerca de um minuto e meio. A desordem fez a cabeça dela reclamar e ela teve que tirar tudo dali, levou direto para o armário e pendurou tudo o que podia nos cabides. Ela usava um sutiã, que foi colocado em uma gaveta. Nada de calcinhas para se preocupar.

Ela estava realmente mais calma quando voltou ao trabalho no balcão do banheiro.

Retirando uma tesoura dourada de sua caixa de maquiagem, cortou um círculo no moletom no local sobre o qual o coração do homem que o usava ficou. Então, desfiou o tecido, as fibras de algodão cederam facilmente e caíram sobre o mármore liso formando uma pequena pilha.

Ela usou um dos lados da tesoura para cortar uma das palmas de sua mão e seu sangue adquiriu um tom acinzentado e sujo ao cair sobre o ninho de fibras que tinha feito.

Por um momento, foi trespassada pela frustração. Ela queria que o sangue ficasse vermelho – muito mais atraente.

Para dizer a verdade, Devina odiava sua real aparência. Esse corpo era muito melhor. E os outros também.

Pegando as fibras da blusa e misturando-as bem ao sangue podre de sua mão, ela imaginou o homem que teve o tecido contra sua carne, vendo seu rosto rígido e seu corte de cabelo curto que já estava crescendo e as tatuagens de seu corpo.

Ainda se ocupando do processo de mistura e mantendo a imagem de Isaac Rothe em sua mente, Devina andou nua até o quarto e sentou-se sobre o edredom. Na mesa ao lado, ela abriu uma caixa redonda e pequena de ébano e retirou uma peça de xadrez esculpida a mão – a representação de uma rainha não era tão bonita quanto seu pedaço de carne. Ela não tinha visto Jim Heron talhar a grande dama, mas ele tinha e o imaginou fazendo isso em sua mente, o imaginou segurando firme ao redor de uma faca afiada, suas mãos empunhando a ponta do aço para revelar o objeto de madeira. Pressionando o objeto que ele tinha feito em sua mão que sangrava, junto com as fibras da blusa de capuz, ela os fundiu e os integrou. Então, inclinou-se e pegou uma vela, que iluminava seu desejo. Deitada, ela soprava a chama, a essência misturada dos três fluía sobre o fogo.

O brilho púrpuro que emanou a cobriu, envolvendo-a em uma luz fosforescente... gritando pelos donos dos objetos... conclamando-os até ela.

Jim Heron não ia saber o que o atingiria dessa vez. Ele poderia ter vencido o primeiro round, mas isso não ia acontecer de novo.

Capítulo 4

Quando você trabalha na central de processamento de dados da cadeia de Suffolk, no centro da cidade de Boston, você vê muita porcaria. E algumas delas eram o tipo de coisa que faz você perder o apetite.

Alguns tipos... eram simplesmente bizarros.

Billy McCray foi um policial que fez ronda por muito tempo para a primeira companhia de polícia de Southie*, servindo ao lado de seus irmãos, primos e de seu velho pai. Depois de ter sido baleado em serviço, há quinze anos, o sargento conseguiu um trabalho interno para ele – e ele não só encaixava muito bem sua cadeira de rodas sob o balcão como também tinha a mesma habilidade para lidar com papéis. Ele começou fazendo o registro das detenções e tirando fotos dos infratores, mas agora estava encarregado de tudo.

Ninguém sequer assoava o nariz no local sem que Billy dissesse que não havia problemas em pegar um lenço de papel.

E ele adorava o que fazia, mesmo que isso parecesse muito estranho às vezes.

Como a primeira coisa que aconteceu essa manhã. Às seis horas. Ele registrou uma mulher branca que usava um par de latas de Coca-Cola como tapa-sexo, os dois pedaços de alumínio estavam fixados em seus mamilos e colados em linha reta. Ele tinha um pressentimento de que aquela foto para registro policial ia acabar na Internet e, provavelmente, ela iria gostar da exposição: antes de tirar a foto, ele ofereceu uma

---

*South Boston, chamada por seus moradores de "Southie". É uma região da cidade de Boston conhecida por sua população de trabalhadores descendentes de irlandeses. [N.R.]

camiseta ou qualquer coisa assim, mas não, ela queria mostrar suas... digamos, latas.

Pessoas. Francamente.

Tirar a cola que fixava os objetos de seu corpo era fácil, mas eles a serviam apenas com um único copo descartável, para o caso dela ter outra ideia brilhante...

Quando a porta de aço se abriu no final do corredor de entrada, Billy endireitou-se em sua cadeira.

A mulher que entrou era um espetáculo, sim, mas não da maneira como a maioria dos malucos que estavam ali. Do ângulo que McCray observava, ela parecia ter mais de três metros e um cabelo loiro que estava amarrado em um coque no alto da cabeça. Usando um tailleur perfeitamente cortado e um casaco longo e formal, ele sabia sem que nada dissessem que a bolsa dela valia mais do que ele tinha em seu plano de previdência privada.

Sem falar naquele cordão de ouro enorme em volta de seu pescoço.

Quando dois guardas passaram por ela, eles também se endireitaram e firmaram a voz... e, imediatamente, olharam por cima dos ombros para dar uma conferida na parte de trás da mulher.

E quando ela chegou à repartição de acrílico que havia em frente dele, ficou feliz em já ter deslizado a cadeira para trás, pois conseguiu sentir seu perfume.

Deus... era sempre a mesma coisa. O perfume caro dos ricos.

– Oi Billy, como Tom está indo na academia de polícia?

Com um traço muito característico da região nobre de Boston, a entonação da advogada Grier Childe fazia uma simples pergunta soar melhor do que algo escrito por Shakespeare. Mas, ao contrário daqueles riquinhos, ela não era uma idiota e seu sorriso era genuíno. Ela sempre perguntava por seu filho e sua esposa e olhava mesmo para ele, encontrava seus olhos e não o tratava apenas como alguém que ficava atrás de uma mesa o dia todo.

– Ele está indo muito bem. – Billy sorriu e cruzou os braços sobre seu peito inchado. – Ele se forma em junho. Vai trabalhar em Southie. Ele é um bom atirador, como o pai – o garoto poderia acertar uma lata a um quilômetro de distância.

Infelizmente, aquilo o lembrou da garota com as latas de Coca, mas ele afastou a imagem da cabeça. Era muito melhor aproveitar a visão da senhorita Childe, lembrava algo nobre.

– Não me surpreende que Tommy seja um perito em tiros. – Ela assinou o registro e apoiou o quadril no balcão. – Como disse, ele puxou a você.

Mesmo depois de dois anos, ele ainda não conseguia acreditar que ela parava para conversar com ele. Sim, claro, os promotores e os defensores públicos conversavam, mas ela trabalhava para empresas mais tradicionais, que atuavam há séculos em Boston – e, geralmente, isso significava que falavam apenas o necessário.

– E como vai sua Sara? – ela perguntou.

Enquanto conversavam, ele digitava seu nome no sistema para puxar suas atribuições. A cada seis meses ou mais, ela atuava em um sistema rotativo como defensora pública. Naturalmente, aquilo era um trabalho voluntário para ela. Sem dúvida, sua hora devia ser tão cara que ele tinha certeza de que os clientes que chegavam ali não poderiam pagar mais de duas palavras dela, muito menos uma hora... ou, meu Deus, o valor equivalente ao tempo gasto em um caso.

Quando viu o nome que estava próximo ao dela, ele franziu a testa.

– Está tudo bem? – ela perguntou.

Bem, não, não estava.

– Sim. Tudo bem.

Isso porque ele estava providenciando para que tudo ficasse bem para ela.

Ele alcançou a lateral de uma pilha de arquivos.

– Aqui está a documentação do seu cliente. Se você for até a sala número um, posso trazê-lo até você.

– Obrigada, Billy. Você é o melhor.

Depois de anunciá-la na porta principal da recepção na unidade de recepção e processamento de dados da cadeia, ela caminhou até a sala que ele providenciou – e que ficava bem ao lado de seu escritório. Fazendo uma observação em seu computador, ele pegou o telefone e discou para a unidade de detenção.

Quando Shawn C. atendeu, ele disse:

– Traga aqui para cima o número cinco, quatro, oito, nove, setenta, sobrenome Rothe. É para nossa senhorita Childe.

Breve silêncio.

– Ele é um dos grandes.

– Sim, ouça, você poderia conversar com ele? Talvez lembrá-lo de que se for educado com a advogada, poderemos facilitar sua vida depois.

Houve outra pausa.

– Eu ficarei do lado de fora da porta quando ele estiver lá dentro com ela. Tony vai me dar cobertura aqui em baixo.

– Bom. Sim, muito bom. Obrigado.

Quando Billy desligou, posicionou sua cadeira de rodas para observar as telas que monitoravam a segurança. Na tela do canto inferior esquerdo, ele observou que a senhorita Childe sentou em uma mesa, abriu o arquivo e olhou os relatórios.

Ele ia ficar de olho nela até que saísse dali em segurança.

A questão era, lá em baixo, na cadeia, havia dois tipos de pessoas: os experientes e os inexperientes. Os experientes eram tratados com educação e tudo mais, mas os inexperientes... particularmente os mais jovens, legais, com belos sorrisos e muita classe... esses precisavam ter cuidado.

E isso significava que Shawn C., o guarda, ficaria parado na entrada, olhando através da janela o tempo todo para observar como aquele maníaco homicida que foi preso por lutar ilegalmente agiria com a menina deles.

Se aquele filho da mãe respirasse errado perto dela, bem... basta dizer que na área de Billy, ninguém estava imune de uma pequena ação corretiva. Todos os guardas e os funcionários sabiam do canto escuro no porão onde não havia câmeras de segurança e ninguém conseguia ouvir um grito sequer de um idiota recebendo o que merecia.

Billy se recostou na cadeira e balançou a cabeça. Havia uma boa menina lá dentro, muito boa mesmo. Claro, considerando o que tinha acontecido com seu irmão... há males que vêm para o bem, não é mesmo?

Grier Childe sentou-se em frente a uma mesa de aço inoxidável em uma cadeira fria do mesmo material. Toda a mobília estava aparafusada ao chão e os outros itens eram as câmeras de segurança em uma extremidade da sala e uma lâmpada no teto que tinha uma gaiola em torno dela. As paredes eram de blocos de concreto que tinham sido pintados tantas vezes que quase produzia o efeito de um papel de parede macio e o ar cheirava a algum tipo de produto de limpeza para chão com álcool, a colônia do último advogado ainda estava na sala e também um velho odor de fumaça de cigarro.

O lugar não poderia ser mais diferente de todos os outros que ela trabalhava normalmente. Escritórios de Boston como Palmer, Lords, Childe, Stinston & Dodd pareciam um museu de arte e mobília do século dezenove. O PLCS&D não tinha seguranças armados, nem detectores de metais e nada era aparafusado para impedir que algo fosse roubado ou jogado em alguém.

Os uniformes nesses lugares vinham da Brooks Brothers e da Burberry.

Ela fazia defensoria pública voluntária havia dois anos e levou pelo menos doze meses para se dar bem com a recepção, os funcionários e com os guardas. Mas agora, sempre que chegava, era como se estivesse em casa – e ela gostava mesmo do pessoal.

Muita gente boa trabalhava duro no sistema.

Abrindo o arquivo de seu novo cliente, ela reviu as acusações, o formulário de admissão e o histórico: Isaac Rothe, 26 anos, apartamento na Rua Tremont. Desempregado. Sem antecedentes. Preso junto com outras oito pessoas por fazer parte de uma confusão na noite anterior em um local clandestino de lutas e apostas. Não houve necessidade de um mandado, pois os lutadores tinham invadido propriedade privada. De acordo com o relatório da polícia, seu cliente estava no ringue no momento em que os policiais invadiram. Aparentemente, o cara com quem ele lutava estava sendo tratado no Hospital Mass General...

São nove horas da manhã de um sábado... Você não tem vida?

Mantendo a cabeça baixa, Grier apertou os olhos.

– Agora não, Daniel.

Só estou dizendo. Enquanto a voz de seu irmão morto entrava e saía vagando em sua mente, aquele som que já não existia mais a enlouquecia. *Você tem 32 anos e, ao invés de estar confortável na cama de algum garotão, fica sentada na delegacia com um café fedorento.*

– Não estou tomando café nenhum.

Naquele momento, a porta foi escancarada e Billy entrou.

– Achei que gostaria de algo para despertar.

Bingo, seu irmão disse.

Cale a boca. Ela respondeu em pensamento.

– Billy, que gentileza – ela pegou o que o supervisor oferecia, o calor do café atravessou a xícara até sua mão.

– Bem, você sabe, é água de batata. Todos nós odiamos. – Billy sorriu. – Mas é uma tradição.

– Claro. – Ela franziu a testa ao vê-lo hesitar. – Há algo de errado?

Billy deu um tapa de leve na cadeira vaga próxima a ele.

– Você se importaria em sentar aqui?

Grier apoiou a xícara.

– Claro que não, mas por quê...

– Obrigada, querida.

Houve uma pausa. Estava claro que Billy esperava que ela mudasse de lugar e não estava inclinado a se explicar.

Empurrando o arquivo sobre a mesa, ela foi ao outro banco que ficava de costas para a porta.

– Boa garota – deu um apertão em seu braço e soltou.

A mudança de posição significava que ela conseguiria ver uma tênue aparição de seu amado irmão mais novo. Daniel estava recostado no canto da sala, pés cruzados sobre os tornozelos, braços sobre o peito. Seu cabelo loiro estava brilhante e limpo e usava uma camisa polo coral e um bermudão largo.

Ele parecia um modelo morto-vivo em um anúncio da Ralph Lauren, um tipo muito americano, privilegiado com um bronzeado por ter velejado em alguma região litorânea.

Só que ele não sorria para ela, como costumavam fazer. *Eles querem que o cara fique de frente para a porta, assim, o guarda lá fora pode ficar de olho nele. E eles não querem que você fique presa na sala. Se ele for agressivo, você terá mais facilidade de sair daqui assim.*

Esquecendo a câmera de segurança e o fato de que não se dirigia a nada além do ar, ela se inclinou.

"Ninguém vai..."

Você tem que parar com isso. Pare de tentar salvar as pessoas e aproveite a vida.

O mesmo digo a você. Pare de me assombrar e aproveite a eternidade.

Eu iria. Mas você não vai me deixar ir.

Naquele momento, a porta atrás dela se abriu e seu irmão desapareceu.

Grier se enrijeceu quando ouviu o som do tilintar das correntes e do arrastar dos pés.

E, então, ela o viu.

Santa... Maria... mãe... de...

O que foi trazido escoltado por Shawn C. tinha quase dois metros de puro músculo. Seu cliente estava "vestido", o que significava que estava com seu uniforme da prisão. Suas mãos e pés estavam atados por uma corrente de aço que pendia em frente a suas pernas e envolvia a cintura. Seu rosto rígido tinha o tipo de bochechas ocas resultantes de ter zero por cento de gordura corporal e seu cabelo escuro estava aparado com um corte militar. Havia algumas contusões desbotadas ao redor dos olhos, uma bandagem branca brilhante assentada próxima ao seu couro cabeludo... e havia uma vermelhidão ao redor do pescoço, como se tivesse sido maltratado muito, e muito recentemente.

O primeiro pensamento dela foi: estava contente pelo bom e velho Billy McCray ter trocado ela de lugar. Ela não tinha certeza de como sabia, mas tinha a sensação de que, se seu cliente quisesse, poderia derrubar Shawn C. em um piscar de olhos – a despeito das algemas e do fato de que o guarda tinha a constituição de um buldogue e anos de experiência com homens grandes e inconstantes.

Os olhos de seu cliente não encontraram os dela, mas permaneceram fixados no chão enquanto o guarda o empurrava para dentro do espaço apertado entre a cadeira vazia e a mesa.

Shawn C. inclinou-se até o ouvido do homem e sussurrou alguma coisa.

Resmungou alguma coisa, melhor dizendo.

Em seguida, o guarda lançou um olhar para Grier e sorriu com força, como se não estivesse gostando daquela coisa toda mas tinha que agir como um profissional.

– Olha, vou ficar do lado de fora da porta. Precisa de alguma coisa? Se precisar, é só gritar que estarei aqui.

Com uma voz mais baixa, disse:

– Vou ficar de olho em você, garoto.

De alguma maneira, ela não ficou surpresa com as precauções. Apenas sentar em frente ao seu cliente fazia com que ficasse preocupada. Ela não conseguia imaginá-lo se deslocando ao redor do presídio.

Deus, ele era grande.

– Obrigada, Sr. Shawn – ela disse em voz baixa.

E, então, ela ficou sozinha com o Sr. Isaac Rothe.

Medindo a circunferência de seus ombros enormes, ela observou que não estavam se contorcendo ou mostrando alguma inquietação, o que ela considerou ser um bom sinal – com sorte, não havia metanfetamina ou cocaína no corpo. E ele não a encarava de maneira inconveniente, nem examinava suas roupas ou lambia os lábios.

Na verdade, ele não olhou para ela, seus olhos permaneceram na mesa em frente dele.

– Meu nome é Grier Childe e fui designada para cuidar do seu caso. – Quando ele não levantou os olhos ou assentiu, ela continuou. – Tudo o que disser a mim é confidencial, o que significa que, segundo a lei, não vou revelar nada a ninguém. Além disso, aquela câmera de segurança logo ali não tem áudio, então, ninguém mais pode ouvir o que você me disser.

Ela esperou... e ainda assim não houve resposta. Ele apenas ficou ali sentado, respirando de maneira estável, toda sua força contida nas mãos algemadas colocadas sobre a mesa e seu grande corpo comprimido na cadeira.

Na primeira reunião, a maioria dos clientes com quem lidou ali ficava largada na cadeira e seguia a rotina carrancuda ou mostrava que estava muito indignada e ofendida, falando qualquer coisa para se defender. Ele não fez nada disso. Sua coluna permaneceu ereta como uma flecha, ele estava totalmente alerta, mas não disse uma palavra.

Ela limpou a garganta.

– As acusações contra você são sérias. O cara com quem estava lutando deu entrada no hospital com uma hemorragia cerebral. Neste momento, você responde por agressão de segundo grau e tentativa de homicídio, mas, se ele morrer, será acusado de assassinato de segundo grau ou homicídio culposo.

Nada.

– Sr. Rothe, gostaria de fazer algumas perguntas, pode ser?

Nenhuma resposta.

Grier recostou-se.

– Está me ouvindo?

Assim que ela começou a se perguntar se ele tinha alguma deficiência reprimida, ele falou.

– Sim, senhora.

Sua voz era tão profunda e cativante que ela perdeu a respiração. Essas duas palavras foram pronunciadas com uma suavidade que estava em desacordo total com o tamanho de seu corpo e a rigidez de seu rosto. E o sotaque dele... um tanto sulista, ela concluiu.

– Estou aqui para ajudá-lo, Sr. Rothe. Entende isso, não entende?

– Sem querer desrespeitá-la, senhora, mas não acredito que consiga.

Era mesmo sulista. Um sotaque sulista muito bonito, para dizer a verdade.

Balançando a cabeça com veemência, ela disse:

– Antes de me dispensar, sugiro que considere duas coisas. Neste momento, não há fiança fixada para você, então, vai ficar preso aqui enquanto seu caso avança. E isso pode levar meses. Além disso, quem representa a si mesmo, na verdade, tem um tolo como cliente e isso não são apenas palavras. Eu não sou sua inimiga. Estou aqui para...

Ele finalmente olhou para ela.

Seus olhos eram da cor de uma geada no vidro da janela e estavam cheios das sombras que mancharam sua alma. E quando aquele olhar exausto e sombrio a cortou, aquilo congelou seu coração: ela soube imediatamente que ele não era apenas um vândalo das ruas.

Ele foi um soldado, pensou. Tinha que ter sido: seu pai tinha o mesmo olhar durante as noites silenciosas.

A guerra fazia isso às pessoas.

– Iraque? – ela perguntou em voz baixa. – Ou Afeganistão?

Suas sobrancelhas se ergueram um pouco, mas essa foi a única resposta que ela teve.

Grier deu um tapinha no arquivo dele.

– Deixe-me estabelecer uma fiança para você. Vamos começar assim, certo? Não precisa dizer nada sobre o motivo pelo qual foi preso ou o que aconteceu. Eu só preciso saber sobre seu vínculo com a comunidade e um pouco mais sobre onde você mora. Sem antecedentes, acho que temos uma chance de...

Ela parou quando percebeu que ele tinha fechado os olhos.

Certo. Era a primeira vez que um cliente dela tirava um cochilo no meio de uma reunião. Talvez Billy e Shawn C. tivessem menos com o que se preocupar do que poderiam imaginar.

– Estou lhe entediando, Sr. Rothe? – ela perguntou depois de um momento.

Capítulo 5

– Estou lhe entediando, Sr. Rothe?

Não. Não mesmo.

A voz da sua defensora pública era um tipo de canção de ninar para os ouvidos de Isaac, sua inflexão aristocrática e a gramática perfeita o acalmavam tanto que ele chegava a sentir um estranho medo dela. A princípio, ele fechou os olhos por ela ser bonita demais para se olhar, mas houve um benefício adicional em desligar assim. Sem se distrair com seu rosto perfeito e seu olhar inteligente, ele era capaz de se concentrar completamente em suas palavras.

A maneira como ela falava era poética. Mesmo para um cara que nunca se viu envolvido por corações e flores.

– Sr. Rothe.

Não era uma pergunta, era uma exigência. Era evidente que ela estava ficando farta com sua atitude.

Ao cerrar os olhos, ele percebeu o impacto que ela causou nele – e tentou dizer a si mesmo que aquilo surtiu tamanho efeito por ter se passado anos desde que esteve próximo de uma verdadeira dama. Afinal, a maioria das mulheres com quem ele transou ou trabalhou eram tão casca-grossa quanto ele. Portanto, aquele penteado tão benfeito, aquele alto grau de instrução e o perfume exótico que atravessava a mesa lhe causavam um tipo de deslumbre incomum.

Deus, provavelmente ela iria desmaiar se visse sua tatuagem.

E sairia correndo, gritando, se soubesse o que tinha feito para viver nos últimos cinco anos.

– Deixe-me tentar estabelecer uma fiança para você – ela repetiu. – E, então, veremos o que vamos fazer.

Ele teve que se perguntar por que ela se preocupava tanto com uma pessoa insignificante que nunca tinha visto antes, mas era inegável que havia uma missão em seu olhar e, talvez, aquilo explicasse tudo: era evidente que descer até ali, junto à ralé, exorcizava algum tipo de demônio dela. Talvez fosse um caso de culpa pela riqueza. Talvez fosse alguma motivação religiosa. Seja lá o que fosse, ela estava extremamente determinada.

– Sr. Rothe. Deixe-me ajudá-lo.

Ele não tinha qualquer intenção de vê-la envolvida em seu caso... mas se ela pudesse libertá-lo, ele sairia dali e estaria, sem dúvida, muito mais seguro lá fora: seu antigo chefe não teria nenhum problema em mandar um homem para a cadeia sob uma acusação qualquer e engenhar um assassinato bem debaixo do nariz dos guardas.

Para Matthias, isso seria brincadeira de criança.

Isaac sentiu sua consciência pesar, o que produziu um longo silêncio, seguido por um grito interno. Mas havia uma lógica nisso: ela parecia o tipo de advogada que poderia atuar dentro do sistema e, por mais que odiasse ter que envolvê-la na bagunça em que se encontrava, queria, pelo menos, permanecer vivo.

– Ficaria muito grato se pudesse fazer isso, senhora.

Ela respirou fundo, como se tivesse dado um tempo para descansar no meio de uma maratona.

– Bom. Então, tudo bem. Agora, aqui diz que você mora nos arredores de Tremont. Há quanto tempo mora lá?

– Apenas há umas duas semanas.

Ele percebeu quando as sobrancelhas dela se uniram que aquilo não iria ajudá-lo muito.

– Está desempregado?

O termo técnico era "desertado", ele pensou.

– Sim, senhora.

– Tem algum familiar? Aqui ou em algum lugar do estado?

– Não. – Seu pai e irmãos pensavam que ele estava morto, e Isaac não se importava com isso. E, muito provavelmente, eles também não.

– Pelo menos, você não tem antecedentes. – Ela fechou o arquivo. – Vou me reunir com o juiz em mais ou menos meia hora. O processo da fiança vai ser iniciado... conheço alguns fiadores que podem emprestar o dinheiro.

– Quanto a senhora acha que vai custar?

– Vinte mil, se tiver sorte.

– Posso pagar isso.

Outro franzir de testa e ela reabriu o arquivo, dando uma segunda olhada na sua documentação.

– Você declarou aqui que não tinha qualquer rendimento ou economias.

Como ele ficou calado, ela não lhe deu importância e não parecia surpresa. Sem dúvida, estava acostumada com mentiras de pessoas como ele, mas, infelizmente, ele poderia apostar sua vida que aquilo que escondia era muito, muito mais mortal do que toda aquela experiência como boa samaritana poderia ter lhe mostrado.

Droga. Na verdade, ele *estava* apostando sua vida nisso, não estava? Matthias lançava uma grande rede quando se tratava de missões e qualquer um que estivesse ao lado de Isaac corria o risco de estar na sua mira.

Só que, uma vez que ele conseguisse ir embora, nunca mais iria vê-la novamente.

– Como está seu rosto? – ela perguntou depois de um momento.

– Bem.

– Parece que está doendo. Quer um analgésico? Eu tenho um aqui.

Isaac encarou suas mãos machucadas.

– Não, senhora. Mas obrigado.

Ele ouviu o tilintar de seus saltos ao ficar em pé.

– Voltarei depois que...

A porta se abriu e o cara musculoso que tinha escoltado ele até ali entrou de uma vez.

– Estou saindo para falar com o juiz. – Ela disse ao guarda. – E ele é um perfeito cavalheiro.

Isaac permitiu-se se inclinar um pouco na vertical, mas ele não estava prestando atenção no oficial. Ele observava sua defensora pública. Ela também andava como uma dama...

Seu braço recebeu um soco forte.

– Não olhe para ela – o guarda disse. – Caras como você não devem nem seque *olhar* para alguém como ela.

A repreensão do Sr. Boas Maneiras foi um pouco desagradável, mas não dava importância alguma para a opinião do filho da mãe.

Mesmo que ele tivesse apenas problemas com alcoolismo e algumas multas por excesso velocidade, Isaac não chegaria nem perto do nível daquela mulher. Inferno, ele nem sequer praticaria o mesmo esporte.

CAPÍTULO 6

Jim Heron sabia há muito tempo que havia dois tipos de treinamentos físicos no mundo: o comercial e o das antigas. O primeiro tinha um esquema de cores coordenadas, as mulheres faziam aulas de *spinning* cheias de maquiagem e os caras, com tatuagens de carpa como as de John Mayer, levantavam pesos com luvas almofadadas. Você deveria limpar os aparelhos depois de usá-los e treinadores joviais e bronzeados verificavam suas medidas ao entrar e ao sair.

Ele tentou fazer uma dessas aulas depois que saiu das operações extraoficiais. Aquilo quase o transformou num grande preguiçoso.

O condicionamento físico das antigas era mais a praia dele e era exatamente o que ele, Adrian e Eddie iriam fazer em South Boston. A academia do Mike era um mundo de homens, meu caro: o lugar cheirava a suor, tinha paredes que eram dignas de uma prisão e fotos de Arnold dos anos oitenta penduradas nelas. As esteiras eram de neon azul, os pesos eram de ferro e a única bicicleta ergométrica em uma extremidade do local era daquelas que resistiam a furacões, com grade na ventoinha.

A maldita coisa era uma relíquia e tinha poeira no assento.

Os homens que faziam os circuitos nas máquinas ou com pesos livres eram grandes, quietos e tinham tatuagens da Virgem Maria, de Jesus e da cruz. Havia muitos narizes quebrados que foram curados fora do lugar e algumas dentaduras e dentes de ouro que eram, sem dúvida, resultado de jogos de hóquei e lutas de bar.

E claro, todos se conheciam, pois todos tinham algum tipo de vínculo.

Quando chegou à recepção, sentiu-se como se estivesse em casa. O cara atrás do balcão tinha uns sessenta anos, talvez sessenta e cinco, pele avermelhada, olhos azuis claros e cabelos mais brancos que a espuma de uma cerveja.

– O que posso fazer por vocês, rapazes? – o homem disse, colocando a edição do jornal *Boston Herald* sobre o balcão.

Alguns membros do lugar olharam e ficaram encarando. Jim e seus seguranças não eram pesos-leves, mas eram desconhecidos, o que os colocava no território do *quem diabos são vocês?*

– Estou procurando um cara – Jim disse quando pegou a foto de Isaac em um folheto e o abriu em cima do balcão de fórmica lascada. – Por um acaso você o viu por aí?

– Não, não vi. – O cara respondeu sem olhar para baixo. – Não vi ninguém.

Jim olhou em volta. Muito mais olhares estavam sobre eles e muitos pesos estavam parando de se movimentar. Era evidente que pressionar o velho homem não era algo inteligente a se fazer se ele não quisesse ter que sair dali às pressas.

– OK. Obrigado.

– Sem problemas. – O *Herald* voltou ao lugar onde estava.

Jim virou-se e redobrou a imagem de Isaac. Enquanto ia para porta, xingou em voz baixa. Este era o terceiro lugar que tinha tentado e eles não tinham conseguido nada além de embromação.

– Ei. Eu o conheço.

Jim parou e olhou sobre o ombro. Um cara com uma camiseta do Departamento de Bombeiros de Boston se aproximou.

– Meu pai não gosta de se envolver. – O cara acenou com a cabeça em direção ao folheto. – O que ele é seu?

– Meu irmão. – E essa não era uma mentira total. Eles tinham uma relação muito próxima devido ao que ele e Isaac tinham passado nas operações extraoficiais. Além disso, tinha toda aquela coisa de ele estar em débito com o cara.

– Ele foi preso na noite passada.

As sobrancelhas de Jim se ergueram.

– Não brinca?

– Tenho muitos primos que são policiais e eles invadiram um ringue de luta. Seu irmão luta demais. A única razão pela qual alguém entrava com ele no octógono era a boa recompensa, mas ele nunca perdeu. Nem uma só vez.

– Há quanto tempo ele está na cidade?

– Acho que só o vi lutando umas três vezes. – O sujeito tinha um sotaque forte. – Escute, por aqui há um monte de idiotas que gostam de se reunir para socar um ao outro, os deixamos fazer isso. Mas você tem que manter o jogo limpo – é por isso que houve a invasão. O promotor divulgava torneios apenas quando seu garoto estava dentro.

O cara estava muito ferrado. Isaac no sistema não era uma coisa boa.

– Pai, posso dar uma olhada no jornal? – o cara se aproximou do pai, pegou o jornal e passou os olhos nas páginas. – Aqui.

Jim leu o artigo rapidamente. Luta alternativa, blablablá... *Isaac Rothe*? Espere, ele estava usando o nome *verdadeiro*?

Pense em um alvo no seu peito: Matthias poderia facilmente enviar alguém para se infiltrar no sistema penal e acabar com o filho da mãe.

– Se quiser encontrar seu irmão... – O rosto do bombeiro assumiu uma expressão calculista. – Posso dizer onde ele vai estar assim que for solto.

Não mais de duas horas depois de Grier deixar seu cliente e falar com o juiz, ela estava de volta ao volante de seu Audi A6, presa no trânsito dos arredores de Boston. Felizmente, o ritmo recuperava velocidade em Chinatown e, em seguida, ela já estaria do outro lado na Rua Tremont.

Parte de sua pressa era por que realmente não tinha tempo para fazer esse desvio. Ela tinha uma reunião com uma das empresas *Fortune Fifty*, a uma hora em ponto, em seu escritório, no Distrito Financeiro... e todos aqueles arranha-céus estavam sendo refletidos no seu espelho retrovisor e ficando cada vez menores.

Mas ela precisava saber mais.

O que constituía a outra metade das razões de sua pressa.

Quando praguejou contra si mesma, preparou-se para que Daniel fizesse uma aparição e a encarasse do assento traseiro. Quando ele não apareceu, ela respirou fundo.

Ela realmente não precisava do seu conselheiro editorial metafísico naquele momento.

Daniel tinha morrido há dois anos e meio e ele veio até ela em um sonho pela primeira vez na noite anterior ao seu funeral. Foi um alívio tão grande vê-lo com saúde e limpo e sem qualquer sinal de heroína e, no seu sonho, eles conversaram como faziam antes do vício o ter derrubado. O chamado para a "vida real" aconteceu mais ou menos seis meses depois. Em uma manhã, ela estava conversando com ele e seu despertador tocou. Sem pensar duas vezes, ela se aproximou e silenciou a coisa... apenas para perceber que ela estava acordada e ele ainda bem presente ao lado dela.

Daniel sorriu quando ela deu um pulo – como se estivesse orgulhoso de si mesmo. E, então, à sua maneira descontraída, ele a informou que não estava louca. Havia, de fato, uma vida após a morte e ele estava vivendo isso.

Levou um tempo para se acostumar, mas depois de dois anos, ela não questionava mais suas aparições para dizer "Oi, tudo bem?" – contudo, ela mantinha aquelas visitas em segredo. Afinal, apenas por que ela não se considerava louca, isso não queria dizer que outras pessoas concordariam... e quem precisava se explicar? Além disso, se ele fosse uma alucinação e ela estivesse se transformando em uma personagem do filme *Uma mente brilhante*, bem... ela não tinha problemas com isso, então, para o inferno com os especialistas de saúde mental: ela sentia tanta falta de Daniel e ela o queria de volta de alguma maneira.

Voltando a se concentrar nas escadarias de tijolos que davam acesso às entradas dos edifícios dos dois lados da Rua Tremont, ela localizou os números quando viu que estavam próximos às portas. De alguma maneira, ela não acreditava que tinha conseguido estabelecer a fiança para seu cliente, mas a falta de antecedentes e a superlotação do sistema carcerário contribuíram a seu favor.

Por outro lado, o Sr. Rothe não pareceu surpreso nem satisfeito quando deu a notícia. Ele apenas pediu, à sua maneira calma e educada, para que ela fosse até seu apartamento e pegasse 25 mil dólares em dinheiro... pois não havia ninguém a quem ele pudesse atribuir esse tipo de tarefa.

Claro. Sem problemas. Certo.

Pois manipular dinheiro ilícito não faria dela cúmplice ou ameaçaria sua credibilidade de maneira alguma.

Ela ainda estava balançando a cabeça devido à situação quando diminuiu a velocidade em frente a uma casa de três andares que havia sido dividida em apartamentos. Não havia espaço para estacionar ao longo de quilômetros de distância – claro. Xingando um pouco, ela deu a volta no quarteirão algumas vezes, questionando-se se ousaria estacionar em fila dupla quando... aleluia! Alguém saiu de uma vaga do outro lado da rua. Levou um segundo e meio para que ela fizesse uma manobra ilegal e encaixasse seu sedã na vaga. Ela não tinha permissão para estacionar ali, pois não era moradora, mas não ia demorar e, pelo menos, ela não estava em frente a um hidrante.

Saindo, ela se encolheu dentro de seu casaco de lã fina. Abril naquela região podia ser traduzido como um mês de vento forte e úmido que congela seus ossos e causa estragos nos cabelos. E isso não era o pior: havia poças d'água por toda parte, mesmo quando não chovia. Tudo na cidade parecia escorrer, como se fosse uma esponja que tinha ultrapassado sua capacidade... os carros, os edifícios, as árvores finas, tudo isso absorvia a umidade do ar e se infiltrava no asfalto e no concreto, permanentemente úmidos embaixo dos seus pés.

Definitivamente, era mais o estilo das roupas de invernos esportivas da L.L. Bean do que dos saltos altos da Louboutin.

Na porta de frente da casa, ela esticou o pescoço para observar melhor um interfone dos anos setenta que tinha três pequenos botões. Seguindo instruções de Isaac, ela deu um soco no botão na parte inferior do aparelho.

Um momento depois, a campainha foi atendida por uma mulher vestida com uma bata afegã com cores chocantes do tamanho de um lençol. Seu cabelo estava torcido em um coque cheio de pequenos cachos que eram da cor de uma abóbora de Halloween e havia um cigarro entre seus dedos, com unhas pintadas, da mão direita.

Evidentemente, sua aparência era de quem tinha ficado presa na mesma época do interfone.

– Você é a garota de Isaac?

Grier estendeu a mão e não corrigiu a afirmação. Achou que era melhor que "advogada".

– Sou Grier.

– Ele ligou para cá. – A mulher deu um passo para trás. – Disse para deixar você entrar. Sabe, você não parece ser o tipo dele.

Uma rápida imagem do homem sentado tão silencioso e mortal passou como um relâmpago pela mente de Grier: seguindo a lógica daquela cena, o cara deveria estar namorando uma arma.

– Os opostos se atraem. – Ela disse enquanto olhava por cima dos ombros da senhoria. Ao final do corredor apertado, a escada se erguia à distância, como um farol espiritual, pois era ao mesmo tempo visível e inatingível.

– Bem... – a senhoria recostou-se contra seu papel de parede flocado. – Há opostos, como uma pessoa que fala muito e outra que não é assim. E há *opostos*. Como vocês se conheceram?

Quando o olhar intrometido fixou-se no colar de ouro de Grier, teve a tentação de responder "em meio ao sistema penal", só para ver até que ponto os olhos da mulher se arregalariam.

– Sites de relacionamento.

– Oh, como o eHarmony?

– Exatamente – as principais exigências de compatibilidade dele foram alguém com um diploma de direito para conseguir sua fiança e ela tinha doutorado em Harvard.

– Posso entrar agora?

– Você está com pressa. Sabe, minha irmã tentou o eHarmony. O cara que ela encontrou era um idiota estranho.

Acontece que levar a senhoria para o andar de cima exigiu mais esforço que jogá-la sobre o ombro e carregá-la até o terceiro andar. No entanto, depois de dez minutos tentando se esquivar dela, estavam finalmente à porta de Isaac.

– Olha – a senhoria disse enquanto pegava as chaves e destrancava as coisas, – você deveria pensar em...

– Muito obrigada por sua ajuda – Grier disse enquanto deslizava para dentro do quarto e fechava a mulher para o lado de fora do corredor.

Encostada sobre alguns painéis de madeira, ela respirou fundo e escutou as reclamações da senhoria descendo pelas escadas.

E, então, ela se virou... Oh, Deus.

O quarto estava tão desfalecido e solitário quanto um homem velho provando que a pobreza, assim como a idade, era um grande equalizador – aquilo poderia ser qualquer cortiço ou casa de drogas, ou prédio condenado de qualquer parte da cidade ou de qualquer país: os velhos pisos de pinho tinham o brilho de uma folha de lixa e no teto havia manchas de água nos cantos que eram da cor de urina. Não havia mobília à vista, nem sequer uma mesa ou cadeira ou TV. Apenas um saco de dormir, um par de botas de combate e algumas roupas colocadas em pilhas de maneira precisa.

O travesseiro de Isaac Rothe não era nada além de um casaco com capuz.

Quando ela se viu em pé dentro do apartamento, tudo o que conseguia pensar era no último lugar em que seu irmão tinha ficado. Pelo menos, seu cliente estava limpo e não havia agulhas hipodérmicas e colheres sujas por toda parte: as coisas espalhadas não pareciam ser resultado das prioridades de alguém inclinado ao vício.

Mas, bom Deus... ainda era uma choque lembrar-se de onde Daniel tinha acabado. A sujeira... as baratas... a comida podre...

Obrigando-se a começar a se mexer, ela entrou na cozinha e não ficou surpresa ao encontrar todos os armários, gavetas e a geladeira vazios. No banheiro, havia uma navalha, um creme de barbear, uma escova de dentes e um sabonete.

Ela entrou no closet do quarto que estava completamente desocupado e utilizou a lanterna em seu chaveiro para olhar ao redor. O painel que Isaac tinha descrito estava à esquerda e ela o abriu sem problemas.

E sim, ali estava, de fato, uma sacola de plástico de supermercado com 25 mil dólares em dinheiro, escondida em um espaço empoeirado entre as placas que estruturavam a casa. Ou, pelo menos, esse valor podia ser estimado pelo peso da coleção de notas soltas...

Ela ouviu algo.

Grier congelou.

Prestou mais atenção ao ouvir.

Lançando um olhar sobre seus ombros, ela parou de respirar. Mas tudo que ouvia era o trovoar do seu coração.

Quando o silêncio persistiu, ela empurrou a sacola de volta para onde estava, recolocou o painel e trancou novamente o closet; então, ela foi até a janela que havia do outro lado. O vidro estava tão leitoso de sujeira que não tinha como alguém enxergar nada do lado de fora e, ainda assim, ela se sentia como se estivesse sendo vigiada...

Alguma coisa brilhou e ela se inclinou, aproximando-se.

No topo da janela, um par de placas de metal minúsculo estava preso próximo às rachaduras da pintura, uma estava na esquadria e a outra sobre o vidro. Havia outro jogo na parte inferior e as coisas pareciam ser feitas de cobre revestido com algum tipo de acabamento fosco. Se ela não tivesse se aproximado, nunca teria notado.

Grier verificou a sala, cozinha e banheiro e encontrou a mesma coisa em cada janela. No vidro superior e inferior, dois conjuntos. E as portas foram equipadas da mesma maneira – todas elas, internas e externas.

Ela sabia exatamente o que eram aquelas placas.

Sua casa multimilionária na Louisburg Square, em Beacon Hill, possuía aquele equipamento nas janelas e batentes. Eram o que havia de mais avançado em sistemas de alarme de segurança.

Em pé no centro do apartamento, sua mente tentava encontrar uma lógica: um galpão vazio, um saco de dormir de quarenta dólares como cama, sem telefone... mas o local estava equipado com um sistema de segurança que soaria como se ali fosse um banco.

Hora de agir.

Usando o pano macio que usava para limpar seus óculos de sol, averiguou os objetos de uso pessoal de seu cliente sem deixar impressões digitais para trás – e encontrou o receptor do alarme em meio às dobras do saco de dormir. Bem como um par de pistolas de calibre quarenta que tinham sido equipadas com silenciadores, e não tinham os números de série, e uma faca de caça que estava bem embrulhada, mas bastante afiada.

– Jesus... Cristo – ela sussurrou, colocando tudo de volta onde tinha encontrado.

Saindo de sua posição agachada e afastando-se da "cama", ela foi até a cozinha. Ao verificar os espaços, ela limpava sistematicamente cada alça de suas impressões e depois olhou embaixo da pia e atrás da geladeira. A próxima parada foi o banheiro, e suas mãos estavam trêmulas ao se livrar de todos os traços que poderia ter deixado para trás e, ao mesmo tempo, iluminava cada canto com sua lanterna.

Em meio ao seu ataque de suspeitas, ela tinha plena consciência de que estava violando a privacidade de seu cliente, mas o cão de caça que havia dentro dela não conseguia parar – a busca frenética era como um músculo que não vinha sendo utilizado e que precisava de exercício. Ela tinha feito aquilo tantas vezes no apartamento e carros de Daniel que, finalmente, ao terminar de verificar a casa de Isaac Rothe, sentia-se suada e um pouco enjoada de uma maneira muito familiar.

Contudo, não havia drogas. Em lugar algum.

Voltando à sala, ela verificou as janelas mais uma vez. Os 25 mil valiam a pena ser protegidos... mas o sistema de segurança não tinha sido ativado.

O que significava que era utilizado como alerta apenas quando Isaac estava dormindo.

Pelo que sabia por sua experiência, o único tipo de criminoso com acesso a equipamento deste calibre era um grande traficante de drogas ou alguém no mais alto nível dos chefões da Máfia. A aparência física do seu cliente não combinava com nenhum desses perfis – normalmente, esses criminosos eram homens mais velhos, e não tinham menos de trinta anos e não eram comandados.

Contudo, havia outra explicação possível.

Ela pegou seu celular e discou um número para o qual tinha ligado muitas vezes no passado.

Quando a ligação foi atendida, ela respirou fundo, uma respiração longa e sentiu-se como se estivesse saltando de um penhasco.

– Oi, Louie, como vai meu investigador favorito? ... Ah, que gentil... Uh-Huh... Estou bem.

Mas que mentira foi essa. Mentira, mentira.

Enquanto os dois continuavam nesse jogo de elogios, ela voltou para o esconderijo do dinheiro e limpou a maçaneta da porta do armário com seu pedaço de pano.

– O fato é que preciso de uma coisa. Se você tiver um tempo, tenho alguém que gostaria que você verificasse para mim, por favor.

Depois que ela disse a Louie tudo o que sabia sobre seu cliente, o que não era mais que um nome, a data de nascimento e aquele endereço absurdo, ela desligou.

Com toda certeza, a questão era: e agora?

Ela mal conseguiu acreditar quando Isaac Rothe disse a ela que tinha o dinheiro.

Então, ela mesma afixou a fiança dele.

Essa era sua única opção: o tribunal estava disposto a liberar seu cliente, mas o responsável por estabelecer a fiança não iria tocar no caso. Era algo arriscado demais.

O que sugeria que o juiz estava fora de si ao tomar essa decisão.

Oh, espere... aquela era sua situação.

Olhando ao redor do apartamento vazio, ela percebeu que seu cliente era tão bem definido quanto um rascunho. Não tinha como ele ser pego de calças curtas.

Que inferno, provavelmente ele não ficaria mais de um minuto ali quando fosse liberado. Era evidente que tinha recursos e suas coisas poderiam ser levadas em uma mochila.

Ela observou a porta.

Ainda bem que ela podia se dar ao luxo de dispor daqueles 25 mil. O plano era fazer disso um voto de confiança para que ele pudesse deixá-la ajudar.

Mas, provavelmente, a lição de não investir em pessoas que não conhece e em quem não deveria confiar acabaria se mostrando muito cara.

Capítulo 7

Eram seis horas da tarde quando Isaac foi finalmente levado para fora acompanhado por um guarda. Apesar do tempo que levaram para entrar e sair com ele – e tinha a impressão de que os funcionários da cadeia aproveitaram esse tempo para fazer alguma outra coisa –, depois que tomaram a decisão de liberá-lo, o processo foi calmo e rápido: as algemas – deles – foram abertas. As assinaturas – dele – foram feitas à tinta. As roupas – deles – foram trocadas. Outras roupas – as dele – foram vestidas. A carteira foi devolvida.

Tudo o que ele conseguia pensar era em sua advogada. Ele não conseguia acreditar que ela tinha pagado sua fiança.

Ou que foi buscar o dinheiro para ele.

Cara, ele estava em débito com ela.

Sem Grier Childe, ele não estaria prestes a desfrutar daquela liberdade que o manteria vivo.

Ele não a via desde que veio lhe dizer que tinha sido bem-sucedida com o juiz, mas era evidente que tinha resolvido as coisas com o dinheiro dele ou não estaria livre.

A parte do confinamento de presos no tribunal era separada do setor público por uma série de portas que o levava a passar pela sala onde tinha se reunido com ela. Ele ouviu a última série de "nem pense nisso" quando passou pela central de processamento, onde tinha sido detido e fotografado.

Deus, ele ainda conseguia sentir seu perfume.

Com um "*clanc*", o bloqueio de aço foi suspenso e o guarda lhe deu um empurrão no lugar de um "até breve"...

– Precisa de uma carona?

Isaac parou como uma estaca dentro da sala de espera. A senhorita Childe estava em pé sobre o piso de linóleo, parecendo que pertencia a um ambiente de festa e não à cadeia do condado: o cabelo dela estava arrumado com o mesmo coque torcido, mas ela não estava mais vestida com um terno. Estava usando algo do tipo "vestidinho preto básico"... e também um par de meias pretas que o fizeram engolir em seco para não gemer.

Que mulher.

– Precisa? – ela perguntou.

Sentindo-se como um homem das cavernas por arregalar os olhos ao vê-la, ele balançou a cabeça.

– Não, obrigado, senhora.

Ela andou até a saída e abriu o caminho, parando em pé do outro lado, parecendo algo que valia um milhão de dólares... e como se não tivesse nada melhor para fazer com seu tempo além de segurar a porta para ele.

Isaac saiu da sala de espera e entrou em um corredor onde havia apenas uma porta de elevadores e uma saída de incêndio.

– Deixe eu te dar uma carona – ela disse enquanto pressionava com força a seta que indicava para baixo.

– Sei onde você mora, lembra? E vai ser difícil pegar um táxi no horário de pico.

Era verdade. Além disso, ele só tinha cinco dólares em dinheiro com ele.

– Dou um jeito nisso.

– Exatamente. Deixando com que eu te leve. Está frio e você não está de blusa, pelo amor de Deus.

Também era verdade. Ele tinha perdido sua blusa com capuz na confusão do momento em que foi algemado. Mas como tudo o mais que se referia a ele, isso não era problema dela.

Quando ela se virou, como se a decisão tivesse sido tomada, ele olhou para os complicados redemoinhos que havia em seu cabelo. Ele não conseguia ver qualquer grampo ou coisa assim e, ainda assim, não parecia algo duro fixado com gel ou spray.

Mágica, ele pensou.

Sem se dar conta, ele ergueu sua mão calejada como se fosse tocar a nuca dela. Conteve-se a tempo.

E, no momento seguinte, ele foi se esquivando silenciosamente pelo caminho da escada.

Onde havia uma porta quadrada já aberta. Perfeito.

Ele não fez barulho quando atirou seu corpo sobre o corrimão e deixou-se cair dois andares abaixo, firmando-se bem a tempo de agarrá-lo e, em seguida, balançar o tronco. Ele aterrissou em um baque silencioso e não esperou sequer o tempo de uma batida de coração antes de fazer os últimos movimentos para um último salto e alcançar a saída. Quando sentiu a liberdade no vento frio de abril, assustou os fumantes que estavam do lado de fora antes de deixá-los para trás na poeira.

Correndo muito, acabou seguindo um caminho que o levou através de um labirinto de edifícios escuros e, então, seguiu as ruas onde havia lojas de joias e lojas de departamento como a Macy's e Filene's. A hora do pico significava que as ruas estavam cheias de profissionais que foram expelidos do Distrito Financeiro, eles lotavam as estações de metrô ou fluíam como formigas pelos estacionamentos. Felizmente, havia menos confusão de pedestres em Chinatown, apesar de ter mais carros – o que melhorou a corrida dele.

Enquanto acelerava até sua casa, o esforço ajudou o fato de que não vestia nada além de uma camisa regata, contudo a umidade gélida no ar piorou as contusões e o corte na testa por se agitar demais. Quando chegou ao quarteirão onde morava, ficou quase desapontado por diminuir a velocidade – o exercício era bom para acalmar sua mente e deixar os problemas de lado.

Aproximando-se por trás do prédio de três andares, ele entrava e saía dos quintais dos vizinhos para cortar caminho e parou a quase dez metros da porta dos fundos. As luzes da janela da senhoria e do segundo andar estavam acesas, mas tudo estava apagado em seu andar.

Ao ter uma certeza razoável de que não tinha sido seguido, ele se abaixou e pegou uma pedra. Permanecendo um pouco nas sombras, ele se aproximou, depois lançou o braço para trás e arremessou a pedra na lâmpada de um poste, apagando a iluminação externa.

Isaac esperou, segurando firme onde estava: a velocidade muitas vezes era sua aliada, mas nem sempre era assim. Algumas vezes, ir devagar era a única razão de acordar na manhã seguinte.

No andar debaixo, uma sombra se levantou e passou de janela em janela, em seguida, voltou a se aproximar do brilho da televisão. Isso não era um bom sinal, mas também não era surpresa. Sra. Mulcany nunca deixava seu poleiro a não ser para comprar comida – e ela era o tipo de senhoria inconveniente, que o fez considerar os benefícios de dormir no banco de um parque. Esta noite, contudo, ela não era o motivo pelo qual ele se esquivava no próprio lugar onde morava: havia uma grande possibilidade de que, com seu nome no sistema penal, seu endereço tivesse sido rastreado pelas operações extraoficiais – e isso significava que aquele local não era mais seguro.

Ele tinha que entrar e sair dali rapidamente.

Dez minutos depois, precisou voltar seguindo os passos que tinha dado antes. Colocou a chave na fechadura. Esquivou-se pela escada.

E em seu caminho para o andar de cima, ele evitava os degraus que faziam chiados – o que eliminava três de quatro de uma vez.

A porta do seu apartamento se abriu sem fazer ruído, pois ele tinha lubrificado as dobradiças na noite em que se mudou, e com um rápido giro na fechadura, ele se trancou por dentro. Prestando atenção nos sons ao redor, pôde concluir que não havia nada além da televisão do andar debaixo, mas ele permaneceu onde estava por um minuto ou mais só para ter certeza.

Quando percebeu que não havia nada fora de normal, começou a agir.

Sua velocidade era a da luz. Um sussurro silencioso era a maneira como se movimentava.

Passou pela cozinha. Entrou na sala da frente.

Ele deu uma olhada nas suas coisas e soube que Grier tinha passado por ali – a mudança na posição da pilhas de roupas era tão sutil que só ele poderia perceber, mas a maneira como dobrara suas coisas tinha exatamente essa finalidade.

Ele vestiu a blusa de capuz que usava como travesseiro, colocou suas duas armas calibre quarenta nos bolsos da frente e enfiou suas botas de combate. A munição, a lâmina de caça e o telefone celular foram colocados nas calças e, em seguida, vestiu seu sobretudo preto, que, era tudo o que tinha.

Entrou no quarto. Dentro do armário.

Havia 27 mil, oitocentos e cinquenta e três dólares em seu esconderijo, então ele ainda deveria ter alguma coisa guardada depois de ter pagado a fiança.

Bateu com força o painel e alcançou o...

– *Droga.*

Ele não precisou abrir a sacola da Star Market e contar; apenas pelo peso ele soube que Grier não tinha pegado nem um dólar sequer dos rolos de notas de cem e vinte ou do emaranhado fofo de notas soltas.

Mas ela esteve ali – Matthias teria pegado as armas para deixá-lo menos perigoso. E teria esperado para atirar em sua cabeça.

Droga... a porcaria do dinheiro intacto significava que havia um fiador envolvido... ou que ela pagou sua fiança com o dinheiro dela. E quando ele foi liberado, não divulgaram se houve um terceiro interessado em protegê-lo. Então, deve ter sido ela.

Maldição.

De volta a ação, ele pegou a sacola e recolocou a placa do vão. Então, ele percorreu as janelas e portas, puxando os receptores com a faca e colocando as placas de metal nos bolsos. Não mais que três minutos depois, ele saiu por onde tinha entrado: saiu pelos fundos e em silêncio como fumaça.

Os quinhentos dólares que ele deixou sobre o balcão da cozinha iam cobrir as taxas por ter quebrado seu contrato de aluguel e a Sra. Mulcany teria de descobrir isso sozinha quando não houvesse mais sinal dele por alguns dias.

Quanto menos contato ela tivesse com ele, mais segura estaria.

A mesma coisa com a advogada.

Mas que *maldição.*

Embaixo, no quintal, os sentidos de Isaac foram precisos ao se esquivar pela lateral da casa e voltar a correr. Ele não diminuiu o ritmo até que estivesse a alguns quilômetros de distância.

Escondendo-se em um beco, a ligação que ele fez foi atendida no segundo toque:

– Sim.

– É o Rothe.

O promotor de lutas animou-se na mesma hora.

– Jesus Cristo, ouvi dizer que você estava preso. Ouça: não posso pagar sua fiança...

– Já estou fora. Temos luta hoje à noite?

– Droga, sim! Teremos que mudar daquele local de qualquer maneira. Isso é *incrível.* Como você saiu dessa?

– Qual é o endereço e como eu chego lá?

O local era a quase dez quilômetros de distância em uma cidade chamada Malden, o que fazia sentido – os policiais em Southie estavam obviamente fartos de lutas em seu território. E como o promotor de eventos não tinha sido preso era um mistério. A menos, claro, que ele tenha feito a denúncia e fugido a tempo.

Você nunca sabia o que esperar de pessoas como aquele cara.

Depois que Isaac desligou, seu próximo passo foi encontrar um ponto de ônibus com uma tabela de horários. Quando o ônibus de dez rodas passou, ele embarcou e sentou-se junto à janela onde havia a saída de emergência.

Ao observar os apartamentos, empresas e edifícios pelos quais passava, teve vontade de gritar.

Ele estava saindo das operações extraoficiais, pois tinha se conscientizado, e isso significava que não poderia sustentar aquela situação de Grier Childe ter dado cobertura a ele até aquele ponto. Ela parecia rica, mas 25 mil era muito dinheiro não importava o quanto você valesse a pena.

Inferno, ele não se sentiria bem nem mesmo se um agiota pagasse essa dívida. Mas e aquela mulher elegante a quem ele mentiu? E envolveu em uma missão suja?

Não. Ele não estava disposto a deixá-la em apuros.

E aquilo simplesmente complicava tudo.

Duas horas depois de ter saído da prisão sem o seu cliente ao lado ou sem sequer ter uma ideia de onde ele tinha ido, Grier foi a um baile cheio de pessoas que, sem dúvida, faziam parte da sua tribo. Todos ali tinham o dinheiro mais tradicional de Boston e tinham ascendências em comum que remontavam ao Mayflower*.

Sim, Deus os amava, mas alguns daqueles homens de sangue azul tinham idade suficiente para ter viajado no navio em si.

Contudo, sua mente não estava no salão de festas do Four Seasons. Nem prestava atenção no homem em frente a ela que conversava sobre... Qual era a razão daquela festa? Era algum evento do Museu de Artes ou do balé?

Ela deu uma olhada nos cartazes que estavam sendo fixados. Reproduções de Degas. O que não ajudava necessariamente a responder sua pergunta: todos aqueles tutus felpudos poderiam se encaixar em eventos nos dois locais.

Enquanto a gravata apertada que havia na frente dela continuava a conversar, ela não acompanhava. Sua mente estava presa naquele corredor do tribunal... quando ela se virou dos elevadores e viu-se sozinha.

Ela não ouviu o movimento de Isaac, quanto mais perceber a sua partida. Em um momento ele estava atrás dela, no outro, não havia nada além do ar que a cercava antes. Era surpreendente como alguém daquele tamanho poderia desaparecer daquela maneira.

É claro que não precisava ser um gênio para deduzir que ele tinha saído pela escada que havia atrás – então, ela entrou pela porta da saída de emergência e foi atrás dele, tirou o salto alto e começou a correr apenas de meias. Ela percorreu todo o caminho até o fim das escadas, passou pela saída e viu um cara que estava acendendo um cigarro. Quando ela perguntou se ele tinha visto um homem grande saindo, ele apenas encolheu os ombros, soprou uma nuvem de fumaça branca e leitosa no ar e saiu andando.

Depois de ter colocado os saltos de volta, foi até a garagem subterrânea, entrou no carro e dirigiu novamente até o apartamento de seu cliente. Estava tudo apagado, mas ela não esperava por nada diferente

---

*Mayflower: navio que transportou os Peregrinos em 1620, do porto de Southampton, Inglaterra, até o Novo Mundo. Chegando ao Cabo Cod, atual estado de Massachusetts. [N.T.]

disso. O último lugar que alguém em fuga iria seria ao endereço que tinha dado à polícia.

Ela sabia que seu cliente era um fugitivo em potencial. O que ela não contava era que ele fosse como a fumaça daquele cigarro, que desaparecia na brisa, saindo de vista tão rápido quanto entrava.

Voltando ao presente, Grier colocou seu vinho Chardonnay já quente na bandeja de um garçom que passava por ela – nesse exato momento, seu celular começou a vibrar contra seu quadril.

Desculpando-se, ela se afastou pelo corredor.

– Alô?

– Oi, senhorita Childe. Tudo bem?

– Esperando por sua ligação quase sem ar de tanta ansiedade, Louie, é assim que estou.

– Ah, que gentil, muito mesmo. Você é uma boa mulher. – Louie pulou aquela rotina afável e foi ao que interessava. – Você não vai gostar do que tenho para lhe dizer.

Por que não estou surpresa? Ela pensou.

– Vamos lá, então.

– Ele é um fantasma.

Ela não discordava. Ainda assim, considerando que ela conversava com seu irmão morto ultimamente, fantasmas poderiam ser reais.

– Parecia bem real para mim quando me sentei em frente dele.

– Bem, o Isaac Rothe que consegui encontrar morreu há cinco anos. No Mississippi. Ele foi encontrado morto em uma vala, numa fazenda de gado e tinha dezenove anos na época. Os artigos de jornal que li diziam que ele foi agredido até ficar irreconhecível, mas a foto de quando ainda era vivo e que consta na certidão de óbito corresponde à foto do criminoso que foi tirada na delegacia ontem à noite. É o mesmo cara.

– Jesus...

– Não é por nada, mas esse processo de desaparecer com uma pessoa foi caro e longo. Quer dizer, como ele pode ter durado tanto tempo disfarçado? Claro, você até pode fazer isso, este é uma país grande e tudo mais, mas precisa ser cuidadoso, pois há muitas centrais de banco de dados. Ele não deve utilizar seu próprio número de seguro social, mas um que é diferente daquele com o nome original, assim, isso pode ser uma explicação de como ele permaneceu desaparecido. Mas a impressão que tenho é que ele sabe o que está fazendo. E ele tem um apoio importante.

– Que tipo de apoio importante?

– Vou dar as iniciais: E, U e A.

– Primeiro nome "governo dos"?

– Eu diria Tio Sam, mas sim, isso serve.

– Contudo, eu não concordo. Se ele queria permanecer desaparecido, por que deu seu verdadeiro nome? Você tem que comprar um número de seguro social novo, geralmente vem com um nome e sobrenome diferentes do que você possui, não é?

– Você deve perguntar a ele os porquês. Mas a primeira coisa que vem à minha mente: ele não esperava ser encontrado nunca. E vou dizer uma coisa... tomaria cuidado com ele. Aquele corpo naquela vala no Mississipi não chegou lá por acidente. Eu apostaria todo meu salário no fato de que alguém matou um garoto branco parecido o suficiente para que pudesse passar por ele em um caixão lacrado e adivinha: seu cliente ainda está respirando. Então, esse filho da mãe pode ser um assassino.

Grier fechou os olhos. Ótimo. Isso está ficando simplesmente cada vez melhor: ela não só afiançou um fugitivo em potencial que realmente fugiu, como também esse era um homem que poderia ter matado alguém e forjado sua própria morte.

Estava ferrada e mal paga, ela pensou, se perguntando como alguém como ela, que tinha obtido a máxima qualificação possível em sua área com honras, poderia ter sido tão estúpida.

Naquele momento, a multidão se afastou para revelar Daniel vestindo um smoking e bem descontraído ao lado de um daqueles Degas. Quando ele fez o aceno de um brinde para ela com uma taça de champanhe, seu belo rosto parecia ser um papel de parede onde se lia "eu disse".

O filho da mãe morto tinha um propósito. Mesmo depois de ter morrido há dois anos, ela ainda fazia um tipo de procedimento de emergência com ele: desesperada por trazê-lo de volta à vida real, ela começou a se envolver no drama de outras pessoas, aquela vontade de se envolver e ajudar era, algumas vezes, a única coisa que a fazia continuar.

– Você está bem, moça?

Ela agarrou seu telefone celular com mais força e se perguntou o que o investigador diria se soubesse que estava olhando bem dentro dos olhos do seu falecido irmão.

– Não exatamente, Louie.

– Ele enganou você?

– Eu enganei a mim mesma.

– Bem, tenho outra pequena informação para você. Contudo, não tenho certeza se quero contar. Parece que você já está muito abalada.

Preparando-se, ela murmurou.

– Diga. Eu preciso saber de tudo.

Capítulo 8

Paraíso, Jardim Norte

Acima dos céus e da terra, no reino celestial, o arcanjo Nigel andava a passos largos ao longo do gramado verde, as mãos cruzadas atrás das costas, cabeça baixa, olhos fixos à sua frente. Suas bolas de críquete brancas não foram utilizadas de maneira adequada, sua falta de concentração o tornava um competidor lamentável com relação às habilidades prodigiosas do arcanjo Colin com um taco em forma de marreta.

Na verdade, as bolas de Nigel tinham rolado para cá e para lá, indo a todos os lugares, exceto através dos arcos.

Em dado momento, ele desistiu de tentar. Não havia como treinar sua mente a se dispersar de algo que o irritava tanto e, portanto, ele era inútil para fazer qualquer coisa além de andar à toa e reclamar.

Mas que maldição, as regras precisavam ser seguidas. Era por isso que, nos jogos de estratégia, elas eram estabelecidas antes de começar a disputa, por isso não havia dúvidas ou erros de interpretação durante o jogo. Na verdade, ele sempre acreditou que uma competição justa requeria duas coisas: adversários de habilidades equivalentes e parâmetros bem definidos.

E naquele caso específico, especialmente por se tratar do futuro da humanidade, o primeiro critério foi cumprido de maneira específica. Seu lado e o do demônio Devina eram iguais em forças, fraquezas e objetivos.

Mais especificamente a parte dos objetivos, uma vez que as duas "equipes" sabiam muito bem como as apostas eram altas: todo o futuro do mundo pendia em uma balança, a paciência do grande Criador estava sendo testada ao longo de um conflito demorado e inconclusivo entre o bem e o mal no planeta. Há poucas semanas, foi declarado lá do alto que haveria sete oportunidades finais de prevalecer – e como consequência de uma simples maioria de vitórias, o domínio seria conquistado não apenas no mundo físico, mas também no bucólico céu e nas profundezas do inferno ardente.

Nigel era responsável pelo lado "bom". Devina comandava o "mal".

E esse demônio indecente estava trapaceando.

As regras da partida estabeleciam que Nigel e Devina escolhessem as almas "em jogo" e, então, deveriam sentar e assistir Jim Heron interagir e orientar o curso dos acontecimentos de tal forma que tudo resultaria em redenção ou condenação.

Sete chances. E a primeira tinha sido resolvida a favor de Nigel.

As próximas seis seriam realizadas em uma verdadeira arena. E, durante o curso dos acontecimentos, era permitido a Nigel e Devina certa quantidade de "treinamento". Como Nigel tinha ganhado no cara e coroa, foi permitido que ele se aproximasse de Jim primeiro e, para que a equivalência fosse preservada, Devina também foi autorizada a interagir com o homem. Mas agora eles deveriam estar fora de campo e nos bastidores na maior parte do tempo, com interação limitada até o intervalo e a repescagem final da partida que poderia ser feita por qualquer lado que vencesse.

Contudo, Devina estava lá embaixo. Lá embaixo e jogando sujo.

– Você também interferiu.

Nigel se deteve, mas não se virou para encarar Colin.

– Meu caro garoto, vá se ferrar.

A risada de Colin foi profunda e pela primeira vez sem qualquer sarcasmo.

– Ah! Aí está o rapaz que conhecemos e amamos. Eu queria saber onde ele tinha ido parar, dada a forma como você jogou mal.

Mantendo-se de costas para seu melhor companheiro de jogo, Nigel olhou ao longo do gramado, para os altos muros do castelo que cercavam a Mansão das Almas. Para além da vasta fortificação de pedra, em uma mansão infinita de acabamento refinado e com acessórios para atividades de lazer, estavam as luzes da vida eterna daqueles que provaram sua boa índole durante seu tempo na Terra.

Se os anjos não prevalecessem, todos aqueles que eram tão merecedores daquilo que tinham agora estariam perdidos nas profundezas do Inferno. Assim como todos estariam, inclusive ele e seus três sócios.

– Adrian e Edward não estão dentro das regras – Colin assinalou.

– Eles o direcionam. É bem diferente do que ela está fazendo.

– Certo. Mas não estamos sem representantes lá embaixo.

– Ela está brincando com os fundamentos do conflito.

– Você ficou mesmo surpreso. – O tom de voz de Colin, que era sempre cortante, tornou-se mortal. – Nós lutamos com ela há muito tempo para não estarmos conscientes de sua duplicidade. O que talvez seja o motivo pelo qual o Criador permite que mantenhamos nossos dois emissários.

– Talvez o Criador deseje a nossa vitória.

Nigel se esforçou para começar a andar novamente e ele não conseguia afastar seus olhos da ponte sobre o fosso e da forte entrada da mansão. A visão do portal monumental e trancado, do qual apenas ele tinha a chave metafísica, reafirmou suas convicções, mas, lamentavelmente, não foi por uma boa razão. As almas estariam seguras apenas se aquelas batalhas fossem vencidas.

– Você vai tomar alguma providência extra? – Colin perguntou ao dar uma grande volta sobre o gramado e se dirigir para a mesa em que o chá estava servido.

– Como posso fazer isso?

– Você vai se arriscar a perder apenas para ser honesto?

Nigel acenou para Bertie e Byron, que estavam sentados mais adiante em frente a um bule de chá e um carrossel de sanduíches minúsculos. Como era de se esperar, eles não tinham nem se servido de chá, nem consumido nada e não fariam isso até que as outras duas cadeiras da mesa estivessem ocupadas. Enquanto isso, Tarquin, o amado wolfhound irlandês de Bertie, estava enrolado em si mesmo ao lado do assento do arcanjo, o grande animal olhava para Colin e Nigel, seus olhos sábios e calmos não perdiam nada.

Nigel ocupava-se com sua gravata.

– A vitória e a trapaça são incompatíveis. E Adrian e Edward foram ideia sua. Eu não sei por que aceito isso.

Colin soltou um xingamento, sua entonação aristocrática acrescentava uma ênfase precisa nas palavras desagradáveis.

– Você sabe que não temos qualquer chance, a menos que também quebremos as regras. É por isso que consente.

A resposta de Nigel foi nada além do som de uma tosse, seu sinal de que a conversa tinha acabado ali e, com ele à frente, os dois seguiram para a mesa que foi providenciada de acordo com sua vontade e desapareceria da mesma maneira.

Nigel, assim como os outros, não vivia de fato ou respirava; ele simplesmente existia. E com a comida era a mesma coisa: nem necessária, nem existente. Isso também acontecia com a paisagem e com tudo o que os quatro faziam para passar a eternidade. Mas era preciso levar em conta importantes detalhes de uma vida tão graciosa. Na verdade, os quartos que dividia com Colin eram bem decorados e o tempo que ficavam dentro deles não era para suprir qualquer necessidade de sono, mas para recarregar um tipo diferente de força.

A guerra era exaustiva, seus encargos nunca terminavam e, às vezes, alguém precisava de socorro físico.

Quando Nigel tomou seu lugar à mesa, ele reassumiu sua força e retomou o manto da liderança enquanto Byron sorria e o servia. Na frente dos outros dois, ele era sempre o que tinha que ser. No entanto, com Colin era diferente – contudo, isso acontecia apenas quando estavam sozinhos.

Nunca acontecia se havia outras pessoas presentes.

Quando ele ergueu a xícara de porcelana chinesa fina do pires, o vapor perfumado do chá inglês percorreu seu nariz, mas, sob aquela aparente calma, ele estava preocupado.

Ele não poderia arriscar perder nem mesmo uma dessas batalhas, mas um cavalheiro não jogava sujo.

Ele tinha seus padrões para praticar a arte do jogo.

Maldição.

Capítulo 9

Em Malden, subúrbio de Boston, Jim, Adrian e Eddie não eram nada além de sombras nas densas trevas que havia ao se aproximarem de um edifício semiacabado. A estrutura fazia parte de um empreendimento desordenado e abandonado que tinha quinze ou mais divisões de encanamento... e nenhuma delas estava em uso ou sequer concluída. O que sugeria que o financiador/proprietário estava enforcado com relação a sua conta bancária.

A unidade que tinha vindo verificar era circundada por um gramado que percorria até uma clareira na parte de trás da floresta, havia três árvores que se erguiam ao redor do edifício, compondo a paisagem: o esqueleto do prédio de cinco andares estava acima de tudo isso e selado com vidros de janelas da cor de ameixas, mas não havia luzes acesas e nada além de terra batida no espaço para o estacionamento nos fundos.

O local estava completamente abandonado.

Bem, era assim para visitantes legais.

Invasores ilegais circulavam pelo local, seus carros e caminhonetes formavam uma fila surpreendentemente ordenada não muito distante de onde Jim e os rapazes estavam.

Parecia que a informação daquele bombeiro na academia era verdadeira.

– Sabe? – Adrian disse. – Eu poderia entrar no ringue. Dar alguns golpes. Talvez em um humano ou dois.

Jim balançou a cabeça.

– Acho que não precisamos disso agora.

– Você foi algum tipo de freio na vida passada?

– Que tal um muro de tijolos? Chega, vamos entrar.

Misturando-se entre os outros homens que se dirigiam para a entrada dos fundos, Jim procurava por Isaac... no caso improvável do cara ter saído da cadeia e ainda querer lutar. Mas, de maneira mais significante, ele mantinha os olhos abertos para encontrar alguém que se parecesse com um soldado: rígido, firme e que tinha um trabalho a fazer ao invés de ser um mero espectador da luta.

Ele estava atrás daquele que deveria matar Isaac.

Da maneira como a equipe das operações extraoficiais trabalhava, seria alguém com quem os dois já tinham trabalhado: dada a quantidade do processo de seleção, treinamento e período de testes que se tinha que passar para entrar na equipe, havia um número limitado de caras que conseguiam fazer isso – e levava anos para conseguir e desenvolver novos recrutas. Jim tinha saído há apenas seis meses; ele reconheceria o assassino.

E Isaac também.

– Vocês vão entrar – ele disse aos seus amigos ao chegarem a uma porta aberta apoiada por um bloco de concreto. – Eu vou ficar aqui. Mas me informe se virem Rothe.

Só que ele podia apostar que não veriam. Se o soldado estivesse ali apesar de tudo, estaria escondido em algum lugar, sondando quem chegava antes de se mostrar. Afinal, não precisava ser um gênio para descobrir que ser pego pela polícia era o mesmo que pregar um alvo vermelho nas costas.

Razão pela qual, em alguns aspectos, interceptar o assassino era ainda mais importante que correr atrás de Isaac.

Depois que Eddie e Ad entraram pela porta de emergência, Jim voltou a ficar em pé em uma parte do edifício que o abrigava do vento. O que era mais por hábito do que por necessidade: ninguém conseguia vê-lo ali.

Outro benefício de ser um anjo: ele podia escolher quando ser visível para os mortais.

Acendendo um cigarro que ele mantinha tão oculto aos olhos humanos quanto sua jaqueta e suas botas de combate, acompanhava a multidão que enchia o local. O público de hoje era formado pelos idiotas mais comuns: universitários ou colegiais beberrões que faziam parte de algum time e que em cinco anos seriam campeões estaduais. Só se via bonés dos Patriots e do Red Sox. Alguns blusões com capuz do Colégio Chelmsford.

Quando a multidão terminou de entrar no prédio, Jim queria soltar um palavrão. Talvez devesse ter se infiltrado na prisão, afinal – apesar de que também seria complicado. Havia muitas pessoas naquele ringue, e mesmo que pudesse ficar invisível, o que faria se tivesse que matar ou salvar alguém?

Um homem solitário surgiu atrás das árvores. Ele era enorme e o blusão preto que usava não diminuía nem um pouco o tamanho de seus ombros. Ao se aproximar, ele andou como o soldado que foi treinado para ser, percorrendo o olhar ao redor e mantendo as duas mãos no bolso – como se estivesse segurando uma ou duas armas.

– Olá, Isaac... – Assim que pronunciou aquele nome, Jim foi atingido por um impulso poderoso e inescapável que fazia daquele homem não apenas um alvo, mas um destino.

O plano original era encontrar o cara e colocá-lo em um avião para fora do país com algum recurso financeiro – apenas para ajudá-lo em seu caminho.

Contudo, agora ele percebia que precisava fazer mais que isso.

Atravessando aquele mar de gente para ver Rothe pela primeira vez desde aquela noite no deserto, Jim não correu até o cara, gritou seu nome ou fez qualquer coisa que assustasse o filho da mãe. Ao invés disso, ele concentrou um tipo de iluminação em si, retirando-se da escuridão ao agitar as moléculas em volta de seu corpo.

Ele se certificou de que suas mãos estavam para cima e as palmas vazias. E que Isaac seria o único a vê-lo.

A cabeça de Isaac percorreu o local. E uma arma surgiu de seu blusão.

Jim não se moveu, apenas balançou a cabeça, fazendo o sinal universal de "Não estou aqui pra ferrar você."

Quando Isaac finalmente se aproximou, ele não quis arriscar. Ao dar um passo adiante, outra arma saiu de um bolso para ficar pendente de maneira discreta ao seu lado. As duas armas possuíam silenciadores e se camuflavam na sua calça com faixas pretas.

Por um momento, os dois apenas encararam um ao outro como idiotas e Jim teve um impulso absurdo de abraçar o filho da mãe – contudo, ele reprimiu aquilo rapidamente. Primeiro, não havia razão para dar uma de efeminado. E, segundo, isso faria com que ele fosse baleado à queima-roupa: os soldados das operações extraoficiais não eram inclinados a abraços – a menos que estivessem planejando matar alguém.

– Ei! – Jim disse de maneira rude.

Isaac limpou a garganta. Duas vezes.

– O que você está fazendo aqui?

– Estava passando por aqui. E pensei em te chamar pra jantar.

Isso resultou em um sorriso lento, do tipo que lembrava o passado.

– Como retribuição?

– Sim. – Os olhos de Jim observaram o espaço atrás dele e viu que havia apenas alguns vagabundos. – Você pode chamar assim.

– Pensei que você estava fora.

– Eu estou.

– Então... – Quando Jim não respondeu imediatamente, os olhos frios do cara cresceram de maneira astuta. – Ele o enviou para me matar, não foi?

– Eu precisei de um favor e isso custou caro.

– Então, por que estamos conversando?

– Eu não recebo mais ordens do Matthias.

Isaac franziu a testa.

– Idiota! Agora ele vai caçar você também. A menos que exploda minha cabeça aqui e agora.

Jim colocou seu cigarro entre os dentes e manteve as mãos expostas.

– Estou desarmado. Pode me revistar.

Não foi surpresa quando Isaac guardou uma de suas armas e, com a mão livre, fez uma rápida revista em Jim.

Isso fez com que o cara franzisse a testa com ainda mais força.

– Que porcaria você tem na cabeça?

– Nesse momento? Bem... vamos ver, que você não deveria estar lutando aqui, pra começar. Afinal, estou concluindo que você não está aqui para fazer parte do pessoal que vai ficar comendo pipoca e chocolate na plateia. Ao invés disso, eu gostaria que você viesse comigo e me deixasse ajudá-lo a sair do país em segurança.

Ao balançar a cabeça a voz de Isaac soou como de uma pessoa mais velha.

– Sabe que não posso confiar em você. Desculpe, cara. Mas não posso.

Mas que inferno.

Porém, a moral da história é que não se podia criticar o raciocínio dele: nas operações extraoficiais, mesmo quando você estava em missões com seus compadres, era cada um por si. Decidiu abandonar a instituição? Se for inteligente, você não colocaria sua vida ou sua fé nem nas mãos de sua própria mãe.

Jim deu uma tragada e focou o rosto do outro homem, sentindo que aquele impulso em seu peito ficava cada vez mais forte. Difícil explicar o "porquê" disso... mas ele não poderia desistir agora que encontrou Isaac. Mesmo que isso comprometesse sua batalha com Devina. Mesmo se Isaac não quisesse sua ajuda. Mesmo que isso o colocasse em perigo.

Isaac Rothe precisava ser salvo.

– Sinto muito – ele ouviu a si mesmo dizendo. – Mas preciso te ajudar. E você vai deixar que eu faça isso.

Os olhos do outro homem se estreitaram como se fossem fendas.

– Como?

Jim olhou para a porta. Adrian e Eddie tinham reaparecido e... os dois estavam olhando como se tudo aquilo devesse mesmo estar acontecendo. Como se já soubessem muito bem que Isaac apareceria ali. E que Jim iria conversar com o cara. E...

Com um rápido inclinar de sua cabeça, Jim observou o céu escuro e pensou sobre a maneira como sua primeira missão tinha acontecido: não houve coincidências em qualquer momento da cadeia de acontecimentos. Tudo e todos com quem ele se encontrou estavam entranhados em sua tarefa. E, nossa! Meu Deus! Não era difícil imaginar que Matthias estava jogando no time de Devina. O cara praticava o mal onde quer que fosse, cometendo atos de violência e fraudes que tiveram um efeito em escala global assim como alteraram vidas para sempre.

Jim voltou a se concentrar em Isaac. Talvez o comprometimento com aquele soldado desertor não estivesse relacionado apenas com uma página de seu passado... Inferno, Nigel, seu novo chefe, não era nem um pouco fácil e, ainda assim, o arcanjo ficou muito tranquilo no instante em que Jim anunciou que iria atrás de Isaac: o que não é o tipo de reação que se tem quando é o capitão de um time e seu zagueiro começa a correr em direção a um objetivo particular.

É exatamente o tipo de reação que se tem se seu garoto está onde você quer que ele esteja.

Mas que droga... Isaac *era* sua nova missão.

Cara, aquela droga que ele fez com seu próprio corpo na funerária se revelaria um golpe de gênio.

– Você vai precisar de mim – ele pronunciou.

– Posso cuidar de mim mesmo.

Quando Isaac começou a se afastar, Jim agarrou o braço dele.

– Você sabe que não pode fazer isso sozinho. Não seja imbecil.

Passou-se um longo momento.

– No que você está pensando, Jim? – os olhos claros do cara estavam assombrados. – Você estava fora. Estava livre. Foi o único que conseguiu sair. Por que voltaria a esse inferno?

Jim precisava seguir uma lógica que o outro poderia acreditar e que também era verdade; claro que não era a única verdade.

– Devo essa a você. Sabe disso. Devo por causa daquela noite.

Jim Heron estava exatamente como Isaac se lembrava dele: grande, disposto, e não tratava de nada além de negócios. Os olhos azuis eram os mesmos, o cabelo loiro ainda era bem cortado, o rosto recém-barbeado como sempre. Ele tinha até mesmo um Marlboro que queimava tranquilamente em sua mão.

Mas havia algo um pouco diferente, algum tipo de vibração que estava simplesmente... fora do normal, mas não no mal sentido.

Talvez o sortudo estivesse, de fato, dormindo à noite, ao invés de manter uma arma na mão e acordar com qualquer ruído.

Nossa, quando ele ouviu que Heron tinha saído das operações extraoficiais... ele nunca esperava ver o cara de novo – tanto por Matthias talvez ter repensado o cartão de despedida que deu a ele e, na verdade, resolvido enfiar uma bala no meio da cabeça dele ou por Jim ter sido esperto o suficiente e ficado longe de qualquer coisa ou pessoa que tivesse relação com sua vida passada.

E, ainda assim, lá estava ele.

Quando Isaac olhou bem nos olhos do cara, ele acreditou, tanto quanto fosse possível, que Heron estava ali para ajudá-lo por causa da dívida que tinha feito na terra do sol e da areia. Além disso, se o filho da mãe queria Isaac morto, isso já teria acontecido muito antes daquela conversa começar.

– Se eu tivesse vindo te matar – Jim murmurou – você já estaria no chão.

Bingo.

– Certo – disse Isaac. – Você me dá cobertura enquanto eu luto. Podemos começar agora.

Bem, aquilo atraía um não bem grande.

– Você não pode entrar naquele ringue. Por causa do folheto que vi e da prisão, é como se tivesse um rastreador de GPS enfiado no meio da sua cara.

– Preciso do dinheiro.

– Eu tenho dinheiro.

Isaac lançou um olhar na saída e percebeu que havia dois homens grandes esperando na porta. Quando ergueram as mãos o cumprimentando, ele perguntou:

– Estão com você?

Jim pareceu surpreso.

– Ah, sim. Estão.

– Está formando sua própria equipe? Vai trabalhar por conta?

– Pode chamar assim. Mas estávamos falando sobre você e em como não vai lutar.

Para o inferno com aquele conversa. Não era ele quem estava devendo 25 mil para aquela advogada, e os dois mil dólares que restariam não o levariam muito longe. E, apesar de Matthias poder enviar um cara para matá-lo no ringue e ainda assim fazer parecer um acidente, que escolha ele tinha? Ele não precisava de caridade de ninguém –

tinha aprendido isso há muito tempo – e ele não estava disposto e se endividar também com Jim apenas para resolver outra dívida.

Em dez minutos ele poderia ganhar mais um ou dois mil. E se ele levasse uma rasteira do segundo na linha de comando de Matthias, aquele que apareceu na noite passada? Isso não importava realmente. Ele sabia no momento em que tinha desertado da equipe que um funeral estava esperando por ele, só que ele era uma pessoa com uma doença mortal: a cura por ser um desertor era terrível e provavelmente iria matá-lo, mas, pelo menos, ele estava lutando e morrendo segundo suas próprias regras.

Permanecer nas operações extraoficiais? Droga, ele estava morrendo naquilo mesmo com o coração batendo.

Ele estava tão vazio naquela época que poderia muito bem estar em uma sepultura.

– Vou lutar – ele disse. – E vou te dar as minhas coisas para segurar enquanto estiver no ringue. Esse é o máximo de ajuda que vou aceitar hoje à noite.

Não havia razão para dizer a quantidade de dinheiro que tinha no blusão. E Heron já sabia das armas, mas era evidente que usá-las não passava pela sua cabeça.

– Esse é um grande erro.

Isaac franziu a testa.

– Muitas pessoas teriam lhe dito para deixar Matthias naquele deserto para morrer, mas você o trouxe de volta por que tinha que fazer isso e não permitiria que ninguém o contradissesse. A mesma coisa está acontecendo aqui. Ou embarca nessa ou sai do meu caminho.

Um palavrão. Em seguida, outro. Finalmente, Jim inalou o cigarro uma última vez e jogou a bituca na terra, debaixo de sua bota de combate.

– Tudo bem. Mas eu vou interceder, estamos entendidos? Você entra no ringue e se fizer qualquer idiotice, eu encerro a luta.

– Por que infernos você está fazendo isso? – Isaac disse com voz rouca.

– Por que infernos você saiu aquela noite para encontrar Matthias e eu?

Memórias de dois anos atrás vieram à tona e Isaac voltou ao deserto, ao momento em que o rádio criptografado gritou e ele pegou e ouviu a voz de Jim.

Dez minutos foram suficientes para organizar tudo: um médico na tenda em que ficavam, o transporte aéreo os aguardava e uma equipe de paramédicos estava na fronteira. E, então, ele se sentou ali e esperou por mais ou menos um minuto e meio.

A Land Rover que ele arranjou estava estacionada com as chaves no contato e Isaac sentou atrás do volante e saiu à toda. O que Jim não sabia era que quando ele e Matthias saíram, Isaac os seguiu por um momento e viu a direção que tinham tomado.

Alguma coisa estava errada com aquela viagem até as dunas: ninguém ia a qualquer lugar sozinho com Matthias. Era como pedir para que um paciente com ebola tossisse em você.

Fazendo grandes varreduras fora do acampamento, ele os encontrou uma hora depois a uns bons oito quilômetros de distância de onde tinha começado a procurar: com seus óculos de visão noturna ele localizou alguma coisa se movendo lentamente ao longo de uma elevação e, considerando que aquela forma de ogro não existia de fato, ele só podia concluir que era um homem levando outro no ombro ao longo da areia.

Ao se dirigir até eles, ele pensou em como o deserto era engraçado: a certa distância, assim como seu extremo oposto, o oceano, ele se funde com o céu durante a noite e isso acontecia até que se tivesse um ponto de referência, como um arbusto ou um navio – ou o resultado da ideia idiota de Jim ser um salvador. Aquilo era a confirmação visual de que a Terra era, de fato, redonda e não quadrada.

E a confirmação de que o lugar onde você se encontrava não era o céu.

Ele estava viajando de faróis apagados e não ia acendê-los. Ao invés disso, ele pegou uma camiseta branca e segurou a coisa para fora da janela, sabendo que Jim veria aquilo e, com sorte, concluiria que não era o inimigo. O filho da mãe tinha se armado até os dentes ao deixar o acampamento.

Quando Isaac diminuiu até parar, ele saiu com as duas mãos completamente visíveis e permitiu que Jim se aproximasse. O cara parecia exausto, mas ele já tinha carregado o peso morto de Matthias em suas costas por sabe-se lá quantos quilômetros, sobre a areia, em constante movimento.

Não tinha sido uma surpresa Jim aparecer na rotina de um cavaleiro de armadura reluzente, a despeito das condições de seu chefe que eram evidentemente críticas.

Estava passando por aqui, Isaac tinha dito. *E pensei em te chamar pra jantar*.

Sacudindo-se, ele voltou à noite em que estavam, ali em... Onde ele estava? Malden?

A voz dele soava com a mesma exaustão que a voz de Jim expressou naquela noite.

– Não deixem que te matem por minha causa, okay?

Jim murmurou alguma coisa que soava como, *Um pouco tarde para isso*. Mas é claro que não tinham sido essas palavras.

Esforçando-se para se concentrar novamente no jogo, Isaac deixou seu passado e emoções naquela areia, seu foco foi colocado no presente quando se virou e começou a andar em direção à entrada do edifício.

Quando entrou, Jim e seus dois colegas estavam bem atrás dele e ele teve que se perguntar por que Heron não estava usando sequer um boné para esconder seu rosto ou qualquer coisa que disfarçasse quem ele era. Idiota filho da mãe. Ficou livre... apenas para voltar atrás.

Louco.

Doido de pedra.

Mas ele tinha seus próprios problemas com que se preocupar e Deus era testemunha de que Jim era um adulto e, portanto, poderia se permitir ser um idiota quando se tratava de sua própria vida.

Enquanto Isaac continuava, o corredor da retaguarda do edifício abandonado mostrava ser uma pista de obstáculos, isso graças a inúmeros baldes de tinta vazios e mil garrafas de refrigerante consumidas pela metade. Tinha se passado um tempo desde a última vez que alguém levantou um dedo para fazer algo ali – havia poeira em todo aquele entulho.

Era evidente que o dinheiro tinha acabado na construção antes do pessoal do acabamento ser contratado: fios elétricos desencapados serpenteavam ao longo do teto que pendia juntamente aos dutos de ventilação parcialmente concluídos e os tubos de canalização. A iluminação vinha de lanternas à pilha colocadas a um metro e meio de distância uma das outras e o ar era frio a ponto de congelar alguém. Isso até que entraram no enorme saguão do local. Apesar do teto ser tão alto quanto o de uma catedral, os cinquenta rapazes ou mais que se amontoavam no chão de concreto aumentavam a temperatura do local graças ao calor do corpo.

Estava claro que aquele era o lugar perfeito para lutar: os arquitetos tinham planejado algum tipo de extravagância com os vidros na entrada da frente, mas como tantas outras coisas, não estava concluído. Ao invés de painéis transparentes, havia folhas de madeiras pregadas sobre as vigas.

Assim, a luta e a multidão estavam ocultas.

O octógono tinha sido colocado no centro do espaço e assim que Isaac percorreu a multidão, a torcida começou. Quando pessoas estranhas começaram a lhe dar tapas nas costas e parabenizá-lo por ter saído da prisão, os telefones celulares se aproximaram de todos os tipos de orelhas, aquela rede de comunicação se estenderia pela cidade, com a notícia de que ele estava bem mesmo depois daquela invasão.

O promotor de eventos correu até ele.

– Mas que coisa, eles já estão com tudo! Isso é demais...!

Blablablá.

Isaac percorreu os rostos ao se dirigir para uma das extremidades do ringue e se acomodar ali para esperar. Quando Jim se apoiou ao seu lado, Isaac disse:

– Um velho amigo nosso apareceu ontem a noite.

– Quem?

– E como pode imaginar – Isaac disse severamente – ele está de volta.

Próximo ao local onde os seguranças estavam pegando o dinheiro das apostas e dos ingressos da luta, o segundo homem de Matthias estava pegando uma carteira do bolso. Quando o dinheiro trocou de mãos, o cara olhou e sorriu como um crocodilo.

Em seguida, ele apontou direto para o peito de Isaac.

– Você não vai entrar naquele ringue. – Jim saiu de seu lugar, se colocou na frente dele e bloqueou seu campo de visão. Isaac olhou por cima do ombro pesado de Heron, encarando bem o rosto do homem que tinha sido enviado para matá-lo.

– Sim, eu vou.

Capítulo 10

Já tinha passado das 10 da noite quando Grier estacionou seu Audi em Malden e desligou o motor. Ela manobrou o sedã em um local de terra batida de maneira que ficasse voltado para fora e longe da maioria dos outros carros – embora o "estacionamento" não tivesse exatamente qualquer área dedicada à entrada, saída ou vagas.

Quando chegou ao endereço que Louie havia passado por telefone, não teve certeza de que era o lugar certo. O local como um todo estava vazio até onde ela conseguia ver, as doze ou mais torres de cinco andares em espiral surgiam a partir de um caminho escuro como se fossem crianças na escola em fila para uma contagem. Era evidente que a estrutura tinha sido desenvolvida para que empresas de alta tecnologia a ocupassem, ao menos era isso que se via no cartaz que dizia Centro Empresarial Tecnológico Malden. Mas, na realidade, o contrário: era uma cidade fantasma.

Contudo, Louie nunca a conduzia ao erro. Assim, ela se virou e percorreu o caminho até os fundos... e encontrou mais ou menos 25 caminhonetes e carros atrás do prédio mais distante da entrada principal. Fazia sentido. Se ela estivesse invadindo um local para montar uma gaiola de lutas clandestina, ela também garantiria que estivesse o mais oculta possível.

Saindo de seu carro, foi até a saída de emergência que estava aberta sustentada por um bloco de concreto e entrou. O rosnado profundo e agitado da multidão de homens fluía no corredor, a testosterona formava uma parede a qual ela praticamente teve que empurrar para atravessar. Enquanto seguia em direção ao som, ela não se preocupava com o quociente de estupidez – que claramente seria alto. Ela tinha um spray de pimenta em um bolso e uma arma de choque no outro: o primeiro era uma arma legal no estado de Massachusetts quando se tinha uma autorização para portar armas de fogo, e ela tinha. O segundo... bem, ela pagaria a multa de quinhentos dólares, caso tivesse que usar a coisa.

Se ela conseguiu entrar em um ponto de crack em New Bedford, à meia noite, ela poderia lidar com isso também.

Quando surgiu no saguão e conseguiu dar uma olhada nas barreiras de um metro e oitenta ligadas por correntes do octógono, ela tinha total consciência de que poderia chamar a polícia para o jogo de hoje, mas, assim, Isaac, assumindo que ele aparecesse por ali, seria preso novamente ou fugiria. Nos dois casos, ela não teria a chance de se aproximar dele. O objetivo dela era fazer com que ele parasse e pensasse um tempo considerável para ver o que estava fazendo. Fugir nunca era a solução, e se entrasse por aquele caminho, ele garantia uma detenção, mais acusações e o início de um registro com precedentes.

Isso assumindo que ele já não tivesse um: aquele assassinato no Mississippi a preocupava – mas era, como todos os seus outros problemas, algo que as devidas autoridades deveriam lidar. Como sua advogada de defesa, ela tinha que tentar fazer com que ele ficasse e dançasse conforme a música ditada por suas acusações atuais. Era a coisa certa a se fazer perante a sociedade – e era a coisa certa a se fazer por si mesmo.

E se ela não conseguisse fazer com que ele enxergasse a luz? Então, ela iria se afastar do caso e contar às autoridades tudo o que sabia sobre ele. Incluindo as armas e os detalhes daquele sistema de segurança. Ela não se tornaria cúmplice do crime na sua busca por fazer a coisa certa...

Grier congelou ao ver seu cliente, sua mão foi em direção à base de sua garganta.

Isaac Rothe estava sozinho em uma extremidade do ringue, e embora os elos da cadeia da gaiola o separassem, não havia dúvidas de quem era... e isso não diminuía o efeito que ele causava: era uma ameaça, o seu tamanho e a expressão rígida do rosto transformava os outros homens em garotinhos. E mesmo sendo impactada por sua educação naquela cadeia, agora ela tinha um retrato verdadeiro de quem ele era.

O homem era um assassino.

Seu coração bateu rápido, mas ela não vacilou. Estava ali para fazer um tipo de trabalho, e maldito seja, mas ela iria falar com ele.

Assim que deu um passo à frente, um cara adulador com dentes de ouro apareceu fazendo macaquices do outro lado da gaiola.

– E agora... aquilo que vocês estavam esperando!

Isaac tirou seu blusão e suas botas, deixou suas coisas no chão e, em seguida, começou a perambular no ringue, queixo baixo, os olhos encaravam tudo por baixo das sobrancelhas. Sua camiseta se esticava apertada ao longo de seu peitoral e, mesmo tendo as mãos pendentes nas laterais, seus braços estavam esculpidos pela força. Posicionando-se para a luta, ele era todo músculo, ossos e veias, os ombros tão largos que pareciam ser capazes de levantar o maldito prédio como se estivesse fazendo levantamento de peso.

Ao pular a gaiola e aterrissar ali dentro com os pés descalços, o rugido da multidão atingiu a cabeça dela como um sino e transformou sua coluna em um condutor de adrenalina. Sob o brilho das oito lanternas de acampamento que ficavam nos polos de apoio, seu cliente era parte gladiador, parte animal, um pacote mortal pronto para fazer aquilo para que ele claramente tinha sido treinado.

Infelizmente, o adversário que pulou ali e aterrissou em sua frente era quase uma imagem refletida dele: a mesma estrutura brutal, o mesmo peso, a mesma aparência mortal – estava até mesmo vestido da mesma maneira, a camiseta mostrava os músculos cheios de tatuagens de serpentes que percorriam todo seu ombro e pescoço. E enquanto o público gritava e se aproximava, os dois circulavam, procurando por uma oportunidade, braços, peitos e coxas enrijecidos.

Isaac investiu primeiro. Ao balançar o corpo, tirou o pé do chão e atingiu o outro homem nas costelas com um golpe tão cruel que ela poderia apostar que até mesmo os ancestrais do adversário sentiram a dor no túmulo.

Tudo aconteceu muito rápido. Os dois entraram em uma sucessão de ataques e esquivas, suas camisas se umedeceram rapidamente ao redor do pescoço e nas costas, a luz amarela amanteigada das lanternas fazia com que parecesse que estavam lutando em um ringue de fogo. Os contatos, quando feitos, eram do tipo que soavam como tiros de armas de fogo, os fortes e ressonantes impactos chegavam até a multidão, que se agitava inquieta. O sangue voava – a partir do corte na cabeça de Isaac que foi rapidamente reaberto e depois dos lábios do adversário que foram partidos. Os lutadores não pareciam se importar, mas com certeza os agitadores adoravam aquilo, como se fossem vampiros...

Uma mão passando em sua bunda fez com que olhasse em volta.

Movendo-se rapidamente para trás, ela olhou o cara da mão boba.

– Desculpe.

Ele pareceu momentaneamente surpreso e, então, seu olhar se estreitou.

– Ei... o que faz aqui?

A questão foi colocada como se ele a conhecesse.

Então, parecia que ele estava falando com o Papai Noel e levando isso à sério – seu rosto estava liso de suor e metade de suas feições se contorceram como se sofresse um curto-circuito. Era óbvio que ele estava drogado – e Deus sabia que ela era especialista em fazer esse diagnóstico.

– Com licença – ela disse, afastando-se.

Ele a seguiu. Para sua sorte, o único idiota do lugar estava mais interessado em importuná-la do que na luta que veio para assistir.

Ele agarrou o braço dela, puxando-a.

– Eu conheço você.

– Tire sua mão de mim.

– Qual é o seu nome...?

Grier se libertou dele.

– Não é da sua conta.

Ele pulou em direção a ela num piscar de olhos: o metro que havia entre eles de repente se transformou em um centímetro.

– Você é uma maldita dondoca. Acha que é melhor que eu, vadia?

Grier não cedeu o corpo, mas tirou a arma de choque e deslizou o pino de segurança ao agarrá-lo. Colocando a arma a uma distância mínima da calça jeans do cara, ameaçou.

– Se você não sair de perto de mim, vou lançar 625 mil volts nas suas bolas. No três. Um... dois...

Antes que ela tivesse tempo de acionar o gatilho, ele recuou e ergueu as mãos.

– Não era minha intenção... eu só pensei que te conhecia.

Enquanto ele se afastava, ela manteve a arma de choque em mão e respirou fundo. Talvez ela o conhecesse das buscas que tinha feito por Daniel – mas era evidente que ele estava fora de si e ela já estava escaldada o suficiente.

Voltando a se concentrar no ringue, ela olhou para cima...

Bem a tempo de ver Isaac cair como um pedra.

Lutar com o segundo na linha de comando de Matthias era um prazer. Isaac nunca confiou ou gostou do cara, e dar um chute no bastardo tinha sido alcançar um objetivo indescritível na carreira.

Ah, que ironia. Teve a chance apenas quando estava saindo...

Awm!

Quando os ganchos de direita começaram, o maldito parecia uma britadeira e acertou o queixo de Isaac bem em cheio, atingindo com isso seu crânio e causando todos os tipos de problemas: levando em conta que o crânio é apenas uma esponja solta em um globo de neve, sua matéria mental ficou um caos devido ao golpe e, assim, ele perdeu os sentidos e o equilíbrio.

Levando tudo em consideração, ele estava mais preocupado antes com algum tipo de arma branca, mas os punhos funcionaram bem. Maldito seja, e como funcionaram...

Esse foi o último pensamento que teve no momento em que o chão do octógono saltou para cumprimentá-lo. O "Oi, tudo bem?" da coisa causou tanto impacto quanto o punho do seu antigo colega de trabalho.

Deus, ele era como o coelho da Duracell.

Ele se levantou um segundo depois de suas costas tocarem o chão – mesmo que suas pernas estivessem dormentes e soltas e sua visão estivesse como uma TV que precisasse ser ajustada. Lançando-se para frente, ele era todo instinto e vontade, prova de que a mente poderia anular os receptores de dor do corpo, pelo menos por um tempo. Ele atacou o adversário pela cintura e o jogou no chão, em seguida, o virou de estômago para baixo e torceu seu braço para trás, puxando a coisa como se fosse uma corda.

Com um estalo, alguma coisa saiu do lugar e, de repente, Isaac precisou se segurar para não cair.

A multidão foi à loucura, todos os tipos de "*vai se ferrar*" ricochetearam em volta do saguão semiacabado até que um apito estridente atravessou o rugido. Em um primeiro momento, ele concluiu que o som era apenas uma extensão do caos em sua cabeça, mas depois percebeu que alguém tinha entrado no ringue. Era o promotor de eventos e, pela primeira vez, o rosto do bastardo estava um pouco pálido.

– Estou encerrando a luta – gritou quando agarrou o pulso de Isaac e o ergueu no ar. – Vencedor! – Inclinando-se, sussurrou: – Deixe ele ir.

Isaac não conseguia entender qual era o problema do cara...

Seus olhos finalmente entraram em foco e, bem, veja só. O segundo na linha de comando de Matthias precisava de um raio-X, gesso e talvez alguns pinos: o osso superior do seu braço estava projetado para fora da pele como uma estaca rompida e ensanguentada, o braço estava quebrado e alguns outros ossos também.

Isaac saltou e apoiou-se contra a corrente que circundava o ringue, o coração saía pela boca. Seu adversário ficou em pé rapidamente e segurou a mão que vacilava casualmente, como se nada de grave tivesse acontecido além de uma simples picada de inseto.

Quando seus olhares se encontraram e o cara sorriu daquela maneira que só ele fazia, Isaac pensou: droga, essa luta não foi nada além de um sinal de advertência do processo da minha captura.

Uma mensagem de que eles estavam perto.

Um convite para correr.

Droga. Dane-se aquele Matthias. E aquela fratura exposta foi sua resposta: eles poderiam tê-lo deixado sair, mas agora ele ia causar alguns prejuízos no caminho para o túmulo.

Isaac não perdeu tempo. Ele se aproximou das correntes e saltou sobre a borda. Felizmente, a multidão sabia muito bem que deveria sair de seu caminho, assim, ele foi capaz de ir mais rápido em direção a Jim...

Ele acabou dando um encontrão na sua defensora pública.

– Cristo! – ele vociferou, afastando-se da mulher.

– Na verdade, é Childe. Com "e" no final. – Ela levantou uma sobrancelha. – Pensei em tentar oferecer um táxi novamente, precisa de uma carona de volta para Boston? Ou não está indo nessa direção?

Esquecendo suas boas maneiras por um momento, ele se alterou.

– Que diabos você está fazendo aqui?

– Eu ia perguntar a mesma coisa. Isso considerando que uma das condições de sua fiança é não participar de lutas ilegais. E não parece mesmo que você esteja disputando um simples jogo de tabuleiro por aqui. Você *quebrou* o braço daquele homem.

Isaac olhou em volta, perguntando-se qual seria o caminho mais rápido, pois ela não pertencia àquele bando de arruaceiros e ele tinha que tirá-la dali.

– Olha, podemos ir até lá fora?

– O que você tem na cabeça? Aparecer aqui e lutar?

– Eu ia te procurar.

– Sou sua advogada... Ao menos espero que sim!

– Estou te devendo 25 mil dólares.

– E eu vou te dizer como você pode acertar as contas. – Ela colocou as mãos na cintura e inclinou-se, aquele perfume infiltrou no nariz dele... e no seu sangue. – Você pode parar de ser um idiota estúpido e aparecer na sua audiência em duas semanas. Vou te dar a hora e a data novamente, se acaso esqueceu de anotar.

Certo... ela era *totalmente* gata quando ficava nervosa.

E, em teoria, aquela não era a reação apropriada para o momento e local. Entre outras coisas.

Naquele momento, Jim e seus colegas se aproximaram, mas Grier não lançou sequer um olhar a eles – mesmo com Jim olhando de maneira rígida para ela. E reagir assim dava uma ideia exata a Isaac de como ela seria no tribunal. Cara, ela era incrível quando estava concentrada, nervosa e pronta para servir alguém em uma bandeja.

– Mais duas outras coisas – ela exclamou. – Você deveria rezar para que aquele cara cujo braço precisa ser engessado não ligue para a polícia. E você precisa ver um médico. De novo. Está sangrando.

Apenas para preencher o silêncio, ainda que não houvesse um, o promotor de eventos entrou com o que parecia ser uns dois mil dólares.

– Aqui está a sua parte...

De repente, os olhos de Grier se uniram aos de Isaac, da mesma maneira que seu belo rosto ficou mais tenso.

– Não pegue o dinheiro, Isaac. E venha comigo. Faça a coisa certa esta noite e isso vai lhe poupar muitos problemas mais tarde. Eu prometo.

Isaac simplesmente balançou a cabeça para ela e estendeu a mão para o promotor.

– Ah! Não acredito! – ela disse.

Quando praguejou e virou as costas, ele ficou meio sem ação por um momento.

Ao voltar a reagir, ele estendeu a mão em direção ao braço dela, mas o promotor entrou no caminho.

– Agora, antes que dê isso à você – ele bateu as notas na palma da mão – quero que venha lutar duas noites a partir de agora.

Sem chance. Ele esperava estar fora do país até às dez.

– Sim, claro.

– Será aqui, se não tivermos problemas. Você é incrível, cara...

– Agora cale a boca e me dê o dinheiro.

Isaac se ergueu e olhou por cima da confusão de cabeças, observando o penteado diferente de Grier marchar em direção à saída da porta dos fundos. Em geral, os homens sairiam do seu caminho, mas agora, dado o humor dela, ela seria capaz de castrar alguém.

Apenas pela força de vontade.

Ignorando a puxação de saco do promotor, Isaac pegou o dinheiro, enfiou suas botas de combate nos pés e pegou sua regata e o blusão. Ao sair atrás de sua defensora pública, ele afundou mais as verdinhas no bolso e verificou as armas, os silenciadores e seu cofre de sacola plástica duas vezes.

– Onde diabos você está indo? – disse Jim enquanto ele e seus colegas o seguiam correndo.

– Qualquer lugar que ela for. Ela é minha advogada.

– Alguma chance de você parar se eu disser pra sair dessa?

– Não.

– Mas que inferno – Jim disse baixinho ao empurrar um cara para fora de seu caminho. – Vá se ferrar, idiota, o número dois de Matthias foi embora.

– Sedã preto – o homem com piercings interrompeu. – Os painéis do carro estavam amassados e sujos, mas os pneus estavam novos em folha e havia aparelhos eletrônicos no porta malas.

Isso são operações extraoficiais para você, Isaac pensou. Ficar incógnito e possuir tecnologias de última geração.

Quando ele se desvencilhou na saída, os motores dos carros e caminhonetes começaram a soar, transformando a noite em uma discoteca de luzes automobilísticas. Entre os motores que roncavam e os faróis piscando, ele olhou em volta procurando o carro dela. Ele imaginava que ela dirigia algo importado. Uma Mercedes, BMW... Audi...

Onde ela estava?

Capítulo 11

Local desconhecido

Matthias tinha total consciência de que ele era um agente do diabo no mundo.

O que não significava que ele fosse totalmente mal. De uma maneira geral, os bilhões de inocentes no planeta não estavam em sua tela de radar e ele os deixava em paz. Ele também não tirava doce de criança. Ou maltratava gatos. Ou dava o endereço de e-mail de pessoas que o irritavam a sites de brinquedos sexuais europeus.

Uma vez, em 1983, ele ajudou uma senhora idosa a atravessar a rua.

Então, ele não era *tão* mau.

Dito isso, se no processo de concluir um trabalho ele teve que aceitar alguns danos colaterais ou sacrificar um "inocente" ou dois, era assim que a porcaria funcionava: nesses casos, ele não era diferente de um acidente de carro, ou de um câncer, ou de um raio, nada além do fato de que o indivíduo perdeu na loteria da vida.

Além disso, o relógio de todos estava correndo, e ele atuava no papel do Ceifeiro da Morte bem o suficiente para saber disso em primeira mão.

Ele gemeu ao reposicionar seu corpo quebrado em sua cadeira de couro. Aos quarenta anos, ele se sentia como se tivesse cem – isso era o que ser um sobrevivente fazia com você.

Pelo menos, ele não tinha que defecar em um saco plástico e ainda tinha um olho que funcionava.

Na frente dele, sobre a mesa lustrosa, havia sete telas de computador. Algumas mostravam fotos, outras, dados transmitidos e mais outra dizia onde cada um de seus agentes estava no planeta Terra. Naquilo pelo qual ele era encarregado, a informação era muito importante. O que era um tipo de ironia. Ele era um homem sem identidade, coordenando uma equipe em um mundo de sombras que não existia oficialmente – a informação era a única coisa concreta que ele tinha para trabalhar.

Embora, assim como as pessoas, era passível de falhas.

Quando seu celular tocou, ele pegou a coisa e olhou para a pequena tela. Ah, sim, que "timing" perfeito. Matthias estava procurando por dois homens – e ele tinha enviado seu segundo homem na linha de comando atrás de um deles.

O outro... era complicado. Mesmo não devendo ser assim.

Ele aceitou a ligação.

– Você o encontrou?

– Sim, e fiquei alguns rounds com ele no ringue.

– Mas ele ainda está vivo?

– Apenas por que você quer que ele esteja. A propósito, a advogada dele apareceu na luta e adivinhe? Ela é filha de um amigo nosso.

– Mesmo? Quais *são* as chances. – Na verdade, era cem por cento, pois Matthias esteve no sistema judiciário do condado de Suffolk, em Massachusetts, e propositalmente colocou a filha do capitão Alister Childe no caso.

Eles precisavam tirar aquele traidor do Isaac Rothe de trás das grades para que pudessem matá-lo e manter o corpo para usos futuros e a menininha do bom e velho Albie era como um bilhete de entrada para isso: era uma boa advogada com um coração sangrando que a levava a lugares que não pertencia. Combinação perfeita.

E estava claro que aquilo tinha funcionado: Rothe estava livre menos de 24 horas depois de sua detenção.

Cristo, tinha sido tão fácil encontrar aquele bastardo. Até por que, quem teria pensado que ele usaria o próprio sobrenome?

Hum, Matthias pensou. Talvez ele estivesse tirando doce de criança, neste caso.

– Você deveria ter me deixado matá-lo no ringue – o segundo no comando reclamou.

– Testemunhas demais, e quero que ele apareça fora de Boston.

Pois agora que Grier Childe tinha servido o seu propósito, ele tinha que colocar Isaac bem longe da mulher. Matthias havia matado o filho do capitão e, com isso, ele considerou que estavam quites. No entanto, o filho da mãe já havia tentado dar um jeito de sair uma vez e isso significava que a filha tinha que ser usada para manter o hipócrita do papai na linha: enquanto estivesse viva, poderia ser morta e aquela ameaça era melhor que fita adesiva sobre uma boca inquieta durante um dia inteiro.

– Siga-o quando estiver fora do estado – Matthias se ouviu dizendo isso em um tom calmo e equilibrado. – Espere o momento certo e que não seja perto da filha de Childe.

– Que importância tem isso?

– Por que eu digo que tem, idiota. É isso.

Matthias finalizou a ligação e jogou o telefone sobre a mesa. Todos os seus homens eram bons no que faziam, mas o seu segundo homem conseguia fazer truques que ninguém chegava perto. Claro que isso fez com que o cara se tornasse extremamente útil, mas também um perigo se suas ambições ou sede de sangue os afastassem.

Aquele homem era um demônio, de verdade.

De repente, Matthias teve que respirar fundo para aliviar a dor no meio de seu peito. Ultimamente, aquelas palpitações vinham acontecendo com uma frequência crescente, deixando-o sem fôlego e um pouco enjoado. Ele tinha a sensação de que sabia o que era aquilo, mas ele não ia fazer nada para deter o infarto do miocárdio que estava a caminho.

Nada de visitas ao médico, nada de exames de estresse, nada de remédios para pressão, nada de calmantes.

Naquele ritmo de pensamento, ele acendeu um charuto e expirou. Também nada de pastilhas antitabagismo. Ele ia trabalhar duro em prol dos pregos do caixão até que fosse derrubado por um ataque dos grandes – Deus sabia que ele tinha tentado se matar com aquela bomba no deserto e que tinha sido um desastre gigante. Muito melhor facilitar seu caminho para o túmulo à moda antiga: alimentação ruim, falta de exercícios e vícios.

Ao soar de um alarme, ele apoiou as mãos sobre os braços da cadeira e se preparou para ficar na posição vertical. Analgésicos o ajudariam tremendamente, mas eles também enfraqueceriam seu cérebro, então, era inútil. Além disso, a agonia física nunca o incomodou.

Rangendo os dentes, ele empurrou com força a cadeira e ergueu seu peso sobre as pernas. Alguns momentos para se firmar. Alcançar a bengala. Respirar fundo.

Aquela noite na terra da areia, quando foi salvo por Jim Heron, teve repercussões e muitas delas eram do tipo que relacionava chumbo e aço – mas não se tratava de armas. Graças àquele soldado imbecil tê-lo arrastado para fora daquelas construções empoeiradas e em ruínas e o puxado por mais de doze quilômetros ao longo das dunas como se fosse um resgate de bombeiro, agora Matthias era parte homem, parte máquina, uma versão desajeitada e que rangia do lutador forte e poderoso que tinha sido. Colado de volta com pinos e parafusos e porcas, ele se perguntava no início se aquilo seria um momento decisivo. Se a dor e o sofrimento por que passou com todas as cirurgias abririam uma porta para que ele se tornasse... um humano.

Ao contrário daquele sociopata que era desde que nasceu.

Mas não. Tudo o que ele tinha desde então eram aqueles precursores de ataques cardíacos hereditários. O que era uma coisa boa. Ao contrário da bomba que ele ativou na areia e pisou em cima deliberadamente, ele sabia que uma coronária faria o serviço completo – inferno, ele viu o pai morrer disso.

Na verdade, seu pai tinha sido seu primeiro assassinato, isso graças a Matthias saber exatamente o que dizer para fazer com que o relógio do seu velho não se controlasse e parasse de uma vez. Ele tinha quinze anos na época. Seu pai tinha quarenta e um. E Matthias sentou-se no chão de seu quarto e assistiu a coisa toda, girando aleatoriamente o botão do rádio que o despertava para ir à escola, à procura de uma música boa dentre toda a porcaria que vinha nas ondas sonoras.

Enquanto isso, seu pai ficou vermelho, depois azul... em seguida, desvaneceu até ficar cinza.

O filho da mãe pervertido mereceu aquilo. Depois de tudo que tinha feito...

Voltando do passado, Matthias puxou seu casaco e, como sempre, o simples fato de se vestir era um acontecimento, suas costas tinham que se alongar para acomodar o deslocamento de seus braços. Em seguida, ele estava fora de seu escritório, andando nos corredores subterrâneos de um complexo de escritórios anônimo onde ele trabalhava, seu corpo o odiava por estar caminhando.

Seu carro e motorista o aguardavam nas instalações do estacionamento subterrâneo e quando entrou na parte de trás do sedã, ele gemeu.

A respiração superficial o manteve consciente quando a dor queimou como um vulcão... e gradualmente diminuiu conforme o carro avançava.

Do banco da frente, ele ouviu o motorista dizer:

– Tempo estimado de chegada: onze minutos.

Matthias fechou os olhos. Ele não estava completamente certo do porquê estava fazendo aquela viagem... mas ele estava sendo atraído para o norte dos Estados Unidos por um impulso que nem mesmo seu lado racional poderia negar. Ele simplesmente tinha que ir, mesmo que fosse surpreendido por essa necessidade.

Então, mais uma vez, assim como seu segundo homem na linha de comando tinha encontrado seu alvo, Matthias também localizou o soldado a quem procurava pessoalmente e aquele longo voo de volta sobre o oceano era porque desejava olhar de frente, pela última vez, para o homem que tinha salvado sua vida – antes que o corpo do bastardo fosse sepultado.

Disse a si mesmo que era para confirmar se Jim Heron tinha realmente morrido.

Contudo, era mais que isso.

Mesmo que ele não entendesse os motivos... havia muito mais do que isso para se fazer naquela viagem.

Capítulo 12

Mais do que tudo, Grier estava furiosa consigo mesma. Ao seguir em direção ao seu Audi, investindo através dos outros carros e ser provocada por um dedo ofensivo ou dois, tudo pareceu entrar em foco: onde estava, o que tinha feito antes no tribunal, quem ela estava tentando salvar.

Isaac tinha *quebrado* o braço do cara. Na frente dela e de centenas de pessoas. E lidou com isso com o mesmo grau de choque e pânico que alguém que desliga o telefone.

Como se fizesse isso todos os dias.

E, em seguida, ele aceitou dinheiro por isso.

Aproximando-se do seu sedã, ela tirou o chaveiro e desativou o alarme. E quando viu seu reflexo no vidro da porta do motorista, ela pensou em seu irmão.

Ela ouviu um tipo de zumbido selvagem que a lembrou da noite em que ele tinha morrido.

Grier foi a única a encontrar o corpo e seus esforços para ressuscitá-lo não fizeram diferença... pois ele já tinha morrido antes que ela iniciasse o processo. Mas ela continuou a pressionar seu peito e a fazer respiração boca a boca de qualquer maneira.

Os paramédicos tiveram que arrancá-la de cima do corpo dele. Gritando.

E o ponto-chave era: na morte, assim como na vida, ele não se preocupava com todos os esforços dela para salvá-lo. Ele havia sido paralisado pela sua dose final, com um olhar assombrado de um prazer extático e congelado em seu rosto pastoso, o dever do vício foi cumprido.

A imprudência assume uma variedade de formas diferentes, não é mesmo?

Ela sempre se orgulhou de ser a mais responsável dentre eles dois, aquela que se sobressaía na escola e trabalhava duro para chegar à frente e nunca fez nada que seus pais desaprovassem. É claro que ela nunca, jamais, experimentou drogas ilegais. Nem sequer uma vez.

E, mesmo assim, lá estava ela, colocando a si mesma e a sua carreira em risco para aproveitar a chance de aconselhar um total estranho e fazer a coisa certa. Se a polícia tivesse aparecido – ou aparecesse, ainda havia tempo para isso – ser presa como espectadora a faria ser expulsa da ordem dos advogados de Massachusetts mais rápido do que ela conseguisse dizer "Mas, senhor Juiz, eu estava lá por causa do meu cliente". Ela já tinha investido 25 mil dólares, que dificilmente desestabilizaria sua conta... só que como esse dinheiro teria sido mais útil se tivesse sido investido em um programa de jovens de risco...?

Quando a cabeça dela começou a latejar, se lembrou de suas atitudes desde as nove da manhã com um olhar preciso. E, como pode imaginar, ela não viu alguém que fizesse muito bem ao mundo, mas a mulher fora de controle que foi...

Daniel apareceu do outro lado do carro, seu rosto fantasmagórico estava mortalmente sério.

Entre, Grier. Entre no carro e tranque as portas.

– O que? – ela disse. – Por que...?

Faça isso. Agora. Seu irmão morto pareceu focar o olhar no ar que havia atrás do ombro dela.

Que droga, Grier...

– Eu sei quem é você.

Ela aproximou os olhos. Oh, pelo amor de Deus, isso estava ficando cada vez melhor, não é? Aquele drogado estava de volta.

Virando-se para tentar afastá-lo de novo...

O homem agarrou os braços dela e, com um safanão que a deixou de boca aberta, empurrou seu rosto contra o carro. Enquanto ele a detinha com seu corpo, ela se lembrou que os homens eram, de fato, diferente das mulheres: eles eram muito mais fortes. Especialmente quando estavam alcoolizados e desesperados.

– Você é irmã do Danny. – A respiração em seu pescoço estava quente e cheirava à carniça. – Você aparecia algumas vezes no lugar dele. O que aconteceu com ele?

– Ele morreu – ela resmungou.

– Oh... Deus. Sinto muito... – O viciado pareceu realmente chateado. De um jeito Tim Burton distorcido do submundo, mas parecia. – Ouça, pode me arrumar algum dinheiro? Uma garota rica como você... deve ter algum dinheiro na carteira. Mas só se conseguir ficar calma.

Uh-huh, certo. Ela sabia que daria a ele o que pediu quer gostasse, quer não – o que era, apesar da maneira como a abordou, um assalto bem sucedido.

Mãos ásperas a vasculharam e arrancaram a bolsa de seu ombro. Ela pensou em gritar, mas o peso que havia em suas costelas fazia com que meras respirações superficiais se tornassem impossíveis e, além disso, ela havia estacionado em um local escuro. Quem iria ouvi-la?

Quando seus olhos seguiram os veículos que partiam e as caminhonetes que estavam tão perto e tão longe ao mesmo tempo, ela teve uma lembrança absurda da cena de abertura do filme *Tubarão* – em que a mulher via as luzes das casas na praia ao ser arrastada pelo mar.

– Não vou machucá-la... só preciso do dinheiro.

Com o corpo que ainda a forçava contra o carro, ele despejou o conteúdo de sua bolsa sobre o chão lamacento, seu telefone celular, carteira, chave, tudo derramava em queda livre. E, então, ele jogou sua bolsa Birkin de dezesseis mil dólares sobre o capô do Audi.

Filho da mãe estúpido. Ele poderia ter conseguido mais com essa bolsa no eBay do que com qualquer dinheiro que encontrasse na carteira dela.

Metade de sua mente estava em pânico, a outra metade estava completamente calma e ela se fixou nessa última, pois era a filha de seu pai: aquele viciado apavorado sairia de cima dela em algum momento, pois ele ia querer suas joias e, quando fizesse isso, ela teria uma boa oportunidade de dar uma joelhada onde realmente importava.

Mesmo que tivesse de fingir que não estava prestes a vomitar em seu tênis...

O peso esmagador contra ela não foi exatamente removido, foi vaporizado, como se nunca tivesse existido: em um momento ela não conseguiu respirar. Em seguida, tinha todo o oxigênio do mundo.

Quando ela foi envolvida em um tremendo golpe de ar e segurou-se no teto do carro para se manter em pé, grunhidos soaram perto dela.

Esforçando-se para se virar, ela teve que piscar duas vezes para entender o que estava vendo – mas não houve espaço para qualquer momento do tipo "Espere, talvez eu não esteja enxergando direito": Isaac surgiu do nada, jogou seu agressor no chão e estava dando um tratamento de canal da maneira mais difícil.

Ou seja, com seu punho.

– Isaac... – Sua voz falhou e ela tossiu. – Isaac! Pare com isso!

A voz do investigador Louie ecoou em sua mente: *Esse filho da mãe pode ser um assassino.*

– Isaac.

Ela estava esperando pelo momento que tivesse que saltar sobre ele ou pedir ajuda para deter o espancamento, mas logo que começou, acabou. Isaac saiu da rotina Rocky Balboa por conta própria, lançando o homem de barriga para baixo e puxando seus braços para trás até imobilizá-lo.

Nada foi quebrado dessa vez.

E Isaac nem sequer estava respirando com dificuldade quando olhou para ela.

– Você está bem?

Seus olhos eram penetrantes, sua expressão era calma e mortal, sua voz era estável e educada. Era óbvio que ele estava no total controle de si mesmo e da situação... e ocorreu-lhe que, possivelmente, ele a tivesse salvado de algo terrível. Quando se trata de viciados, você nunca sabe o que eles podem fazer.

– Ele te machucou? – Isaac disse. – Você está bem?

– Não – ela disse com dificuldade, sem saber qual pergunta estava respondendo.

Com uma grande força bruta, Isaac pegou o homem, o levantou e deu-lhe um safanão e não houve mais argumento, nem mesmo um comentário. O agressor dela se afastou como se estivesse bem consciente de que tinha se livrado por muito pouco da maior surra de sua vida.

E, em seguida, Isaac pegou as coisas dela do chão. Uma por uma, ele reuniu tudo que estava em sua bolsa, limpando a lama em sua própria camiseta, dispondo tudo em cima do capô do carro.

Caída contra a porta do motorista, ela estava cativada pela maneira como estava sendo cuidadoso, com as mãos ensanguentadas e gentis.

Daniel apareceu bem ao lado dele, aparentemente impressionado pela forma como ele tratava as coisas dela.

Deixe que ele te leve até em casa, Grier. Você não está em condições de dirigir – disse Danny.

– Ele não ofereceu – ela balbuciou.

– Ofereceu o que? – Isaac disse, lançando um olhar a ela.

Quando ela afastou as palavras com um gesto, ele pegou sua bolsa e colocou tudo dentro dela antes de entregá-la.

– Gostaria de levá-la até sua casa. Se permitir.

Bingo, seu irmão disse.

Ela abriu a boca para mandar Daniel ficar quieto, mas não tinha energia para continuar com isso.

– Senhorita Childe? – Com o sotaque sulista de seu cliente, aquilo soou como uma palavra maior, *senhorita Chiiilde.*

Deus, o que fazer? E óbvio que "*claro que não*" era a melhor resposta – a despeito da opinião de Daniel.

Confie em mim – disse Daniel.

A voz de Isaac se derramou.

– Apenas permita que eu a leve em segurança para casa. Por favor.

Por alguma razão desconhecida, os seus instintos estavam dizendo para confiar naquele estranho com um passado ruim e um presente como criminoso que estava foragido. Ou era apenas um caso de seu complexo de salvadora impondo um melhor juízo dele?

Ou... foi o olhar no rosto do fantasma? Era como se Daniel tivesse visto algo que não conseguia enxergar naquela colisão entre ela e um perigoso estranho com um leve sotaque sulista.

– Não preciso de um motorista. Posso fazer isso sozinha. – Ela pegou a bolsa dele. – Mas eu preciso, sim, que fique e enfrente suas acusações.

Isaac deu uma olhada ao redor da área.

– Que tal conversarmos na sua casa?

– Eu tenho um spray de pimenta, entendeu?

– Que bom.

– E uma arma de choque. – Que resultou em tudo aquilo que aconteceu há pouco.

Bom Deus, ela não conseguia acreditar que estava sequer pensando em ir para casa com Isaac. O viciado idiota era um amador... e seu cliente parecia, com certeza, com um profissional.

Seus olhos cinza e pálidos seguiram em direção aos dela.

– Eu não vou te machucar. Juro.

Com um palavrão, ela abriu a porta do carro.

– Eu dirijo.

A questão era: onde diabos ela estava indo? E com quem?

Jim observou o Audi se afastar, a fumaça se erguia atrás dos dois tubos de exaustão. Ele estava completamente despreocupado a respeito de onde aquele cara estava indo – colocou transmissores na camiseta de Isaac e na bolsa com o dinheiro.

– Você poderia ter me deixado fazer um feitiço de localização – Eddie murmurou.

– Estou acostumado a trabalhar com a droga do GPS por causa do meu antigo trabalho. – E quem diria que ele pudesse sofrer de nostalgia por conta daquela tecnologia?

Por falar em informação, era tempo de alguns esclarecimentos: embora ele pudesse entender como e por que Isaac seria o próximo da lista das sete almas, uma conversa frente a frente com seu chefe britânico era a única maneira de ter certeza.

Muita pressão sairia de cima dele se salvar a pele de Isaac tivesse um propósito maior.

Ele girou a cabeça em direção a Eddie.

– Diga como volto a falar com os quatro rapazes. Preciso morrer de novo?

Se precisasse, ele tinha uma arma e já sabia como era a sensação de morrer.

– Nem perca tempo – Adrian estalou os dedos. – Eles não vão dizer nada. Não podem.

Mas que droga é essa?

– Pensei que trabalhava para eles.

– Você trabalha para os dois lados e eles darão toda a ajuda que puderem.

Jim olhou bem para os dois anjos: os dois estavam com uma expressão tensa de alguém que tinha um cadarço de sapatos amarrando as bolas.

– Ajuda? – ele disse. – Onde está minha maldita ajuda?

– Eles nos deram para te ajudar, idiota – Adrian vociferou. – E é tudo que podem fazer. Eu mesmo já fui até lá e perguntei quem era o próximo. Pensei que isso o ajudaria, você é um bastardo ingrato.

Jim ergueu as sobrancelhas no estilo Sr. Pensativo. A primeira vez que saiu com Adrian, o cara o serviu em uma bandeja prateada para o inimigo, ao ponto de acabar transando com Devina no estacionamento do clube. Na caminhonete dele. Sem saber que era um demônio.

– Os tempos mudaram desde aquele dia – disse Ad rispidamente – Você sabe que sim.

Em um piscar de olhos, Jim se lembrou como o cara estava parecendo há um ou dois dias depois que Devina tinha acabado de usar e abusar dele de várias maneiras. Ele deu a si mesmo para que Jim tivesse alguma chance de vencer o primeiro round.

– Sim, mudaram. – Jim ofereceu um cumprimento com a mão fechada em um sinal de "*Desculpe por eu ter insinuado que você é um idiota de merda*".

Quando Ad deu um pequeno golpe em sua mão, Eddie disse:

– Tecnicamente somos contra as regras.

Jim deu de ombros.

– Se isso me ajudar a ganhar, eu aceito. Regras são relativas.

Essa foi a razão pela qual ele tinha sido escolhido, não foi? Ele não era um maldito escoteiro.

A cabeça de Jim girou olhando ao redor ao ouvir um chiado de metal contra metal. O octógono portátil tinha sido desmontando e estava sendo empurrado através da porta por quatro rapazes que, em seguida, o colocaram em uma van. Na próxima viagem, eles carregariam os oito pesos de concreto e os polos, depois disso, apenas Eddie, Adrian e ele permaneceram ali.

O que era uma metáfora da situação em que se encontrava, não era?

Certo. Era assim que se jogava? Legal. Ele estava acostumado a confiar em si mesmo e nos seus instintos no campo de batalha... e *tudo* o direcionava para Isaac.

A questão era: onde Devina estava? Supondo que estava atrás de Isaac, ela estaria procurando por uma maneira de se infiltrar dentro dele para que sua natureza parasita o possuísse e para que ela pudesse, finalmente, levá-lo para o inferno depois que o matasse.

Jim voltou a se concentrar nos seus anjos.

– Se Devina estiver possuindo alguém, há alguma maneira de saber? Alguma marca? Pontos de referência?

Pelo menos ele poderia conseguir uma pista sobre ela.

– Algumas vezes. – Eddie disse. – Mas ela pode limpar suas impressões digitais, digamos assim, e agora que ela sabe que eu e Ad estamos com você, ela vai tomar um cuidado extra. No entanto, existem algumas almas limpas as quais ela nunca vai tocar e que brilham.

– Brilham? Você quer dizer como... – Droga, aquela advogada loira que levou Isaac para casa com ela tinha uma luz em volta do seu corpo. E foi por isso que quando Jim a viu, ele olhou para ela como se tivesse um...

– Como uma aura?

– Exatamente.

Bem, pelo menos havia uma coisa a seu favor. Ele concluiu que tinha acabado de entender as coisas. Constatou o que ele era... e graças a Deus por isso.

Jim pegou o receptor de GPS e localizou os dois pontinhos piscando que correspondiam a Isaac. Cedo ou tarde, se Devina estivesse transando com o cara, ela faria uma aparição de uma maneira ou de outra e eles estariam lá quando ela fizesse.

– Existe alguma coisa como feitiços de proteção? – ele perguntou. – Alguma coisa que eu possa colocar em torno de Isaac para mantê-lo em segurança?

– Podemos trabalhar em algo – Eddie disse com um sorrisinho maldoso. – É hora de começar a ensinar essas coisas a você.

Tem toda razão, pensou Jim.

Fechando os olhos, ele desfraldou suas asas, sentiu seu grande peso em sua coluna e ombros ao se tornarem visíveis.

– Eles estão indo para o centro da cidade. Vamos lá...

– Espere – Eddie disse, suas asas surgindo. – Precisamos ir ao hotel e pegar alguns suprimentos. Estou concluindo que você não quer que entremos na casa, certo?

– Enquanto Devina não aparecer, vou ficar do lado de fora.

– Não vai demorar muito.

– É bom mesmo.

Ao dar alguns passos para obter impulso, sentiu a ironia de tudo como uma rajada sob seu corpo: ele nunca acreditou que anjos existiam ou que a batalha eterna entre o bem e o mal pudesse ser real, quanto mais uma em que ele estaria.

Então, mais uma vez, quando você pesa quase cem quilos de puro músculo e é capaz de se erguer do chão com uma rede de penas metafísicas... a realidade louca em que se encontra tem uma credibilidade imensa.

Ele não se perdoaria se Devina colocasse suas garras em Isaac – sob qualquer forma que pudesse assumir. Isaac era seu garoto e a ideia daquele homem caindo nas mãos do inimigo era inaceitável, especialmente se acontecesse daquele demônio usar um rosto familiar.

O qual, à propósito, tinha um olho vendado.

Capítulo 13

Isaac esteve nas proximidades de Boston apenas duas vezes e nas duas vezes tinha sido apenas de passagem em direção às suas viagens ao exterior – o tipo de coisa que acontecia quando tudo o que fazia era atravessar uma pista na Base Aérea de Otis até Cape Cod.

Dito isso, quando Grier fez uma curva à esquerda em uma rua cujo nome era algo como Charles, ele não precisou de um guia turístico da cidade para saber que estavam na parte mais nobre em se tratando de mercado imobiliário. As casas que percorriam os dois lados da colina eram todas feitas de um tijolo imaculado com persianas e portas pretas e brilhantes. Através das janelas limpas, ele podia ver os interiores onde cada centímetro era mobiliado com antiguidades e havia brasões e moldes de coroa suficientes para esmagar a cabeça de um rei.

Era evidente que estava no habitat natural dos Yankees sangue azul.

Grier virou à esquerda em uma pequena praça que era demarcada por uma cerca de ferro forjado e faixas de tijolos dos quatro lados. No meio, seu pequeno parque tinha graciosas árvores com botões minúsculos surgindo e as calçadas dos arredores eram o melhor do havia naquele ótimo bairro.

Não era bem uma surpresa.

Depois que ela estacionou seu Audi paralelo à cerca, os dois saíram. Ela não tinha falado muito na viagem e nem ele. Mas ele não era muito falante e ela tinha um fugitivo como passageiro. Uma situação onde conversinhas sobre o clima não se encaixava muito bem.

A casa que ela indicou como sendo dela era de esquina e tinha a frente abobadada com degraus de mármore branco que iam até sua porta da frente preta. Havia vasos arredondados pretos do tamanho de cachorros da raça dogue alemão colocados do outro lado da entrada e as trancas eram tão grandes quanto a cabeça de um deles. Uma luz brilhava no terceiro andar, várias no exterior. E ao inspecionar a área, parecia que não havia nada fora do lugar... parecia que não havia carros de polícia à paisana circulando, nem sons de que algo estava errado, ninguém suspeito à espreita.

Enquanto andavam sobre os tijolos irregulares da rua, ele quis alcançá-la e apoiá-la, dada a situação do salto alto que usava, mas ele não ousou. Em primeiro lugar, ela provavelmente ainda queria bater nele... e, em segundo, estava com as mãos sobre as duas armas dentro de seu blusão, só para garantir.

Ele sempre foi cuidadoso consigo mesmo. Tendo que escoltá-la? Isso elevava a vigilância a um nível totalmente novo.

Além disso, Grier estava lidando muito bem com a caminhada até a porta da frente, à despeito do fato de usar saltos altos e finos e ter sido atacada por um retardado drogado.Que pena não terem se encontrado em um mundo diferente. Porque senão, ele iria...

Sim, certo. Talvez chamá-la para sair?

Seja como for. Mesmo se ele tivesse respeitado a lei e não tivesse que seguir a rotina de "eu não sou um assassino", eles ainda estariam de lados opostos daquela ilusão: ele era um completo garoto da fazenda e ela era completamente fabulosa.

E ele realmente tinha que se conter ao pensar mais de uma vez no quanto ela era atraente.

Seu alarme de segurança disparou no momento em que ela abriu caminho e ele se sentiu feliz, embora não aprovasse que ela deixasse uma gentalha como ele entrar na casa. E como isso foi acontecer, afinal?

Quando ela digitou seu código no sistema de alarme, ele olhou para as solas de suas botas de combate, que estavam cheias de lama e pedaços de grama. Abaixando-se, ele as desamarrou, as escorregou para fora dos pés e as deixou do lado de fora.

Seu piso de mármore branco e preto estava quente debaixo de suas meias...

Olhando para cima, ele a encontrou olhando para seus pés com uma expressão curiosa em sua bela face.

– Eu não queria deixar pegadas – ele murmurou, fechando e trancando a porta.

Depois que tirou o blusão, pegou a sacola de supermercado com as economias de sua vida e eles simplesmente ficaram ali parados: ela em seu casaco preto bem desenhado e sua bolsa suja que tinha uma alça solta; ele em sua camiseta regata como uma quantidade de dinheiro sujo em sua mão ensanguentada e duas armas que ela ignorava em seus bolsos.

– Quando foi a última vez que comeu? – ela disse suavemente.

– Não estou com fome. Mas obrigado, senhora. – Ele olhou em volta, observando uma sala com o teto pintado com um vermelho forte. Sobre a lareira de mármore régia havia a pintura a óleo de um homem sentado com uma postura rígida em uma cadeira com um par de óculos antiquados empoleirados em seu nariz.

Era tão tranquilo ali, ele pensou. E não apenas por não haver qualquer som.

Sereno. O lugar era... sereno.

– Vou fazer uma omelete para você, então – ela disse, apoiando a bolsa e começando a movimentar os ombros para tirar o casaco.

Ele se aproximou para ajudá-la, mas ela recuou.

– Faço isso sozinha. Obrigada.

O vestido que estava por baixo... Meu *Deus*, aquele vestido. Até onde ele sabia, algo simples e preto nunca pareceu tão sensual, mas, em seguida, ele observou que havia mais nela que roupas bem desenhadas ou o tecido.

Aquelas pernas. Que droga, aquelas pernas com meias finas pretas...

Isaac agarrou as costas do seu homem pervertido interior e o colocou de volta no lugar com o lembrete de que seria muito difícil que alguém como ela permitisse sequer que ele lavasse seu carro – quanto mais permitir que ele a levasse para a cama. Além disso, ele teria alguma ideia do que fazer com uma mulher como ela? Claro, ele era bom nisso – já haviam implorado a ele para que fizesse de novo o suficiente para que tivesse confiança nessa área.

Mas uma dama como ela merecia ser saboreada.

Que maldito ele era! Teve a impressão que estava lambendo os lábios.

– A cozinha é aos fundos – foi tudo o que ela disse ao pegar a bolsa e seguir.

Ele a seguiu pelo corredor, tomando nota das salas, janelas e portas, observando rotas de fuga e entradas. Era o que ele fazia em qualquer lugar por que passava, seus anos de treinamento com certeza salvaram sua pele. Mas agora era mais que isso. Isaac estava procurando por pistas sobre ela.

E era estranho... a serenidade foi mantida, o que o surpreendeu. Antiquado e caro geralmente significava tensão. Contudo, aqui, ele respirava fundo e com facilidade – mesmo que isso não fizesse sentido.

Em contraste com o resto da casa, a cozinha era toda branca e de aço inox e, enquanto ela começava a cozinhar pegando as tigelas, os ovos, e o queijo, ele colocou seu dinheiro embaixo do balcão e mal podia esperar para sair daquele espaço: ao longo do local, havia uma vasta parede de vidro.

O que significava que qualquer um com um par de olhos poderia dar uma boa olhada neles.

– O que tem nos fundos? – ele perguntou casualmente.

– Meu jardim.

– É murado?

Com os braços cheios, ela se aproximou do fogão na ilha de granito.

– Senso de segurança?

– Sim, senhora.

Ela se aproximou, acendeu a luz externa e diminuiu a interna – o que lhe deu uma visão perfeita dos fundos sem qualquer dificuldade. Deus, ela era esperta.

E seu jardim era cercado por um muro de tijolos de três metros que, como pode imaginar, ele aprovou totalmente.

– Satisfeito? – ela disse.

No escuro, a voz dela assumiu um tom rouco que o fez desejar conduzir seu corpo através do cômodo e apoiá-la contra algo para que ele pudesse descobrir o que havia embaixo daquele vestido preto.

Cara, aquela pergunta não era a única que ela precisava fazer a ele naquela noite.

– Sim, senhora – ele murmurou.

Quando as luzes se acenderam novamente, havia um leve toque de vermelho em suas bochechas – o tipo de coisa que ele não teria notado se não tivesse tomado por sua missão olhar para ela o máximo possível. Mas talvez aquela cor era apenas por estar tensa devido a tudo que aconteceu com ela naquela noite.

Sem dúvida era isso.

E o fato de ter notado aquilo fez com que ficasse menos impressionado com a espécie masculina: afinal, de alguma forma, mesmo em meio a um grande caos, mesmo sendo extremamente inconveniente, os homens ainda conseguiam ficar excitados com uma mulher.

– Sente-se... – ela disse, apontando um banco sob o tampão da ilha de mármore com o batedor de ovos de metal – ...antes que caia. E nem tente vir com a conversa de que está bem, certo?

Cara... estava completamente excitado com essa mulher.

Completamente excitado.

– Oi? – ela disse. – Você estava prestes a se sentar ali, lembra?

– Entendido.

Enquanto ela voltava ao fogão e começava a quebrar os ovos, ele fez o que ela disse para que fizesse.

Para ficar com os olhos longe dela, ele olhou em direção à sua bolsa, que ela tinha deixado ao lado dele. Que vergonha uma coisa tão boa e cara ter sido revirada. Havia lama seca em todo o couro e a alça tinha sido massacrada.

Idiota estúpido.

Erguendo-se, ele foi até a pia, puxou uma folha de papel toalha e umedeceu a coisa. Em seguida, reinstalou-se no banco e começou a trabalhar, tentando tirar a lama.

Quando ele olhou para cima, ela estava olhando para ele novamente e ele parou o que estava fazendo para segurar uma mão à outra.

– Eu não vou roubá-la.

– Não achei que fosse – ela disse naquela voz suave.

– Sinto muito mesmo por sua bolsa. Acho que está destruída.

– Tenho outras. E mesmo se não tivesse, é apenas um objeto.

– Uma coisa cara. – E, nesse tom, ele se inclinou sobre a ilha e empurrou seu dinheiro em direção a ela. – Preciso que aceite isso.

– E eu preciso que você não fuja. – Ela quebrou outro ovo na borda da tigela e o dividiu apenas com uma das mãos. – Eu preciso que você faça o que concordou em fazer quando consegui sua fiança.

Isaac baixou os olhos e retomou sua limpeza malsucedida.

Ela deixou escapar um exalar de respiração que era apenas uma sílaba ou duas de distância de ser um palavrão.

– Estou esperando. Que me responda.

– Não percebi que era uma pergunta, senhora.

– Certo. Você vai, por favor, ficar aqui e seguir o sistema?

Isaac se levantou e voltou para a pia. Ao pegar uma folha de papel limpa, a verdade saiu de sua boca.

– Minha vida não me pertence.

– De quem está fugindo? – ela sussurrou.

Talvez ela tenha diminuído o volume, pois a advogada que havia nela teve uma reação involuntária de discrição. Ou talvez ela estivesse certa: os tipos que estavam atrás dele poderiam ouvir e, às vezes, até mesmo ver através de paredes sólidas. As de vidro como as da cozinha? Fácil, fácil.

– Isaac?

Não havia resposta para dar a ela, então, ele balançou a cabeça e voltou a limpar a lama de sua bolsa... mesmo sabendo que, provavelmente, ela iria jogar a coisa fora pela manhã.

– Pode confiar em mim, Isaac.

Sua resposta levou um bom tempo para chegar.

– Não é com você que estou preocupado.

Grier ficou do outro lado da ilha, os ovos espalhados e escorrendo no granito, uma tigela vermelha cheia de gemas amarelas e claras transparentes estava pronta para ser batida.

Seu cliente era absolutamente enorme empoleirado em seu banquinho, suas mãos machucadas cuidando de sua bolsa Birkin. E, mesmo assim, apesar de seu tamanho e do cuidado que demonstrava com sua bolsa, ela queria golpear sua cabeça contra algo duro. As soluções eram tão claras para ela: aja conforme dita o sistema, limpe sua ficha com qualquer agência militar que tenha se envolvido, lide com as repercussões, deixe o tempo passar... comece de novo.

Seja lá o que ele tenha feito, podia ser corrigido.

A sociedade poderia perdoar.

As pessoas podiam seguir em frente.

A menos, é claro, que fossem idiotas teimosos determinados a desrespeitar as regras e seguir sozinhos.

Ela pegou o último ovo e bateu contra a borda da tigela, quebrando a casca.

– Ah, droga.

Os olhos de Isaac se levantaram.

– Tudo bem. Eu não ligo para um pouco de casca.

– *Não* está bem. Nada disso está bem. – Ela se inclinou e pegou os pedacinhos brancos com a unha.

Quando as coisas pareciam aceitáveis na tigela, ela se ouviu dizer:

– Gostaria de tomar um banho antes de comer?

– Não senhora – foi sua reação tranquila e sem surpresa.

– Tenho roupas limpas que pode usar – isso fez com que as sobrancelhas dele se erguessem um pouco, mesmo sem olhar para ela. – São do meu irmão. Ele costumava ficar aqui comigo algumas vezes... não são exatamente do seu tamanho, claro.

– Estou bem. Mas obrigado, senhora.

– Você pode deixar de lado a besteira da "senhora". Acabamos com isso no minuto em que você entrou no meu carro.

Quando a sobrancelha dele se ergueu novamente, ela pegou um pedaço de queijo cheddar e começou a ralar. Com força.

– Sabe... você me lembra dele. Meu irmão.

– Como assim?

– Eu também quero salvá-lo do que suas escolhas estão fazendo com sua vida.

Isaac balançou a cabeça.

– Não é uma boa ideia.

Era verdade. Deus era testemunha de que ela já tinha falhado com isso uma vez.

Ela ralou o queijo, colocou a coisa de lado e cortou um pouco de bacon canadense. Como os dois trabalhavam em suas tarefas, não levou muito tempo para que o silêncio tomasse conta dela..., mas o ponto chave era: desistir não era sua natureza.

O que sugeria que, se ela tivesse nascido um carro, já estaria no derby de demolição onde os carros se debatem até a destruição total.

– Olha, eu posso tentar ajudá-lo com mais do que apenas as acusações que existem contra você. Se você...

– Tirei a maior parte da sujeira. – Ele ergueu a bolsa enquanto encontrava os olhos dela. – Mas não há nada que eu possa fazer com a alça.

– Para onde você está indo?

Quando ele não respondeu, ela cortou um pedaço de manteiga na panela e acendeu o fogo.

– Bem, você pode passar a noite aqui se quiser descansar. Meu pai fez desse lugar tão seguro que nem um rato conseguiria entrar sem acionar o sistema.

– O sistema de alarme é bom. Mas não tão bom assim.

– Isso é apenas um sistema simulado. – Essa informação fez com que as duas sobrancelhas dele se erguessem e ela balançou a cabeça. – Meu pai era militar. Na verdade, era do exército. Quando ele saiu, foi para a escola de direito e, então... bem, ele se mantinha atualizado, digamos assim. Atualizado e sempre me protegendo.

– Ele não aprovaria eu estar aqui.

– Você foi um cavalheiro até agora e, não importa o que vista ou de onde venha, isso era o que importava para ele. E, a propósito, para mim também...

– Vou deixar esse dinheiro para trás quando for embora.

Erguendo a panela da chama, ela inclinou a face plana da coisa, levando a manteiga a fazer um pequeno passeio até que acabou se desfazendo.

– E eu não posso aceitar. Deve saber disso. Isso faria de mim sua cúmplice. – Ela achou que tinha ouvido um palavrão baixinho, mas talvez tenha sido apenas o soltar de uma respiração. – Além do mais, posso apostar que o dinheiro veio da luta. Ou foi de drogas?

– Não sou traficante.

– O que significa que veio da primeira opção. Ainda é ilegal. A propósito, verifiquei seus antecedentes. – Ela mexeu mais uma vez os ovos e derramou mais da metade deles na panela, um shhh silencioso se ergueu. – Não há nada além de um artigo de jornal de cinco anos atrás sobre sua morte. Vem com uma foto sua, então, nem se incomode em negar isso.

Ele caiu em um silêncio profundo e ela sabia que seus olhos a encaravam de maneira penetrante.

Por um momento, ela soube exatamente por que o tinha recebido em sua casa. Mas, em seguida, por alguma razão, ela pensou nele tirando sua botas de combate e as deixando do lado de fora da porta da frente.

Hora de cair na real, ela pensou.

– Então, você vai me dizer para qual área do governo trabalha ou devo arriscar um palpite?

– Não sou militar.

– Mesmo? Então, devo acreditar que você luta daquela maneira e que protege seu apartamento como protege e está em uma fuga rápida para fora da cidade só porque é algum tipo de vândalo de rua comum ou um fiscal de baixo nível? Não caio nessa. Aliás, vê-lo naquele ringue foi como tive certeza – aquilo e o fato de ter seu próprio cão ao lado quando eu fui atacada. Você estava totalmente no controle de si e da situação com aquele drogado, não vacilou em nada, era o tipo leão de chácara emocional salvando o dia. Você foi um profissional, na verdade, é. Não é mesmo?

Ela não precisava que dissesse uma palavra, pois sabia que estava certa. E, mesmo assim, quando não havia qualquer comentário, ela o encarou, meio que esperando que ele se dissolvesse em uma rajada de ar.

Mas Isaac Rothe, ou seja lá qual era o nome dele, permaneceu sentado na ilha da cozinha dela.

– Como gosta de seus ovos? – ela disse. – Duros ou moles?

– Duros – ele respondeu.

– Por que não estou surpresa?

CAPÍTULO 14

"Preso em flagrante", Isaac pensou que era essa a expressão. Ao encontrar os olhos de sua defensora pública, hospedeira e cozinheira de pratos rápidos, ficou claro que ela sabia muitas coisas sobre ele.

E não é que isso fez com que se sentisse despido?

– Acho que deveria renunciar o meu caso – disse ele severamente. – Na verdade, hoje à noite.

Ela colocou o queijo e o bacon canadense sobre o círculo de uma omelete que borbulhava.

– Eu não desisto. Ao contrário de você.

Certo. Isso o irritou.

– Eu também não desisto.

– Mesmo? Como você chama fugir de suas responsabilidades?

Antes que ele percebesse, se debruçou sobre a bancada e se aproximou dela. Ao ver que os olhos dela queimavam, ele disse severamente:

– Eu chamo de sobrevivência.

Para seu crédito, ou sua estupidez, ela não desistiu.

– Fale comigo. Pelo amor de Deus, deixe-me ajudá-lo. Meu pai tem contatos. Do tipo que se aprofundam e se infiltram nas sombras do governo. Há coisas que ele pode fazer para ajudá-lo.

Isaac permaneceu muito calmo por fora. Dentro, porém, ele estava confuso. Quem, diabos, era o pai dela? Childe... Childe... O nome não dizia nada ao seu banco de dados interno.

– Isaac – ela disse. – Por favor...

– Você me libertou, então, eu posso continuar. Isso me ajudou. Agora, você tem que me deixar ir. Deixe-me ir e esqueça que me conheceu. Se seu pai é o tipo de homem que diz que é, você sabe muito bem que há ramos do serviço militar onde "desertor" é uma sentença de morte.

– Pensei que não era militar.

Ele deixou aquela mentira onde tinha colocado... em cima da pilha de porcarias que trouxe à porta dela.

No silêncio, acrescentou um pouco de tempero, o saleiro não fez qualquer som, já a pimenta crepitou um pouco. Então, ela dobrou a omelete ao meio e deixou fora do fogo por alguns instantes.

Dois minutos depois, o prato que lhe foi apresentado era branco e quadrado e o garfo era de prata e tinha arabescos sobre ele.

– Sei que você é educado. Mas não espere por mim. É melhor quente.

Ele não queria comer antes dela, mas considerando que ele a desafiou em tudo naquela noite, pensou que agora era uma oportunidade para se harmonizar um pouco. Indo até a pia, lavou as mãos com água e sabão; em seguida, sentou-se e comeu cada pedaço.

Estava ótimo.

– Passe a noite aqui – disse ela, depois que fez seu próprio prato e começou a comer enquanto permanecia no balcão. – Passe a noite aqui e eu renuncio ao seu caso, mas não faço isso até que tome café da manhã comigo amanhã de manhã. E você vai levar seu dinheiro quando sair. Não vou fazer parte disso. Se você se for, vai ter que levar essa dívida em sua consciência.

Uma onda de cansaço percorreu o corpo dele, sugando-o na banqueta. Dentre seus muitos pecados, dever dinheiro a ela parecia curiosamente um fardo insuportável, muito superior ao número de corpos que tinha enviado aos seus túmulos. Mas isso era o que as pessoas decentes sempre faziam com ele... elas faziam com que ele visse claramente quem e o que ele era.

Assim que estava se preparando para argumentar sobre a hospedagem, ela o interrompeu.

– Olha, se você está aqui, sei que está seguro. Sei que vai ter mais uma ou duas refeições e que vai embora mais forte com isso. Agora, você precisa de um cuidado médico em seu rosto, outra omelete e uma cama onde possa descansar. Como eu disse, essa casa é bem mais segura do que os padrões civis e há alguns truques dentro dela, então, você não precisa se preocupar em fazer uma pausa. Além disso, por causa do meu pai, ninguém que tenha laços com o governo vai me machucar.

Childe... Childe... Não, nada ainda.

Bom, ele era um soldado raso nas operações extraoficiais que se preocupava com duas coisas: conseguir seu objetivo e sair vivo. Ele não era o tipo que conhecia a hierarquia militar.

Contudo, Jim Heron saberia. E o cara tinha deixado seu número...

– Então, temos um acordo? – ela perguntou.

– Você vai renunciar? – ele rebateu rispidamente.

– Sim. Mas vou ter que contar a eles tudo que sei sobre você quando o fizer. E antes que pergunte, uma vez que você não confirmou ou negou uma conexão com o governo... Vou simplesmente esquecer que conversamos sobre isso.

Ele limpou a boca com um guardanapo e quis amaldiçoar sua falta de opções: cara, sua determinação estava no ângulo do seu queixo... era evidente que tinha que ser do jeito dela ou de jeito nenhum.

– Mostre-me seu sistema de segurança. – Quando seus ombros relaxaram visivelmente, ela apoiou o garfo, mas não tinha comido nada. – Não, termine de comer primeiro.

Enquanto ela comia, ele se levantou e andou ao redor, memorizando tudo desde os quadros nas paredes até as fotos na área da cozinha onde havia sofás e uma mesa. Finalmente, ele parou em frente a todo aquele vidro.

– Deixe-me mostrar a você.

Ao som daquela voz, seus olhos se voltaram para o reflexo dela atrás dele com aquele vestido preto, um fantasma de uma bela mulher...

No silêncio tranquilo da casa, com sua barriga cheia de comida que ela havia preparado para ele e com seus olhos embevecidos com a visão dela... as coisas saíram do complicado para se tornarem completamente caóticas.

Ele a queria. Com uma ânsia que colocaria um maldito vínculo entre eles.

– Isaac?

A voz dela... aquele vestido... aquelas pernas...

– Eu preciso ir – ele disse de maneira severa. Na verdade, ele precisava entrar... dentro dela. Mas aquilo *não* ia fazer parte da situação. Mesmo que ele tivesse de cortar seu membro e queimá-lo naquele adorável jardim que ela tinha.

– Então, eu não vou renunciar seu caso.

Isaac se virou e não ficou surpreso ao ver que ela não recuou ou cedeu um centímetro.

Antes que ele abrisse a boca, ela levantou a palma da mão para detê-lo antes que começasse.

– Não importa que eu não o conheça e que não deva nada a você. Então, pode parar agora com esse argumento. Você e eu vamos checar meu sistema de segurança e, em seguida, você vai dormir no meu quarto de hóspedes e ir embora de manhã...

– Eu poderia matá-la. Bem aqui. E agora.

Aquilo a calou.

Quando ela levantou as pontas dos dedos até seu pesado colar de ouro, como se estivesse imaginando as mãos dele em volta de sua garganta, ele caminhou até ela.

E, desta vez, ela recuou... até o balcão onde seu prato vazio a deteve.

Isaac continuou a se aproximar até que esticou os braços nas laterais dela, fechando as mãos no granito, aprisionando-a de fato. Olhando bem dentro dos olhos azuis que ela tinha, ele estava desesperado para assustá-la de alguma maneira.

– Não sou o tipo de homem com quem está acostumada a lidar.

– Você não vai me machucar.

– Você está tremendo e tem uma enorme tensão no seu pescoço agora. Então, diga-me, do que acha que sou capaz.

Quando ela engoliu em seco, ele percebeu que aquela chamada para a realidade estava atrasada... só que ele se sentia um bandido em um show de agressão.

– Sei que está no espírito de salvadora. Mas não sou o tipo de caridade que vai alimentar sua alma. Acredite em mim.

O zumbido de uma energia começou a vibrar entre eles, as moléculas de ar no espaço entre seus corpos e seus rostos começaram a se agitar.

Ele se inclinou, cada vez mais próximo.

– Sou mais o tipo que comeria você viva.

A respiração dela exalou com ímpeto e ele sentiu aquilo percorrer a pele de seu pescoço como um beliscão.

Então, ela o acertou em cheio.

– Faça isso, então – ela desafiou.

Isaac franziu a testa e recuou um pouco.

Seus olhos ardiam, uma raiva súbita permeou seu belo rosto com uma paixão que o chocou e o excitou ao mesmo tempo.

– Faça isso – ela resmungou, agarrando um de seus braços.

Ela ergueu uma das mãos dele e colocou em sua própria garganta.

– Vá em frente. Faça isso. Ou só está tentando me assustar?

Ele tirou seu pulso das garras dela.

– Você está fora de si.

– É isso mesmo, não é? – Sua raiva não foi ativada novamente. Mesmo. De verdade.

– Você quer me intimidar para que eu fique assustada e te dê um descanso. Bem, boa sorte com isso. Pois a menos que esteja preparado para seguir com a ameaça, eu não vou recuar e não tenho medo de você.

Os pulmões dele começaram a queimar... e mesmo sendo muito mais inteligente da parte dele sair e usar uma das portas, acabou colocando a mão direita sobre o granito onde estava antes... então, ela ficou presa mais uma vez entre seus braços.

Ele a queria bem onde estava, toda coberta por seu corpo. E ele respeitava sua demonstração de força; respeitava de verdade, mesmo que isso o deixasse preocupado sobre o quanto ela era imprudente.

– Adivinhe – ele disse em uma voz baixa e grave.

Ela engoliu em seco mais uma vez.

– O que?

Isaac se aproximou, colocando sua boca no ouvido dela.

– Matá-la não é a única coisa que poderia fazer com você... *senhora.*

Fazia um bom tempo desde que Grier sentiu cada centímetro de seu corpo – ao mesmo tempo. Bom Deus, ela sentia agora, e não era apenas a sua pele. Ela sentia cada pedaço de Isaac Rothe também, mesmo sabendo que nada a tocava.

Havia tanto dele ali. E talvez ela devesse ter se afastado de tudo devido àquela coisa bruta e masculina que ele tinha se transformado... mas, ao invés disso, a realidade impetuosa de seu poder simplesmente chamava mais e mais sua atenção. Separados por poucos centímetros, os dois respirando com dificuldade, ela estava completamente desequilibrada, suas emoções foram desencadeadas como se, de fato, sua cabeça tivesse sido tirada do corpo e estivesse rolando no chão.

Deus, ela estava desesperada por ele: ela queria atirar-se contra ele e ser nocauteada pelo impacto. Ela queria que ele fosse a parede de tijolos ao fazer isso. Ela queria ser insensata, vacilar e sair da sua realidade... por causa dele e do sexo que ele emanava como um aroma e do passeio selvagem que ele seria.

Sim, claro, não ia durar. E quando voltasse a si, ia se sentir como o inferno. Mas, nesse momento elétrico, ela não se importava com nada disso.

– Isaac...

Ele se afastou. No momento em que ela disse seu nome com voz rouca, ele não apenas se afastou; ele saiu do turbilhão.

Caminhando ao redor, ele esfregou os cabelos curtos como se estivesse tentando esfregar o cérebro e a distância física deu uma ideia a ela de como se sentiria depois que ficasse com ele: muito vazia, um pouco enjoada e, definitivamente, envergonhada.

– Isso não vai acontecer de novo – ele disse, severo.

Ao pronunciar isso no ar que ainda pairava entre eles, ela disse a si mesma que estava aliviada por não ter que lidar com questões que envolvessem sexo.

Porém... o latejar entre suas coxas dizia que aquilo era uma mentira deslavada.

– Eu ainda quero que fique – ela disse.

– Você nunca desiste, não é?

– Não. Nunca – ela pensou na quantidade de vezes que tentou tirar Daniel de sua ruína. – Nunca mesmo.

O rosto de Isaac parecia idoso ao olhar para ela do outro lado da cozinha, seus olhos gelados não eram nada além de abismos de escuridão.

– Ouça a voz da experiência. Desistir pode ser um importante mecanismo de sobrevivência.

– E, algumas vezes, uma falha moral.

– Não se estiver sendo arrastada por um carro. Ou sendo puxada para um buraco cheio de ratos. Às vezes, para salvar a si mesmo, você tem que sair.

Ela sabia que ele estava se aproximando da verdade e ela manteve sua voz o mais firme possível.

– Do que você está fugindo, Isaac? Do que você está se salvando?

Ela apenas a encarou. E, então...

– Onde está seu sistema de segurança?

Desviar o assunto foi uma decepção, mas o fato de ele considerar que ia se hospedar era uma vitória. E, enquanto ela o levava até a frente da casa, se recompôs da melhor maneira possível – apesar de seus joelhos estarem bambos, sua pele superaquecida e sua mente girando.

Havia uma familiaridade terrível com aquela sensação, sobre a qual ela se recusava a pensar... mas poderia contar ao seu irmão morto, quando ela o visse novamente. Daniel nunca falava da noite em que tinha morrido, ou de todas as agressões que infringiu a si mesmo antes. Mas, talvez... eles precisassem conversar sobre tudo.

– Como disse antes, isso é apenas para enganar – ela disse, deslizando a mão sobre o painel do sistema de segurança que foi instalado na parede. – A unidade verdadeira está atrás do meu armário de roupas. Cada janela e cada porta tem um receptor do sistema, mas o sistema de fato está ligado a ondas de rádio, raios infravermelhos e placas de cobre. Assim como o seu.

– Mostre os conectores. Eu quero ver a placa-mãe. Por favor.

O que significava levá-lo até o andar de cima.

Quando ela olhou os degraus acarpetados, achou difícil acreditar que estava considerando a possibilidade de confiar nele...

Aquela proximidade com a cama.

Que diabos estava acontecendo com ela?

Capítulo 15

Quando Isaac foi conduzido a um quarto acolhedor em estilo biblioteca, ele soube que era ali que Grier passava seu tempo livre. Havia edições do *New York Times* e do *Wall Street Journal* em uma cesta de vime ao lado de uma cadeira estofada e o telão na parede mais afastada sem dúvida exibia a CNBC ou CNN ou FOX *News* na maioria das noites.

Quem sentava ali e assistia com ela? Aquele seu irmão?

– Vê? – ela disse, afastando uma cortina de um xadrez escuro.

Isaac se aproximou e se inclinou – o cheiro do perfume dela era exatamente o tipo de coisa que ele não precisava sentir agora.

Obrigando-se a focar o minúsculo brilho do cobre, ele aprovou o que olhava. Um material muito moderno.

Quem *diabos* era o pai dela?

Antes que ele fizesse algo estúpido, como tocá-la, ele se afastou e enquanto vagava perto da TV, não ficou nem um pouco surpreso com a coleção de DVDs colocada nas prateleiras. Havia muitos títulos estrangeiros e filmes sérios dos quais ele nunca tinha ouvido falar, quanto mais assistido. Então, lembrou que não foi ao cinema desde o final dos anos oitenta.

A última coisa que ele conhecia era Bruce Willis como um policial desesperado em busca de um sapato que servisse, Arnold como um cyborg de óculos escuros e Steven Seagal com aquelas entradas.

– Vai me levar até a placa-mãe? – ele disse virando-se para ela.

E a parte do "*e depois até sua cama?*" ele deixou de lado. Que cavalheiro.

– Claro.

Seguindo-a pelas escadas, ele deu um bom espaço entre eles – o que foi bom no sentido de conter as mãos e diminuir o calor, pois ele tinha muito a olhar. Jesus, seus quadris tinham um jeito que fazia com que ele rangesse os molares.

Quando chegaram ao segundo andar, ele fez uma rápida pausa e conseguiu algumas impressões de três quartos com portas abertas. A decoração era feita da mesma maneira antiquada dos andares abaixo, mas havia uma vibração aconchegante em tudo. Muito mais "família" que "hotel".

Era certo que ele nunca tinha vivido assim. Na sua infância, ele dividiu um quarto do tamanho do corredor da frente com dois irmãos. Nas operações extraoficiais, ele pegava no sono onde podia – geralmente sentado em uma cadeira de frente para uma porta com uma arma na mão.

– Fico no terceiro andar – ela disse de um degrau acima.

Ele assentiu e entrou em ação. Acontece que ela ocupava todo o terceiro andar. O quarto principal se estendia com sua própria área de estar, lareira e portas francesas que se abriam ao que ele concluiu ser um terraço particular.

– Aqui.

Ele seguiu o som da voz dela, indo até o closet onde ela tinha desaparecido. A maldita coisa era tão grande quanto a sala de estar de algumas pessoas, com um carpete creme envolvendo as paredes e legiões de roupas alinhadas e penduradas por categoria.

O ar rescendia ao perfume dela.

Ela estava na parte de trás, afastando uma dúzia ou mais de ternos muito sérios para revelar... uma grade de 1,20 metro de altura e 90 centímetros de largura que parecia ser apenas a cobertura de um radiador antigo. Mas, como pode imaginar, a coisa deslizou para trás e revelou um esconderijo.

Um pequeno *click* e a luz se acendeu.

Ela passou primeiro e ele ficou bem próximo dela ao entrar no confinamento apertado... e lá estava.

Mas que... droga!

Ao se ajoelharem lado a lado, ele pensou: cara, era bom não ser um tipo de técnico naquilo ou estaria desmaiando. A configuração era o máximo de sofisticação – nada de uma combinação com dez números e as opções *desligar*, *parcial* ou *total*. Aquele era um sistema de computadores em rede que acompanhava as diferentes zonas da casa em vários níveis. E, se ele estava entendendo direito, a única maneira de chegar aos componentes era chegar até ali, e desarmar tudo seria complicado.

Só que...

– Eu não vi você desativar isso quando entramos.

Ela mostrou algo que parecia com o chaveiro de um carro.

– O painel é calibrado com minha impressão digital. Levo isso comigo onde quer que eu vá e o sistema está ligado agora.

Quando ele virou a coisa nas mãos, ela disse:

– Bom o suficiente?

Houve um longo momento. Longo demais para onde eles estavam. Longo demais para quem eles eram.

– Algo mais? – ela disse.

Sim.

– Não.

Grier assentiu e tomou seu caminho em direção à saída do confinamento. Depois que ele saiu, colocaram a grade de volta e andaram até o quarto. Que droga: ele não pôde deixar de olhar para a cama dela. Grande. Cheia de edredons e travesseiros. Do outro lado, havia uma pequena TV em cima de uma mesa antiga e uma estante forrada com DVDs ordenados de maneira precisa.

Ele franziu a testa e se aproximou -, apesar de não ser da sua conta, mas... caramba, será que estava enxergando os títulos direito?

A Garota de Rosa Shocking. Clube dos Cinco. Gatinhas e Gatões. Duro de Matar. A Força em Alerta.

Até mesmo ele conhecia esses filmes.

– É o que eu assisto à noite – disse Grier, quando ela veio atrás dele e endireitou as caixas finas apesar de estarem perfeitamente retas.

– Diferente dos que você tem lá embaixo. – E ele achou difícil acreditar que ela era uma mulher cheia de pose que queria ser toda Jane Austen em público e Jerry Seinfeld ali no quarto.

Ela pegou *Harry e Sally – feitos um para o outro*, e passou a mão sobre a cena de outono na capa.

– Eu não durmo bem e isso ajuda. É como se... meu cérebro voltasse ao tempo em que eles foram produzidos. Eu vejo os carros... as cenas em supermercados com preços menores... as roupas que estavam na moda... os cabelos que ninguém mais usa. Volto à época em que os vi pela primeira vez, quando as coisas eram... mais simples. – Ela sorriu com uma pressa desajeitada. – Acho que você chamaria de pequenos nocautes cinematográficos. É a única coisa que funciona pra mim.

Olhando para ela enquanto observava Meg Ryan, ele teve a visão de seu penteado de perfil, a luz azul da tela iluminava seus traços, a viagem ao passado acalmava seus nervos e relaxava seu cérebro.

Ela tinha uma companhia para assistir com ela? Ele se perguntou. Um namorado?

Nada de aliança, então, ele concluiu que ela não era casada ou noiva.

– O que foi? – ela disse, endireitando o bonito vestido preto. Ele limpou a garganta, odiando ter sido pego olhando para ela.

– Qual chuveiro quer que eu use?

Isso a fez sorrir. Pela primeira vez.

E sim, abatido como estava... ele prendeu a respiração e seu coração parou.

Grier colocou o filme de volta no lugar.

– Mais comida primeiro – ela disse ao se virar e ir em direção às escadas.

Jim e seus colegas aterrissaram no jardim dos fundos de uma casa de alvenaria de três andares que gritava ao mesmo tempo dinheiro e desculpas por causar tanto impacto. Tudo relacionado a ela e à sua vizinhança era refinado e muito bem-cuidado... e de tijolos. Pelo amor de Deus, todo o código postal que cobria a área parecia com a casa que abrigou os três porquinhos do lobo: casas de tijolos, muros de tijolos, calçadas de tijolos, travessas de tijolos.

Era o suficiente para fazer o pulmão do Lobo Mau ficar forte como ferro.

Através das janelas de vidro, viu uma cozinha muito espaçosa em todas as direções e com comida no balcão – mas não havia pessoas.

Recuando, Jim não olhou para a casa, mas através da casa, fechando seus olhos e se concentrando.

Sim, ele conseguia sentir os dois... assim como algo mais. Havia uma... oscilação... lá dentro.

Suas pálpebras se abriram e quando se lançou para a porta dos fundos, Eddie agarrou seu braço. Que, considerando a força do cara, foi como se tivesse batido em um carro estacionado.

– Não, não é Devina. É uma alma rebelde.

Jim franziu a testa e concentrou sua atenção na confusão.

– Rebelde?

– É uma alma que foi libertada do corpo, mas que ainda precisa encontrar seu destino eterno.

– Um fantasma?

– Sim. – Eddie tirou sua mochila dos ombros, sua grossa trança caiu para frente. – Está por aí, esperando para ser libertada.

– O que mantém a coisa aqui?

– Negócios não resolvidos.

– E você tem certeza de que é isso? – Quando os olhos vermelhos do anjo ficaram rígidos como pedra, Jim levantou as mãos. – Certo, certo. Mas nós podemos chamá-los de "fantasmas"? Aquela porcaria de "rebelde" tem mais a ver com o estilo de uma vovó.

– Concordo – Adrian opinou.

– Ah, pelo amor... vocês podem chamá-lo de Fred, se for pra saírem dessa.

– Feito.

Naquele momento, Isaac e Grier entraram na cozinha. Quando o cara se acomodou em uma banqueta, ela voltou a cozinhar para ele e a tensão entre os dois era óbvia... assim como a atração. Os dois estavam jogando tênis com o olhar: cada vez que um olhava, o outro desviava os olhos. E o rubor nas bochechas da mulher selava o clima romântico.

Ao olhar pelo vidro, Jim se sentiu muito velho e distante. Achou que agora, sendo um anjo, qualquer sonho de se casar e ter filhos estava morto e enterrado – para não dizer sobre a questão de não namorar ninguém... apesar de, Cristo, quando foi que ele tinha namorado pela última vez?

E ele nunca foi do tipo que se casaria, então, em que diabos ele estava pensando?

Além disso, aquele não era nenhum filme de amor sobre a vida real do outro lado do vidro: o que ele estava olhando era para um homem caçado e uma mulher que estava fora de si.

Algo difícil de invejar.

Na verdade, ele se perguntava no que diabos o cara estava pensando. Qualquer um que tinha trabalhado com seu velho chefe sabia que os efeitos colaterais disso tinham uma possibilidade real de entrar naquele cenário.

– Cara, vamos nos mudar para cá – Adrian gemeu. – Dane-se os feitiços de proteção... eu amo uma boa omelete e estou faminto.

Jim o encarou.

– Está falando sério?

– O quê foi? Esse lugar está cheio de quartos. – De repente, a voz do anjo ficou mais profunda. – E eu posso fazer meus exercícios extracurriculares muito discretamente.

Sim, e ele não estava falando de levantar pesos. Leia: sexo com mulheres desconhecidas. Às vezes, Eddie participava da festinha.

Jim passou apenas uma noite com os dois, mas já sabia qual era o treinamento. Apesar de Ad ter permitido que Devina usasse e abusasse dele no primeiro jogo, não levou muito tempo para que ele desse umas voltas de novo. O cara tinha uma estranha obsessão pelo sexo feminino.

– Será que dá pra você focar? – Jim encarou Eddie. – Então, o que temos aqui?

Adrian interrompeu com um rosnado.

– Ah, sim, ela está fazendo outro para ele.

– Dá para *parar* com essa voz pedindo por comida e sexo?

– Ei, quando estou em algo, eu vou com tudo.

– Tente aprender a cozinhar, então...

Eddie limpou a garganta.

– Certo. No entanto há uma troca para proteger esse lugar: as magias mais fortes vão sinalizar o local para Devina.

– Ela já sabe – Jim disse em voz baixa. – Apostaria minhas bolas que ela já o encontrou.

– Ainda acho que devemos ficar quietos.

– Concordo.

Eddie se aproximou.

– Então, me dê sua mão.

Quando Jim ofereceu a palma de sua mão, ele olhou para o casal lá dentro. Eles pareciam isolados do furacão que girava no horizonte e ele teve o estranho impulso de fazer com que permanecessem assim...

– *Droga* – ele sussurrou, puxando seu braço para trás. Olhando para uma ardência em sua mão, encontrou um fino corte na sua linha da vida, que estava escorrendo... sangue... ou algo parecido.

Havia um brilho no fluxo vermelho que escorria, como a pintura de um carro à luz do sol. Engraçado, ele não tinha notado nada estranho na funerária... afinal, ele estava muito distraído olhando o próprio cadáver.

Eddie empunhou mais uma vez sua adaga de cristal.

– Circule o local e marque cada uma das portas. Tenha em mente a imagem dos dois e de que estão em segurança, em paz, calmos e protegidos. O mesmo de antes: quanto mais forte a imagem for, melhor vai funcionar. Isso vai formar um tipo de barômetro emocional na casa... assim, se houver um distúrbio maior, vai sentir isso. É uma magia de baixo nível e vai trazê-lo aqui rapidamente se alguma coisa acontecer... e isso não vai chamar a atenção de Devina. É claro que não vai mantê-la do lado de fora, mas você vai ser capaz de chegar aqui em um piscar de olhos se ela ultrapassar a barreira.

Com a mão pingando, Jim subiu os degraus até a porta dos fundos, mantendo-se camuflado para que ele pudesse aparecer a Isaac e sua garota como nada mais que uma sombra. Pressionando a palma de sua mão nos painéis frios, ele se concentrou nos dois, capturando a imagem deles no momento em que seus olhos se encontraram e se detiveram assim. Então, ele baixou as pálpebras e não se concentrou em mais nada além daquela imagem...

O mundo desapareceu, tudo, desde a brisa em seu rosto, o ranger da jaqueta de couro de Adrian até os sons distantes do tráfego... simplesmente desapareceram... e, em seguida, foi a vez de seu corpo, não havia mais peso sob seus pés, mesmo que ainda tocassem o chão.

Não havia nada para ele, em torno dele, ou sobre ele, apenas a imagem em sua mente.

E foi a partir do vácuo que seu poder entrou em ebulição.

Uma imensa onda de energia foi canalizada no espaço em branco que ele criou e sem entender muito bem, ele sabia exatamente o que fazer com a força, enviando-a ao redor da casa, doando parte disso apenas para descobrir que havia ainda mais fluindo dentro dele.

Soltando o braço, ele se afastou...

Jim ficou como uma estátua. O brilho de seu sangue estava na porta... e se espalhava em todas as direções em ondas, cobrindo os painéis, as ombreiras e se movimentando sobre o tijolo. Aquilo se espalhava para cima e para os lados, ganhando espaço, assumindo o controle.

Selando toda a casa.

– Nada mau para a primeira tentativa – ele murmurou, preparando-se para ir até a parte da frente.

Ao se virar, deteve-se. Os dois anjos estavam olhando para ele como se fosse um estranho.

– O que? – Ele olhou sobre o ombro. A onda bruxuleante vermelha se espalhava, subindo até o teto. – Parece evidente que a coisa funcionou.

Eddie limpou a garganta.

– Ah, sim. Pode-se dizer assim.

– A frente...

– Não é necessário – Eddie disse. – Você já cobriu toda casa.

Quando Adrian murmurou algo em voz baixa e balançou a cabeça, Jim pensou "Mas que inferno é esse?"

– Parece que alguém urinou no pé de vocês. Querem me dizer qual é o problema? – Pausa. Tempo para resposta... que não veio. – Tudo bem. Que seja.

– Temos que ir agora – Eddie disse ao colocar sua faca de volta na mochila. – Com o feitiço no local, não há nada mais que possamos fazer. Ela tem algo de todos nós.

– Como?

Os dois anjos se entreolharam. Ad foi o único quem respondeu.

– Todos nós já estivemos com ela. Se é que entende o que quero dizer.

Jim estreitou seus olhos em Eddie, mas o anjo se ocupou com sua maldita bagagem.

Bem, veja só. Devina ficou até mesmo com Eddie.

Afastando o pensamento de sua mente, Jim entrou pela porta traseira do jardim e deu a volta até a entrada da frente. Depois de anotar o número e o nome da rua, ele se elevou no ar, apesar do impulso de permanecer onde estava.

Contudo, ele estava satisfeito com seu pequeno feitiço de proteção – além do mais, o Cachorro estava no hotel há um bom tempo e Jim precisava levá-lo para passear. Talvez ele comprasse uma pizza para depois...

Enquanto Adrian e Eddie, sem dúvida, aproveitariam um tipo diferente de comida.

Capítulo 16

Enquanto Isaac estava comendo sua segunda omelete – e pensando em como ele iria passar a noite – Grier saiu para aprontar seu quarto. Quando os dois terminaram, ela o levou para o que, com certeza, era o quarto de hóspedes principal: as paredes e cortinas eram azuis-marinho e marrom-chocolate, e havia cadeiras de couro e muitos livros encadernados com couro.

Ele se sentiu um intruso total.

– Vou me trocar e depois limpar a cozinha – ela disse ao se afastar e puxar a porta deixando-a parcialmente fechada. – Se precisar de alguma coisa, sabe onde me encontrar.

Houve uma breve pausa. Como se ela estivesse procurando alguma coisa para dizer.

– Boa-noite, então – ela murmurou.

– Noite.

Depois que ela o fechou ali, ele a ouviu indo para o quarto, sua pisada macia e firme.

Ele não conseguia ouvi-la andando lá em cima, mas a imaginava entrando naquele grande armário e tirando seu vestido preto.

Sim... aquele zíper avançando para baixo, mostrando-lhe as costas. As alças deslizando pelos braços... o material caindo em sua cintura e, em seguida, deslizando por suas pernas.

Seu pênis teve um espasmo.

Em seguida, ficou totalmente rígido.

Droga. Tudo o que ele não precisava.

Entrando no banheiro, ele parou e teve que balançar a cabeça para sua anfitriã. No balcão de mármore, ela tinha deixado toalhas limpas, uma coleção de artigos de higiene, um vidro de antisséptico e uma caixa de curativos. Havia também uma blusa masculina e um conjunto de pijamas de flanela com cordões e botões que enviaram uma ponta de ciúmes diretamente ao peito dele.

Ele realmente esperava que fossem do irmão dela. E não algum tipo de advogado esperto e bem-vestido que dormia com ela.

Amaldiçoando a si mesmo, ele se dirigiu para o chuveiro e ligou a água. Não era da sua conta quem eram seus amantes – como eram, ou quantos, ou quando e onde. E quanto à coisa do pijama de flanela? Eles estavam limpos e iam evitar que exibisse suas partes.

Não importava a quem eles pertenciam.

Ele tirou seu blusão e verificou duas vezes suas armas. Em seguida, puxou a camiseta regata pela cabeça, deslizou suas calças e deu uma olhada em seu reflexo no espelho: muitas manchas pretas e azuis sobre seus ombros e peito, espalhadas entre a rede de cicatrizes antigas que tinham se curado muito bem.

Difícil não pensar no que Grier pensaria dele.

Por outro lado, se ele a pegasse no escuro, não teria com o que se preocupar...

– Pois é – ele precisava muito parar com aquela droga.

Entrando no chuveiro, se perguntou o que exatamente nela o fazia pensar como se tivesse quinze anos. E decidiu que tinha que ser o fato de não fazer sexo há um ano e ter lutado naquela noite – as duas coisas eram do tipo que excitava um cara.

Mesmo.

Elas faziam isso.

Ele não podia ir atrás de sua advogada só por que ela era uma linda mulher de um metro e setenta e cinco, embrulhada em um pacote estilo Tiffany.

Infelizmente, qualquer que seja o motivo, voltar-se para o sabão e a água quente não aliviaram sua sobrecarga de hormônio. Enquanto se lavava, as mãos sobre sua pele estavam escorregadias e quentes... e o sabonete escorreu entre suas pernas, excitando seu membro enrijecido e fazendo cócegas em seus testículos tensos.

Ele estava acostumado com seu corpo cheio de dores, era fácil ignorar essa droga, esses machucados. O que ele estava sentindo por aquela mulher? Era como tentar ignorar que alguém estava gritando em uma igreja...

Sua mão ensaboada vagou por onde não devia, passando entre as coxas, passando pela parte inferior de sua ereção.

– Dane-se – ele disse entre dentes e deixou a palma de sua mão deslizar para trás e para baixo, o atrito intensificou a excitação.

Precisou de toda força que tinha para se desvencilhar daquela mão maldita. E ele acabou lavando o cabelo três vezes na tentativa de manter-se ocupado. Condicionando a maldita coisa também. Claro, a melhor solução era sair da privacidade traiçoeira e do calor sedutor do chuveiro, mas ele não conseguia convencer seu corpo a tomar a direção contrária do banheiro.

Antes que percebesse, sua ereção estava agindo como um imã de novo e a palma de sua mão fez o que tanto queria... e ele desistiu da luta.

Sujo. Pervertido. Bastardo.

Porém, foi tão boa aquela pegada de imaginar que era ela, a espera, aquele deslizar, aquela leve torção na ponta.

Além disso, quais eram suas opções? Tentar ignorar? Sim, claro. Colocar as calças do pijama seria como um circo obsceno – uma tenda armada e algo mais. E tinha que vê-la antes de ir dormir.

Ele tinha um aviso para dar a sua adorável advogada.

O último de seus argumentos ficou vagando em sua cabeça... bom, talvez descarregar aquela tensão umas duas vezes e, em seguida, pegar a estrada. De frente para o chuveiro, ele apoiou a mão na parede de mármore e inclinou-se sobre o ombro. Seu pênis estava pesado e duro como seu maldito antebraço ao começar a trabalhar nele, sua mão movia-se para cima e para baixo. E o sopro de fogo que percorreu sua coluna fez sua cabeça cair e precisou abrir a boca para respirar.

No turbilhão em que se encontrava, ele se recusou a pensar em Grier. Ela poderia ter sido a causa da excitação, mas ele *não* ia fantasiar sobre ela enquanto se masturbava no chuveiro da casa *dela*. Simplesmente não ia acontecer. Era grosseiro e desrespeitoso demais... ela merecia muito mais, mesmo se nunca soubesse daquilo.

Esse foi o último pensamento consciente que teve antes do orgasmo tomar conta dele: a cabeça de seu sexo estava tão sensível que cada deslizar sobre a coisa era uma picada doce que atingia sua ereção e envolvia suas bolas. Afastando as pernas uma da outra, ele se posicionou bem e se preparou ao encontrar seu ritmo, o jato de água quente escorria pelo seu cabelo percorrendo seu rosto quando começou a arquejar...

Do nada e contra qualquer comando de memória, a lembrança de Grier tão perto dele e de maneira tão íntima tomou conta de seu cérebro e se transformou numa fera. Não importava o quanto ele tentasse esquecer ou se concentrar em outra coisa, não conseguia se desvencilhar daquele momento tão perto dela.

Deus, seus lábios estiveram a um centímetro do dele. Tudo o que precisava fazer era inclinar a cabeça e teria um beijo...

O alívio veio rápido e poderoso, batendo nele com tanta força que teve que tensionar seus bíceps e morder os lábios para não gritar o nome dela.

Como ele era maldito! Lançou-se para o último espasmo, ordenhando-se até seus joelhos desfalecerem e ele provar o gosto do sangue da mordida.

Na sequência, ele cedeu e sentiu-se como um terreno baldio por dentro, como se não apenas seu impulso sexual tivesse sido drenado de dentro dele, mas todo o resto.

Ele estava tão cansado.

Tão, tão cansado.

Com uma maldição, ele alcançou a mão que tinha feito o trabalho e certificou-se de que não havia rastro de nada no mármore ou no vidro. Então, ele se lavou pela última vez, desligou a água e saiu dos limites do vapor que o colocou em apuros.

Ele ainda estava duro. Apesar da exaustão. E do exercício.

Era evidente que seu pênis não tinha aceitado o suborno.

E, sim, ele estava certo: a flanela não fez nada para evitar o "Ei, podemos ter um pouco mais disso?". De qualquer forma, aquela coisa fazia com que parecesse duas vezes maior... o que, considerando que a coisa estava se erguendo, não era a direção que ele queria seguir.

Dobrando sua ereção e prendendo-a com a cintura do pijama, ele pegou a blusa e rezou para que a coisa descesse o suficiente para esconder a vergonha daquela cabeça.

Que ainda estava cheia de ótimas ideias...

Certo, não tinha chance de esconder. A blusa seria longa o suficiente, se seu peito não fosse tão grande. Como ficou? Ele estava mais nu do que nunca ao dar uma olhada para seus "bens".

Isaac abandonou a blusa e a jogou sobre seu blusão, a regata estava nojenta demais depois da luta. A maldita coisa deveria ser queimada e não lavada.

E antes que voltasse a descer as escadas, ele usou os acessórios de primeiros-socorros, mas não por que se importasse: com certeza, se ele não os usasse, ela insistiria em ir até lá e dar uma de enfermeira.

Então, não era um bom plano considerando o que ele tinha acabado de fazer.

O curativo que os enfermeiros tinham colocado na cadeia não teve qualquer chance no ringue e só Deus sabia onde tinha parado. Contudo, independentemente disso, o corte não era nada de especial, apenas uma divisão na pele profunda o suficiente para dar um show de sangue, mas nada com que precisasse ficar histérico. Ele ia ganhar uma cicatriz... e que importância isso tinha?

Ele meteu um band-aid sobre a coisa e não se incomodou em colocar antibióticos ou coisas assim. Havia muito mais chances dele morrer envenenado com uma arma do tipo Smith & Wesson do que com qualquer infecção de pele.

Saiu do quarto de hóspedes. No andar debaixo. Naquele momento, ele chegou ao corredor da frente, as coisas no nível do quadril começaram a ceder um pouco.

Até que virou em direção à cozinha e viu Grier.

Oh, *cara*.

Se ela estava maravilhosa naquele vestido preto, então era um convite para o sexo com o que, evidentemente, era sua versão de pijamas: cuecas boxers de flanela e uma velha regata verde onde se lia Camp Dartmouth. Com meias brancas e um par de pantufas nos pés, ela parecia mais uma universitária do que uma mulher perto dos trinta...

e a ausência de maquiagem e cabelos extravagantes, na verdade, era um adicional. Sua pele era um cetim macio e seus olhos claros estavam mais atentos atrás daqueles óculos de armação grossa, ao invés de perdidos, como sempre.

Ela devia usar lentes de contato.

E o cabelo... era tão longo, muito mais longo do que ele imaginava e um pouco ondulado. Ele podia apostar que cheirava bem e senti-lo devia ser muito melhor...

Ela lançou um olhar da tigela vermelha que estava secando na pia.

– Encontrou tudo o que precisava lá em cima?

Não. Mesmo.

Por educação, ele puxou o blusão para ter certeza de que o Sr. Feliz estava coberto. E, então, ele apenas a observou. Como se fosse algum tipo de idiota.

– Isaac?

– Você já foi casada? – ele perguntou em voz baixa.

Quando os olhos dela se lançaram nos dele, soube como ela se sentia: ele não podia acreditar que tinha soltado essa também.

Antes que ele pudesse voltar atrás, ela empurrou os óculos para cima no nariz e disse:

– Ah, não. Não, eu não fui. E você?

Ele balançou a cabeça e deixou por isso mesmo, porque Deus sabia que ele não deveria ter começado aquele assunto.

– Uma namorada? – ela perguntou, pegando uma panela para secar.

– Nunca tive uma. – Quando os olhos dela o encararam com força, ele encolheu os ombros. – Não estou dizendo que nunca... er... estive com...

Mas que inferno! Ele estava corando?

Certo, ele tinha mesmo que se afastar dela e sair da cidade – e não apenas porque Matthias estava atrás dele. Essa mulher ia transformá-lo em alguém que ele não conhecia.

– Você só não encontrou a pessoa certa, não é? – Ela se abaixou e guardou a tigela, em seguida, foi a panela que colocou no armário sob a ilha. – A coisa é sempre essa, não é mesmo?

– Entre outras.

– Eu só fico pensando se vai acontecer comigo – ela murmurou. – Mas não aconteceu. Porém, eu gosto da minha vida.

– Não tem namorado? – ele se ouviu dizendo.

– Não – ela deu de ombros. – E eu não sou o tipo de garota de apenas uma noite.

Isso não o surpreendeu. Ela era muito elegante.

Quando um silêncio suave surgiu entre eles de maneira curiosa, ele não tinha ideia de quanto tempo estava ali, olhando para ela do outro lado da ilha.

– Obrigado – ele disse em dado momento.

– Pelo quê? Eu não o ajudei de verdade.

Até parece que não. Ela tinha dado a ele algo bom para pensar quando estivesse sozinho em uma noite fria: ele se lembraria daquele momento com ela para o resto de seus dias.

Porém, eram poucos os que deveria preservar.

Movendo-se até ficar mais perto dela, ele estendeu a mão e tocou seu rosto.

Quando ela inalou com força e ficou imóvel, ele disse:

– Sinto muito... por aquilo mais cedo.

Sim, não tinha certeza do que "mais cedo" significava: se os 25 mil que ele tinha custado a ela, se a fuga de cumprir a lei, a tentativa de intimidá-la para conscientizá-la de alguma maneira... ou o episódio no chuveiro.

Ele ficou surpreso quando ela não se afastou.

– Eu ainda não quero que vá.

Isaac fugiu do assunto.

– Eu gosto do seu cabelo solto – ele disse ao invés de responder, correndo seus dedos através dos fios até o ombro dela. Quando ela corou, ele recuou.

– Vou para a cama. Se precisar de mim, bata primeiro, ok? Bata primeiro e espere eu atender a porta.

Ela piscou rapidamente, como se um nevoeiro estivesse se erguendo do rio que havia dentro dela.

– Por quê?

– Apenas prometa.

– Isaac... – Quando ele balançou a cabeça, ela cruzou os braços sobre o peito. – Certo. Eu prometo.

– Boa-noite.

– Boa-noite.

Ele se virou e a deixou na cozinha, percorrendo o corredor e as escadas rapidamente, pois seu autocontrole tinha sido surrado e apesar das duas omeletes, ele estava faminto.

Contudo, não por comida.

Como um idiota total, ele se esquivou no quarto de hóspedes e esperou atrás da porta fechada apenas para poder ouvir o som dela subindo suavemente as velhas escadas que rangiam. Quando ele ouviu ela se fechar, ele andou ao redor do quarto... e se perguntou que diabos faria nas próximas oito horas.

Seu pênis se contorceu como se quisesse levantar a mão por ouvir uma pergunta da professora, a ereção estava agindo como se dissesse "oh-oh-oh-oh eu sei a resposta dessa".

– Isso não vai acontecer, garotão – Isaac se conteve.

Esfregando os olhos, ele não conseguia acreditar que tinha concordado em ficar – especialmente pelo fato de quem tinha entrado no ringue com ele. Mas não poderia argumentar com o que tinha visto atrás do armário de Grier – e ainda que Matthias não se importasse com as consequências, tinha certeza que não ia procurá-lo ali. Especialmente pelo pai dela ser um militar: Matthias conhecia a todos e tinha total consciência das complicações que poderiam surgir por matar a filha de alguém importante.

Com mais outro palavrão, Isaac entrou no banheiro e escovou os dentes; em seguida, se estendeu no edredom e apagou a luz. Ao focar o teto, a imaginou naquela cama aconchegante acima dele, com a televisão ligada e alguma coisa no estilo da série *Magnum* sendo exibida na frente de seus olhos fechados.

Ele queria estar lá em cima com ela.

Ele queria estar... em cima dela.

O que significava que ele tinha que sair nas primeiras horas do dia antes mesmo que ela acordasse. Caso contrário, ele poderia não ser capaz de ir embora sem tentar fazer algo que não tinha direito... muito menos merecia.

Fechando os olhos, passaram-se uns quinze minutos antes que ele tirasse e jogasse para bem longe de sua virilha aquelas calças de pijama.

Quando seguia a linha colchão e travesseiro, costumava dormir nu e agora sabia o porquê. Aquilo de pijama era muito ridículo.

Meia hora depois, ele não aguentava mais e se despiu completamente. A única coisa que manteve perto foram as duas armas enfiadas dentro dos cobertores. Afinal, ele poderia ser pego exibindo tudo que tinha, mas não havia razão nenhuma para ficar vulnerável por isso.

Capítulo 17

O hotel Comfort Inn & Suites em Framingham, Massachusetts, tinha cheiro de eliminador de odores, janelas vedadas sempre fechadas e lençóis um pouco gastos. Mas pelo menos havia uma máquina de Coca-Cola cheia de bebidas geladas.

Adrian Vogel adorava uma boa Coca, preferindo as velhas garrafas de vidro às latas. Mas ele ficava feliz o suficiente com as garrafas de plástico.

E ele ia comprar duas assim que chegasse ao andar que estava. Uma para ele e outra para...

– Como disse que era seu nome?

A ruiva ao lado dele era exatamente o seu tipo: cheia de curvas, meio perdida e sem qualquer ilusão de que isso seria algo além de sexo.

– Rachel – ela sorriu mostrando os dentes brilhantes e muito brancos. – E acho que vou manter meu sobrenome em segredo.

Cara, aqueles dentes dela eram incríveis... tão alinhados e brilhantes quanto os azulejos de um banheiro. Ela devia ser dentista, ou provavelmente tinha desconto em um.

Que inferno. Com aquele visual ela poderia ser modelo de produtos de higiene dental.

Houve um *ding* e a porta deslizou, revelando a máquina vermelha e branca de seus sonhos. Quando ele se afastou e deixou a linda, reluzente e sem sobrenome Rachel passar, ele tinha total consciência de que estava usando a garota, mas era uma via de mão dupla. A conversa deles no bar ao lado do hotel tinha começado pelo fato de que ela estava tirando a aliança de casamento.

Parece que o marido dela estava transando com uma de suas amigas.

E levou mais ou menos um minuto e meio para que Adrian se aproximasse com a compensação perfeita.

Ele pagou umas duas bebidas para ela, em seguida, mais uma e sabia que tinha ganhado a moça quando ela perguntou se ele estava hospedado no hotel. Ele disse que sim, estava... com seu melhor amigo. Que era muito mais bonito do que ele.

Certo, estavam totalmente na terra das mentiras. Mas ele gostava de compartilhar com Eddie o fato de que as mulheres estavam em cima dele. Da maneira como o cara atuava nessa área, o filho da mãe nunca pegaria uma garota se Ad não as trouxesse em casa.

– Espere – ele disse ao parar na máquina, tirar sua carteira e pegou algumas notas.

– Sabe? – sua acompanhante falou. – Nunca saí com ninguém como você.

É, ele tinha certeza disso.

– Mesmo? – Quando ele sorriu para ela sobre os ombros, ela focou a argola do lábio inferior... e, por força do hábito, ele lambeu deliberadamente o metal cinza escuro. – Não sou tão ruim, sou?

Seus olhos estavam famintos.

– Nem um pouco. Ei, você tem uma namorada?

Adrian voltou-se para a máquina e colocou o dinheiro, ouvindo o suave *Whirrrrr* como se aquele George Washington tivesse sido sugado pela goela da coisa.

– Não – ele disse, apertando o botão para pedir uma normal. – Eu não estou com ninguém.

Na verdade, ele esteve... muito recentemente, aliás. Razão pela qual, apesar de sempre gostar de sexo, ele estava tão inclinado a esquecer a garota da noite passada e acabar com Rachel essa noite.

Lavar-se depois que Devina o usava sempre fez parte do processo. Claro, logo depois que ela o soltava, a água quente e o sabão tiravam seu sangue e outras coisas que revestiam a pele dele... mas aquela coisa imunda sempre persistia. Contudo, aquele pequeno pedaço de humanidade iria ajudá-lo a substituir as sensações que permaneceram no seu corpo.

Aquelas que não tinham nada a ver com as contusões que se desvaneciam em sua pele.

A porcaria que Devina deixou nele permanecia na parte traseira de sua mente, apodrecendo. Ao ponto de agora haver dois dele: um que conversava com Jim, ficava alerta e estava pronto para lutar pela alma de Isaac Rothe... e outro que estava envolvido nos recessos de seu parque mental, confuso, dormente e muito sozinho.

– *Diet*? – ele perguntou.

– Sim, por favor.

Desta vez, a mão tremia ao alimentar a boca da máquina. Ao ponto de ter que fazer algumas tentativas para que a nota entrasse.

– Ei. Pode fazer uma coisa por mim?

– Claro.

– Coloque seus braços em volta de mim.

Houve um riso macio e, então, ele sentiu uma suave compressão em torno de sua cintura quando Rachel Sem Sobrenome fez o que ele pediu. Quando ela se inclinou sobre as costas dele, os seios macios pressionaram sua musculatura rígida e o calor do corpo dela era um tremendo contraste com o que estava acontecendo dentro dele.

Ele estava tão gelado. Gelado como a Coca que estava comprando.

Adrian deixou cair a cabeça e apoiou uma mão contra a máquina, mantendo os dois em pé.

Devina ia matá-lo. Se não foi quando ela estava transando com ele de fato, então seria com a consequência disso: seu cérebro não estava mais funcionando direito e, conforme os dias passavam, ele não voltava ao normal e isso estava começando a preocupá-lo. Ele achava que Jim não sabia; estava preocupado em Eddie saber... e aí estava o problema: ele não tinha intenção de ser tirado do jogo pelos poderes daquele ser de novo. Ele era um lutador e tinha uma vingança pessoal contra Devina... e isso significava que tinha que se recompor.

– Sabe? – Rachel murmurou contra seu ombro. – Se queria sentir meus seios, há uma maneira melhor de fazer isso.

Ele engoliu em seco e colocou sua máscara de volta no lugar. Virando-se nos braços dela, ele afastou os cabelos vermelhos do pescoço e inclinou o queixo da moça para cima.

– Você tem toda razão.

Ele estava completamente vazio quando a beijou, mas ela não sabia disso e ele estava tão desesperado para fazer uma conexão que não se importava.

– Adrian... – Quando pronunciou o nome dele, achou que tinha gostado da sensação da barra de metal no meio de sua língua contra a língua de Rachel.

Correndo as mãos dos quadris até a bunda dela, ele a puxou com força contra seu corpo e tentou romper com o círculo ártico que havia dentro dele através das curvas dela, da maneira como ela se movia contra ele, do cheiro do seu perfume, do gosto do drinque que ela tinha bebido.

Mantendo o ritmo, ele apertou o botão *diet* e a máquina expulsou outra garrafa.

– Vamos lá – ele rosnou, pegando o refrigerante para ela. – Deixe-me apresentá-la a Eddie. Como disse, você vai gostar dele. Todos gostam.

Ele lançou uma piscada para ela na tentativa de um flerte e, dada a maneira como ela sorriu, ficou claro que caiu no encanto... e estava realmente aberta àquilo que estava entrando.

– Sabe? Nunca fiz isso antes – ela disse enquanto ele a conduzia pelo corredor. – Bem, com... você sabe.

– Duas pessoas? – Ela riu novamente e ele sorriu para ela. – Está tudo bem. Vamos tratá-la muito, muito bem.

Ia funcionar, ele pensou enquanto pegava a chave plástica para abrir a porta. *Tinha* que funcionar. Na noite passada não tinha sido suficiente, mas, depois daquilo, sua mente ia ficar limpa e sua cabeça voltaria ao lugar e ele ia tirar aquele pedaço de carne das mãos de Devina.

Quando chegaram ao quarto dele, Adrian parou, colocou o cartão na fenda e abriu apenas uma fresta.

– Temos companhia. Você está apresentável?

A resposta de Eddie foi rápida e aborrecida.

– Claro que estou.

Adrian entrou com aquele sorriso fabricado pregado na porta da frente de seu rosto.

– Onde você está, cara?

Quando seu amigo saiu do banheiro, o olhar rígido de Eddie mudou no instante em que viu a mulher.

Não estava mais tão aborrecido. Mas Adrian sabia que o cara tinha uma coisa por ruivas – razão pela qual a bela Rachel estava sendo levada a fazer aquilo.

Enquanto Eddie avançava para se apresentar, Ad aproximou-se e colocou a cabeça através da porta aberta que conectava o quarto de Jim com o deles.

O anjo estava sentado na frente do laptop que ele tinha comprado no início do dia. De um lado dele, havia uma caixa aberta de pizza meio comida e do outro um cinzeiro onde ardia calmamente um cigarro. No seu colo, o Cachorro era uma pilha de pelo cinza e loiro desalinhado, ao ponto de não ser possível dizer onde acabava a calda e começava o focinho.

Levando em conta a carranca de Jim, ficou bastante claro o que ele estava fazendo no computador: procurando por informações sobre aquela garota que Devina havia assassinado e pendurado de cabeça para baixo numa banheira em Caldwell – a menina virgem que tinha sido sacrificada para proteger o território do demônio. Aquela que Jim tinha tentado salvar... mas quando era tarde demais para isso.

– Jim.

Ao som de seu nome, o cara responsável por salvar o mundo olhou para cima. Seus olhos estavam vermelhos pela falta de sono e parecia que havia um buraco dentro dele – então, sim, ele estava bem como se esperava, dada a quantidade de peso que havia em seus ombros. E ainda assim era evidente que ele estava preparado para a tarefa. E aquela magia que ele tinha tirado da cartola naquela casa de tijolos? Inacreditável. Primeira tentativa em um portão e ele fez daquilo a única. Eddie ou Ad? Os dois teriam que percorrer todo o local marcando as entradas para assegurar uma cobertura adequada.

O tipo de coisa que faz com que se pergunte o que mais o bastardo poderia fazer.

– O que é, Ad? – o cara disse enquanto pegava um cigarro e dava uma tragada. O exalar foi lento e cansado.

Adrian levantou o dedão apontando para trás do ombro.

– Vamos nos ocupar por um tempo.

– Agora?

Como se fosse uma dica, Rachel soltou uma de suas risadas e logo em seguida veio um rosnado baixo. O que normalmente significava que Eddie estava tentando alguma coisa. Um beijo. Uma apalpada. Uma chupada...

O olhar de Jim se estreitou.

– Você está bem?

Adrian recuou e começou a fechar a porta. Ele não queria Jim envolvido em seu drama. Era algo para ser desfeito na frente de Eddie – com quem ele enfrentou o diabo na vida. Literalmente.

Mas não Jim. Ele gostava do cara... confiava nele... queria trabalhar com ele. Contudo, era só isso.

– Espere um minuto – Jim exigiu.

– Eu tenho que ir...

– Pode me dar só um minuto? Algo me diz que eles não irão muito longe sem você.

Adrian estava com problemas.

Jim tinha certeza disso quando o cara parou na porta com aquele sorriso falso na boca e um corpo tão rígido que rangia como um cabo de alta-tensão. Claro, ele estava contendo a tensão toda, mas aquela não podia ser a verdade na rotina do Sr. Grosseirão, era?

O cansaço da batalha não era brincadeira; aquilo tinha fraturado seu cérebro e isso se apresentava como um grande perigo para si e para outras pessoas. Afinal, andar com alguma coisa que não funcionava direito dentro de si era como ter uma arma em um coldre que poderia falhar a qualquer momento e explodir em sua mão.

– Adrian.

– O que? – A resposta do cara não foi uma abertura para discussão. E nem foi fruto da mão com longas unhas vermelhas que serpenteava pelo seu quadril e começou a puxar sua camisa.

– Vem aqui um segundo – disse Jim, bem ciente de que estava iniciando uma tarefa inútil. Não havia chance do anjo se afastar da Sra. dos Dedos Simpáticos que estava atrás dele.

– Estou um pouco ocupado agora, cara. – Seus olhos eram nada além de vidro, como se qualquer coisa que o preenchesse tivesse tirado férias.

– Isso é mais importante.

– Vá se ferrar, idiota, não sou bom de conversa. Sou mais de agir.

Houve outra risada e a camisa foi puxada pelo peitoral do anjo... e depois houve uma pausa, como se a mulher estivesse surpresa com algo que tinha descoberto. Fazia sentido. Os mamilos de Ad eram perfurados com piercings em forma de barras e uma corrente de metal cinza escuro ligava o conjunto – e não parava por aí. Os elos desciam por seu peitoral bem definido e percorriam por baixo da cintura da calça.

Jim também começou com seu "Ei espere um minuto" quando ligou os pontos do que via.

– Olha, Adrian – ele iniciou, preparado para começar, mesmo se tivessem plateia.

Ad se virou para a mulher.

– Vá dizer 'oi' a Eddie um minuto, querida.

A ruiva seguiu a sugestão e saiu, cruzando até o outro cara e puxando-o para um beijo. Através da fresta da porta, a maneira como Eddie a levou para cama era um show infernal, deitando-a e cobrindo-a com seu corpo pesado. Considerando seu ar ofegante, ela estava no céu ao puxar a regata...

Jim franziu a testa e levantou, perguntando-se se ele estava vendo direito... e, sim, ele estava. Eddie era muito marcado... mas não como uma queimadura ou chicotadas aleatórias. Era a mesma simbologia que havia na barriga da menina no local que Devina...

Quando Jim explodiu atrás dele, Adrian entrou na linha de visão, bloqueando-a. Assim como o caminho para dentro do outro quarto.

– Que porcaria é aquela nele? – Jim sussurrou, apoiando o Cachorro.

Adrian apenas balançou a cabeça enquanto as luzes se apagavam na sala e alguma coisa caía no chão. Como se fosse uma das botas de combate de Eddie.

– Não vamos conversar sobre nada – o anjo disse em voz baixa. – Vamos trabalhar para você e fazer o que for preciso para ajudá-lo a vencer, mas você não é bem-vindo na nossa fossa, Jim. Ele e eu estamos juntos há muito tempo e, em caso de não ter notado, você acabou de chegar nesse serviço.

Uma voz profunda e gutural cresceu na escuridão.

– Vem, Adrian.

Tinha certeza que não era a mulher que tinha feito o pedido. E, pela primeira vez, Ad, que não recebia ordens, parecia com vontade de cumprir uma.

– Estamos bem do outro lado da porta se precisar – disse o rapaz que desapareceu na escuridão e no sexo. – É só gritar.

E, em seguida, tudo se fechou com firmeza.

Jim afundou de volta na cadeira e recolocou o Cachorro no colo. Acariciando a pele áspera do animal, ele teve que se esforçar para permanecer onde estava. Ele queria invadir o outro quarto e exigir que Adrian consultasse um psiquiatra e Eddie falasse sobre o que eram aquelas marcas. Mas, convenhamos... todo mundo estava seminu e prestes a ficar totalmente nu. E, em seguida, aquela coisa ofegante ia começar.

– Inferno... maldito inferno.

Fechando os olhos, ele visualizou a padronização esculpida nas costas de Eddie e se lembrou do momento em que invadiu o banheiro de Devina e encontrou aquela jovem garota inocente de cabeça para baixo sobre a banheira. O sangue dela era vermelho brilhante contra a porcelana branca e cobria toda sua pele pálida e cabelos loiros. Ela tinha sido abatida e marcada pelo demônio, a pele tinha sido arranhada formando símbolos.

Os mesmos que Eddie tinha.

Era óbvio que Devina tinha colocado suas garras naquele anjo. E Jim precisava dos detalhes daquilo.

Voltando a se concentrar no laptop que tinha comprado durante a tarde, ele limpou a proteção de tela com um toque de seu dedo. Aquele Dell só tinha velocidade e memória civis, mas ele não ia comandar satélites a partir de seu teclado – e o site do *Jornal de Caldwell* era acessado com suficiente facilidade.

Ao voltar para os arquivos, aquela figura da menina era uma ferida em carne viva em seu cérebro. Cadáveres não eram novidade para ele e, ainda assim, aquele tinha cavado um buraco no seu tronco cerebral e se estabeleceu no coração de sua CPU.

Ele queria pelo menos ter dado a ela um enterro apropriado. Mas quando ele entrou na sala, quebrou o feitiço que protegia o espelho sagrado de Devina e eles tiveram que sair. Depois disso, os restos mortais da menina tinham desaparecido.

O que levou Jim aos jornais. Alguém estaria à procura de sua filha e o corpo – ou os pedaços disso – seriam encontrados em algum momento: Adrian sustentava que Devina geralmente só jogava fora o que sobrava, ao invés de destruir, pois o abandono causaria mais dor à família e amigos.

Que moça bonita era aquela.

E isso o fez pensar se permanecer desaparecido era melhor do que contaminado e desfigurado. Inferno de escolha.

Na caixa de pesquisa, ele dava entradas como "mulher loira encontrada morta", "garota loira assassinada" ou "mulher loira morta". Nada... bem, várias coisas, mas nada que se encaixasse ao que ele procurava. Os resultados eram antigos demais tanto em idade, pois sua vítima parecia ter apenas dezoito/dezenove anos, ou os artigos eram de mais de seis meses atrás enquanto sua garota tinha sido morta muito recentemente: o sangue estava fresco e seu corpo, apesar de mutilado, parecia estar relativamente em boa forma, o que o fez concluir que ela não foi torturada, nem passou fome por um período de tempo antes de sua morte.

Quando o site do jornal não forneceu o que ele queria, sua próxima parada na estrada da informação era o banco de dados nacional de pessoas desaparecidas. Ele pesquisou o estado de Nova York.

Oh... cara. Tanta gente.

Tantas pessoas sofrendo no mundo lá fora: noites que eram preenchidas com pais, ou maridos, ou esposas, ou irmãs e irmãos se perguntando se aquela pessoa que tinha sido tirada deles estava viva, morta, ou em agonia causada por outro.

– Cristo – ele sussurrou.

E ele fazia parte disso, não fazia? Em escala mundial, ele tinha cometido crimes que criaram buracos nas vidas de outras pessoas. Sim, a grande maioria de seus alvos eram os homens maus, mas ele sabia que era fato que muitos deles tinham famílias e agora ele se perguntava o que tinha deixado para trás. Mesmo se os pais de família merecessem morrer, que tipo de propagação do caos ele tinha criado? Ele sabia que alguns de seus alvos eram reconhecidos pelo amor que tinham por seus filhos: eles podem ter sido inimigos com perigosos recursos em um círculo político, mas eles não eram bastardos em casa.

– Que droga, Cachorro... – Houve uma fungada e um focinho frio e úmido colidiu contra sua mão. – Sim, vamos começar a bagunçar isso tudo.

O cão levantou e bocejou, abrindo tanto a boca que deixou escapar um som agudo. Em seguida, com outro fungar, o vira-lata se arranjou novamente no colo de Jim, enrolando suas pequenas patas e relaxando.

Jim tentou alisar o pelo que tinha sido desarrumado com o reposicionamento, mas o de Cachorro era duro e foi um esforço desperdiçado. Animal tolo, sempre parecendo como se um ventilador tivesse sido ligado na frente dele e, em seguida, tivessem jogado quatro latas de spray fixador em cima.

Rostos... nomes... histórias...

Quando um gemido passou pela porta, ele pensou na última vez que tinha feito sexo e ficou enjoado. A ideia de que esteve dentro do seu inimigo era suficiente para murchar seu pênis com um "nunca mais".

E pensar que os outros dois tinham feito também...

No início, a sensação era difícil de entender. Alguma coisa estava... simplesmente fora. E, então, a ideia vaga do "e daí?" fundiu-se atrás de seu pescoço até que estivesse convencido de que exalavam ar frio em sua nuca.

Ele olhava ao redor, mas ninguém estava lá. E os arrepios persistiam, dando pancadas leves em sua coluna, se transformando em uma frota de formigas que fervilhavam em suas costas.

Jim levantou-se e colocou o Cachorro no carpete.

Isaac, ele pensou. Isaac e Grier...

Aquela casa...

O feitiço na casa.

Ele estava fora do hotel e de volta ao Beacon Hill em questão de um minuto, pousando no jardim dos fundos. O encantamento que ele tinha jogado permanecia no local, a parte externa da casa no centro da cidade ainda brilhava e agora que estava ao seu alcance, soube que tinha uma razão para ir até lá.

Devina estava ali. Ele podia sentir sua presença demoníaca e parasitária.

E, mesmo assim, tudo parecia calmo: através das janelas de vidro laminado na parte dos fundos, a cozinha estava escura. Apenas com a iluminação distante do corredor. Sem sombras se movimentando, nenhum alarme estridente, nenhum grito.

Com uma grande batida de suas asas, ele levitou até o terraço do terceiro andar e pousou em silêncio. Andou até as portas francesas, mantendo-se invisível para os olhos humanos e olhou para dentro. A advogada loira estava em sua cama, deitada de lado diante de uma televisão pequena e, aparentemente, estava dormindo.

Ela parecia bem.

Na verdade, tudo parecia muito bem. Sim, claro, ele sentia aquele fantasma rondando pela casa – mas não era uma ameaça para ela ou para Isaac...

Contudo, o alarme que vibrava em sua coluna vertebral estava ficando cada vez mais forte e ele estava disposto a ouvi-lo ao invés de seguir a ilusão de que estava tudo perfeito. Em um piscar de olhos, ele entrou pela porta de vidro e parou no centro do quarto dela, preparado para agir.

O que pareceu ser um desperdício de tensão muscular.

Mais uma vez, não havia nada fora do lugar, nenhum som...

Franzindo a testa, ele passou pela cama e atravessou a porta fechada do outro lado. Pousando no topo da escada, ele parou, e o formigueiro em suas costas enlouqueceu, o latejar era tão intenso que transformou todo seu corpo em um diapasão. Dirigindo-se para baixo, ele sabia que estava indo na direção certa conforme a sensação ficava ainda pior... e, então, ele entrou como um fantasma no quarto em que Isaac estava.

E encontrou o distúrbio.

Seu colega soldado estava na cama, se revirando nos lençóis, contorcendo o corpo, o rosto contraído de maneira tensa em uma máscara de agonia. Quando suas grandes mãos agarraram o edredom, seus braços se esticaram e aquele peito pesado bombeou o ar com dificuldade.

Devina estava ali, certo, mas ela estava *dentro* do homem e não em torno dele: o demônio tinha sugado Isaac em um pesadelo e o prendeu em algum tipo de tortura. E o resultado era um tormento muito mais real para seus níveis de irrealidade, Jim imaginou, pois a vadia poderia personalizar o abuso às fraquezas de Isaac, seja lá quais fossem.

Pelo menos, havia uma solução simples: acordar o pobre bastardo.

Jim correu...

Nigel, seu novo chefe, apareceu em uma extremidade do quarto e segurou sua mão para cima como o sinal de um guarda em um cruzamento.

– Se você acordá-lo, ela vai entrar em mais lugares do que apenas em sua mente.

Jim saiu do local da confusão, puxando seu peso para trás sobre os calcanhares e confrontando o tipo lorde britânico que era seu Comandante da Noite. O arcanjo estava vestido com um terno da década de 1920 e ostentando um cigarro em um suporte em sua mão direita e um copo de martini na outra. Mas isso não era uma festa para ele: apesar daquela pose e sua bebida 007, seu rosto e sua voz estavam sombrios como as portas da morte.

Jim apontou a cama.

– Então, eu estava certo. Isaac é minha nova tarefa.

Nigel deu uma tragada e expirou – o que fez Jim perceber que eles realmente tinham algo em comum. Já que eram imortais, presumiam que aquele não era mais um mau hábito.

– Na verdade, salvar a vida dele é a resposta – ele retrucou, eventualmente.

– Mas não posso deixá-lo assim – Jim disse quando Isaac soltou um gemido. – Mesmo que ele sobreviva a isso, é cruel.

– Contudo, você não pode acordá-lo. Você se relaciona com os humanos através de suas almas. É assim que deve conduzir... a maneira de tocá-los ao interagir com eles. Agora, sua mente está contaminada por ela... se você abrir a porta perturbando-o, ela vai valsar em seus calcanhares.

O que não passava nem perto do tipo de assistência que ele queria dar ao inimigo.

E, ainda assim, quando Jim encarou o homem que estava sendo surrado, ele se preocupava se a experiência não iria mesmo matar o coitado do filho da mãe. Parecia que alguém estava rasgando seus braço e pernas.

– Eu não vou deixá-lo sofrer assim.

– Use as ferramentas que tem. Há muitas.

Droga, ele deveria ter trazido Eddie e Adrian com ele.

– Diga quais são.

– Não posso. Eu nem deveria estar aqui. Se eu proporcionar mais orientação, corro o risco de afetar o resultado e, com isso, desqualificar a rodada... ou pior.

Na cama, Isaac deu um grito estridente.

– Droga, o que devo fazer?

Quando não houve resposta, Jim olhou para o canto e não viu nada além de uma fumaça deixada pelo cigarro do arcanjo se desvanecendo em espiral. Seu chefe tinha desaparecido da mesma maneira que surgiu: rapidamente e em silêncio.

– Que inferno, Nigel.

Permanecendo ali, solitário, enquanto suas costas gritavam alertando o sofrimento de Isaac, Jim pegou o telefone e tentou Eddie. Adrian. Eddie de novo. Ele estava prestes a voltar para o hotel a arrastá-los para fora da cama – nus se necessário – quando a solução surgiu.

Capítulo 18

Erguendo-se dos travesseiros e sentando-se reta, Grier agarrou o peito e sentiu seu coração bater contra a palma da mão ao acordar arquejando. Com a mão livre, empurrou os cabelos do rosto e olhou em volta. O quarto dela estava envolto em sombras, nada emanava luz além do logotipo do DVD flutuando na tela.

– Isaac? – ela perguntou, a voz embargada.

Sem respostas. E nada de passos subindo as escadas.

Quando a decepção desacelerou seu ritmo cardíaco, ela se corrigiu: foi um alívio. *Alívio.*

– Daniel? – ela disse suavemente. Quando seu irmão não apareceu, ela entendeu que tinha acordado sozinha, pois seus nervos estavam abalados...

Grier congelou. Havia um homem no quarto. Um homem enorme estava parado em frente às portas francesas, longe da luz da TV. Ele estava absolutamente imóvel, como uma fotografia, e a única razão pela qual ela sabia que ele estava ali era pela silhueta que aparecia contra o brilho da cidade.

Abrindo a boca para gritar, ela... se deteve.

Ele tinha asas.

Asas enormes que se levantavam sobre seus ombros e brilhavam como o luar sobre a água, hipnotizando seus olhos.

Ele era um anjo, ela pensou. E, ao sentir uma paz estranha e desassociada dentro dela, decidiu que aquilo tinha que ser um sonho. Certo? Tinha que ser...

– Por que você está aqui? – ela perguntou, sua voz soou muito, muito distante.

Quando ele deu um passo à frente, seu rosto saiu das sombras e ela ficou impressionada em como sua expressão parecia séria. Nada da doçura dos querubins. Nada daquela expressão tranquila das fadas ou dos mensageiros. Nada de togas também: ele estava vestido com uma camisa preta apertada e... calça jeans?

Ele era um guerreiro.

E isso a fez lembrar de Isaac.

– Por que você está aqui? – ela perguntou mais uma vez, sem certeza de que havia pronunciado as palavras da primeira vez.

Olhando bem nos olhos dela, ele apontou a porta que a levava ao corredor.

"Isaac", ela pensou... ou talvez ouviu em sua mente.

Grier saltou para fora da cama e correu para a escada, a pressa dirigia seus pés no carpete, sua mão mal tocava o corrimão quando ela derrapou e deslizou escada abaixo.

À porta do quarto de hóspedes, havia o som de algum tipo de luta.

"Oh, Deus..."

Entrando de súbito no quarto, ela não conseguia ver muita coisa na escuridão e gritou:

– Isaac? Você está bem...

Aconteceu tudo tão rápido que não pôde controlar o movimento. Em um segundo ela estava do lado de dentro dos batentes da porta; no outro, ela foi virada com força, empurrada para o chão e deixada totalmente imóvel, seus braços foram puxados para trás das costas e mantidos assim com força. Um pedaço de metal frio foi empurrado contra sua cabeça enquanto algo pesado segurava seus quadris.

O medo sufocou o ar de seus pulmões, mesmo tendo certeza de que era Isaac, pois ele cheirava ao seu sabonete.

– P-p-por favor... – ela pronunciou com uma respiração forçada. – *Sou eu... Grier.*

Ele não se moveu. Só começou a ofegar como se estivesse lutando.

Lágrimas escorreram dos olhos dela.

– Is... aac...

– Oh, *droga*. – Em um piscar de olhos, ele estava fora dela e a arma desapareceu.

Enquanto ela tentava recuperar o fôlego, ele se inclinou para ela e resmungou.

– Eu sinto muito...

Ela se afastou e deu um salto para ficar em pé, movendo-se para trás até que bateu contra a parede. Colocando as mãos trêmulas no rosto, ela tentou respirar melhor e com calma, mas seus pulmões estavam pressionados contra suas costelas e sua garganta estava tão apertada que ela sentia como se estivesse sendo sufocada.

Isaac deu a ela bastante espaço e não disse outra palavra. Ele apenas permaneceu onde estava, no feixe de luz que vinha do corredor. Quando o rugido em seus ouvidos diminuíram, ela percebeu que ele estava nu, aquele blusão dele estava cobrindo suas partes íntimas, seus peitorais e os músculos de seu estômago se destacavam em um relevo austero.

Sem dúvida, ele trocou a arma pela modéstia.

– Eu não sabia que era você – ele disse. – Eu juro.

Em sua cabeça, ela o ouvia dizendo para não entrar até que ele atendesse.

– Grier... – a voz dele embargou, sua expressão era de dor física... como se aquilo que tinha feito com ela o matasse.

Quando ela sentiu que conseguiria falar, olhou bem dentro dos olhos dele.

– Só me responda uma coisa... você está fugindo por uma boa razão ou não?

A resposta demorou a chegar e veio com uma respiração de alívio.

– Boa. Eu prometo – e, então, ele a surpreendeu. – Eu preciso do dinheiro e eu não posso trabalhar legalmente, é por isso que estava lutando. E também por eu ser bem treinado.

Certo, está bem.

Ele xingou e correu a mão pelo cabelo curto, seu bíceps se contraíram e mostraram uma marca de mordida brilhante e com raiva em seu músculo.

– Eu tenho que deixar o país, pois tenho uma chance maior assim. Se eu for encontrado, eles vão me matar. – Ele colocou sua mão sobre o coração, como se estivesse fazendo um juramento.

– Nunca vou machucá-la de propósito. Eu juro. Quando chegou, não sabia que era você. Estava tendo um sonho. Um pesadelo. Merd... – Ele estremeceu. – Quero dizer, droga. Desculpe pelo palavrão.

Ela teve que sorrir um pouco.

– Algumas vezes eles são a única coisa certa para se dizer.

– O que a fez descer? Eu estava... fazendo algum barulho?

Como se ela soubesse o que estava fazendo.

Grier franziu a testa e decidiu manter seu visitante alado em segredo.

– Acho que simplesmente sabia que precisava de mim.

Por um longo momento, eles olharam um para o outro na suave escuridão.

– Posso fazer alguma coisa para ajudá-lo, afinal? – ela sussurrou.

– Apenas aceite o dinheiro que lhe devo e renuncie o caso. Por favor. E se alguém vier perguntando por mim, diga a eles tudo o que sabe.

– Que seria quase nada – ela pensou alto.

– Exatamente.

Balançando a cabeça, ela se aproximou dele e colocou a mão em seu antebraço.

– Eu não posso detê-lo se você vai fugir, mas não posso concordar em ser contaminada pela maneira como conseguiu o dinheiro. Se você deixá-lo comigo, eu simplesmente vou transformá-lo em...

– É para retribuir.

– Não posso aceitar... você sabe que não posso. Minha licença profissional está em risco... honestamente, já estou andando na linha da cumplicidade aqui. Eu devia ter chamado a polícia em Malden. E, amanhã de manhã, vou ter que dizer a eles que o abriguei por um tempo para tentar convencê-lo a mudar de atitude. Tudo isso já é ruim o suficiente.

Mas que Deus a ajudasse, pois ela acreditava nele. Ela acreditava que ele estava fugindo para salvar a própria vida. E, maldição, ela ia fazer o máximo possível para ajudá-lo.

Ao ficar em pé nu em frente a sua advogada, Isaac ainda tentava se reconectar com a realidade. O pesadelo o deixou horrorizado. Por um tempo, depois que acordou, tudo parecia se mover muito rápido e precisou de muita energia para entender o que estava acontecendo.

Deus, a coisa era sempre a mesma com aquele pesadelo e mesmo depois de dois anos, ainda era um terror tão recente quanto o da primeira vez: em um poço de escuridão, um morto-vivo sem pálpebras o surrava até que estivesse ensanguentado da cabeça aos pés e gritando com seja lá o que for que tinham empurrado em sua boca. Nunca havia como escapar. Ele estava preso a algum tipo de mesa e ninguém podia ouvi-lo... e, embora pudesse lidar com a dor física, o que o rendia era saber que a tortura duraria para sempre. Não havia fim para isso...

Grier apertou seu braço e o trouxe de volta para o aqui e o agora.

– Aquele artigo de jornal... – ela disse. – Aquele de cinco anos atrás. Quem foi o responsável pelo corpo na vala?

– Eu não o matei.

Mas ele tinha ouvido falar da morte... e deu a Matthias sua carteira e uma muda de roupa sem fazer muitas perguntas. E, assim que ele virou aquela página de sua vida, foi em direção às operações extraoficiais e desapareceu. Deixar sua família foi algo fácil de fazer. Seu pai criava cinco meninos terríveis na fazenda sozinho e um a menos era uma benção naquele bando de Neandertais. Além disso, ele e seu velho nunca se deram muito bem.

Razão pela qual, ao se tornar um desertor, passou a usar seu próprio nome na carteira de identidade falsa que tinha comprado. Ninguém procuraria por ele para voltar para casa... e com certeza ele não tinha planejado ser preso. Mas a coisa era: se ele estava começando de novo, ele queria voltar a ser a pessoa que era antes de Matthias ter aparecido. Contudo, como ele era estúpido! Nenhuma placa indicaria o caminho para voltar àquele tempo e lugar e nada iria apagar os últimos cinco anos.

O que ele precisava era de perdão.

De repente, o rosto de Grier entrou em foco. Deus, seus olhos eram claros. E inteligentes.

E tão bonitos.

– Grier... – O som do nome dela nos lábios dele era ansioso mesmo para seus próprios ouvidos. Ansioso e desesperado.

– Sim...

Aquilo não era uma pergunta, ele pensou. Foi uma resposta... mas, cara, era a resposta errada.

Afastando-se da mão dela, ele tentou dissipar o que estava acontecendo entre eles.

– Acho melhor você ir.

Ela limpou a garganta.

– Sim. Eu deveria.

Nenhum deles se moveu.

– Ir – ele disse. – Agora.

Quando ela se virou, ele cruzou seu braço livre sobre seu peito para evitar agarrá-la e puxá-la para si.

E ela não foi muito longe ao sair. Ela parou na porta, a luz do corredor atingiu seu perfil e desenhou suas feições perfeitas, sempre muito delicadas.

Ela merecia aquele tipo de cuidado de um amante, ele pensou.

Mas ele era muito bruto, muito carente... faminto demais para ser gentil com ela.

Quando ela parou próxima ao batente, com a mão que tinha estado nele segurando a porta, seus dedos se apertaram ali até suas articulações ficarem brancas.

– O que há de errado? – ele disse em uma voz tão profunda que quase desapareceu.

Que pergunta mais estúpida.

Especialmente quando ele traçou a curva de seus seios com os olhos e quis fazer o mesmo com a boca.

– Você já quis algo que não deveria? – ela perguntou.

Que droga. Ele tinha metade de uma possibilidade de resistir a ela se o desejo fosse unilateral – ou seja, se fosse apenas da parte dele. Não havia nada melhor do que dizer a si mesmo que era um bastardo repugnante para estrangular sua libido. Mas e se ele tivesse acordado em um universo paralelo onde ela também o quisesse loucamente?

Os dois se atraíam... mesmo sem a parte do sexo.

– Já quis? – ela perguntou.

– Sim, senhora. – Agora mesmo é um exemplo.

Agora a voz dela era tão potente quando a dele.

– O que você fez?

Eu dei dois passos à frente e a virei pelos quadris. Eu a puxei firme e a beijei por cerca de um minuto e meio antes de tirar as roupas dela da cintura para baixo. Depois, eu fiquei de joelhos, joguei uma de suas pernas sobre meu ombro e acareciei ela com minha boca até que ela buscasse minha língua e...

– Eu fugi. – Sua garganta estava tão apertada que a resposta soou estrangulada. – Eu fugi e não olhei para trás.

Ela endireitou os ombros como se tivesse se decidido.

– Muito inteligente.

Ele soltou a respiração, aliviado por ela não ser tão insana quanto ele estava pressentindo...

Quando ela fechou a porta, estava do lado de dentro do quarto. Então, foi até ele através da escuridão, vagando como uma sombra... e o conduziu para se deitar na cama.

Isaac não conseguia respirar, nem pensar. Mas ele conseguia se mover.

Com certeza, ele conseguia se mover.

E toda aquela história de "vamos ser inteligentes" foi jogada pela janela quando ele se aproximou e agigantou-se diante dela, vendo sua pele pálida contra os lençóis azuis-escuros. Ela se estendeu no lugar que ele tinha aquecido não com um sonho acolhedor, mas com seus esforços para escapar de um pesadelo. E isso não o lembrou da situação em que os dois iriam acordar.

– Você tem certeza disso? – ele perguntou em uma voz gutural. – Estou deitando neste colchão agora e não vou parar até que esteja dentro de você.

Ele era sincero em cada palavra.

E quando ela abriu a boca, ele a interrompeu.

– Tenha certeza de que vai me dar uma resposta com a qual possa conviver. Pois o que acontecer agora não vai mudar o amanhã.

– Eu sei. E você tem minha resposta. Bem aqui.

Com isso, ela tirou a camiseta pela cabeça e se deitou.

Capítulo 19

Grier não conseguiu nem mesmo respirar um pouco de ar fresco quando a brisa gelada atingiu seus seios nus e seus mamilos se tensionaram com uma picada rápida de prazer... embora a reação do seu corpo estivesse mais próxima do calor dos olhos dele presos a ela do que a temperatura ambiente.

E, ainda assim, ela teve que esperar que ele falasse, se movesse, fizesse alguma coisa... *qualquer coisa...*

Ele largou o blusão.

Um suspiro sugou sua garganta.

Másculo. Animal. Era tudo o que chegava a ela.

Grier não tinha visto muitos homens nus, mas ela tinha certeza que poderia ter sido mil e nenhum deles poderia ser comparado a Isaac Rothe: ele tinha uma constituição pesada nos ombros e no peito, e havia uma tensão na barriga e nos quadris... e totalmente ereto?

Seu sexo mais que vívido sobre o resto dele.

Isaac desceu até ela na escuridão profunda, deslizando contra ela, seu corpo mais rígido e maior do que seus olhos tinham notado, seus seios amorteceram seu peitoral quando o peso foi colocado em cima dela.

Deus, ele cheirava bem.

E caramba, ela estava ofegante para tê-lo.

A mão dele foi enterrada nela, indo abaixo de sua cintura, puxando-a ainda mais apertado ao encontro dos fortes, muito fortes braços dele. E quando eles ficaram quadril contra quadril, as cuecas que ela usava não se fizeram barreira para a cabeça de seu membro que se empurrava rumo ao seu âmago, que estava completamente pronto para ele.

Ele interrompeu sua respiração, sua boca encontrou a dela e tomou seus lábios como se o pertencessem. Ele a beijou sem qualquer bobagem de primeira vez com a qual ela estava acostumada; não havia nada hesitante ou educado ou parecido com alguma tentativa: Isaac a beijou da maneira como ele a queria e ela estava pronta para ser tomada.

Ela nunca quis tanto alguma coisa antes.

De repente, ele deitou as costas e a levou com ele até que ela ficasse deitada sobre seu corpo. Abrindo as pernas, ela montou em seus quadris e ele soltou um palavrão quando ela se colocou sobre sua ereção e montou para frente e para trás, acariciando os dois. Enquanto ela gemia, a língua dele deslizou sobre ela e Grier arrastou as mãos até a parte inferior do corpo dele, sentindo a ondulação dos seus músculos enquanto o empurrava, seguindo um ritmo.

Contudo, antes que ela pudesse tocá-lo, ele mudou a posição de seu corpo, sua boca no pescoço dela, nos ombros, em seguida...

Ele se juntou a um de seus mamilos, a sucção quente e úmida a fez arquear o corpo de maneira tão selvagem que quase quebrou sua coluna. Para permanecer no controle, ele cravou as mãos nos quadris dela e a segurou de maneira estável... e ela precisava disso quando ele escorregou sua língua sobre ela e retomou o movimento.

– Eu quero ficar nua – ela murmurou. – Eu quero...

Ele já estava fazendo isso: enganchou os polegares na cintura de suas cuecas e as movimentou para baixo. Ela se ergueu para ajudá-lo e teve que gingar para que ele se afastasse um pouco dela e tirasse a coisa toda... pois a boca dele ainda estava no ritmo, permanecia sobre ela, movendo-se até seu outro seio, beliscando e depois chupando novamente.

Quando ela se colocou em seu ventre, seu sexo molhado selou a pele quente de sua cintura e conforme os quadris dele aumentavam o volume, o entrelaçar-se tenso dos músculos de seu estômago se movia contra ela, conduzindo-a para que ficasse cada vez mais excitada, como se a mão dele estivesse entre suas coxas. Com as investidas simultâneas contra seus seios e suas entranhas, ele parecia estar completamente sobre ela, tocando cada centímetro de seu corpo.

E isso não era o suficiente. Haveria tempo para explorar mais tarde... tudo o que ela queria era ele dentro dela...

Estava claro que Isaac pensava a mesma coisa também. Sem que ela dissesse uma palavra, ele a colocou novamente sobre o colchão, sua ereção era uma marca quente em suas coxas enquanto ele se movia para a outra posição. Separando os joelhos dela, ele abriu espaço para si...

Os dois gemeram quando a parte de baixo dos corpos roçou uma a outra.

– Estou limpo – ele disse no ouvido dela.

– Eu sei. – Ela cravou suas unhas nos ombros dele. – Vi... os registros... médicos... Eu tomo... pílula!

Uniram-se com pressa, o corpo dele ficou rígido ao empurrar profundamente e atingir o ponto. Ele era grande e denso dentro dela, pesado sobre ela, quente contra a pele dela: isso poderia ser errado de tantas maneiras, mas quando ele se encaixou, foi perfeito.

Isaac deixou cair a cabeça sobre o pescoço dela e começou a se mover, seu corpo ondulava contra o dela, cuja cabeça se movia para cima e para trás no travesseiro conforme ele fazia o movimento para dentro e para fora. Deslizando as mãos até a parte inferior das costas dele, ela já podia sentir a tensão crescente... e ele não era o único que se aproximava do orgasmo.

Em um gemido, ela abriu mais as pernas e deu-lhe mais, afundando as unhas na pele dele, os bicos de seus seios e as profundezes do seu âmago formigaram. Ela respirava pela boca com dificuldade conforme o ritmo de seus movimentos a levava aos céus, mesmo estando na Terra.

E, então, ela estava livre.

Livre, leve e solta em um passeio selvagem que fazia com que o mundo real parecesse tão maravilhosamente distante. Era tudo o que ela precisava, um explosivo estilhaçado que a afastasse de si mesma, da vida supercertinha que levava e de sua poderosa mente que a fez chegar tão longe e, ainda assim, a aprisionava.

Quando ela começou a descer, as investidas de Isaac ficaram mais curtas e mais rápidas, seus braços a envolviam completamente e a apertavam com força. Ela estava esmagada contra ele, mas não se importava – estava feliz por ter se aproximado do precipício primeiro, com isso, ela pôde se concentrar totalmente no que estava acontecendo com ele.

Só que... ele diminuiu. E, em seguida, parou totalmente.

Erguendo a cabeça, ele apoiou o tronco em seus braços, mas não olhou para ela.

Quando Grier estava prestes a perguntar o que havia de errado, ele saiu de cima dela, ainda completamente ereto, e deixou cama. O ar que se apressou em tomar o lugar dele foi como uma rajada ártica ao longo de sua pele nua... e o frio intenso apenas piorou quando ele caminhou até o banheiro e fechou a porta.

Deixada sozinha, ela ficou deitada no escuro, cada um de seus músculos estavam tensos e todo seu corpo exibia um tipo diferente de calor.

Ela esperou e quando não ouviu a água ser ligada ou a descarga funcionar, a ideia de que pudesse ter sido o mau funcionamento do equipamento diminuiu. E não poderia ser algum embaraço sobre seu desempenho, pois Deus sabia que ele a satisfez e ainda estava ereto.

Suas mãos tremiam ao cobrir o rosto e dane-se se a realidade não voltasse correndo. Isso nunca deveria ter acontecido.

Encaixe perfeito? Estava mais para um *reparo* perfeito: ela estava sendo imprudente desde que olhou nos olhos gelados de Isaac Rothe e, assim como tinha sido com seu irmão, ela teve que investir em algo muito perigoso.

Onde seu cérebro tinha ido parar? Transar com um homem que ela não conhecia... Não, pior que isso: um de seus *clientes*... que estava pronto para agredi-la? Sem proteção... mesmo tomando pílula e sabendo que ele não era HIV positivo, ainda era um risco tremendo.

No calor do momento, ela fez uma escolha que era difícil de defender, pior ainda compreender.

Por alguma razão, Daniel veio à mente e ela lembrou-se dos dois, ela aos treze e ele aos dezesseis anos e roubando o carro do pai deles. Foi no verão em Hyannis Port... onde a noite não era apenas escura; era um breu total. Eles empurraram o Mercedes de dois lugares até à rua, ligaram o motor e saíram para dar uma volta, trocando de lugar às vezes, os dois pegavam o volante. Eles acabaram perto das pedras em frente ao pântano, na estrada de areia, bem à beira do oceano. Com o vento do mar em seus cabelos, o som dele em seus ouvidos e a sensação de uma liberdade elétrica, eles riram até virem lágrimas aos olhos.

E foi quando eles colidiram em uma choupana.

Os dois estavam intimamente errados, não estavam? Daniel um pouco mais que ela, claro, mas não era apenas seu irmão que fazia coisas loucas. E, de certa forma, a descida dele ao submundo da agulha foi a droga dela: os altos e baixos por que passava com ele, o perdia e, em seguida, se aproximava mais uma vez, tudo isso tornou-se a seção de percussão da orquestra de sua vida, a força condutora que marcou todas as outras notas.

E agora que ele se foi...

Ela baixou as mãos e olhou para a porta fechada, imaginando Isaac do outro lado.

Era perfeito para preencher o imenso vazio que seu irmão morto tinha deixado para trás, uma onda de drama arrebatadora em sua vida, tornando-se a coisa na qual ela se lançaria. Afinal, Daniel como um fantasma não tinha nem metade da vivacidade de quando estava vivo.

Isaac era gasolina pura.

Puxando as cobertas sobre si, ela se sentou e colocou o cabelo atrás das orelhas. A realidade era: aquele homem que estava ali teve mais senso que ela. Ele queria ir e deixá-la; ela o fez ficar. Ele deu a ela uma chance de voltar e dormir sozinha; ela os trancou juntos no quarto. Ele ia embora sem olhar para trás; ela ia querer vê-lo depois de amanhã...

Franzindo a testa, ela percebeu que ainda não havia sons no banheiro. Nada.

O que ele estava fazendo ali? Já havia passado um tempo.

Grier arrastou um lençol com ela ao levantar e andar até a porta. Batendo suavemente, ela disse:

– Você está bem?

Sem respostas.

– Isaac? Tem alguma coisa errada?

Bem, além do fato de que ele fugia do governo federal e agora também do governo do estado de Massachusetts e que estava hospedado na casa da sua em breve ex-advogada... transando com ela.

Detalhes, detalhes.

Ou espere, será que a falta de orgasmo da parte dele significava que a relação toda não foi levada em conta? Contudo, ela tinha terminado... Mas será que ele estava se sentindo incompleto?

– Isaac?

Quando não houve resposta, ela bateu suavemente mais uma vez.

– Isaac?

Sem muita esperança, ela apelou para a maçaneta, mas a coisa virou facilmente – para seu alívio, ele não tinha se trancado lá dentro. Abrindo a porta, ela viu um pé descalço e um tornozelo na penumbra. Era evidente que ele estava sentado no chão no canto do chuveiro.

– Posso entrar? – ela perguntou, abrindo caminho...

Meu Deus... ele estava enrolado em si mesmo, com o rosto em direção aos bíceps, o braço erguido e escondendo a face, a mão machucada apoiada no cabelo. Ele estava ofegante, seus ombros subiam e desciam.

Ele estava chorando. Chorando daquela maneira contida e masculina onde mal se ouvia o que era, sua respiração embargada foi a única coisa que a fez entender o que ele estava fazendo.

Grier se aproximou devagar e sentou-se ao lado dele. Quando ela colocou de leve uma das mãos em seu ombro, ele pulou.

– Shhh... sou eu.

Ele não olhou e ela podia apostar que se ele fosse capaz, teria dito para que saísse. Mas ele não podia. E tudo o que ela podia fazer era sentar-se com ele e acalmá-lo suavemente com um toque.

– Está tudo bem – ela murmurou, sabendo que não havia razão para perguntar os motivos: havia muitos para escolher. – Está tudo bem... Tudo bem...

– Não é verdade – disse ele com voz rouca. – Não é verdade mesmo. Eu não... estou...

– Vem cá. – Ela o puxou para perto, sem esperar que ele viesse... mas ele veio. Ele se virou para ela e deixou que envolvesse seus braços ao redor dele como se fosse uma fera que tivesse decidido se deixar domar por um curto período de tempo. Ele era tão grande que ela não conseguia envolvê-lo completamente, mas fez o que pôde e apoiou o rosto em seu cabelo curto.

– Shhh... está tudo bem... – ela murmurou a mentira mais uma vez. Queria dizer outra coisa, mas aquilo era a única coisa que vinha... mesmo sabendo que tinha que concordar com ele. Nada daquela situação estava certo. Nenhum dos dois estava bem.

E ela tinha a sensação de que o "tudo bem" não ia consertar a maneira como as coisas tinham terminado entre eles. Ou para ele.

– Eu ainda não sei como – ele disse depois de um tempo.

– O que?

– Como você sabia que eu estava tendo um pesadelo.

Ao franzir a testa na escuridão, ela acariciou o cabelo dele.

– Ah... você não acreditaria se eu dissesse.

– Tente.

– Um anjo veio até meu quarto. – Houve um breve silêncio. – Ele era... magnífico. Um guerreiro... ele me acordou e apontou a porta, e eu soube que era por sua causa. – Apenas para que não parecesse tão estranha, ela acrescentou: – Acho que eu estava sonhando também.

– Acho que sim.

– É. – Pois anjos não eram mais reais que vampiros e lobisomens.

Pelo menos... era no que ela acreditava até aquela noite. A não ser pelo fato de que aquilo que tinha visto não parecia nada com um sonho.

Só Deus sabe quanto tempo eles ficaram daquela maneira, enrolados um ao outro, o calor mútuo crescia de uma maneira diferente de quando estavam no quarto: agora, o contato da pele era reconfortante.

Quando Isaac finalmente sentou-se ao seu lado, ela se preparou para que ele agradecesse sem jeito e pedisse para sair. Mas, ao invés disso, ele trocou de lugar com ela, seus braços a envolveram, um atrás dos joelhos, outro nas suas costas. Então, ele a ergueu do chão como se pesasse nada e a carregou, passando pela cama desarrumada até o corredor. Ele subiu as escadas sem diminuir o ritmo ou parecer se esforçar, sua respiração quase não se alterou, mesmo quando a abraçou.

Em seu quarto, ele a deitou sobre os lençóis e, em seguida, ficou sobre ela.

Grier podia sentir uma ânsia dentro dele, mas desta vez não era sexual. Era algo que parecia mais importante do que todo aquele calor desesperado.

Ela moveu-se para dar espaço e, depois de um momento, ele escorregou para debaixo das cobertas. Agora, ela era a única a ser embalada. De alguma maneira, aquele peito musculoso, fazia, como mágica, com que todos os seus problemas parecessem menores. E, sim, a ideia de que estava caindo em algum tipo de estado Cinderela a fazia se sentir embaraçada, mas ela estava relaxada demais para lutar.

Fechando os olhos, colocou o braço em volta de sua cintura.

Quando a exaustão a atingiu e esfriou um pouco seu corpo, seu último pensamento foi de que não havia problema em dormir. Haveria tempo para dizer adeus pela manhã.

Isaac deitou-se ao lado de Grier e esperou que ela entrasse profundamente no território do sono REM. Para passar o tempo, ele reviu termos de seu vocabulário, pois sua mente tinha se canibalizado e ele precisava redirecionar seus neurônios.

No léxico masculino de rótulos, o termo "*afeminado*" geralmente se referia a rapazes que são um pouco deslocados quanto à masculinidade: o tipo que faz com que mulheres matem aranhas para eles, que se preocupa com a quantidade de goma que coloca na limpeza a seco e, possivelmente, tem um suporte de especiarias em ordem alfabética.

Homens de verdade não tinham suporte de especiarias. Ou sequer sabiam onde estavam na cozinha... muito menos o que fazer com isso... Pelo menos, foi o que seu pai ensinou a ele e a seus irmãos. E, na verdade, fazendo uma retrospectiva, aquele tipo de pensamento explicava o porquê de sua mãe ter ido embora, casado com outra pessoa e começado uma nova família antes de morrer. Era evidente que ela sabia que tentar reiniciar o sistema não ia levá-la a parte alguma e a única solução era conseguir novos componentes...

No que ele estava pensando? Ah, sim. Efeminados.

O próximo rótulo no vocabulário era "*boiola*". Ele não tinha certeza exata de onde essa palavra tinha surgido, mas era sinônimo de termos como "*maricas*", o tradicional termo "*gay*" e a mais nova palavra "*frutinha*". Esses são rapazes que podem ter o impulso de trocar um pneu para uma mulher, mas teriam problemas para erguer o step do carro – e esqueça a chave de roda. Eles também são o tipo de cara que se assusta como garota, grita quando vê ratos e chama a polícia em uma briga de bar ao invés de ficar e resolver a confusão aos socos.

Seu pai sempre considerou as mulheres mais fracas e, talvez, quando se tratava de carregar fardos de feno de seis a oito horas por dia sem parar em um calor de 35 graus, ele tivesse razão. Mas Isaac conheceu muitas mulheres no serviço militar que não só poderiam arremessar bolas de beisebol como um homem, como também poderiam socar tão bem quanto um... e tinham uma pontaria melhor.

A força não precisava ser idêntica para ser igual...

Deus, por que diabos ele estava pensando em seu pai?

Certo. De volta ao "Dicionário dos Desprovidos de Pênis". Do qual seu pai parece ter sido o editor.

O mais baixo de todos... o fundo do poço... aquele que designava as bolas mais murchas... era "*veado*". Esse é o tipo de palavra que um amigo seu poderia soltar quando estivesse brincando com você e quisesse encher o saco, e a droga soaria engraçada. Porém, se fosse sério, seria uma briga feia. Em geral, em termos não específicos, "*veado*" poderia se referir a um cara que, digamos, não consegue manter um desempenho na cama com uma mulher por quem ele estava muito excitado. E, então, daria uma desculpa a isso com um... hum, digamos – e isso era puramente hipotético – talvez caindo nu no chão do banheiro de uma mulher e chorando com um bebê filho da mãe.

Até que ela viesse e o confortasse depois de tê-la decepcionado. Depois de colocar sua vida e sua carreira profissional em risco.

Sim. Era algo assim.

Enquanto ele gemia no escuro, não conseguia acreditar na maldita confusão que tinha feito. Parar no meio? Ir ao banheiro e começar a fazer algo que ia exigir um lencinho?

Por que ele não colocava um vestido, lixava as unhas e mudava seu nome para Irene?

Droga, o sexo... o sexo tinha explodido sua mente. Literalmente. E esse foi o problema. Algum tipo de fissura foi aberta nele no instante em que afundou no calor molhado dela e, com cada impulso, o que começou como uma pequena fratura se tornou um fossa enorme.

Não era medo. Ou a segunda hipótese que vinha do seu status de desertor.

Era o fato de que quando se estava trabalhando com Matthias, você se mantinha tão ocupado em sobreviver que não tinha ideia de como a arma estava apontada em sua direção.

E, como pode imaginar, esconder-se no chuveiro era apenas mais do mesmo. Ter aquele sonho? Mais do mesmo.

Mas fazer amor com uma mulher bonita e gentil em uma cama macia que cheirava a limão em uma casa que nem mesmo ele poderia duvidar que era segura?

Próximo demais do normal. Seguro demais. Bom demais para ser verdade.

A justaposição de onde ele estava e para onde ia na parte da manhã tinha acabado com ele – de uma maneira que sempre suspeitou: era muito difícil dar mais um passo no caminho da vida civil. A posição de estar nos dois mundos era insustentável.

E nesse compasso...

Ele se virou em direção a mesa ao lado, pegou o controle remoto do DVD e apertou play. Quando o menu apareceu ele escolheu *play all* e, depois de apertar, o logotipo da *Three's Company** apareceu em uma cena de praia. Enquanto os créditos da introdução corriam, John Ritter paquerava uma garota e acabava caindo da bicicleta – e quando ele bateu na areia, Grier apertou as sobrancelhas... e, então, relaxou completamente.

Perfeito. Ela tinha se condicionado a associar o som da TV ao sono profundo e a bolha de ruídos e a macia luz oscilante vinham para ajudar a cobrir seus rastros.

Depois de uns quinze minutos do episódio, Isaac deslizou lentamente o braço sob a cabeça dela e, em seguida, se libertou dos lençóis. Na sua ausência, Grier rolou para ficar de frente à TV e se reposicionou com um suspiro. Que foi a deixa de Isaac para se mover.

Alcançando as escadas, ele desceu ao quarto em que estava.

Dez minutos depois, ele voltou ao quarto dela, vestido, com as armas. Parado em frente dela, ele a observou dormindo por tempo demais e teve que se esforçar para finalmente se curvar e pegar em sua mão. Movendo-a com cuidado, ele colocou o dedo dela no controle remoto do sistema de segurança e o desativou. Depois que uma luz

---

*Comédia americana popular nos anos 1980.

verde clara acendeu, ele reativou o alarme para ver quanto tempo de espera havia.

O que mostrou ser tempo nenhum: uma luz vermelha brilhou imediatamente e ele estava preso ali dentro.

Fazia sentido. Ela o ativou assim que trancou a porta da frente.

Ele olhou o relógio. Quatro da manhã.

Grier fungou e relaxou ainda mais profundamente sua cabeça no travesseiro, os cabelos loiros caíram sobre seu rosto.

Ele não confiava em si mesmo para ficar com ela até que acordasse.

Era agora ou nunca, idiota.

"Obrigado", ele murmurou para ela.

E, então, com um palavrão, ele desarmou o sistema e saiu sem olhar para trás.

No andar de baixo, ele foi silencioso e rápido quando se aproximou e checou o teclado do sistema de alarme em frente ao corredor. Foi como esperava: desativado. Afinal, quando se tem um rottweiler para guardar sua casa, precisa mesmo de um labrador amarelo para reforçar a segurança?

A porta da frente era de madeira sólida e tinha três centímetros de espessura – então, mesmo que alguém conseguisse liberar a fechadura, precisaria de um aríete para entrar sem mover a maçaneta. Sua única preocupação, nesse caso, seria o vidro das portas e janelas, mas os painéis eram super-resistentes e bem colocados – e se você quebrasse uma vidraça do tamanho das que havia na cozinha, faria um barulho terrível.

Assim, Grier estava o mais segura possível.

Depois de apagar as luzes externas, ele tirou sua camiseta regata do bolso e arrancou uma tira dela; então, se adiantou e foi em direção àquela grande e velha porta. Fez uma rápida pausa para verificar mais uma vez se a maçaneta estava trancada e segura e amarrou a tira de pano ao redor de uma das lanternas de ferro forjado à esquerda.

Seu próximo passo foi andar na fria manhã de abril.

Não era cedo demais. Como se tratava da Nova Inglaterra, o sol se levantava cedo e, provavelmente, ele tinha apenas mais uma ou duas horas de uma boa escuridão antes que o amanhecer começasse a espantar as sombras. Indo embora, ele atravessou uma rua chamada

Pinckney e menos de dez metros descendo a ladeira, encontrou o que estava procurando: uma das menores casas da cidade estava em reforma, as janelas do primeiro andar estavam cobertas, um caminho de pó de gesso percorria dentro e fora da porta da frente.

E não havia luzes acesas. Dentro ou fora.

Dando uma de homem-aranha, ele escalou a casa, usando os moldes em torno da porta e as janelas para firmar seus pés e empurrar o peso para cima. Com um soco rápido em um painel empoeirado, ele esperou o grito de um alarme de segurança. Não aconteceu nada. Então, ele virou o trinco, empurrou a folha para cima e em seguida estava dentro da casa.

Total de tempo gasto: um minuto e meio.

O lugar era uma pedra de gelo e coberto com ainda mais pó de gesso e, por ser domingo, esperava que a construção fosse do governo. Assim, ele poderia ficar o tempo que queria.

Inspecionar o local não levou muito tempo e, semelhante à configuração da casa de Grier, a parte de trás da casa se abria para um jardim fechado – e não havia pegadas esbranquiçadas sobre o tijolo vermelho. Era óbvio que os operários entraram e saíram pela porta da frente.

Para apagar a rota de saída se precisasse sair fazendo parkour, ele estourou o trinco da janela em cima da viga da porta dos fundos; então, voltou ao local onde tinha quebrado antes e pegou todos os cacos de vidro do painel que ele tinha esmagado – pois, à distância, a falta de um vidro não mostraria nada de errado.

Ele se posicionou no canto direito da janela da frente da casa e, para esconder mais a si mesmo, ele colocou um pedaço de madeira sobre a abertura para cobri-lo. De onde se posicionou, ele conseguia ver setenta por cento do arco da frente da casa de Grier. O que faltava era a porta da frente e o terraço superior, mas isso era o melhor que poderia conseguir.

Encostado na parede fria, seus olhos examinavam o pequeno parque com sua cerca de ferro forjado, a estátua e os graciosos ramos das árvores. Poderia muito bem aproveitar a vista. Não ia sair até que visse Grier entrar em seu carro e seguir dirigindo – sem ninguém atrás dela.

Vinte minutos depois, o que ele mais temia aconteceu. O carro preto à paisana não era aquele que o colega de Jim tinha descrito na noite anterior: sem partes amassadas ou poeira sobre o garotão. E os vidros escurecidos o impediam de ver o motorista ou qualquer passageiro.

Mas ele tinha um pressentimento de quem era.

Droga, ele odiava quando estava certo.

E aquilo era tudo culpa dele.

Capítulo 20

Grier acordou às seis da manhã e soube assim que viu a parte final de *Three's Company* que Isaac tinha ido embora: ela não tinha reiniciado o DVD quando entraram no quarto... e, sim, o sistema de segurança estava desativado.

Era evidente que ele tinha saído enquanto ela dormia.

Curvando-se, ela verificou o criado mudo, pensando que talvez ele tivesse escrito um bilhete. Mas a única que coisa que ele tinha deixado era o cheiro de xampu e sabonete que usou: a fragrância de cedro estava em um dos travesseiros e em alguns de seus lençóis.

Levantando-se, ela colocou uma blusa e desceu para o segundo andar. O quarto de hóspedes estava arrumado como nunca, a cama feita com precisão militar. O único sinal que tinha estado ali era a única toalha que tinha usado para se secar pendurada no varão do banheiro. Ele limpou até mesmo as paredes de vidro do chuveiro, assim não havia nenhuma marca de água no interior. O homem era um fantasma total e ela era uma perdedora patética em pensar que ele faria algum gesto de adeus.

Ela desceu as escadas, foi até a cozinha e parou no arco.

Bem, acabou que ele tinha deixado uma coisa para trás: sua sacola de dinheiro estava no balcão.

– Maldição. Maldito seja.

Ela ficou ali parada por um tempo, encarando não os 25 mil, mas a bolsa que ele tinha tentando limpar para ela.

Em dado momento, andou e pegou o telefone da casa. Ela havia memorizado há dois anos o número que discou.

Sempre havia alguém para atender no escritório da Defensoria Pública, pois o crime, assim como doenças e acidentes, não fazia qualquer distinção entre dias úteis e fins de semana. E o cara que atendeu era um advogado que conhecia bem. Embora sua renúncia do caso de Isaac tenha sido uma surpresa para ele, quando ela afirmou que tinha cerca de 25 mil dólares de lutas ilegais no balcão de sua cozinha, ele reagiu bem rápido.

– Jesus.

– Eu sei. Então, tenho que renunciar.

– Espere. Ele deixou o dinheiro na sua casa?

Poderia muito bem apunhalar a si mesma ao revisar a história.

– Na noite passada, o Sr. Rothe veio até aqui. Eu tinha postado sua fiança e ele quis me devolver o dinheiro... e eu tive a impressão que a intenção dele era fugir. Eu não notifiquei a polícia, pois concluí que era meu dever falar com ele sobre sair dessa e achei que poderia dissuadi-lo. Só que, então, descobri o que ele tinha deixado para mim esta manhã na minha varanda dos fundos. – Ela respirou fundo, o peso de suas mentiras não caíam bem em seu estômago vazio. – Devido ao dinheiro, tenho quase certeza de que ele vai deixar o estado imediatamente. Vou chamar a polícia e vou deixar o dinheiro na delegacia como evidência quando for até lá para dar meu depoimento ainda esta manhã.

– Grier...

– Antes que pergunte, estou listada nas páginas amarelas, que foi a maneira como o Sr. Rothe encontrou minha casa e, não, eu não me senti ameaçada. Pedi que ele entrasse e ele ficou por um tempo... e saiu sem alarido. – Pelo menos essa parte era verdade.

– Bem, mas que inferno...

– Sim, eu acredito que isso defina a situação. Eu queria que soubesse o que vou fazer e vou mantê-lo informado. Para ser honesta, não sei onde tudo isso vai parar.

Outra verdade.

Seu colega fez um som de desprezo.

– Olha, você nunca teve uma mancha em seus registros e vai manter tudo às claras. Não fez nada de errado.

Sem comentários. Não havia motivos para estragar a veracidade dos fatos.

– Contudo, você está dando conselhos de maneira independente? – ele disse.

– Claro – era tolice para o cliente e tudo mais. Assim como foi com Isaac na cadeia.

Depois de terminar a ligação com o advogado, ela estava com a polícia alguns momentos depois. E eles, claro, a encaixaram na agenda deles.

Na esperança de se preparar melhor, ela atacou a máquina de café – e, então, percebeu que não estava sozinha.

De cabeça baixa, ela se perguntou se Daniel tinha visto alguma coisa na noite anterior, no quarto de hóspedes.

"Nada", seu irmão respondeu. *"Sei quando tenho que me retirar."*

Graças a Deus, ela pensou consigo mesma ao apertar o botão para ligar.

– Eu gostaria de poder dar um desses a você. Eu amava quando tomávamos café juntos.

"Está com um cheiro bom".

Em geral, ela o procurava com os olhos quando aparecia, mas não nessa manhã. Ela não conseguiria encará-lo e não por ter se relacionado com alguém. Bem, o sexo fazia parte disso. Contudo, o motivo real foi aquela explosão imprudente; esteve perto demais daquilo que o destruiu.

"Sim, você e eu somos iguais. Devemos isso ao papai."

– Sabe? Nunca conversamos sobre sua morte – ela disse quando a máquina borbulhou e assoviou.

A voz dele ficou firme. *"O que está feito, está feito e a pontuação do jogo tem que ser resolvida entre outras pessoas."*

– Pontuação? – Quando ele não disse mais nada, ela apertou os dentes. – Por que você não responde nada? Eu tenho uma lista tão longa quanto meu braço que gostaria de saber, mas tudo que você faz é desviar do assunto ou fugir.

O silêncio que se seguiu fez com que ela olhasse por cima do ombro: Daniel estava encostado na geladeira de aço inoxidável, sua forma translúcida não lançava qualquer reflexo no acabamento polido. Seus olhos azuis, aqueles que tinham uma cor idêntica aos seus, estavam olhando para o chão.

– Eu não entendo por que está aqui – ela disse. – Especialmente se não podemos conversar sobre as coisas que realmente importam. Por exemplo, a maneira como morreu e...

"Isso tem a ver com a sua vida, Grier. Não com a minha."

– Então, por que você me disse para levar aquele soldado para casa? – ela reclamou.

Agora, Daniel sorria.

"Porque você gosta dele. E acho que ele vai ser bom para você."

Ela não tinha tanta certeza disso. Ela já estava se sentindo quebrada e o conhecia apenas há um dia.

– Você sabe o que ele fez? De quem ele está tentando fugir?

O franzir da testa de seu irmão não foi encorajador.

"Eu não vou falar sobre isso. Mas posso dizer que ele não vai machucá-la."

Deus, ela estava cansada de estar rodeada de homens que tinham fita adesiva na boca.

– Vou vê-lo de novo?

Daniel começou a desaparecer, o que sempre acontecia quando ela o colocava contra a parede.

– Daniel – ela disse bruscamente. – Pare de fugir de mim...

Quando tudo o que ela recebeu como resposta foi uma clara visão do refrigerador, olhou para o teto e amaldiçoou. Ela nunca teve qualquer controle sobre quando ele iria aparecer ou por quanto tempo iria ficar. E ela não fazia ideia de para onde ele ia quando não estava a assombrando.

Será que ele ia para algo equivalente ao Starbucks dos mortos-vivos?

Falando em café...

Determinada a seguir com alguma coisa, *qualquer coisa*, ela pegou uma caneca e o açucareiro e foi até o centro da cidade movida ao calor e vapor do café – pensando o tempo todo se a cafeína era uma boa ideia dado o estado de seus nervos.

Às nove horas, ela saiu da casa com o dinheiro e sentiu uma dor de cabeça, parecendo que um pé esmagava seu lobo frontal e planejava ficar assim o dia todo. Após iniciar o sistema de alarme, ela saiu, fechou a porta e girou a fechadura com a chave...

Franzindo a testa, ela olhou para uma das duas lanternas de ferro forjado que havia na entrada. Uma pequena tira de pano branco havia sido enrolada ao redor de sua base.

Girando sobre os calcanhares, Grier olhou ao redor e não viu nada além de carros estacionados que ela reconhecia... e um vizinho andando com seu labrador chocolate... e um casal caminhando de braços dados...

"Pare de ser tão paranoica, Grier."

Ela não estava em um mundo dirigido por Hitchcock, onde as pessoas eram seguidas e aviões explodiam no ar e sinais secretos eram deixados em luminárias.

Desenrolando o pedaço de tecido, ela empurrou a coisa no bolso do casaco para não jogar na rua e foi em direção ao seu Audi. Enquanto ela andava, ativou o alarme central – embora não costumasse fazer isso quando não estava em casa.

No departamento de polícia, ela se encontrou com um detetive, entregou o dinheiro e deu seu depoimento. Os privilégios entre advogada e cliente não se estendiam a atividades criminosas em curso, de modo que ela era obrigada a dizer o que sabia sobre o ringue de luta, a participação de Isaac nele e o local onde acreditava que iriam continuar promovendo as lutas em Malden.

Enquanto o tempo passava e ela falava, tinha uma convicção crescente de que Isaac estava longe àquela hora – e havia grandes chances de que ninguém em Boston o encontrasse.

Contudo, ela se perguntava quem encontraria.

Duas horas depois, ela saiu da delegacia e olhou para o sol amarelo no céu de primavera sem nuvens. O calor em seu rosto fez com que a brisa parecesse ainda mais fria e o resto do dia pairava sobre ela.

Seu carro não a levou para casa.

Deveria. Ela o programou para ir a Beacon Hill na intenção de se aninhar de volta na cama e dormir mais um pouco.

Ela acabou na Rua Tremont.

É claro que não havia local para estacionar seu Audi quando deu a volta no quarteirão onde ficava o apartamento de Isaac e, provavelmente, aquilo era um sinal para ficar longe dali. Contudo, a persistência já a colocava em apuros quando um Fusca saiu lentamente e liberou uma vaga.

Batendo na porta da frente, ela esperava que a senhoria estivesse em casa – e nunca pensou que ficaria feliz em ver alguém como ela de novo...

A mulher abriu e Grier fez uma ligação que não foi capaz de fazer no dia anterior: era a Sra. Roper do seriado *Three's Company*. Desde os cachos vermelhos falsos até as pulseiras de plástico.

– Você de novo – foi a saudação.

– Eu preciso entrar só mais uma vez.

– Onda ele *está*? – a senhoria disse, bloqueando o caminho.

Ah, sim, uma informação para pagar o pedágio, Grier pensou.

– Ele estava aqui na noite passada. A senhora não o ouviu?

Que rufem os tambores.

– O homem é como um fantasma – a sósia da sra. Roper reclamou. – Nunca faz um barulho. A única maneira de saber que ele está lá é quando paga o aluguel do mês seguinte. Ele está na cadeia, não está? Você é advogada dele?

– Não. – Ela odiava mentir. Odiava mesmo.

– Bem, eu pensei...

Quando o som de um telefone a interrompeu, Grier poderia beijar qualquer um que tivesse ligado.

Isso se não fosse o fato de que a senhoria golpeou o ar com um gesto de desconsideração.

– É só minha irmã.

Ótimo.

– Vai me levar ao andar de cima, por favor? Não vou demorar.

O telefone silenciou.

– Olha, eu não vou continuar a fazer isso. Faça sua própria chave.

– Oh, eu concordo... eu preciso de uma. E peço desculpas.

A mulher subiu as escadas como um touro, batendo e grunhindo, fazendo a sua grande bata florida esvoaçar como uma bandeira.

No topo, ela abriu a porta com sua chave.

– Agora, vou lhe dizer uma coisa...

O telefone começou a tocar novamente no andar debaixo e, com a peruca para lá e para cá, o movimento da cabeça parecia o de um cão escolhendo entre duas bolas de tênis.

– Eu voltarei – a Sra. Roper anunciou gravemente.

Deixada sozinha, Grier entrou no quarto de Isaac e fechou-se por dentro, girando a chave ao pensar que se a chamada não durasse muito tempo, aquela mulher ficaria indo e vindo sem parar.

Uma rápida observação na sala provou que ele esteve ali, mas aquilo era óbvio: a arma com a qual ele a ameaçou na noite anterior tinha que ser uma daquelas que ela encontrou e o blusão tinha que ser o que aquele que usava como travesseiro. Contudo, ele não tinha pegado tudo. O saco de dormir foi deixado para trás, assim como uma calça esportiva e um par de Nikes... mas, os sensores nas janelas e nas portas tinham sumido.

Na cozinha, ela encontrou uma pilha dc notas organizadas – com certeza, era uma oferta para que quando não houvesse mais pagamento, a conta fosse considerada fechada.

Inclinando-se sobre o balcão, ela não tinha ideia do que esperava encontrar...

Um ruído suave chamou a atenção de seus olhos para a porta dos fundos. Quando não viu nada, ela achou que tinha imaginado o barulho do passo... mas, então, uma volta na maçaneta foi feita lentamente.

Ela se endireitou, seu coração estava a mil por hora quando colocou a mão dentro da bolsa e preparou seu spray de pimenta, que era melhor que a arma de choque, dada a distância.

– Isaac?

Só que não era seu soldado desertor.

O homem que entrou no apartamento tinha cabelos pretos, pele bronzeada e vestia um terno escuro sob um sobretudo. Uma tapa-olho cobria seu olho direito e usava uma bengala para equilibrar seu corpo alto.

– Não sou Isaac – disse ele com uma voz muito profunda.

O sorriso frio que ele deu era o tipo de coisa que fazia você desejar dar um passo para trás. Infelizmente, ela já estava contra o balcão, portanto, não havia para onde ir.

E isso foi antes dele fechar os dois ali dentro, juntos.

Quanto barulho ela precisaria fazer para que a Sra. Roper subisse até lá de novo? Ela se perguntava.

– Você deve ser a advogada de defesa.

"*Oh, meu Deus*", ela pensou. Era disso que Isaac queria protegê-la, não era?

Grier Childe parecia-se com seu irmão, Matthias pensou enquanto a olhava ao longo da extensão da cozinha.

E poderiam dizer o que quisessem sobre o velho político Childe de bom coração e cheio de predileções intrometidas, mas ele e aquela mulher dele fizeram direito ao procriar. As duas crianças eram loiras, de olhos azuis, com estrutura óssea perfeita. O que havia de melhor da velha colheita, digamos assim.

Além disso, levando em conta seu currículo, era evidente que a filha tinha um ótimo cérebro. E estava livre de toda aquela confusão de dependência química.

Ele sentiu os lábios dela se estreitarem.

– O que você tem na sua bolsa? Uma arma? Spray de pimenta?

Ela tirou um tubo fino com capa de couro e o abriu deslizando a tampa. Colocando-o em posição, ela deixou sua arma de defesa falar por si.

– Certifique-se de que vai acertar meu olho bom – disse ele, batendo no olho esquerdo. – O outro lado não vai dar a mínima. – Quando ela abriu a boca para falar, ele a interrompeu.

– Você esperava encontrar Isaac aqui?

– Não estamos sozinhos. A senhoria está lá embaixo.

– Oh, eu sei. Ela está conversando com a irmã sobre a esposa de seu irmão. – Aqueles patrícios olhos azuis dela se arregalaram. – Elas não gostam dela, pois é nova demais para ele. Eu lhe daria os detalhes, mas é pessoal. E não muito interessante. Agora, diga, você esperava encontrar Isaac aqui?

Ela levou um momento para responder.

– Não vou responder nenhuma de suas perguntas. Sugiro que o senhor destranque a porta e saia. Está invadindo propriedade particular.

– Se você é o dono do mundo, não há tal coisa como invasão. E um conselho: se quer sair daqui viva, vai precisar ser um pouco mais flexível. – Matthias andou casualmente até a janela acima da pia e olhou através dos vidros leitosos. – Mas, de qualquer maneira, desconfio que sei a resposta. Você não acha que o encontraria aqui porque acredita que ele saiu de Boston. Você baseou essa hipótese no dinheiro que ele deixou para trás na sua casa... e não se preocupe em negar isso. Eu a ouvi conversando com seu amigo do escritório da Defensoria Pública.

– Grampear a conversa de alguém ao telefone sem um mandato é ilegal.

Empurrando sua bengala, ele se endireitou para trás.

– E eu lhe digo mais uma vez que palavras como "invasão," "ilegal" e "mandato" não se aplicam a mim.

Ele podia sentir o medo dela... e vê-lo também. Ela tinha dobrado os dedos com tanta força sobre o cilindro que os nós em seus dedos estavam brancos. Mas, realmente, ela não precisava se preocupar tanto assim. Parecia muito improvável que Isaac tinha contado a ela algo concreto... o que seria a sentença de morte dela e o rapaz sabia disso: nada a manteria respirando se ela tivesse alguma informação sobre as operações extraoficiais. Nem mesmo se houvesse a vontade de calar seu pai para sempre.

– Eu acho que você e eu deveríamos chegar a um acordo – disse ele, colocando a mão dentro do casaco. – Contenha-se, não enlouqueça com sua arma de pimenta. Apenas vou lhe dar meu cartão de visitas.

Ele tirou um para fora, segurando-o entre as pontas dos dedos indicador e médio, deixando as armas que ele carregava no coldre, exatamente onde estavam.

– Se vir o seu cliente de novo, ligue para este número, senhorita Childe. E saiba que essa foi a única razão de ter vindo aqui para vê-la. Eu só achei que você e eu deveríamos nos encontrar pessoalmente para que entenda o quanto e como penso em Isaac Rothe.

Ela permaneceu com o spray de pimenta ao se aproximar e inclinar-se, como se quisesse ficar o mais distante possível dele. E ele sabia muito bem o que ela ia fazer com o cartão de visitas quando o pegou. Mas isso fazia parte do plano.

Enquanto ela estudava as poucas palavras que estavam impressas, Matthias deixou sua mão livre onde ela pudesse ver.

– Isaac Rothe é um homem muito perigoso.

– Eu tenho que ir – ela disse ao empurrar o que ele tinha dado a ela dentro da bolsa.

– Ninguém a está impedindo. Aqui, vou até mesmo abrir a porta.

Abrindo bem, ele permaneceu ao lado da coisa e aprovou a maneira como ela mediu a ele e a escada que se revelava à frente deles. Cautelosa, oh, tão prudente...

Ela passou com pressa por ele... e no último momento antes de se libertar, ele agarrou seu braço e a puxou de volta.

– Eu deixei uma coisa para você no porta-malas do seu carro. Afinal, a maioria dos acidentes acontecem em casa e você pode precisar de ajuda.

Ela arrancou o braço da mão dele.

– Não me ameace – retrucou ela.

Quando Matthias encarou os belos olhos dela, sentiu-se velho. Velho, imobilizado e preso. Mas assim como havia aprendido há dois anos, ele não conseguiria parar a trajetória de sua vida. Era como colocar as mãos em uma avalanche: você seria esmagado pela corrida da neve e do gelo sem sequer perceber.

– Não tenho medo de você – ela disse.

– Deveria – ele respondeu severamente, pensando em doze maneiras diferentes de fazer algo de modo que ela não descesse para o café da manhã no dia seguinte. – Você deveria ter muito medo.

Ele a deixou ir e ela saiu como um foguete, seus cabelos loiros saindo atrás dela enquanto corria escada abaixo.

Voltando-se para aquela janela sobre a pia, ele observou a cabeça dela dar a volta na casa e sair para a rua.

Ela seria muito útil nessa situação, ele pensou.

De muitas maneiras.

Capítulo 21

Quando Grier andou até seu Audi, ela tinha o controle remoto na mão e o coração na garganta. Ela tinha visto aquele homem antes; havia um tipo de centelha atrás de sua mente, alguma memória dele. Ele não tinha o tapa-olho ou a bengala... ela lembraria disso. Mas, definitivamente, ela já o tinha visto.

Aproximando-se do carro, ela parou ao lado dele, cada músculo de seu corpo se preparou como se a qualquer momento a coisa fosse seguir a linha da Família Soprano e explodir até o céu. E assim que ela finalmente ergueu sua chave para destrancá-lo, um sedã preto com janelas escuras passou por ela devagar na Rua Tremont. Olhando para o vidro... não enxergou nada. Era impenetrável e a luz do sol brilhava no para-brisa, então, ela não conseguia ver quem estava dirigindo.

No entanto, ela sabia muito bem quem estava lá dentro. Ela podia apostar que ele estava com a mão levantada fazendo um pequeno aceno.

O sedã nem sequer tinha uma placa licenciada.

Quando a coisa passou, todos os tipos de ideias brilhantes passaram pela sua cabeça, incluindo uma chamada para o 911 sempre ao alcance ou discar para seus amigos no Departamento Policial de Boston ou envolver seu pai. Mas ela não achou que seja lá o que estivesse no porta-malas iria matá-la. Aquele homem teve sua chance com ela, por assim dizer: ele poderia tê-la drogado facilmente e a arrastado para os fundos ou simplesmente matá-la com um silenciador.

Afastou seus dedos do passeio sobre as teclas do telefone que só traria complicações – e, embora a primeira coisa que faria ao chegar em casa seria entrar em contato com seu pai para contar sobre esse cartão, ela não tinha certeza se precisava dele voltando para casa em pânico.

Droga, seu telefone deveria estar grampeado também.

Apertando o controle remoto, ela desativou a trava do porta-malas e levantou lentamente...

Franzindo a testa, inclinou-se e perguntou se estava vendo coisas. Colocado no escuro feltro cinza do interior do porta-malas estava... bem, parecia ser um daqueles pequenos transmissores de alerta que as pessoas idosas usam para pedir ajuda ao médico ou enfermeiro, nada além de um transmissor bege de plástico na forma de um triângulo com um logo vermelho na frente. A corrente para pendurar no pescoço era prateada e longa o suficiente para que, quando colocado, pendesse até seu coração.

Ela tirou um pedaço de tecido da bolsa e pegou o pequeno objeto para inspecionar mais de perto, então, ela deu a volta, se posicionou atrás do volante e colocou o objeto no banco ao lado dela. Quando ela tocou a ignição, hesitou – pensou que seu Audi poderia arder em chamas – e sua frequência cardíaca acelerou. Mas o que é isso... Ela era uma inocente no que se tratava a qualquer coisa que dizia respeito a Isaac e ela tinha que considerar que uma civil americana em solo americano não era o tipo de consequência com a qual o governo americano gostaria de lidar.

Enquanto ela dirigia em direção a Beacon Hill, fez uma chamada para seu pai e, quando caiu na caixa postal, ela tentou deixar uma mensagem – mas o que poderia dizer, uma vez que não sabia quem estava ouvindo? Ela acabou se contendo aos trancos e barrancos e concluiu que ele veria o alerta de chamada perdida no telefone e voltaria a entrar em contato com ela.

Em casa, na praça Louisburg, ela estacionou o carro em sua vaga contra a cerca e olhou em volta, observando as janelas dos carros. Quem a vigiava? E de onde?

Não admira que Isaac fosse inquieto. A ideia de sair do seu Audi e ir até a porta da frente fez com que desejasse ter um colete à prova de balas.

Agarrando sua bolsa e pegando o transmissor com o tecido, ela saiu do carro e correu... só que quando se aproximou de sua casa, diminuiu. Na lanterna, embrulhada em torno da base, havia outra tira de pano branco.

Girando rapidamente, ela olhou para todos os edifícios de tijolo e desejou poder ver dentro deles.

Ela não estava sozinha em qualquer lugar que fosse, estava?

Com seu coração trotando e seu sangue percorrendo com força por suas veias e seu cérebro, ela agiu rapidamente na porta da frente, desativando o alarme central e colocando o transmissor de alerta em uma cristaleira. Jogando sua bolsa de lado, ela silenciou rapidamente o sistema de alarme e, então, inclinou-se apenas para tirar o pedaço de pano branco.

Um, dois, três: ela se fechou por dentro, trancou a porta e reativou o sistema central – algo que ela nunca fazia durante o dia quando estava em casa.

Com um propósito desagradável, ela foi até à cozinha com sua bolsa e colocou tudo no balcão: o cartão de visitas, os pedaços de pano e o transmissor. Objetos que ela teve o cuidado de lidar com um guardanapo.

Os dois pedaços de tecido eram idênticos e evidentemente eram da mesma fonte... e ela tinha um pressentimento de onde vinham: da camiseta regata de Isaac.

Quanto você apostaria que isso era um sinal que ele estava...

Quando seu telefone celular tocou, ela gritou e quase saiu de si. Quando verificou quem era, ela atendeu e não perdeu tempo.

– Pai... precisamos conversar.

Houve um silêncio e a voz familiar de Alistair Childe lhe veio através da ligação.

– Você está bem? Devo ir até aí?

Segurou o telefone na curva do ombro, pegou o transmissor de alerta pela corrente e o observou balançando. Era óbvio que estava sendo vigiada – então, era como se não houvesse qualquer esconderijo ou lugar para onde ir. E, além disso, ter seu pai por perto provavelmente era uma boa ideia. Ela sempre sentiu que ele tinha um poder elevado nas mais altas esferas, pois os políticos e militares o tratavam com algo mais do que apenas respeito: eles tinham um vago medo dele, apesar de ser um cavalheiro educado em uma das melhores universidades do país.

Não ia machucar se o jogasse na confusão e, além disso, não havia mais ninguém a quem recorrer nessa situação.

– Sim – ela disse. – Venha agora.

Na casa da Rua Pinckney, Isaac olhava por trás da janela com vontade de matar. E esse desejo nada tinha a ver com o de um civil que estava frustrado e iria deixar a possibilidade no plano do hipotético.

Ele queria abrir Matthias desde a garganta até o escroto e destripá-lo como se fosse um porco.

O filho da mãe *não* ia ficar atrás da mulher dele.

Não importava o que Isaac tivesse que fazer ou sacrificar: Grier Childe, com seu bom coração e olhos inteligentes, *não* ia se tornar um entalhe na correia de Matthias.

Era evidente, porém, que ela estava na mira do cara. Ela tinha saído há duas horas e tinha levado o dinheiro com ela. O que deveria ter sido a deixa para Isaac partir também... só que o sedã preto que tinha passado de madrugada se materializou mais uma vez vindo de um beco na Rua Willow e a seguiu bem de perto.

Sem nada que pudesse fazer, ele teve que deixá-los partir, seu maldito coração batia com uma raiva impotente. Seu primeiro instinto foi ligar para Jim Heron – mas ele não tinha certeza se podia confiar no cara.

A única coisa que pôde fazer foi recolocar um sinal ligado à luminária dela. Pegando o chapéu de um pintor que havia sido deixado para trás, ele o colocou para cobrir seu rosto e saiu rapidamente para amarrar outro pedaço de camiseta regata em torno do ferro forjado – apenas no caso de quem quer que estivesse no carro não tivesse visto a primeira antes de Grier pegá-la. Apesar de ser improvável. A questão era se o método das operações extraoficiais de marcar uma situação de maneira tão clara importava: no campo de batalha, quando uma tarefa era cumprida e o membro da equipe ia embora, ele sempre deixava uma marca branca em algum lugar do edifício, do veículo ou da cena do crime.

Isaac esperava que aquilo redirecionasse alguma informação de seu passado e presente a Grier. Mas, sim, seja como for: quando ela voltou para casa, ostentava uma expressão tão profunda que era como se estivesse apertando os olhos e ela tinha algo nas mãos que carregava com um tecido.

Então, ela retirou a segunda marca deixada por ele na lanterna.

E... agora o sedã preto retornou, passando devagar pela casa, subindo a rua. Voltando. Estacionando.

Droga. *Droga...*

Ele queria quebrar seu segredo, marchar pela rua e bater na janela do carro sem placa com o cano de sua arma. Então, ele queria olhar para os olhos de quem estivesse ali e puxar o gatilho, transformar o cérebro do bastardo em um milk-shake.

Ele também tinha um pressentimento de quem era.

Esperava que o braço do bastardo estivesse melhor.

Cara, para o inferno deixar Boston agora; ele não ia a lugar algum até ter certeza de que Grier estava fora da linha de fogo... mesmo porque, foi ele próprio quem colocou um alvo no peito dela.

Ele estava mastigando essa pequena fatia de felicidade quando uma Mercedes do tamanho de uma casa pequena parou na porta da frente. Nada de bisbilhotar em volta e procurar por uma vaga de carro para aquele garotão; a coisa parou na calçada e ficou lá, a única concessão à ilegalidade era seu pisca-pisca aceso.

O homem que saiu do carro tinha um metro e oitenta de altura e a boa forma de um soldado. Seus cabelos grisalhos eram cheios e penteados de uma das laterais para trás e, mesmo com apenas uma camiseta e uma blusa de lã, ele escorria dinheiro. E, como pode imaginar, ele caminhou até a entrada e usou a aldrava de cabeça de leão para bater como se fosse dono do local.

Era o pai de Grier. Tinha que ser.

No instante em que ela abriu a porta, ele entrou e, então, da mesma maneira, eles se fecharam e não foi mais possível ver nada.

De modo geral, em uma situação de emboscada, você queria encontrar um porto seguro e ficar parado. Movimentar-se aumentava a probabilidade de ser detectado, especialmente em plena luz do dia, em uma área onde você não está familiarizado, quando pessoas já estão procurando por você.

E no seu caso, não era apenas uma forma ruim de ser descoberto – era suicídio.

Assim, mesmo que seu corpo estivesse gritando para agir, aproximar-se e mudar de local, ele tinha que ficar parado.

O anoitecer. Ele tinha que esperar até o anoitecer e, mesmo assim, precisava ter cuidado. Aquele sistema de segurança dela era ininterrupto: a especialidade dele era matar pessoas, não desarmar fiações de alta tecnologia, então, as chances de entrar sem disparar o sistema eram nulas.

Assumindo que ele quisesse mesmo entrar no lugar onde ela morava, a questão era a melhor forma de protegê-la e era difícil saber o que era pior: ela sozinha lá dentro com ele nas redondezas ou ele lá dentro com ela.

Isaac ouviu o rugido de seu estômago vagamente e o som fazia com que sentisse o número de horas que se passaram desde que comeu pela última vez. Mas ele deu de ombros para isso, exatamente como fez inúmeras vezes no campo de batalha.

Abstrair a matéria, abstrair o corpo... abstrair tudo.

Ele só queria saber sobre que diabos Grier e seu pai conversavam.

Em pé na cozinha, encarando seu pai ao olhar para ela com um pequeno ar de "que diabos está acontecendo?" Grier tinha tantas perguntas que não sabia por onde começar.

Uma coisa foi certa: quando seu pai estendeu a mão para pegar o cartão de visita, ela tremia levemente. O que, em qualquer outra pessoa, seria o anúncio equivalente a uma convulsão epilética.

Alistair Childe era um homem gentil com uma boa alma, mas ele raramente demonstrava qualquer tipo de emoção. Especialmente se era uma decepção. A única vez que ela o viu chorar foi no funeral de seu irmão – o que foi bizarro não apenas pela raridade de suas lágrimas, mas porque aquelas duas correram todo seu rosto.

– Quem lhe deu isto? – ele perguntou com uma voz tão fina que não soava nem um pouco com a dele.

Grier sentou-se em um dos bancos na ilha e se perguntou por onde começar.

– Eu renunciei um caso da defensoria pública ontem...

A história foi contada de maneira rápida, mas teve uma grande reação:

– Você deixou o homem entrar *aqui*?

Ela cruzou os braços sobre o peito.

– Sim, deixei.

– Dentro da casa?

– Ele é um ser humano, pai. Não um animal.

Seu pai caiu sobre o outro banco e, então, esforçou-se para descompactar o pescoço de dentro da blusa.

– Bom Deus...

– Eu renunciei ao caso, mas acabei de chegar do apartamento de Isaac...

– O que nesse *mundo* a fez ir até lá?

Certo, ela ia ignorar aquele tom indignado.

– Foi assim que recebi o cartão e ele me disse para ligar se visse Isaac de novo. E eu também peguei o transmissor de alerta. – Ela balançou a cabeça. – Eu já vi esse homem antes. Eu juro... há muito tempo.

Se seu pai estava pálido antes, agora ele estava da cor de uma neblina, não apenas branco, mas exibia um acinzentado opaco.

– Como ele era?

– Ele tinha um tapa-olho e...

Ela não terminou a descrição. Seu pai saltou do banco e de repente teve que retomar o equilíbrio apoiando-se no balcão.

– Pai? – Ela pegou o braço dele alarmada. – Você está...

Ela não ficou surpresa quando ele apenas balançou a cabeça.

– Fale comigo, por favor – ela disse. – O que está acontecendo aqui?

– Não posso... discutir sobre isso com você.

Grier parou de segurá-lo e deu um passo para trás.

– Resposta errada – ela exclamou. – Resposta totalmente errada.

Quando ela olhou furiosa para ele e para todo seu resoluto silêncio, percebeu por que se sentiu tão estranhamente à vontade com Isaac: seu pai era um fantasma também. Sempre foi. Ela, literalmente, cresceu e agora vivia sob o temor de que, a qualquer momento, ele pudesse desaparecer para sempre.

E seu cliente expressava exatamente a mesma vibração.

– Você tem que falar comigo – ela disse severamente.

– Não posso. – Os olhos que a encaravam eram os de um estranho em traje familiar – como se alguém tivesse feito uma máscara com as características de seu pai e saísse por aí por trás daquela superfície. – Mesmo se eu pudesse... Eu não poderia suportar contaminá-la com...

Ele caiu como se estivesse sendo curvado pelo peso de uma grande montanha.

Estranho, pensou ela. Definitivamente, havia vezes, quando se ficava mais velho, que você via seus pais de uma maneira distinta dos papéis de pai e mãe de sempre. E este era um momento assim. O homem em sua cozinha não era o senhor todo poderoso da casa e do escritório... mas alguém que foi pego em algum tipo de armadilha para ursos, cujas garras eram vistas apenas por ele.

– Preciso ir – ele disse asperamente. – Fique aqui e não deixe ninguém entrar. Ligue o sistema de segurança e não atenda o telefone.

Enquanto ele saía, ela bloqueou o caminho para o corredor da frente.

– A menos que me diga que diabos está acontecendo, eu vou sair por aquela porta no momento que você sair e desfilar na Rua Charles até que eu seja atropelada no trânsito ou encontrada por aquilo que você tanto teme. Não me obrigue a fazer isso. Porque eu vou fazer.

Houve um momento de olhares furiosos. E, então, ele riu de maneira áspera.

– Você é mesmo minha filha, não é?

– Tal e qual.

Ele começou a andar, dando voltas em torno da ilha de granito.

É tempo, ela pensou. Tempo de ter as respostas de todas aquelas perguntas que ela queria perguntar sobre ele e sobre o que fazia. Tempo de preencher os vazios de mistério e sombras com respostas tangíveis que foram negligenciadas há muito tempo.

Deus, Isaac era tanto uma complicação quanto uma benção do céu.

– Apenas, fale pai. Não seja um advogado... não fique ponderando tudo.

Ele parou do outro lado do fogão e a encarou.

– Minha mente é tudo que tenho, minha querida.

Depois de um momento, ele voltou ao banco de onde tinha caído antes e quando se sentou, fechou mais uma vez o zíper da blusa – que era como ela sabia que ia obter a verdade, ou parte dela: ele estava se recompondo, voltando a ser quem era.

– Quando eu estava no exército como oficial, eu servi no Vietnã, como você sabe – ele disse naquele tom direto, sem rodeios que ela tinha ouvido durante toda sua vida. – Depois, fui para a faculdade de Direito e deveria voltar à vida civil. Mas eu não saí de fato das forças armadas. Eu nunca estive fora de verdade.

– As pessoas que vinham até a porta? – ela disse, percebendo que era a primeira vez que conversavam sobre elas.

– É o tipo de coisa que você *nunca* deixa para trás. Você *não consegue* sair. – Ele apontou para o cartão. – Eu conheço esse número. Já o disquei. Isso a leva direto ao coração... da besta.

Ele passou a falar em termos gerais, oferecendo descrições soltas, ao invés de definições claras, mas ela preencheu os espaços em branco: era um governo no estilo ninja, o tipo de coisa que justifica a paranoia dos teóricos da conspiração, o tipo de organização que você vê em filmes de cinema e nos quadrinhos, mas que os civis não acreditavam realmente que existiam.

– Eu não quero isso – ele apontou para o cartão de novo – perto de você. A ideia daquele... homem...

Quando ele não terminou, ela se sentiu compelida a dizer:

– Você não me disse nada de concreto.

Ele balançou a cabeça.

– Mas essa é a questão: é tudo o que eu tenho. Estou à margem, Grier. Então eu sei apenas o suficiente para ter uma ideia clara do perigo.

– O que exatamente você fez para eles... seja lá quem "eles" são?

– Coleta de informações... Eu era estritamente da inteligência. Nunca matei ninguém. – Como se tivesse todo um departamento de assassinatos. – Uma grande parte do que mantém a máquina funcionando é a informação. E eu saía, as coletava e voltava com elas. Eu também era chamado de tempos em tempos para dar minha opinião sobre algumas figuras, empresas ou governos internacionais. Mas, mais uma vez, eu nunca matei.

Era incrível como ela estava aliviada por não haver sangue nas mãos dele.

– Você ainda está envolvido?

– Como eu disse, você nunca sai de verdade. Mas não tenho uma tarefa para cumprir... – Longa pausa. – Há dois anos.

Grier franziu a testa, mas antes que ela pudesse perguntar mais alguma coisa, ele se levantou e disse:

– Seu ex-cliente está com a cabeça à prêmio se ele for um desertor deles. Ele não pode se salvar e você não pode ajudá-lo ou salvá-lo também. Se esse Isaac aparecer por aqui de novo, me ligue imediatamente. – Ele deslizou o cartão, as tiras de pano e o transmissor e os colocou no bolso de sua blusa. – Não vou deixar que se meta nessa confusão, Grier.

– O que o senhor vai fazer com tudo isso?

– Vou me certificar de que você não vai mais representar Isaac Rothe, que não vai ter mais nada a ver com ele e que, se você o vir de novo, vai entrar em contato direto comigo. Vou explicar que você não escolheu nada disso e que está ansiosa para se afastar. E, o mais importante, vou declarar enfaticamente que ele não lhe disse nada. O que é verdade, não é?

Seu olhar duro disse a ela que mesmo se esse não fosse o caso, era melhor ter certeza de manter assim.

– Ele nunca me disse uma palavra sobre o que tinha feito ou por que estava fugindo. Nem uma palavra.

Quando viu seu pai respirar aliviado, sua frustração diminuiu.

– Pai...

Ela foi até ele, deslizou os braços em volta de sua cintura e o abraçou por um longo momento.

– Eu te ligo em uma hora – ele disse. – Ligue o sistema.

– As linhas telefônicas estão grampeadas.

– Eu sei.

Grier endureceu.

– Há quanto tempo eles fizeram isso?

– Desde o início. Há quarenta anos.

Deus, por que ela ainda estava surpresa... e a violação ainda deixava um gosto ruim em sua boca. Como tudo mais daquilo deixava.

Depois que ela o acompanhou até a porta, se trancou e ativou o alarme. Em seguida, foi até a sala de estudos e espiou pela janela a

Mercedes se afastar do meio-fio e seguir a Rua Pinckney em direção à Rua Charles.

Quando ela não conseguia mais ver as luzes traseiras do carro, colocou a mão no bolso e tirou as coisas que havia pegado dele ao se abraçarem: o transmissor de alerta, o cartão de visitas e as tiras de pano não estavam mais, de fato, com ele.

Alistair Childe estava certo sobre uma coisa: ela era sua filha.

O que significava que ela não ia ficar fora disso.

"Você é louca, sabe disso."

Seu irmão fantasma disse ao lado dela.

– Não é novidade. – Ela o encarou. – Eu tenho conversado com um cara morto nos últimos dois anos.

"Isso é sério, Grier."

Ela olhou para as coisas em suas mãos.

– Sim. Eu sei.

Capítulo 22

Quando finalmente anoiteceu, Isaac estava pronto para gritar "*até que enfim*" a plenos pulmões. Mas, ao invés de seguir a linha Tarzan, ele se esquivou na parte dos fundos da moradia, escorregou pela janela que tinha saído pela manhã, a fechou atrás de si e caiu sem fazer qualquer som sobre a varanda de tijolos dos fundos.

Ele teve sorte por ser uma noite nublada, pois isso escoava a luz de maneira ainda mais rápida do céu. E, ainda assim, ele estava preso, pois a vizinhança estava acesa como uma maldita loja de joias: dos postes públicos até as luminárias ao redor de cada uma daquelas portas pretas brilhantes e também os faróis dos carros, ele ia ter uma grande quantidade de problemas dos quais se esconder.

Ele fez a viagem até Grier na velocidade de uma tartaruga, encontrando todas as sombras possíveis e tirando vantagem delas.

Quarenta e cinco minutos.

Esse foi o tempo para percorrer não mais que vinte metros até o outro lado da rua, no quintal de Grier. Então, ele subiu mais dois quarteirões e fez uma evasiva para trás antes de descer outra rua que passava pela casa dela e pegar um beco que dava em seu jardim murado.

Um salto... um aperto rápido na borda do tijolo... um balanço com o corpo inteiro... e ele estava em meio aos arbustos.

Ele congelou ao aterrissar agachado.

Não havia nada que ele pudesse ver ou sentir. O que significava que poderia verificar o local através dos painéis de vidro...

Quando Grier entrou na cozinha, respirou fundo, de uma maneira que dava a ele um impulso de energia e foco apesar do fato de não ter comido ou bebido em quase 24 horas.

Parecia uma eternidade desde que ele a viu pela última vez e odiava o quão exausta e pálida ela parecia estar quando andou pela cozinha. Ela estava ao telefone, falando com animação, gesticulando com as mãos... Então, ela terminou a ligação e jogou o aparelho ao longo do balcão.

Ele esperou para ver se alguém viria até a cozinha verificar o que tinha, sem dúvida, provocado algum barulho...

Algo se moveu. Mais à esquerda.

Seus olhos atravessaram o jardim, mas a cabeça não mudou de posição e seu peso não se desequilibrou. Foi difícil identificar exatamente o que tinha mudado de posição, pois havia muitos...

Jim Heron saiu da escuridão. E não era uma surpresa, dado o tamanho do muro que cercava tudo. Mas talvez ele já estivesse ali antes que Isaac tivesse chegado – o que era ainda mais preocupante, pois Isaac deve ter incitado sua presença.

Embora o cara sempre tenha sido muito, muito bom em se camuflar na paisagem.

– O que você está fazendo aqui? – Isaac perguntou, sua mão encontrando a coronha da arma ao se levantar.

– Procurando por você.

Isaac olhou ao redor e não viu ninguém.

– Bem, você me achou. – E, droga, talvez Heron pudesse ajudar em uma escala limitada. – Seu *timing* é bom por sinal.

– E você ainda não ligou? Eu lhe dei meu número.

Isaac indicou Grier com a cabeça.

– Complicações.

Jim amaldiçoou em voz baixa.

– Mesmo sem saber dos detalhes, posso dizer qual é a solução. Partir. Agora. Está preocupado com ela? Deixe-me colocá-lo em um avião.

– Eles deram algo a ela.

– Mas que droga. O que?

– Eu não sei. – Ele encarou o vidro de Grier. – E é por isso que não vou embora.

– Isaac. Olhe para mim. – Quando ele não obedeceu, Jim agarrou seus bíceps e os espremeu. – Agora.

Isaac deslizou seu olhar.

– Eu não posso deixar que… a machuquem.

Outra maldição.

– Certo, ótimo, então, deixe-me esclarecer a confusão. Você é valioso demais para se sacrificar. Precisamos levá-lo para algum lugar seguro, longe, muito longe de qualquer um que o conheça ou que possa encontrá-lo. Eu vou cuidar dela…

– Não. – Deus, ele não podia explicar aquilo e sabia que não tinha lógica. Mas quando se tratava de Grier… ele não podia confiar em ninguém.

– Seja razoável, Isaac – você é uma arma apontada para a cabeça dela. Você é o gatilho e a bala e o tiro que vai matá-la. Andar por aqui? Está pagando pela lápide dela.

– Vou me colocar entre ela e Matthias. Vou…

– A única maneira de salvar a vocês dois é saindo logo daqui. Além disso, talvez possamos mantê-lo escondido por muito tempo, o suficiente para que ele desista… ele não será capaz de manter o desvio de recurso para continuar uma busca sem fim.

Isaac balançou a cabeça lentamente.

– Você sabe no que Matthias se transformou nos últimos anos. Ele está administrando as operações extraoficiais como um clube, seguindo sua própria agenda. Ele costumava seguir ordens… mas ultimamente? Ele dá ordens. Ele está fora de controle. Suas tarefas agora se tratam de… outra coisa. Eu não sei o que. E isso significa que ele vai me caçar até morrer. Ele tem que fazer isso – é a única maneira de proteger a si mesmo.

– Então, deixe que ele o cace ao redor do globo. Vamos nos certificar que você esteja dois passos a frente dele pelo resto de sua vida na Terra.

Isaac voltou a prestar atenção em Grier do outro lado do vidro. Ela estava abraçando a si mesma contra o balcão onde estava sentada, deixou cair a cabeça e curvou os ombros como se carregassem todo seu peso. Seus cabelos estavam soltos e suas longas ondas quase tocavam o granito.

– Estou começando a achar que cometi um erro. – Ouviu-se dizer. – Eu deveria ter ficado nas operações extraoficiais.

– Seu erro é permanecer neste jardim.

Provavelmente. Mas ele não ia embora.

– Oh, pelo amor de Deus – Jim exclamou. – Pegue isto.

Ao som de um sussurro, Isaac olhou e encontrou um saco de papel que estava sendo direcionado a ele.

– É um sanduíche de peru – Jim disse. – Maionese. Alface. Tomate. E um cookie. Da loja da esquina. Vou até dar uma mordida para provar que não está envenenado.

Jim enfiou a mão dentro de uma bolsa, puxou o sanduíche e tirou o celofane com uma das mãos. Então, ele envolveu a mandíbula em torno da coisa, deu uma boa mordida e mastigou com a boca fechada.

O que, naturalmente, fez com que o estômago de Isaac voltasse aos dois anos de idade e começasse a uivar.

– Que tipo de cookie?

Jim falou com a boca ainda cheia.

– Com gotas de chocolate. Sem nozes. Odeio nozes em cookies com gotas de chocolate.

– Estou muito agradecido – Isaac disse suavemente. Erguendo a palma de sua mão esquerda, ele pegou o que foi oferecido e comeu com eficiência.

– Cookie? – Jim murmurou.

Doía dizer isso, mas ele precisava.

– Dê uma mordida primeiro. Por favor.

A grande mão desapareceu dentro da bolsa de novo e surgiu com alguma coisa do tamanho de um volante de carro. Desembrulhou. Mordeu. Mastigou.

– Muito obrigado – Isaac disse quando a sobremesa trocou de mãos.

– Eu tenho uma garrafa de água no meu bolso de trás. – Jim tirou a coisa, fez um barulho tirando a tampa e tomou um bom gole.

Isaac se inclinou para frente e aceitou a garrafa de água.

– Você me salvou.

– Esse é o plano – o cara resmungou.

Dentro da cozinha, Grier começou a fazer o jantar e, caramba, ela estava vulnerável demais sobre aquele fogão... todo aquele vidro transformava o cômodo em um aparelho de TV que ficava ligado no canal Childe 24 horas por dia, sete dias por semana.

– Vou deixá-la sem defesas se for embora.

– Vai fazer dela um alvo se ficar. Não deveria estar aqui agora. Você não deveria ter passado um dia inteiro naquela casa do outro lado da rua.

Isaac olhou para ele de maneira brusca.

– Como você sabe?

Jim apenas revirou os olhos.

– Lembra-se do que eu fiz para viver durante quase uma década? Olha, seja realista. Deixe que eu cuido dela enquanto o colocamos em segurança.

– Vá se ferrar, idiota. Conheço você bem demais... então, essa história de garoto escoteiro é muito difícil de engolir.

– Pode dizer o que quiser, eu não me importo. Só tire vantagem disso...

Uma brisa suave soprou de uma direção imperceptível... e Isaac sentiu um arrepio na coluna que não tinha nada a ver com a temperatura do ar e tudo a ver com o seu instinto.

Ao lado de Isaac, Jim endureceu e olhou ao redor...

Dois homens enormes saíram das sombras ao lado dele.

Isaac foi rápido no gatilho, pegou sua outra arma e nivelou cada uma delas no focinho de cada um deles. Mas eram apenas os colegas de Jim, aquele cheio de furos como uma almofada de alfinetes e o outro que era do tamanho de uma montanha.

– Temos companhia, cara – o Sr. Fetiche por Agulhas sussurrou para Jim. – Má companhia. O tempo estimado de chegada é de mais ou menos um minuto e meio.

– Leve-o para dentro da casa – o da trança grossa disse. – Ele estará seguro lá dentro.

Certo, hora de interrompê-los, rapazes.

– Oi, meu nome é Isaac. Esta é Lefty... e Bob. – Ele ergueu as armas para fazer as apresentações. – E nenhum de nós recebe mais ordens.

Os olhos de Jim queimavam quando o encarou.

– Escute Isaac... entre na casa... entra na maldita casa e fique lá. Não importa o que veja ou ouça... não saia. Estamos claros?

Do nada, o cara puxou uma faca que não fazia sentido. A maldita coisa era feita de vidro...? O que...

Um assovio baixou começou a cantarolar pelo ar e Isaac olhou por cima do ombro na direção do som. Era o tipo de coisa que só podia ser o vento... Não havia nenhuma outra explicação para isso. E, ainda assim, ele não sentiu qualquer brisa sobre a pele.

– Entre na casa se quiser viver – alguém disse.

Jim agarrou o braço dele.

– Não pode lutar com esse inimigo, mas eu posso. Se ficar lá dentro, vai estar seguro... e pode proteger aquela mulher. Mantenha a moça com você em segurança.

Bem, essa era uma ordem que ele poderia seguir...

De repente, a casa de Grier começou a brilhar com uma luz etérea, como se tivesse refletores na fundação direcionados para cima. Quando seus olhos se esforçaram para compreender o que estava vendo, um zumbido na parte de trás de seu pescoço cresceu de maneira tão intensa que ficou preocupado que sua cabeça se transformasse em uma lata de refrigerante e estourasse sua coluna.

Isaac não permaneceu ali.

Ele saiu correndo pelo quintal quando o vento profano ficou cada vez mais alto, rezando para que entrasse e ficasse com Grier a tempo.

Grier odiava brigar com seu pai. Simplesmente desprezava isso.

Virando a omelete na panela, ela centrou a coisa e, então, olhou para o telefone celular que tinha jogado ao longo da ilha.

A primeira ligação entre eles foi mais ou menos uma hora depois que ele a deixou e foi ele quem ligou. Naturalmente, ele descobriu seu truque da mão leve e isso resultou em toda uma série de problemas... nenhum deles foi resolvido, pois ela não ia devolver as coisas, não ia aceitar um não como resposta e eles tinham que cobrir aquele campo minado com códigos, pois só Deus sabia quem estava ouvindo.

Depois de passarem um tempo como lutadores em um ringue, eles deram um tempo; ela tentou trabalhar enquanto seu pai desaparecia no mundo obscuro dele.

Contudo, Grier ficava tentando adivinhar aquela parte. Era como se ele não tivesse dito nada de concreto.

Quieto.

Como sempre.

Na segunda viagem pelo parque telefônico, seus dedos fizeram a caminhada. Sua intenção era estabelecer algum tipo de paz e descobrir o que ele estava fazendo, mas isso se transformou rapidamente em mais acusações de incompetência em uma linguagem que parecia fazer parte de um latim porco e de um monte de charadas.

O trabalho anterior pareceu andar ligeiramente melhor depois da segunda ligação.

Quando sua omelete chiou baixinho e ela tomou um gole do seu copo de vinho, uma rajada de vento atingiu os fundos da casa, assoviando através das venezianas e acariciando os sinos de vento que ficavam próximos à porta. Franzindo a testa, olhou por cima do ombro. Uma maldita brisa, ela pensou, a música sutil nas peças de barro, pela primeira vez, não a acalmou.

É o que acontece quando você está se tornando paranoica. Tudo ficava assustador, mesmo as...

Uma coisa de formato enorme saltou na porta dos fundos e encheu as vidraças. Quando ela soltou um gritou e saltou para apertar o botão que indicava pânico no sistema remoto de segurança, a face de Isaac foi iluminada na escuridão pela luz sensível ao movimento que ele ativou.

Ele começou a bater com o punho, mas não fez isso por muito tempo. Ele se virou para enfrentar o quintal, achatando-se contra a casa como se algo estivesse indo até ele.

Ao correr, desativou o sistema e ele caiu em cheio na cozinha quando ela abriu a porta. Ele foi quem os fechou, trancando a fechadura e, em seguida, colocando seu corpo contra o painel como se alguém estivesse tentando pegá-lo.

Entre uma respiração difícil, ele ordenou:

– O sistema... ative-o de novo...

Assim ela o fez sem hesitar...

Tudo ficou escuro.

Exceto por uma luz azul da chama sob a panela no fogão e o halo amarelo de luz sobre o alpendre, a cozinha ficou totalmente escura... e levou um segundo para seu cérebro entender que ele tinha apagado as luzes.

A arma que ele trazia no peito não refletia muita luz ou fazia qualquer sombra, mas ela soube exatamente o que estava na mão dele quando ele mudou de posição e se colocou contra a parede perto da porta. Ele não apontou a arma para ela... Ele nem sequer a olhava. Seus olhos estavam presos ao jardim dos fundos.

Quando ela tentou se aproximar para ver alguma coisa, ele estendeu seu forte braço e a afastou.

– Fique longe do vidro.

– O que está acontecendo?

Uma rajada de vento atingiu a casa, os sinos se movimentaram tanto ao ponto de suas cordas se entrelaçarem, soando nada além de um grito de dor.

Então, um rangido estranho atingiu toda aquela confusão.

Abraçando-se no balcão, ela olhou para o teto e percebeu que era a casa... A casa de alvenaria de sua família, que permaneceu sem qualquer abalo em sua sólida fundação de 200 anos, estava gemendo como se estivesse prestes a ser arrancada desde sua base.

Seus olhos foram para a parede de vidro. Ela não conseguia ver nada além de sombras se movendo com o vento... só que não estava certo. As sombras não... se movimentavam direito.

Transtornada pela visão dos formatos escuros se deslocando sobre o chão como uma mancha de óleo grosso, sentiu sua mente se contorcer ao tentar encontrar uma forma de explicar o que seus olhos viam.

– O que é... *isso*? – ela ofegou.

– Fique atrás do balcão. – Isaac olhou para o teto assim como para a casa e soltou um palavrão.

– Vamos lá, garota, aguente firme.

Caindo de joelhos, Grier olhou para o velho espelho do outro lado. Através de sua superfície ondulada, ela podia ver as janelas do jardim e todas aquelas coisas estranhas andando ao redor.

– Isaac, fique longe da porta...

Um alarme ecoou e encheu o ar e Grier soltou um grito e cobriu os ouvidos. Entretanto, Isaac nem sequer vacilou... e ela foi puxada com força para perto dele.

– Alarme de incêndio – ele gritou. – É o alarme de incêndio!

Lançou-se para o fogão e colocou a omelete cheia de fumaça para um lado, apagando a chama com um toque rápido.

– Faça o que tem que fazer – ele disse. – Mas certifique-se de que o corpo de bombeiros não aparecerá por aqui.

Capítulo 23

Matthias fez a última etapa da viagem sozinho. Ele foi levado em um curto voo pela cidade de Boston, pois embora pudesse pilotar um bom número de aviões diferentes, foi despojado de suas asas por causa de seus ferimentos.

Mas pelo menos ele podia dirigir.

O voo de Beantown até Caldwell foi curto e tranquilo, e o Aeroporto Internacional de Caldwell era sossegado – embora quando se tem o nível de habilitação que ele tinha, os tipos de naves civis mantidas pelo governo nunca chegavam perto de você ou de sua bagagem.

Não que tivesse trazido bagagem com ele – além da que carregava em seu cérebro.

Ainda assim, seu carro era todo preto sem marcas oficiais, com blindagem e vidros grossos o suficiente para deter qualquer bala. Era justamente um desses que ele tinha quando foi visitar Grier Childe... e tal carro seria o que ele usaria para se dirigir a qualquer cidade, em casa ou no exterior.

Ele não disse a ninguém além de seu segundo homem na linha de comando aonde estava indo – e mesmo seu homem mais confiável não entendeu o motivo por trás disso. Contudo, não tinha problemas com o segredo: o bom de ser a mais escura sombra dentre uma legião delas era que, quando você desaparecia, isso fazia parte do seu maldito trabalho – e ninguém fazia qualquer questionamento.

A verdade era que essa viagem estava abaixo do nível dele, o tipo de coisa que ele normalmente teria atribuído ao seu braço direito – e, mesmo assim, teve que fazer isso por si mesmo.

Parecia uma peregrinação.

Contudo, se ele tinha que fazer aquilo, as coisas ficariam mais inspiradoras muito rápido. A estrada que ele estava seguindo no momento estava cheia de lojas e postos de gasolina que poderiam existir em qualquer cidade, em qualquer lugar. O trânsito era tranquilo e sem pedágios; tudo estava fechado – então, só se passava por ali se estivesse de passagem para outro lugar.

Era assim para a maioria das pessoas. Mas não para ele. Ao contrário, seu destino era... bem ali, na verdade.

Desacelerando, ele se direcionou para a lateral e estacionou paralelo ao meio-fio. Do outro lado de um gramado raso, a casa funerária McCready estava escura por dentro, mas havia luzes externas por todo o local.

Sem problemas.

Matthias fez uma ligação e foi transferido de uma pessoa a outra, pulando de uma linha a outra até chegar ao responsável pelas decisões, que poderia conseguir o que ele queria.

E, então, ele se sentou e esperou.

Ele odiava o silêncio e a escuridão no carro... mas não por ele estar preocupado se haveria alguém no seu banco de trás ou se alguém sairia fazendo ruídos e atirando das sombras. Ele gostava de se manter em movimento. Enquanto estivesse em movimento, ele poderia fugir do latejar que esmagava de maneira inevitável suas glândulas suprarrenais quando ele estava em repouso.

A quietude era assassina.

E isso transformava o grande sedã em um caixão...

O telefone dele tocou e ele sabia quem era antes de checar. E, não, não era nenhuma das pessoas com quem ele tinha acabado de falar. Ele já tinha terminado de lidar com eles.

Matthias atendeu no terceiro toque, apenas um pouco antes da caixa postal atender.

– Alistair Childe. Que surpresa.

O silêncio impactante foi tão satisfatório.

– Como sabia que era eu?

– Você acha mesmo que eu daria esse telefone a qualquer um? – Quando Matthias olhou para a casa funerária através do para-brisa, ele achou irônico que os dois estivessem conversando em frente àquele local – uma vez que ele mandou o filho daquele homem para uma casa daquelas.

– Está tudo sob minhas condições. Tudo.

– Então, você sabe por que passei o dia inteiro tentando encontrá-lo.

Sim, ele sabia. E ele, deliberadamente, fez com que ficasse difícil ser encontrado pelo cara: ele acreditava mesmo que as pessoas eram como pedaços de carne; quanto mais cozidas, mais macias ficavam.

Mais saborosas também.

– Oh, Albie, claro que estou ciente de sua situação. – Uma chuva fina começou a cair, as gotas manchavam o vidro. – Você está preocupado com o homem que passou esta última noite com sua filha. – Outra dose de silêncio. – Você não sabia que ele esteve em sua casa durante a noite toda? Bem, as crianças nem sempre contam tudo aos seus pais, não é mesmo?

– Ela não está envolvida. Eu prometo, ela não sabe de nada...

– Ela não disse que teve um hóspede durante a noite. Como pode confiar tanto nela?

– Você não pode tomá-la. – A voz do homem embargou. – Você tomou meu filho... Não pode tomá-la.

– Posso ter quem eu quiser. E tomar quem eu quiser. Você sabe disso agora, não sabe?

De repente, Matthias percebeu uma estranha sensação em seu braço esquerdo.

Olhando para baixo, ele viu seu punho dobrado no volante com tanta força que seus bíceps tremiam.

Ele se apoiou na maçaneta para aliviar... mas isso não aconteceu.

Entediado com os pequenos espasmos e tiques em seu corpo, ele ignorou o mais recente.

– Eis o que tem de fazer para se certificar sobre sua filha: consiga Isaac Rothe para mim e eu vou embora. É simples assim. Dê o que eu quero e deixo sua garota em paz.

Naquele momento, o local inteiro ficou às escuras – graças ao seu pequeno telefonema.

– Você sabe que digo a verdade em cada palavra – Matthias disse, indo em direção à sua bengala. – Não me faça matar outro Childe.

Ele desligou e colocou o telefone de volta no casaco.

Balançando bem a porta, ele gemeu ao sair e optou por se manter na calçada de concreto ao invés de andar no gramado, mesmo sabendo que seria um caminho mais rápido para suas costas. Seu corpo perambulando sobre a grama? Nada bom.

Após abrir a fechadura da porta dos fundos – o que provava que apesar de ser o chefe, não tinha perdido seu treinamento com as porcas e parafusos – ele deslizou dentro da funerária e começou a procurar o corpo do soldado que o havia salvado. Confirmar a identidade do "cadáver" de Jim Heron parecia tão necessário quanto sua próxima respiração.

De volta a Boston, no jardim dos fundos daquela advogada de defesa, Jim se preparou para a luta que estava se aproximando, literalmente, no vento.

– É como matar um humano – Eddie gritou na ventania. – Vá direto ao centro do peito... contudo, cuidado com o sangue.

– Essas vadias são muito desleixadas – o sorriso de Adrian tinha certa loucura e seus olhos brilhavam com uma luz profana. – É por isso que usamos couro.

Quando a porta da cozinha da casa bateu ao fechar e as luzes se apagaram, Jim rezou para que Isaac mantivesse a si mesmo e àquela mulher lá dentro.

Pois o inimigo tinha chegado.

Dentre as rajadas de vento, sombras profundas ondulavam sobre o chão e borbulhavam, formando algo que se tornava sólido. Nenhum rosto, nada de mão, sem pés – sem roupas. Mas havia braços, pernas e cabeça, de onde ele achava que vinha o programa principal: o mau cheiro. A coisa cheirava a lixo podre, uma combinação de ovos podres, suor, carne estragada e, além disso, rosnava como os lobos faziam quando caçavam em um bando organizado.

Esse era o mal que andava e se movia, as trevas em uma forma tangível, o conjunto de uma infecção desagradável, exasperante que o fez ter vontade de tomar um banho com água sanitária.

Assim que se colocou em posição de combate, sua nuca se agitou – aquele sinal de alarme que tinha sentido na noite anterior latejava na base de seu cérebro. Seus olhos dispararam para a casa procurando o motivo daquela sensação... só que ele tinha certeza que aquela não era a fonte.

Seja como for – ele precisava da sua motivação na hora H.

Quando uma das sombras percorreu seu espaço, Jim não esperou pelo primeiro ataque – não fazia seu estilo. Ele balançou de maneira ampla sua faca de cristal e continuou a investir, retrocedendo com um golpe que se esticou mais longe do que esperava.

Era evidente que havia alguma coisa elástica neles.

Porém, Jim fez contato, entalhando alguma coisa que causou um jato de um líquido que veio em sua direção. Em pleno ar, os respingos se transformaram em pelotas de chumbo grosso, que se dissolveram ao acertá-lo. A picada foi instantânea e intensa.

– Vá se ferrar. – Ele sacudiu a mão, distraindo-se momentaneamente com a fumaça que saía de sua pele.

Um golpe atingiu um dos lados de seu rosto e fez com que sua cabeça balançasse como um sino – provando que ele poderia ser um anjo e tudo mais daquela porcaria, mas seu sistema nervoso, decididamente, ainda era humano. Ele passou ao ataque imediatamente, tirando uma segunda faca e ferindo duas vezes o bastardo, levando a coisa para os arbustos com força enquanto se esquivava dos socos.

Enquanto eles lutavam, a parte de trás de seu pescoço continuou a gritar, mas ele não poderia se dar ao luxo de se distrair.

A luta que está a sua frente vem em primeiro lugar. Depois, pode-se lidar com o que vem a seguir.

Jim foi o primeiro a dar um golpe mortal. Lançou-se para frente quando seu oponente arqueou, sua adaga de cristal foi em direção ao intestino. Quando uma explosão das cores de um arco-íris flamejou, ele se afastou, cobrindo o rosto com o braço para bloquear o jato mortal, seu ombro coberto de couro suportou o peso do impacto. Aquela porcaria projetada a vapor fedia como o ácido de uma bateria – também queimava como tal, como se o sangue do demônio tivesse atravessado o couro e se dirigisse para sua pele.

Ele voltou imediatamente à posição de combate, mas estava coberto por outras três manchas de óleo: Adrian estava lidando com dois e Eddie estava com outro... demônio... ou seja lá o que fosse.

Com um palavrão, Jim levantou a mão e esfregou a nuca. A sensação progrediu de um formigamento para um rugir e ele se curvou sob a agonia agora que sua adrenalina tinha subido um pouco. Deus, aquilo só piorava... ao ponto de ele não conseguir mais se segurar e cair de joelhos.

Colocando a palma da mão no chão e apoiando-se, ficou claro o que estava acontecendo. Era o caso de um terrível *timing*, Matthias tinha sido atraído ao feitiço que colocou em seu cadáver em Caldwell...

– Vá. – Eddie disse entre dentes quando cortou algo e se retraiu. – Nós lidamos com isso! Você vai até Matthias.

Naquele momento, Adrian atingiu um dos adversários, a adaga de cristal foi fundo no peito da coisa antes dele pular e inclinar-se para evitar o jato. A rajada de chumbo grosso atingiu o outro demônio que estava lutando...

Oh, droga. O bastardo oleoso absorveu o jato... e dobrou de tamanho.

Jim olhou para Eddie, mas o anjo gritou.

– Vá! Estou dizendo... – Eddie evitou um golpe e disparou com seu punho livre. – Você não pode lutar assim!

Jim não queria deixá-los, mas, rapidamente, ele foi ficando pior do que inútil... seus colegas teriam que defendê-lo se aquela dor insistente ficasse um pouco mais aguda.

– Vá! – Eddie gritou.

Jim amaldiçoou, mas ficou em pé, desfraldou suas asas e decolou em um brilho...

Caldwell, Nova York, estava a mais de cem quilômetros a oeste – isso quando se é um humano a pé, de bicicleta ou de carro. A companhia aérea Anjos Airlines cobria a distância em um piscar de olhos.

Quando ele pousou no gramado raso que havia na frente da casa funerária, viu o carro sem marcas oficiais estacionado na calçada... e o fato de um quarteirão inteiro estar sem eletricidade... soube que estava certo.

Matthias tinha feito uma ligação.

Bem o seu estilo.

Jim atravessou a grama e sentiu como se tivesse voltado no tempo... àquela noite no deserto que mudou tudo para ele e para Matthias. Sim, sua magia de invocação tinha funcionado.

A questão era: o que fazer com sua presa?

Capítulo 24

Parado na cozinha de Grier, Isaac aprovou totalmente a maneira como ela cuidou das coisas. Em meio ao caos, ela estava calma e lidou com o telefone e com o sistema de segurança: um, dois, três... ela interrompeu o alarme de incêndio, fez uma ligação dizendo ser um alarme falso e reiniciou o sistema. E fez tudo agachada atrás do balcão, protegida e escondida.

Definitivamente, era o seu tipo de mulher.

Com ela liderando tudo, ele estava livre para tentar descobrir o que diabos estava acontecendo no quintal. Contorcendo-se de maneira que seu corpo continuasse escondido, ele olhou através do vidro... mas tudo o que conseguiu ver foi o vento e um monte de sombras.

Ainda assim, seus instintos gritavam.

O que Jim estava fazendo lá atrás com seus amigos? Quem tinha aparecido? A equipe de Matthias costumava aparecer em carros sem marcas oficiais. Eles não usavam cabos de vassoura nem voavam num céu tempestuoso. Além disso, não havia ninguém lá fora até onde ele conseguia ver.

Conforme o tempo se arrastou e um monte de nada além de vento passou, ele pensou que talvez tivesse perdido completamente a cabeça.

– Você está bem? – ele sussurrou sem se virar.

Houve um ruído e, em seguida, Grier estava ombro a ombro com ele no chão.

– O que está acontecendo? Você consegue ver alguma coisa?

Ele notou que ela não respondeu sua pergunta... mas, até parece, ela precisava mesmo fazer isso?

– Nada de que precisemos fazer parte.

Nada, ponto final, é o que parecia. Apesar de... bem, na verdade, se ele apertasse os olhos, as sombras pareciam formar padrões consistentes como lutadores envolvidos em combate corpo a corpo. Exceto, claro, por não haver ninguém lá fora... mas parecia haver lógica nos movimentos. Para obter o efeito do que ele estava vendo, uma legião de luzes teria de brilhar em diferentes direções para chegar perto daquele efeito óptico.

– Isso não parece certo para mim – disse Grier.

– Eu concordo – ele olhou para ela. – Mas eu vou cuidar de você.

– Pensei que tinha ido embora.

– Não fui – a parte de não conseguir fazer isso foi algo que manteve consigo. – Não vou deixar que ninguém machuque você.

Sua cabeça se inclinou para o lado ao olhar para ele.

– Sabe...? Eu acredito em você.

– Você pode apostar sua vida nisso.

Com um rápido movimento, ele colocou sua boca na dela em um beijo forte para selar o acordo. E, então, quando se separaram, o vento parou... como se o ventilador industrial que estava causando toda aquela explosão tivesse sido tirado da tomada: ali nos fundos, não havia nada além de silêncio.

Que *diabos* estava acontecendo?

– Fique aqui – ele disse enquanto ficava em pé.

Naturalmente, ela não obedeceu a ordem, mas levantou-se, descansou as mãos nos ombros dele como se estivesse preparada para segui-lo. Ele não gostou disso, mas sabia que argumentar não o levaria a qualquer lugar... o melhor que podia fazer era manter seu peito e ombros frente a ela para bloquear qualquer disparo.

Ele avançou para frente até que pudesse ver melhor a parte de fora. As sombras desapareceram e os galhos de árvores e arbustos estavam quietos. Os sons de trânsito distantes e o alarme de uma ambulância eram, outra vez, a música ambiente que percorria toda a vizinhança.

Ele olhou para ela.

– Vou lá fora. Pode usar uma arma de fogo? – Quando ela assentiu com a cabeça, ele tirou uma de suas armas. – Pegue isso.

Ela não hesitou, mas, cara, ele odiava a visão de suas mãos pálidas e elegantes em sua arma.

Ele acenou com a cabeça para a coisa.

– Aponte e atire com as duas mãos. Já tirei a trava de segurança. Estamos entendidos?

Ao assentir com a cabeça, ele a beijou novamente, pois tinha que fazer; então, a posicionou contra os armários próximos ao chão. Desse ponto de vista, ela poderia enxergar se alguém viesse de frente ou por trás, mas também abrangia a uma porta interna que ele tinha a impressão de que se abria para as escadas do porão.

Pegando sua outra arma, Isaac saiu com um rápido movimento...

Sua primeira respiração trouxe um cheiro terrível até seu peito e atrás de sua garganta. Mas o que...? Era como um vazamento químico...

Do nada, um dos caras que estava com Jim apareceu. Era o cara da trança e parecia que tinham vaporizado um galão de óleo lubrificante nele – e também parecia que tinha gelo seco em todos os seus bolsos: anéis de fumaça embaçavam sua jaqueta de couro e droga... o cheiro.

Antes que Isaac pudesse perguntar que droga era aquela, não havia dúvida que mesmo sendo estranho um ao outro, eles falavam a mesma língua: o cara era um soldado.

– Você quer me dizer que diabos está acontecendo aqui?

– Não. Mas não me importaria de pegar um pouco de vinagre branco, se ela tiver.

Isaac franziu a testa.

– Sem ofensa, mas eu acho que fazer um tempero de salada é a última de suas preocupações, cara. Sua jaqueta precisa de uma mangueira.

– Eu tenho queimaduras para cuidar.

Era evidente, havia grandes manchas vermelhas na pele do pescoço e nas mãos. Como se tivesse sido atingido por algum tipo de ácido.

Difícil argumentar com o cara cheio de vapor, considerando que estava machucado.

– Só um segundo.

Entrando na casa, Isaac limpou a garganta.

– Ah... você tem vinagre branco?

Grier piscou e apontou com o cano da arma em direção à pia.

– Eu uso para limpar a madeira. Mas por quê?

– Bem que eu queria saber. – Dirigiu-se até a pia e encontrou uma jarra enorme de vinagre.

– Mas eles querem um pouco.

– Eles quem?

– Amigos de um amigo.

– Eles estão bem?

– Sim. – Considerando que a definição de *bem* incluía estar um pouco tostado e torrado.

Do lado de fora, ele entregou a coisa, que foi prontamente jogada em volta do corpo como água fria em um jogador de futebol suado. No entanto, aquilo eliminou o vapor e o cheiro nos dois caras tostados e feridos.

– E quanto aos vizinhos? – Isaac disse, olhando ao redor. O muro de tijolos que circulava a casa trabalhava a favor deles, mas o barulho... o cheiro.

– Vamos cuidar deles – o cara tostado respondeu. Como se não fosse grande coisa e como se já tivesse feito antes.

"Que tipo de guerra eles estavam lutando?", Isaac pensou. Havia outra organização além das operações extraoficiais?

Ele sempre achou que Matthias fosse o mais sombrio dentre as sombras. Mas talvez aqui houvesse outro nível. Talvez tenha sido a maneira como Jim tinha saído.

– Onde está Heron? – ele perguntou.

– Ele vai voltar. – O cara dos piercings devolveu o vinagre. – Você só precisa ficar onde está e cuidar dela. Nós cuidamos de você.

Isaac acenou com a arma para frente e para trás.

– Quem diabos são vocês?

O Sr. Tostado, que parecia o mais equilibrado dos dois, disse:

– Apenas parte do pequeno grupo de Jim.

Pelo menos, isso fazia algum sentido. Mesmo sendo evidente que os dois travaram um duro combate, eles nem pareciam se incomodar. Não lhe surpreendia que Jim trabalhasse com eles.

E Isaac tinha a sensação de que sabia o que eles estavam fazendo – Jim devia estar atrás de Matthias. Isso explicava o desejo do cara de se envolver e brincar de gato e rato com passagens de avião.

– Vocês precisam de outro soldado? – Isaac perguntou, brincando um pouco.

Os dois se entreolharam e depois voltaram a olhar para ele.

– Não é com a gente – eles disseram em uníssono.

– É com Jim?

– Mais ou menos – o Sr. Tostado falou. – E você tem que estar *morrendo* de vontade de entrar...

– Isaac? Com quem está conversando?

Quando Grier saiu da cozinha, ele desejou que ela tivesse ficado lá dentro.

– Ninguém. Vamos entrar de novo.

Virando-se para se despedir dos colegas de Jim, ele congelou. Não havia ninguém por perto. Os subordinados de Jim tinham ido embora.

Sim, quem e o que quer que fossem, eram o seu tipo de soldado.

Isaac foi até Grier e conduziu os dois para dentro. Quando trancou a porta e acendeu uma lâmpada do outro lado da cozinha, ele fez uma careta. Cara, a cozinha não cheirava muito melhor do que aqueles dois lá atrás: ovo queimado, bacon carbonizado e manteiga enegrecida não eram uma festa para o velho e bom olfato.

– Você está bem? – ele perguntou, mesmo sabendo que a resposta era evidente.

– Você está?

Ele correu os olhos sobre ela da cabeça aos pés. Ela estava viva e ele estava com ela e estavam seguros naquela fortaleza de casa.

– Estou melhor.

– O que havia no quintal?

– Amigos. – Ele pegou sua arma de volta. – Que querem nós dois em segurança.

Para manter-se longe da ideia de envolvê-la em seus braços, ele embainhou as duas armas em sua jaqueta e pegou a panela do fogão. Jogando os restos de seu "quase jantar" no triturador da pia, ele lavou a coisa toda.

– Antes que pergunte – ele murmurou. – Não sei mais do que você.

O que era essencialmente verdade. Claro, ele estava um passo à frente dela quando se tratava de algumas coisas... mas quanto àquela coisa no quintal? Não fazia ideia.

Ele pegou um pano de prato de um gancho e... percebeu que ela não tinha dito nada por um tempo.

Virando-se, ele viu que ela tinha sentado em um dos bancos e cruzado os braços em volta de si. Ela estava totalmente contida, recuou dentro de si e se transformou em pedra.

– Estou tentando... – Ela limpou a garganta. – Eu estou realmente tentando entender tudo isso.

Ele trouxe a panela de volta ao fogão e também cruzou os braços, pensando que lá estava outra vez, a grande divisão entre civis e soldados. Esse caos, confusão e perigo mortal? Para ele, era a rotina dos negócios.

Só que aquilo a matava.

Como um completo idiota, ele disse:

– Vai dar outra chance ao jantar?

Grier balançou a cabeça.

– Estar em um universo paralelo onde tudo parece ser sua vida, mas, na verdade, é algo totalmente diferente, mata o apetite.

– Sei como é – ele assentiu com a cabeça.

– Na verdade, fez disso sua profissão, não fez?

Ele franziu a testa e deixou a panela onde a tinha colocado no balcão entre eles.

– Ouça, você tem certeza de que posso fazer para você um...

– Eu voltei ao seu apartamento. Essa tarde.

– Por quê? – Droga.

– Foi depois que deixei seu dinheiro na delegacia e dei meu depoimento. Adivinhe quem estava no seu quarto?

– Quem?

– Era alguém que meu pai conhecia.

Os ombros de Isaac ficaram tão tensos, que ele sentiu dificuldade para respirar. Ou talvez seus pulmões tivessem congelado. Oh, Jesus Cristo, não... não...

Ela empurrou algo sobre o granito em direção a ele. Um cartão de visita.

– Eu deveria ligar para esse número se você aparecesse por aqui.

Quando Isaac leu os dígitos, ela riu de maneira cortante.

– Meu pai exibiu a mesma expressão no rosto quando leu o que havia no cartão. E, deixe-me adivinhar, você também não vai me dizer quem atenderia a ligação.

– O homem no meu apartamento. Descreva-o. – Mesmo já sabendo quem era.

– Ele tinha um tapa-olho.

Isaac engoliu em seco, pensando em tudo o que imaginou que ela tinha naquele tecido quando saiu do carro... ele nunca considerou que pudesse ter sido dado por Matthias pessoalmente.

– Quem é ele? – ela perguntou.

A resposta de Isaac foi apenas um movimento com a cabeça. Como era de se esperar, ela já estava em pé à beira do precipício que dava em um buraco de ratos para o qual ela e seu pai foram sugados. Qualquer explicação seria um chute no estômago que a fizesse se afastar do precipício e de uma queda livre...

Com um movimento repentino, ela saiu do banquinho e pegou o copo de vinho que tinha apoiado.

– Eu estou tão cansada desse maldito silêncio!

Ela lançou o vinho ao longo do cômodo e, quando o copo bateu na parede, quebrou-se, deixando uma mancha de vinho no gesso e cacos de vidro no chão.

Quando se virou para ele, estava ofegante e seus olhos estavam em chamas.

Houve um silêncio violento. E, então, Isaac deu a volta na ilha em sua direção.

Ele manteve a voz baixa enquanto se aproximava.

– Quando você esteve na delegacia hoje, eles perguntaram sobre mim?

Ela pareceu momentaneamente perplexa.

– Claro que sim.

– E o que disse a eles?

– Nada. Pois além do seu nome, eu não sei de nada.

Ele balançou a cabeça, aproximando seu corpo cada vez mais do dela.

– Aquele homem no meu apartamento. Ele perguntou por mim?

Ela fez um gesto com as mãos para cima.

– Todos querem saber sobre você...

– E o que você disse a ele?

– Nada – ela chiou.

– Se alguém da CIA ou da Agência de Segurança Nacional vier até sua porta e perguntar por mim...

– Não posso dizer nada a eles!

Ele parou tão perto, que conseguia ver cada cílio em torno de seus olhos.

– Assim está certo. E isso a manterá viva. – Quando ela amaldiçoou e se afastou, ele agarrou o braço dela e a trouxe de volta. – Aquele homem no meu apartamento é um assassino a sangue-frio e ele a deixou ir embora apenas porque quer mandar uma mensagem para mim. Essa é a razão pela qual não vou dizer nada...

– Eu posso mentir! Mas que droga! Por que acha que sou tão ingênua? – Ela cravou os olhos nele. – Você não tem ideia de como tem sido toda minha vida, vendo todas essas sombras e nunca tendo uma explicação sobre elas. Eu posso mentir...

– Eles vão torturá-la. Para fazer você falar.

Isso a calou.

E ele continuou.

– Seu pai sabe disso. Eu também... e, acredite, durante o treinamento eu passei por um interrogatório, então, eu sei *exatamente* o que eles farão com você. A única maneira que posso ter certeza de que não passará por isso é se não tiver nada para dizer. Sinceramente, você está muito perto disso, de qualquer maneira... mas não é sua culpa.

– Deus... eu *odeio* isso. – O tremor em seu corpo não era de medo. Era raiva, pura e simplesmente. – Eu só queria bater em alguma coisa.

– Certo – Ele apertou o pulso dela e puxou seu braço por cima do ombro dele. – Desconte em mim.

– O quê?

– Bata em mim. Arranque meus olhos. Faça o que for preciso.

– Você está louco?

– Sim. Insano. – Ele a soltou e apoiou seu peso, ficando perto... perto o suficiente para que ela pudesse acabar com ele se quisesse.

– Serei seu saco de pancadas, o seu colete à prova de bala, o seu guarda-costas... Vou fazer de tudo para ajudá-la a superar isso.

– Você é louco. – Ela respirou.

Quando ela o encarou muito vermelha e viva, a temperatura do sangue dele subiu – e os levou a um território ainda mais perigoso. Pelo amor de Deus, como se ele precisasse ser mais excitado? Agora, mais uma vez, não era o momento, nem o lugar.

Então, naturalmente, ele perguntou:

– O que vai ser... Você quer me bater ou me beijar?

No tempo que se seguiu depois da pergunta, Grier passou a língua nos lábios e Isaac acompanhou o movimento como um predador. No entanto, ficou claro quando ele ficou onde estava que o que aconteceria em seguida era com ela.

O que indicava o tipo de homem que ele era apesar do tipo de profissão que tinha se envolvido.

Do lado dela, não havia qualquer pensamento que nem sequer lembrava algo profissional. Ela estava confusa e fora do normal – na última noite ela ouvia um zumbido por ser irresponsável. Mas aquilo não era o que a compelia agora.

Essa poderia ser a última vez que ela estaria com ele. A última. Ela passou a tarde toda se perguntando onde estava, se ele estava bem... se ela o veria de novo. Se ele ainda estava vivo. Ele era um estranho que de alguma maneira se tornou muito importante para ela. E, embora o *timing* fosse horrível, você não pode programar as oportunidades que tem.

Soltando o braço, ela desenrolou o punho que ele tinha posicionado para ela e, ao fazer isso, ela desejou conseguir se conter, pois essa era a escolha mais responsável. Ao invés disso, ela se inclinou e colocou sua mão entre as pernas dele. Com um rosnado baixo em sua garganta, os quadris dele seguiram um impulso para frente.

Ele estava rígido e grosso.

E teve que se segurar quando ela vacilou.

– Eu não vou parar dessa vez – ele rosnou.

Ela o agarrou.

– Eu só quero ficar com você. Uma vez.

– Isso pode ser arranjado.

Eles se encontraram em chamas, esmagando os lábios, braços envolviam os corpos, corpos se unindo. Na cozinha escura, ele a pegou e levou até o chão entre a ilha e o balcão, rolando no último momento para que fosse a cama onde ela pudesse deitar. Quando suas pernas se colocaram entre as dele, a intensa rigidez de sua ereção a pressionou profundamente e sua língua entrou na língua dela, tomando-a, apropriando-se dela. Ao se beijarem em desespero, o corpo dele ondulou por baixo dela, revirando e recuando, os poderosos contornos arqueavam-se de maneira familiar apesar do pouco tempo que ela passou contra ele.

Deus, ela precisava mais dele.

Em um movimento desajeitado, ela puxou a blusa e ele a ajudou com isso, puxando o sutiã, liberando seus mamilos e, em seguida, movendo-a de modo que seus lábios se ligassem aos dele, sugando, puxando, lambendo. O cabelo dele era grosso contra os dedos dela enquanto o segurava contra ela, sua boca úmida e quente, as mãos dele agarravam seus quadris e se aprofundavam em sua pele.

– Isaac... – o gemido foi estrangulado e depois interrompido por completo com um suspiro quando a mão dele deslizou entre suas pernas e acariciou seu sexo.

Ele a acariciava em círculos enquanto movimentava a língua e apenas a ânsia de tê-lo dentro dela deu o foco que ela precisava para tirar o moletom de nylon dele. Empurrando a cintura para baixo, ela tirou os sapatos, enganchou um dedo do pé na calça e as tirou completamente do caminho.

Nada de boxers. Nada de cuecas. Nada no caminho.

Envolvendo sua mão em torno de sua potência, ela acariciou e ele se moveu com ela, contragolpeando para aumentar o atrito. E o som que ele fez... céus, o som que ele fez: aquele rosnado era muito animal ao inalar contra seu seio.

Grier sentou-se, os lábios dele se afastaram com um estalo de seus seios e, com um palavrão, ela arrancou sua calça de ioga e sua calcinha. Quando ele se endireitou e permaneceu com sua ereção erguida, ela abaixou-se, voltou a se sentar com as pernas abertas sobre ele, aproximou-se mais dele e afastou seu blusão para que pudesse sentir mais pele. A sensação levou sua cabeça para trás, mas ela observava sua reação, ansiosa para ver como ele ficava – e ele não decepcionou. Com um grande silvo, os dentes cerrados, ele sugou o ar através deles, as veias em seu pescoço se esticaram, seu peitoral surgia como almofadas apertadas.

Quando ela assumiu o comando e definiu o ritmo, era como se fosse a dona dele, de uma maneira primitiva, marcando-o com o sexo.

– Deus... você é linda. – Ele ofegou quando seus olhos quentes olharam para ela com as pálpebras semicerradas, seguindo o movimento dos seios dela enquanto os espiava entre a camiseta e o sutiã que estavam apenas afastados.

Contudo, ele não ficou por baixo por muito tempo. Ele foi rápido e forte quando sentou-se e a beijou com força, empurrando ainda mais profundamente e a segurando contra ele. No início, ela temeu que ele fosse parar de novo, mas, então, ele se enterrou em seu pescoço e disse:

– Você é tão gostosa. – Seu sotaque sulista soava baixo e rouco e ia direto ao sexo dela, excitando-a ainda mais. – Você é tão...

Ele não terminou a frase, mas deslizou sua grande mão sob ela para erguê-la, movimentando-a para cima e para baixo, seus bíceps enormes lidavam com o peso dela como se não fosse nada além de um brinquedo...

Ele veio com tanta força que ela viu estrelas, a explosão de uma galáxia brilhante onde elas se juntavam e enviavam uma chuva de luz sobre todo seu corpo. E assim como havia prometido, ele não parou. Ele ficou rígido e se projetava contra ela, seus braços se prenderam em sua cintura e a apertaram até que não conseguisse respirar – não que ela se importasse com oxigênio. Quando ele teve um espasmo dentro dela e estremeceu, ela afundou suas unhas em seu blusão preto e o abraçou forte.

E, então, tudo acabou.

Quando a respiração deles desacelerou, o silêncio que houve depois era o mesmo que havia antes daquela grande ventania vinda do nada: estranhamente traumático.

Silêncio. Deus... o silêncio. Mas ela não conseguia pensar em nada para dizer.

– Desculpe – ele exclamou de maneira rude. – Pensei que isso iria ajudá-la.

– Oh, não... Eu...

Ele balançou a cabeça e com sua força tremenda a levantou de seu corpo, separando-os facilmente. Em um rápido movimento, ele a colocou de lado, puxou sua calça para cima e pegou uma toalha limpa. Depois de dar a coisa a ela, ele se colocou de costas para os armários e ergueu-se sobre os joelhos, os braços se apoiaram sobre eles, as mãos ficaram soltas.

Foi então que ela percebeu a arma no chão ao lado de onde estavam. E ele deve ter visto no mesmo momento que ela, pois a pegou e a fez desaparecer no blusão.

Apertando os olhos por um breve momento, ela se limpou rapidamente e se vestiu. Então, ela se colocou em uma pose idêntica ao lado dele. Contudo, ao contrário de Isaac, ela não olhava fixamente para frente; ela observava seu perfil. Ele era tão bonito de uma maneira máscula, seu rosto e toda sua estrutura óssea... Mas o cansaço nele a incomodava.

Ele viveu à beira do abismo por tempo demais.

– Quantos anos você tem de verdade? – ela perguntou em dado momento.

– Vinte e seis.

Ela recuou. Então, era verdade?

– Você parece mais velho.

– Sinto que sou.

– Eu tenho trinta e dois. – Ainda mais silêncio. – Por que você não olha para mim?

– Você nunca ficou com alguém por apenas uma noite. Até agora. – Foi como se a tivesse violado de alguma maneira.

– Bem, tecnicamente, foram duas noites com você. – Quando sua mandíbula se apertou, ela soube que aquilo não foi uma ajuda. – Isaac, você não fez nada de errado.

– Não fiz? – Ele clareou a garganta.

– Eu queria você.

Agora, ele olhava para ela.

– E você me teve. Deus... você me teve. – Por um breve segundo, seus olhos brilharam com um calor de novo e, então, voltaram a focar o gabinete em frente deles.

– Mas é isso. Parou por aqui.

Certo... essa doeu. E para um cara que alegava tê-la introduzido no clube do "apenas uma noite", você acha que a consciência dele se sentiria melhor se fizessem isso mais algumas vezes?

Quando seu sexo se aqueceu de novo, ela pensou... que eles deveriam rever a parte "parou por aqui."

– Por que você voltou? – ela perguntou.

– Nunca fui embora. – Quando ela ergueu as sobrancelhas, ele encolheu os ombros. – Passei o dia todo escondido do outro lado da rua... e antes que você pense que fico perseguindo as pessoas, eu estava vigiando as pessoas que estavam... e estão... vigiando você.

Quando ela empalideceu, ficou contente com a escuridão naquele vale de gabinetes e armários. Muito melhor ele pensar que ela estava encarando bem tudo aquilo.

– As faixas brancas foram colocadas lá por você, não foram? Da sua regata.

– Era para ser um sinal para eles mostrando que eu tinha partido.

– Eu não sabia. Desculpe.

– Por que não se casou? – ele perguntou de repente. E, em seguida, riu em uma explosão tensa. – Desculpe se isso for pessoal demais.

– Não, não é. – Considerando tudo, nada mais parecia fora dos limites. – Eu nunca me apaixonei. Na verdade, nunca tive tempo também. Entre caçar Daniel e o trabalho... sem tempo. Além disso... – Aquilo parecia muito normal e completamente estranho para se falar de maneira tão simples. – Para ser honesta, eu acho que nunca quis alguém tão próximo de mim. Existem coisas que não quero dividir.

E não era como se quisesse acumular apenas para si o nome da família, ou sua posição, ou a riqueza. Eram as coisas ruins que ela mantinha em segredo: seu irmão... e sua mãe também, para ser honesta. Assim como ela e seu pai foram advogados e muito focados, os outros dois membros da família sofreram de demônios semelhantes. Afinal, só porque o álcool é legalizado, não significa que não destrói uma vida assim como a heroína.

Sua mãe foi uma alcoólatra elegante durante toda a vida de Grier e era difícil saber o que a tinha levado a isso: predisposição biológica; um marido que desaparecia de tempos em tempos; ou um filho que bem cedo começou a andar no mesmo caminho que ela.

A perda dela tinha sido tão horrível quanto a morte de Daniel.

– Quem é Daniel?

– Meu irmão.

– De quem eu peguei o pijama emprestado?

– Sim. – Ela respirou fundo. – Ele morreu há uns dois anos.

– Deus... Sinto muito.

Grier olhou em voltou, perguntando-se se o homem... er, fantasma... em questão teria escolhido aquele momento para aparecer.

– Eu também sinto. Eu realmente pensei que poderia salvá-lo... ou ajudar a salvar-se. Porém, não funcionou assim. Ele, ah, ele teve um problema com drogas.

Ela odiava o tom de desculpas que ela assumia quando falava sobre o que tinha matado Daniel... e, ainda assim, isso deslizava em sua voz todas as vezes.

– Eu sinto muito mesmo – Isaac repetiu.

– Obrigada. – De repente, ela balançou a cabeça como se fosse um saleiro sendo utilizado. Talvez era por isso que seu irmão se recusava a falar sobre seu passado... tinha sido um infortúnio terrível.

Mudando de assunto.

– Aquele homem? Lá no seu apartamento... ele me deu uma coisa. – Ela se inclinou e tateou procurando o transmissor de alerta, encontrou sob a blusa que tinha tirado depois da primeira briga com seu pai. – Ele o deixou no meu porta-malas.

Embora ela o tocasse com um tecido, Isaac tocou a coisa com suas mãos nuas. Impressões digitais, provavelmente, não eram um problema para ele.

– O que é isso? – ela perguntou.

– Algo para mim.

– Espere...

Quando ela colocou o objeto no bolso, ele explicou a objeção dela.

– Se eu quiser me entregar, tudo o que tenho que fazer é apertar o botão e dizer a eles onde me encontrar. Não tem nada a ver com você.

Entregar-se àquele homem?

– O que acontece depois? – ela perguntou tensa. – O que acontece se você...

Ela não conseguiu terminar. E ele não respondeu.

O que disse tudo o que ela precisava saber, não disse...

Naquele momento, a porta da frente foi destrancada e se abriu, os sons das chaves e dos passos ecoaram ao longo do corredor quando o sistema de segurança foi desativado por alguém.

– Meu pai – ela sussurrou.

Com um pulo, ela tentou endireitar suas roupas... Oh, Deus, seu cabelo estava destruído.

A taça de vinho. *Droga.*

– Grier? – A voz familiar veio da parte da frente da casa.

Oh, maldição, Isaac não precisava *mesmo* conhecer o resto da família agora.

– Rápido. Você tem que... – Quando ela olhou para trás, ele tinha ido embora.

Certo, normalmente, ela estaria frustrada com a rotina de fantasma dele. Naquele momento, aquilo foi uma dádiva.

Em um movimento rápido, ela acendeu as luzes, pegou um rolo de papel toalha e se dirigiu para a bagunça no chão e na parede.

– Aqui! – ela respondeu.

Quando seu pai entrou na cozinha, ela notou que ele estava com seu uniforme casual que era uma blusa de cashmere e calças sociais. Seu rosto, porém, não estava nada tranquilo: inóspito e frio, ele parecia que estava frente a um oponente no tribunal.

– Eu recebi a notificação que o alarme de incêndio disparou – ele disse.

Sem dúvida ele recebeu, mas provavelmente ele já estava à caminho da casa de qualquer maneira: a casa dele era em Lincoln – não tinha chance de chegar a Beacon Hill tão rápido.

Graças a Deus que ele não chegou ali dez minutos mais cedo, ela pensou.

Para manter sua vermelhidão fora da visão dele, ela se concentrou em pegar os cacos de vidro.

– Eu queimei uma omelete.

Quando seu pai não disse nada, ela o encarou.

– O que foi?

– Onde ele está Grier? Diga, onde está Isaac Rothe?

Uma fatia de medo escorreu sua espinha e pousou sobre suas entranhas como uma rocha. A expressão dele era tão cruel, ela podia apostar sua vida no fato de que os dois estavam em lados oposto quando se tratava de seu cliente.

Hóspede.

Amante.

Seja lá o que Isaac era para ela.

– Ai! – Ela ergueu a mão. Um pedaço de vidro acertou em cheio a ponta de seu dedo, seu sangue brilhou em um vermelho intenso ao se formar uma densa gota e escorrer.

Ele nem perguntou o quanto ela tinha se machucado.

Tudo o que ele fez foi dizer mais uma vez:

– Diga onde está Isaac Rothe.

Capítulo 25

De volta a Caldwell, dentro da funerária, Jim estava familiarizado com o local e seguiu diretamente para o porão em um passo rápido. Ao chegar à sala de embalsamamento, ele atravessou a porta fechada... e deslizou até sair do outro lado.

Ele não tinha percebido, até agora, que não esperava ver seu antigo chefe face a face de novo.

E lá estava Matthias, ao longo do caminho das unidades de refrigeradores, olhando as placas de identificação nas portas fechadas da mesma maneira que Jim tinha feito na noite anterior. Droga, o cara estava frágil, uma vez que o corpo alto, robusto agora aparecia sob o ângulo de uma bengala; o cabelo, que antes era preto, mostrava-se cinza nas entradas. O tapa-olho ainda estava no mesmo lugar que ficou após a rodada inicial de cirurgias – havia esperança de que o dano não fosse permanente, mas é claro que não foi o caso.

Matthias parou, inclinou-se como se estivesse checando duas vezes e, em seguida, destrancou a porta, apoiou-se contra a bengala e puxou uma placa da parede.

Jim sabia que era o corpo certo: debaixo do lençol fino, a magia de invocação estava agindo, um pálido brilho fosforescente escorria como se o seu cadáver fosse radioativo.

Quando Jim andou até ficar do outro lado de seus restos mortais, ele não se deixou enganar pelo fato de Matthias parecer ter murchado sobre seu esqueleto e estava dependendo de uma bengala mesmo quando não se movimentava: o homem ainda era um adversário formidável e imprevisível. Afinal, sua mente e sua alma tinham sido o motor de todas as suas más ações e, antes de jazer em uma sepultura, elas iriam com você aonde quer que fosse.

Matthias ergueu a mão, puxou o lençol para trás do rosto de Jim e aproximou a barra de seu peito com um cuidado curioso. Então, com um estremecimento, o cara agarrou seu braço esquerdo e massageou como se algo estivesse doendo.

– Olhe para você, Jim. – Quando Jim encarou o cara, ele se deleitava com a instabilidade que estava prestes a criar. Quem diria que estar morto seria tão útil?

Com um brilho, ele se revelou.

– Surpresa.

Matthias ergueu a cabeça em um espasmo – e é preciso dar-lhe o crédito: ele nem sequer pestanejou. Não houve um salto para trás, nada de erguer as mãos assustado, nem mesmo uma mudança na respiração. Mas ele, provavelmente, teria ficado mais surpreso se Jim não tivesse feito uma aparição: a moeda de troca nas operações extraoficiais era o impossível e o inexplicável.

– Como você fez isso? – Matthias sorriu um pouco ao indicar o corpo com a cabeça. – A semelhança é incrível.

– É um milagre – Jim falou lentamente.

– Então, você estava esperando que eu aparecesse? Queria fazer uma reunião?

– Eu quero falar sobre Isaac.

– Rothe? – Uma sobrancelha de Matthias se ergueu. – Você ultrapassou seu prazo final. Deveria tê-lo matado ontem, o que significa que hoje não temos nada a dizer um ao outro. Contudo, ainda temos negócios a tratar.

Portanto, não foi surpresa quando Matthias tirou uma semiautomática e apontou diretamente para o peito de Jim.

Jim sorriu friamente. E não era difícil imaginar que Devina tinha tomado aquele homem como uma arma que andava e falava na sua tentativa de obter Isaac. A questão era como desarmar seu pequeno fantoche desagradável, e a resposta era fácil.

A mente... como Matthias dizia, a mente era a força mais poderosa em favor e contra alguém.

Jim se inclinou sobre o cano até que estivesse quase beijando seu peito.

– Então, puxe o gatilho.

– Você está usando um colete, não está? – Matthias torceu o pulso de modo que a arma se articulou e deu um pequeno golpe na camiseta preta de Jim. – Mas que maldita confiança você coloca nisso.

– Por que você ainda está falando? – Jim colocou as mãos sobre a mesa de aço. – Puxe o gatilho. Faça isso. Puxe.

Ele estava bem consciente de que estava criando um problema: se Matthias atirasse e ele não caísse como os humanos fazem, ia ter um batalhão de consequências dali para frente. Mas valia a pena, somente para ver...

A arma disparou, a bala foi projetada... e a parede atrás de Jim absorveu a coisa. Quando o som ecoou pela sala de azulejos, a confusão cintilou sobre a máscara da face cruel de Matthias... e Jim sentiu uma carga enorme de puro triunfo.

– Eu quero que deixe Isaac em paz – disse Jim. – Ele é meu.

A sensação de que ele estava negociando a alma do cara com Devina era tão forte que era como se tivesse sido destinado, e ter esse momento com seu ex-chefe... como se a única razão de ter arrastado o bastardo para fora daquele inferno de areia e arriscado sua própria vida para levá-lo a um hospital era para ter essa conversa, essa troca.

E o sentimento ficou ainda mais nítido quando Matthias se equilibrou sobre sua bengala e se inclinou para frente para colocar um fim no negócio com a arma apontando novamente sobre o peito de Jim.

– A definição de insanidade – Jim murmurou – é fazer a mesma coisa mais de uma vez e esperar...

O segundo tiro foi disparado exatamente onde foi o primeiro: som alto, direto na parede, Jim ainda em pé.

– ... um resultado diferente – ele terminou.

A mão de Matthias disparou e agarrou a jaqueta de couro de Jim. Quando a bengala caiu no chão e quicou, Jim sorriu, pensando que aquela porcaria toda era melhor que o Natal.

– Quer atirar em mim de novo? – ele perguntou. – Ou vamos falar sobre Isaac?

– *O que é você?*

Jim sorriu como um filho da mãe insano.

– Eu sou seu pior pesadelo. Alguém a quem você não pode tocar, nem controlar, nem matar.

Matthias balançou a cabeça lentamente para frente e para trás.

– Isso não está certo.

– Isaac Rothe. Você vai deixá-lo ir.

– Isso não... – Matthias usou a jaqueta de Jim para se equilibrar enquanto mudava de posição e olhava para a parede que tinha sido ferida superficialmente.

Jim agarrou aquele punho e apertou com força, sentindo os ossos se comprimirem.

– Você se lembra do que sempre diz às pessoas?

Os olhos de Matthias se voltaram para o rosto de Jim.

– O que. É. Você?

Jim usou da força para fazer os dois se aproximarem até que seus narizes estivessem a um centímetro de distância.

– Você sempre diz às pessoas que não há ninguém que não possa tomar, nenhum lugar onde não consiga encontrar, nada que não possa fazer. Bem, vai tomar um pouco do seu próprio veneno. Deixe Isaac ir e eu não vou fazer da sua vida um inferno.

Matthias olhou fixamente em seus olhos, investigando, procurando informações. Deus, aquilo era uma viagem, no bom sentido. Pela primeira vez, o homem que tinha todas as respostas estava fora do seu próprio jogo e se debatia.

Cara, se Jim estivesse vivo, ele tiraria uma foto daquela imagem linda e faria um calendário com a coisa.

Matthias esfregou o olho que estava visível, como se esperasse que sua visão entrasse em foco e ele se visse sozinho... ou pelo menos sendo a única pessoa na sala de embalsamamento.

– O que é você? – ele sussurrou.

– Sou um anjo enviado do Céu, cara. – Jim riu alto e com força. – Ou talvez a consciência com a qual você não nasceu. Ou talvez uma alucinação resultante de todos os medicamentos que toma para controlar sua dor. Ou talvez seja apenas um sonho. Mas qualquer que seja o caso, há apenas uma verdade que precisa saber: não vou deixar que tome Isaac. Isso não vai acontecer.

Os dois se encararam e permaneceram assim enquanto o cérebro de Matthias claramente se debatia.

Depois de um longo momento, o homem aparentemente decidiu lidar com o que estava na frente dele. Afinal, o que Sherlock Holmes dizia mesmo? Quando você elimina o impossível, aquilo que sobra, mesmo que seja improvável, deve ser a verdade.

Portanto, ele concluiu que Jim estava vivo de alguma maneira.

– Por que Isaac Rothe é tão importante para você?

Jim soltou o braço de seu antigo chefe.

– Porque ele sou eu.

– Quantos mais "de você" estão soltos por aí? Vamos colocar as cartas sobre a mesa...

– Isaac quer sair. E você vai deixá-lo ir.

Houve um longo silêncio. E, então, a voz de Matthias foi se tornando cada vez mais suave e mais sombria.

– Aquele soldado é cheio de segredos de Estado, Jim. O conhecimento que ele acumulou vale muito para nossos inimigos. Então, novidade: não é o caso do que ele ou você querem. É o melhor para nós e, antes que saia com o coração sangrando indignado comigo, o "nós" não é você e eu, ou as operações extraoficiais. É o maldito país.

Jim revirou os olhos.

– Sim, certo. E eu aposto que toda essa baboseira patriótica agrada muito o Tio Sam. Mas não vale a mínima para mim. A moral da história é... se você estivesse na população civil, seria considerado um assassino em série. Trabalhar para o governo significa que pode balançar a bandeira americana quando lhe convir, mas a verdade é que faz isso porque gosta de tirar as asas das moscas. E todo mundo é um inseto aos seus olhos.

– Minhas propensões a fazer alguma coisa não mudam nada.

– E por causa delas você não serve a ninguém além de si mesmo. – Jim esfregou o par de marcas estampadas pelos tiros na sua camiseta. – Você toma conta das operações extraoficiais como se fosse sua fábrica assassina pessoal e, se for esperto, vai se esquivar disso antes que uma dessas "missões especiais" volte-se contra você.

– Pensei que estávamos aqui para conversar sobre Isaac.

Daria para ficar bem perto de um ataque de nervos, hum?

– Tudo bem. Ele é inteligente, então, vai manter-se longe das mãos inimigas e não tem qualquer incentivo para mudar de ideia.

– Ele está sozinho. Não tem dinheiro. E as pessoas ficam desesperadas bem rápido.

– Vá se ferrar! Ele conseguiu algumas libras e vai desaparecer.

O canto da boca de Matthias se ergueu um pouco.

– E como você sabe disso? Ah, espere, você já o encontrou, não foi?

– Você pode deixá-lo ir. Tem autoridade para isso...

– Não, não tenho!

A explosão foi uma surpresa e quando as palavras saíram da mesma maneira que os tiros, Jim se viu olhando ao redor para verificar se tinha ouvido direito. Matthias era o todo-poderoso. Sempre foi. E não apenas sob seu ponto de vista pessoal.

Inferno, o sacana tinha influência suficiente para transformar o Salão Oval em um mausoléu...

Agora Matthias foi o único que se inclinou sobre o cadáver.

– Eu não dou a mínima para o que você pensa sobre mim ou para como sua Oprah interior vai lidar com toda essa situação. Não é o que eu quero... É o que sou obrigado a fazer.

– Pessoas inocentes morreram.

– Para que a corrupção também pudesse morrer! Meu Deus, Jim, esse blablablá idiota vindo de você é tão ridículo. Boas pessoas morrem todos os dias e você não pode impedir isso. Eu sou apenas um tipo diferente de máquina que as leva para baixo da terra e, pelo menos, eu tenho um propósito maior.

Jim sentiu uma onda de raiva atrás de si, mas, então, quando pensou em tudo aquilo, a emoção se contraiu em outra coisa. Tristeza, talvez.

– Eu deveria ter deixado você morrer naquele deserto.

– Foi o que eu *pedi* para que fizesse. – Matthias agarrou seu braço esquerdo novamente e apertou com força, como se tivesse levado um soco no lugar. – Você deveria ter seguido as ordens que dei e ter me deixado lá.

Tão vazio, Jim pensou. As palavras soavam tão vazias e mortas. Como se fossem sobre outra pessoa.

– O compeli a fazer – ele acrescentou. O cara queria tanto sair que estava disposto a matar-se para fazê-lo. Mas Devina tinha o atraído de volta; Jim tinha certeza disso. Aquele demônio, suas mil faces e incontáveis mentiras estavam atuando aqui. Tinham que estar. E suas manipulações tinham definido o cenário perfeito naquela batalha sobre Isaac: aquele soldado tinha feito o que havia de mais diabólico, mas estava tentando começar de novo e essa era sua encruzilhada, esse cabo de guerra entre Jim e Matthias sobre o que viria a seguir para ele.

Jim balançou a cabeça.

– Eu não vou deixar que tire a vida de Isaac Rothe. Não posso. Você diz que trabalha com um propósito... eu também. Você mata aquele homem e a humanidade perderá mais que um inocente.

– Ah, pare com isso. Ele *não* é um inocente. Escorre sangue das mãos dele assim como das suas e das minhas. Eu não sei o que aconteceu com você, mas não romantize o passado. Você sabe *exatamente* quais são suas culpas.

Fotos de homens mortos passaram na frente dos olhos de Jim: facadas, tiros, rostos estraçalhados e corpos amassados. E esses eram apenas os serviços que deixavam sujeiras. Os cadáveres que tinham sido asfixiados, intoxicados ou envenenados tomaram uma cor acinzentada e se foram.

– Isaac quer sair. Ele quer parar. A alma dele está desesperada por um caminho diferente e eu vou conduzi-lo até lá.

Matthias fez uma careta e voltou a esfregar seu braço esquerdo.

– Querer em uma das mãos, porcarias na outra... veja o que se sobressai.

– Eu vou matar você – Jim disse de maneira simples. – Se acabar assim... eu mato você.

– Bem, como deve saber... sem novidades. Adiante-se, faça isso agora.

Jim balançou a cabeça lentamente de novo.

– Ao contrário de você, eu não puxo o gatilho a menos que seja necessário.

– Algumas vezes, dar um salto adiante é o movimento mais inteligente, Jimmy.

O antigo nome o levou momentaneamente de volta ao passado, de volta ao seu treinamento básico, ao tempo quando dividia um beliche com Matthias. O cara se tornou frio e calculista... mas não foi sempre assim. Ele já foi tão leal quanto qualquer pessoa poderia ter sido com Jim, dada a situação em que se encontravam. Contudo, ao longo dos anos, qualquer traço daquela limitada fatia de humanidade tinha sido perdida – até que o corpo daquele homem ficasse tão maltratado e fétido quanto sua alma.

– Deixe-me perguntar uma coisa – Jim falou lentamente. – Você já conheceu uma mulher chamada Devina?

Uma sobrancelha se arqueou.

– Por que está perguntando isso agora?

– Só curiosidade – ele endireitou sua jaqueta de couro. – Para sua informação, eu passei por um inferno com ela.

– Obrigado pelo conselho amoroso. Essa é *realmente* minha prioridade no momento. – Matthias voltou a colocar o lençol sobre o rosto cinzento de Jim. – E fique à vontade para me matar a qualquer hora. Vai me fazer um favor.

Aquelas últimas palavras foram ditas suavemente – e provavam que a dor física poderia dobrar pessoas com a maior força de vontade se fosse forte o suficiente e durasse o tempo suficiente. Mais uma vez, Matthias teve uma mudança de prioridades mesmo antes daquela explosão, não teve?

– Sabe? – disse Jim. – Você poderia sair também. Eu saí. Isaac está tentando. Não há razão para ficar se não tem mais estômago para isso também.

Matthias riu em um rompante.

– Você saiu das operações extraoficiais apenas porque eu permiti que o fizesse temporariamente. Eu sempre o quis de volta. E Isaac não vai se livrar de mim... a única maneira que eu consideraria não matá-lo é se ele continuar a trabalhar na equipe. Na verdade, por que você não diz isso a ele por mim? Já que vocês dois são tão amiguinhos e tal.

Jim contraiu os olhos.

– Você nunca fez isso antes. Uma vez que alguém quebrava sua confiança, jamais voltaria.

Matthias soltou a respiração com um forte tremor.

– As coisas mudam.

Nem sempre. E não no que se tratava daquela porcaria.

– Com certeza – Jim disse, mentindo. – Vamos me colocar lá dentro de novo?

Os dois deslizaram a maca dentro da unidade de refrigeração e Jim voltou a fechar a porta. Então, Matthias se abaixou lentamente para pegar sua bengala, sua coluna estalou algumas vezes, a respiração ofegou como se os pulmões não conseguissem lidar com o trabalho e também com a dor que o cara estava sentindo. Quando ele se endireitou, sua face estava com um vermelho nada normal – prova do quanto a simples tarefa exigiu dele.

Um vaso quebrado, Jim pensou. Devina estava trabalhando com ou através de um vaso quebrado.

– Alguma coisa disso realmente aconteceu? – Matthias disse. – Essa conversa?

– Toda a maldita coisa é real, mas você precisa tirar um cochilo agora. – Antes que o cara pudesse perguntar, Jim ergueu a mão e mandou um pouco de energia para o dedo. Quando a coisa começou a brilhar, a boca de Matthias se abriu.

– Contudo, você vai se lembrar de tudo o que foi dito.

Com isso, ele tocou a testa de Matthias e o brilho de uma luz atravessou o homem como um fósforo ao acender, um queimar rápido e brilhante, consumindo tanto o corpo doente quando a mente demoníaca.

Matthias caiu como uma pedra.

"Boa-noite, Cinderela", Jim pensou. Derruba até o mais forte.

Ao ficar sobre seu chefe, a queda foi muito metafórica: o homem tinha caído de mais maneiras do que apenas aqui e agora.

Jim não acreditou nem por um segundo que o cara estava sendo sincero sobre aceitar Isaac de volta no serviço. Foi apenas um atrativo para colocar o soldado na direção de um tiro.

Deus sabia que Matthias era um excelente mentiroso.

Jim se abaixou e colocou a arma do homem de volta no coldre, em seguida, deslizou os braços em baixo dos joelhos do cara e sob seus ombros... droga, a bengala. Ele se estendeu, pegou e colocou a coisa bem no centro do peito do homem.

Ficar em pé com ele era muito fácil, não apenas porque Jim tinha os ombros fortes. Maldito... Matthias era tão leve, leve demais para o tamanho dele. Ele não poderia pesar mais de 65 quilos, enquanto que, no seu auge, ele tinha bem uns 90.

Jim andou através das portas fechadas da sala e subiu ao térreo.

No deserto, quando ele fez isso pela primeira vez com o filho da mãe, ele estava cheio de adrenalina, em uma corrida para que seu chefe voltasse ao acampamento antes de sangrar até morrer... assim, ele não seria acusado de assassinato. Agora, ele estava calmo. Matthias não estava prestes a morrer, por um lado. Por outro, os dois estavam em uma bolha onde não podiam vê-los e andavam seguros nos Estados Unidos.

Passando pela porta trancada da frente, ele imaginou que levaria Matthias até o carro do cara...

– Olá, Jim.

Jim congelou. Então, girou sua cabeça para a esquerda.

Acabou aquela história de "seguros", pensou ele.

Do outro lado do gramado da casa funerária, Devina estava em pé, calçando seus sapatos de salto agulha pretos, seus longos e belos cabelos pretos ondulavam até seus seios, seu vestidinho preto revelava todas as suas curvas. Seus traços faciais perfeitos, desde aqueles olhos aos lábios vermelhos, realmente brilhavam de saúde.

O demônio nunca pareceu tão bem.

Por outro lado, aquilo fazia parte do seu apelo superficial, não fazia?

– O que você tem aí, Jimmy? – disse ela. – E aonde vai com ele?

Como se a vadia já não soubesse, ele pensou, perguntando-se em como ele ia sair dessa.

CAPÍTULO 26

Sob seu ângulo de visão da despensa de Grier, Isaac podia ouvir o que estava sendo dito na cozinha, mas ele não conseguia ver nada.

Não que precisasse ver algo.

– Diga-me onde está Isaac Rothe – o pai de Grier repetiu com uma voz que tinha todo o calor de uma noite de verão.

A resposta de Grier seguiu a mesma linha.

– Eu estava esperando que tivesse vindo aqui para se desculpar.

– Onde ele está, Grier?

Houve o som de água corrente e, em seguida, o estalo de um pano de prato que foi batido.

– Por que você quer saber?

– Isso não é um jogo.

– Não achei que fosse. E eu não sei onde ele está.

– Está mentindo.

Houve uma pausa que equivaleu a batida de um coração, durante a qual Isaac trancou seus olhos e contou as maneiras pelas quais ele era um babaca. Que droga, ele trouxe uma bola de demolição para a vida da mulher, atingindo seus relacionamentos pessoais e profissionais, criando o caos em toda parte...

Passos. Duros e precisos. De um homem.

– Vai me dizer onde ele está!

– Solte-me...

Antes que descobrisse seu segredo, Isaac explodiu do seu esconderijo, escancarando a porta. Ele precisou de três movimentos para chegar aos dois e, em seguida, ir direto para o pai de Grier, arrastar o homem e empurrar o rosto dele contra a geladeira. Colocando a palma da mão atrás da cabeça do cara, ele empurrou tão forte o focinho daquele patrício contra o aço inoxidável, que o bom e velho Sr. Childe ofegou e soltou pequenas nuvens de condensação no painel.

– Estou bem aqui – Isaac rosnou. – E estou um pouco agitado no momento. Então, que tal não tratar sua filha daquela maneira de novo, e eu vou considerar não abrir o congelador com sua cara.

Ele esperou que Grier desse um salto e dissesse "solte-o", mas ela não fez isso. Ela apenas tirou uma caixa de band-aids da pia e colocou de lado para escolher o tamanho certo.

Seu pai respirou fundo.

– Fique longe... da minha filha.

– Ele está bem onde está – ela respondeu, ao colocar um curativo em volta do seu dedo indicador. Então, ela afastou a caixa e cruzou os braços sobre o peito.

– O senhor, porém, pode ir embora.

Isaac fez uma breve revista na blusa elegante do pai dela e nas calças sociais e quando não encontrou uma arma, se afastou, mas ainda ficou perto. Ele tinha a sensação de que o cara tinha entendido, pois estava morrendo de medo e prestes a desmaiar... mas ninguém tratava a mulher de Isaac daquela maneira. Ponto final.

Não que Grier fosse *sua* mulher. Claro que não.

Maldição.

– Você sabe que está dando a ela uma sentença de morte – Childe disse, seus olhos penetrando os de Isaac. – Você sabe do que ele é capaz. Ele é seu dono e vai derrubar qualquer um se for necessário para chegar até você.

– Ninguém é dono de ninguém – Grier interrompeu. – E...

O Sr. Childe nem sequer lançou um olhar para sua filha quando a interrompeu.

– Entregue-se, Rothe... é a única maneira de ter certeza que ele não vai machucá-la.

– Aquele homem não vai fazer nada comigo...

Childe virou-se em direção a Grier.

– Ele já matou seu irmão!

No rescaldo daquela bomba dramática, era como se alguém a tivesse esbofeteado... só que não havia ninguém para segurá-la, ninguém para libertá-la e desarmar e imobilizar o que a machucava. E quando Grier ficou branca, Isaac sentiu uma impotência paralisante. Você não pode proteger as pessoas de eventos que já tinham acontecido; não havia como reescrever a história.

Ou... reviver pessoas. O que era a raiz de tantos problemas, não?

– O que... você disse? – ela sussurrou.

– Não foi uma overdose acidental. – A voz de Childe embargou. – Ele foi morto pelo mesmo homem que virá atrás de você a menos que consiga esse soldado de volta. Não há negociação, nenhum tipo de barganha, sem condições de troca. E eu não posso... – O homem começou a sucumbir, provando que o dinheiro e a classe não protegiam contra a tragédia. – Eu não posso te perder também. Oh, Deus, Grier... Eu não posso perder você também. E ele vai fazer isso. Aquele homem vai tirar sua vida em um piscar de olhos.

Droga.

Droga, droga, droga.

Quando Grier se debruçou contra o balcão, ela estava tendo problemas em processar o que o pai havia dito. As palavras foram curtas e simples. O sentido, porém...

Ela estava semiconsciente daquilo que ele estava falando, mas ela ficou surda depois do "Aquilo não foi uma overdose acidental". Surda como pedra.

– Daniel... – Ela teve que clarear a garganta ao interromper. – Não, Daniel fez isso sozinho. Ele sofreu pelo menos duas overdoses antes. Ele... foi o vício. Ele...

– A agulha no braço dele foi colocada lá por outra pessoa.

– Não. – Ela balançou a cabeça. – *Não*. Eu fui a única que o encontrou. Eu liguei para a emergência...

– Você encontrou o corpo... mas eu vi acontecer. – Seu pai soltou um soluço. – Ele me obrigou a... assistir.

Quando seu pai enterrou o rosto nas mãos e se deixou cair completamente, a visão dela cintilava como se alguém estivesse iluminando a cozinha com luzes de discoteca. E, então, seus joelhos falharam e...

Alguma coisa a pegou. Impedindo-a de cair no chão. Salvando-a.

O mundo girou... e ela percebeu e tinha sido apanhada e estava sendo carregada para o sofá do outro lado.

– Não consigo respirar – ela disse a ninguém em particular. Torcendo o decote de sua blusa, ela suspirou. – Eu não consigo... respirar.

A próxima coisa que ela percebeu, foi Isaac colocando um saco de papel em sua boca. Ela tentou afastar a coisa, mas seus braços apenas se debateram inutilmente e ela foi obrigada a respirar dentro da coisa.

– Você precisa calar sua maldita boca – Isaac disse a alguém. – Agora. Contenha-se, cara e cale-se.

Ele estava falando com o pai dela? Talvez.

Provavelmente.

Oh, Deus... Daniel? E seu pai foi forçado a *ver* aquilo acontecer?

As perguntas que precisavam ser respondidas tiveram um efeito maior sobre ela do que uma lufada de ar. Empurrando o saco, ela se apoiou erguendo-se.

– Como? Por quê? – Ela lançou um olhar duro para os dois. – E ouçam, eu já estou bastante envolvida nessa situação, certo? Então, algumas explicações não vão doer... elas vão, ao contrário, me livrar da insanidade.

A mandíbula de Isaac se comprimiu, como se seu pé estivesse sendo mastigado por um Doberman, mas ele não queria soltar um grito.

Não era problema dela.

– Eu vou enlouquecer – ela disse antes de se virar para seu pai. – Você me ouviu? Eu não posso mais viver um minuto, um segundo... *um momento* a mais com isso. Não depois dessa bomba. É melhor começar a falar. Agora.

Seu pai caiu na poltrona ao lado dela, como se tivesse noventa anos e tivesse descido do seu leito de morte. Mas como ele não se preocupou com o corte na mão dela, ela não lhe concedeu misericórdia... e isso foi uma vergonha. Eles sempre foram iguais, estiveram em sintonia, uma só mente. Tragédias, segredos e mentiras, contudo, desgastavam até mesmo os laços mais próximos.

– Fale – ela exigiu. – Agora.

Seu pai olhou para Isaac, não para ela. Mas, pelo menos, quando Isaac deu de ombros e amaldiçoou, ela sabia que ia ter *uma* história. Embora provavelmente não seria *a* história.

E como era triste não ser capaz de confiar no seu próprio pai.

Sua voz não era forte quando finalmente começou a falar.

– Eu fui recrutado para me juntar às operações extraoficiais em 1964. Estava me formando na Academia Militar e fui abordado por um homem que se identificou como Jeremias. Sem sobrenome. A coisa que mais me lembro sobre o encontro era como ele me pareceu anônimo... ele parecia mais um contador do que um espião. Ele disse que havia um braço militar de elite para o qual eu fui qualificado e perguntou se eu teria interesse em saber mais. Quando eu quis saber por que eu – afinal, eu fui o trigésimo na classe, não o primeiro – ele disse que notas não eram tudo.

Seu pai parou por um momento, como se estivesse se lembrando da negociação de quase cinquenta anos atrás palavra por palavra.

– Eu fiquei interessado, mas, no final, eu disse não. Eu já havia ingressado no exército como oficial e parecia desonroso abandonar o compromisso. Eu não o vi de novo... até sete anos depois disso, quando voltei à vida civil e estava saindo da faculdade de direito. Eu não sei exatamente por que eu disse que sim... mas eu estava para me casar com sua mãe e estava entrando na empresa da família... e parecia que minha vida tinha se acabado. Eu almejava algo mais empolgante e não parecia ali que... – Ele franziu a testa e de repente olhou para ela. – Isso não quer dizer que eu não amava sua mãe. Eu só precisava... de algo mais.

Ah, mas ela sabia como ele se sentia. Ela vivia com o mesmo incômodo, desejando algo que a vida comum não oferecia.

Entretanto, as consequências de alimentar aquilo? Não valia a pena, ela estava começando a acreditar.

O pai dela tirou um lenço com um monograma e enxugou os olhos.

– Eu disse a Jeremias, o homem que tinha me procurado, que eu não poderia desaparecer por completo, mas que eu estava interessado em algo mais, qualquer coisa. Foi assim que começou. De tempos em tempos, eu ia regularmente a missões de inteligência no exterior e nosso escritório de advocacia me liberava, pois eu era neto do fundador. Eu nunca soube o alcance total das atribuições que me eram dadas como um agente... mas através dos jornais e da televisão, eu tinha consciência de que havia consequências. Que ações eram tomadas contra certos indivíduos...

– Você quer dizer homicídios – ela interrompeu amargamente.

– Assassinatos.

– Como se houvesse diferença.

– Há. – Seu pai assentiu. – Homicídios têm um propósito específico.

– O resultado é o mesmo.

Quando ele não disse mais nada, ela não queria nem um pouco que a história acabasse ali.

– E quanto a Daniel?

Seu pai soltou o ar longa e lentamente.

– Cerca de sete ou oito anos nisso, ficou claro para mim que eu fazia parte de algo com o qual não poderia viver. Os telefonemas, as pessoas entrando em casa, as viagens que duravam dias, semanas... para não falar sobre as consequências das minhas ações. Eu não era mais capaz de dormir ou me concentrar. E, Deus, o preço cobrado de sua mãe foi tremendo, e impactou vocês dois também – vocês dois eram muito jovens na época, mas reconheciam as tensões e as ausências. Eu comecei a tentar sair. – Os olhos de seu pai se dirigiram para Isaac. – Foi então que descobri... que você não sai. Olhando para trás, eu fui ingênuo... tão ingênuo. Eu deveria ter pensado melhor, feito tudo o que me foi pedido para fazer, mas eu acabei ficando preso. Ainda assim, eu não tinha escolha. Estava matando sua mãe... Ela estava bebendo demais. E, então, Daniel começou a...

"Usar drogas", Grier terminou em sua mente. Ele começou no ensino médio. Primeiro, bebedeiras, depois baseados... em seguida, LSD e cogumelos. E, então, o contato mais pesado com o pó de cocaína, seguido pelo alimentador de necrotérios que era a heroína.

Seu pai redobrou o lenço com precisão.

– Quando meus pedidos iniciais para deixar o serviço foram respondidos com um sonoro "não", eu fiquei paranoico pensando que uma das minhas atribuições iria me matar e fazer com que parecesse um acidente. Eu fiquei em silêncio por anos. Mas, então, eu soube de algo que não deveria, algo que era um importante fator que mudaria o jogo para um importante homem no poder. Eu tentei... Eu tentei usar isso como uma chave para destrancar a porta.

– E... – ela exclamou, o coração batendo tão alto que ela se perguntava se os vizinhos poderiam ouvir.

Silêncio.

– Vá em frente – ela solicitou.

Ele apenas balançou a cabeça.

– Diga-me – ela engasgou, odiando seu pai quando se lembrou da última vez que viu Daniel. Ele tinha uma agulha enfiada em uma veia atrás de seu braço e sua cabeça tinha caído para trás, sua boca desfaleceu, sua pele era da cor das nuvens de neve do inverno.

– Se você não me responder... – Ela não conseguiu terminar. A ideia de que ela poderia perder toda sua família ali, naquele momento apertou com força sua garganta.

Aquele lenço foi desdobrado mais uma vez com as mãos trêmulas.

– Os homens se aproximaram de mim na garagem do estacionamento da empresa no centro da cidade. Eu fiquei trabalhando até tarde e eles... eles me colocaram em um carro e eu percebi que era isso. Eles iam me matar. Ao invés disso, eles me levaram para a parte sul da cidade. À casa de Daniel. Ele já estava alto quando entramos, eu acho... Eu acho que ele acreditava ser uma brincadeira. Quando ele viu a seringa que tinham trazido, ele ofereceu o braço, embora eu estivesse gritando para que ele não deixasse que eles... – A voz do pai dela ficou embargada. – Ele não se importava... ele não sabia... eu sabia o que eles estavam fazendo, mas ele não. Eu deveria ter... eles deveriam ter me matado, não a ele. Eles deveriam ter...

A raiva fez com que a visão de Grier ficasse branca por um momento. Quando voltou, o centro do seu peito estava congelado e ela não se importava que ele tivesse sofrido. Ou que tinha arrependimentos ou...

– Saia dessa casa. Agora.

– Grier...

– Eu não quero vê-lo de novo. Não entre em contato. Não chegue perto de mim...

– Por favor...

– Saia! – Ela se dirigiu para Isaac. – Tire ele daqui, apenas leve-o para longe de mim.

Ela faria isso por si mesma, porém mal tinha forças para se levantar.

Isaac não hesitou. Ele foi em direção ao pai dela, engatou uma de suas mãos sob o braço dele e o levantou da poltrona.

Seu pai estava falando de novo, mas ela ficou surda enquanto ele era escoltado para fora da cozinha: a imagem do corpo de seu irmão naquele sofá gasto a consumia.

Os pequenos detalhes eram matadores: seus olhos estavam parcialmente abertos, suas pupilas olhavam para o vazio e sua camiseta azul desbotada estava com manchas escuras nas axilas e tinha vômito na frente. Três colheres enferrujadas e uma caneta marca-texto amarela encardida estavam espalhadas na mesa do café e havia uma pizza aos seus pés comida pela metade que parecia estar ali no chão por uma semana. O ar abafado tinha cheiro de urina e fumaça de cigarro bem como de algum produto químico de aroma doce.

Contudo, a coisa que mais ficou presa na sua cabeça foi que ela notou que o relógio dele tinha parado: quando ela ligou para a emergência, eles disseram a ela para verificar se havia pulso e ela pegou o que estava mais próximo dela. Quando apertou seus dedos sobre ele, ela viu que o relógio não era o que o seu pai tinha lhe dado na formatura da faculdade – aquele Rolex tinha sido penhorado há muito tempo. O que ele usava era apenas um relógio simples de painel digital e que tinha congelado às 8h24.

O corpo de Daniel parou da mesma maneira. Depois de todas as surras que tomou, ele finalmente expirou.

Tão feio. A cena foi tão feia. E, mesmo assim, seu lindo cabelo estava do mesmo jeito. Ele sempre teve uma cabeleira loira de anjo, como sua mãe chamava, e mesmo na hora da morte, os cachos em sua cabeça mantiveram sua natureza perfeitamente circular: embora a cor estivesse meio escura por falta de lavagem, Grier foi capaz de ver através daquilo e enxergar a beleza que estava ali.

Ou tinha estado, por assim dizer.

Saindo do passado, ela esfregou o rosto e se levantou do sofá.

Então, com a graça de um zumbi, ela colocou as escadas dos fundos em uso e foi para o seu quarto... onde ela pegou uma mala e começou a colocar roupas nela.

Capítulo 27

No gramado da casa funerária, Jim não perdeu muito tempo tentando entender como Devina sabia onde encontrá-lo: ela estava ali e a questão era como se livrar dela.

– O gato comeu sua língua, Jim? – A voz dela era bem como ele lembrava: baixa, macia, profunda. Sensual... isso se você não soubesse o que havia dentro daquela pele.

– Não. Ainda não.

– A propósito, como tem passado?

– Eu estou superfantástico.

– Sim. Você está. – Ela sorriu, mostrando dentes perfeitos. – Senti sua falta.

– Que coisa triste e patética.

Devina riu, o som percorreu o ar frio da noite.

– Nem um pouco.

Quando um carro virou a esquina e seguiu pela rua, seus faróis iluminaram a frente da casa funerária, as manchas marrons no gramado e algumas árvores que cresciam – e não fez absolutamente nada a Devina. Mais uma prova de que ela não existia de fato nesse mundo.

Os olhos do demônio deram uma olhada nele e, em seguida, focaram-se em Matthias.

– De novo com o problema nas mãos.

– Não há problema, Devina.

– Eu amo quando você diz meu nome – ela deu um passo preguiçoso à frente, mas Jim não foi enganado com a conversa casual. – O que você vai fazer com ele?

– Estava indo colocá-lo no carro para acordar lá. Mas agora estou pensando em voar de volta para Boston.

– Temo que o ache pesado demais. – Outro passo a frente. – Você teme que eu faça algo de ruim com ele?

– Como se você fosse uma menina levada e pretendesse unir os sapatos dele com os cadarços? Sim. É isso mesmo.

– Na verdade, eu tenho outros planos para seu antigo chefe. – Um terceiro passo.

– Tem? – Jim segurou-se no chão – literal e figurativamente. – Para sua informação, não tenho certeza se a engrenagem dele funciona depois de todos os ferimentos. Eu nunca perguntei, mas acho que o Viagra dele não vai durar muito.

– Eu tenho meus meios.

– Sem dúvida. – Jim mostrou os dentes. – Não vou deixar que o leve, Devina.

– Isaac Rothe?

– Os dois.

– Que ganancioso. E eu que pensei que você não gostasse de Matthias.

– Só por que eu não suporto o bastardo não quer dizer que pretendo que ele pertença a você, ou que o use como um brinquedo. Ao contrário de vocês dois, eu tenho problemas com as consequências.

– Que tal fazermos um acordo? – Seu sorriso era autossuficiente demais para o gosto dele. – Eu deixo Matthias seguir seu caminho feliz e contente esta noite. E você passa um tempinho comigo.

O sangue dele congelou.

– Não, obrigado. Eu tenho planos.

– Vai encontrar alguém? Vai me trair?

– De jeito nenhum. Isso requer um relacionamento.

– Algo que nós temos.

– Não. – Ele olhou em volta apenas para se certificar mais uma vez que ela não tinha reforços. – Parei por aqui, Devina. Tenha uma boa-noite.

– Temo que Matthias não vá fazer isso.

– Não, ele vai ficar bem...

– Vai? – Ela estendeu sua mão longa e elegante.

De repente, o homem começou a gemer nos braços de Jim, seu rosto se apertava em agonia, seus membros frágeis começaram a ter espasmos.

– Eu nem sequer tenho que tocá-lo, Jim. – Torcendo os dedos bem apertados, como se estivesse espremendo o coração dele na palma da mão, Matthias se revirou rígido. – Eu posso matá-lo aqui e agora.

Com uma maldição, Jim vasculhou o que tinha aprendido com Eddie, tentando puxar uma magia ou encantamento ou... alguma coisa... da sua mente para deter o massacre.

– Eu tenho centenas de brinquedos, Jim – ela disse suavemente. – Se esse viver ou morrer? Não significa nada. Não afeta nada. Não muda nada. Mas se você não gosta das consequências... Então, é melhor que se entregue a mim pelo resto da noite.

Droga, colocando assim, por que ele estava protegendo o cara? Ela tinha acabado de encontrar outra fonte para influenciar o futuro de Isaac.

– Talvez seja melhor para você colocá-lo em um túmulo.

Pelo menos Matthias não seria mais uma pedra em seu sapato. Por outro lado, talvez o próximo da fila fosse pior.

– Se eu o matar agora – Devina inclinou sua linda cabeça – você vai ter que viver com o fato de que teve a chance de salvá-lo, mas escolheu não fazer isso. Vai ter que adicionar outro ponto àquela sua tatuagem nas costas, não vai? Eu pensei que você tinha parado com esse tipo de coisa, Jim.

A raiva ferveu através de seu corpo, seu sangue espumou até sua visão começar a ficar embaçada.

– Dane-se!

– O que vai ser, Jim?

Jim olhou para o rosto desfigurado de seu antigo patrão. A pele sobre toda a estrutura óssea tinha se tornado um cinza alarmante e sua boca se abriu ainda mais, mesmo com a respiração fraca.

Vá se ferrar...

Vá para o *inferno*.

Com um palavrão, Jim se virou, começou a andar... e não ficou nem um pouco surpreso quando Devina se materializou em seu caminho.

– Onde está indo, Jim?

Cristo, ele desejou que ela parasse de dizer seu maldito nome.

– Estou levando ele até o carro. E, então, você e eu vamos embora juntos.

O sorriso que ela exibiu foi radiante e enjoou o estômago dele. Mas negócio é negócio e, pelo menos, Matthias iria viver para olhar o próximo amanhecer... Sim, claro, sem dúvida, havia algum tipo de morte esperando por ele nos bastidores, talvez um colapso físico ou seu trabalho sujo voltando a assombrá-lo. Jim, no entanto, se pudesse, evitaria o "quando". Isso era com Nigel e sua turma – ou seja lá quem fosse responsável pelos destinos.

Essa noite, ele ia manter o cara vivo e isso era tudo que sabia. Pois mesmo um sociopata merecia algo melhor do que cair nas garras de Devina.

E, com sorte, Jim passaria por tudo o que ela havia planejado para ele com um pouco mais de informação sobre o que a fazia fraquejar – e como derrotá-la.

A informação permanece sobre tudo.

Em Boston, Isaac colocou o capuz de sua jaqueta até esconder o rosto e, em seguida, conduziu à força o pai de Grier até a porta da frente. Uma vez que eles estavam do lado de fora, Isaac tinha plena consciência do quanto foi exposto – com capuz ou sem capuz, sua identidade estava bem óbvia. Mas era uma situação de custo-benefício: ele não confiava em Childe e Grier queria o cara longe.

Então, faça as contas.

Ao empurrar o querido pai em direção ao lado do motorista da Mercedes, o ar frio parecia comprimir o homem, os remanescentes do terrível confronto com a filha foram sendo substituídos por uma determinação que Isaac tinha que respeitar.

– Você sabe como ele é – Childe disse ao pegar a corrente do dispositivo. – Você sabe o que ele vai fazer com ela.

A imagem dos olhos inteligentes e gentis de Grier era inevitável. E, sim, ele poderia imaginar o tipo de atrocidades que Matthias faria para machucá-la. Matá-la.

Poderia fazer com que o pai assistisse novamente.

Poderia fazer com que Isaac fosse testemunha também.

E aquilo o fez querer vomitar.

– A solução está dentro de você – disse Childe. – Você sabe qual é a solução.

Sim, ele sabia. E era uma droga.

– Eu imploro... salve minha filha...

Vindo das sombras, o amigo de Jim Heron com os piercings se aproximou.

– Boa-noite, senhores.

Quando Childe recuou, Isaac agarrou o braço do homem e o segurou no lugar.

– Não se preocupe, ele está conosco. – Em seguida, ele disse mais alto: – O que há?

Droga, ele precisava entrar na casa, rapazes.

– Pensei que precisasse de alguma ajuda.

Com isso, o homem encarou Childe como se seus olhos fossem um aparelho de telefone e estivesse conectado à parede. De repente o pai de Grier começou a piscar, as pálpebras faziam um código Morse, flip-flip, fliiiip, flip, flip...

E, então, Childe disse "boa-noite", entrou calmamente no carro... e saiu dirigindo.

Isaac observou as lanternas virarem a esquina.

– Você quer me dizer o que acabou de fazer com aquele homem?

– Nada. Mas eu consegui um pouco mais de tempo para você.

– Para que?

– Você é quem sabe. Pelo menos, o pai dela não acredita mais que o viu nessa casa, o que significa que o papai não vai pegar o telefone celular agora mesmo e ligar para seu antigo chefe dizendo onde você está.

Isaac olhou em volta e se perguntou quantos olhos estavam sobre ele.

– Eles já sabem que estou aqui. Estou mais exposto que uma dançarina em Las Vegas no momento.

Uma grande mão pousou em seu ombro, pesada e forte, e Isaac congelou quando um lampejo passou por ele. A sensação de que o cara era poderoso não foi surpresa – Jim poderia andar com alguém diferente? Mas havia alguma coisa estranha sobre ele e não eram as argolas de metal cinza escuro no seu lábio inferior, nas sobrancelhas e nas orelhas.

Seu sorriso era muito antigo e sua voz sugeria que havia segredo em todas as sílabas que ele pronunciava.

– Por que você não entra?

– Por que você não me diz o que está acontecendo?

O cara não parecia entusiasmado em ter que voltar, mas Isaac estava tão alheio a isso. Ele não dava a mínima se o amigo de Jim dava à luz de cabeça para baixo – ele precisava de alguma informação para que as coisas fizessem sentido.

Algum sentido.

Qualquer sentido.

Cristo, aquilo deveria ser como Grier se sentia.

– Eu te dei uma noite, é tudo que posso dizer. Eu sugiro mesmo que você entre e fique lá até que Jim volte, mas é óbvio que eu não posso aumentar seu cérebro.

– Quem é você?

O do piercing se inclinou.

– Nós somos os mocinhos.

Com isso, ele puxou o capuz de Isaac sobre a testa e fez isso com um sorriso...

Então, da mesma maneira que fez o gesto, ele se foi. Como se fosse uma luz que se apagou. Só que, ora essa, ele deveria ter andado.

Isaac gastou uma fração de segundo olhando em volta, pois a maioria dos bastardos – mesmo os espiões de alto nível e os assassinos com quem ele trabalhou – não poderia desaparecer no ar.

Que seja. Ele parecia um pato sentado naqueles degraus de entrada.

Isaac entrou de volta na casa, trancou a porta e foi para a cozinha. Quando ele não encontrou Grier, dirigiu-se para as escadas dos fundos.

– Grier?

Ele ouviu uma resposta distante e subiu as escadas pulando dois degraus de uma vez. Quando chegou ao quarto dela, ele parou na porta. Ou melhor, derrapou até parar ali.

– Não. – Ele balançou a cabeça para as malas da garota rica: aquela bagagem com monogramas não ia a lugar algum. – De jeito nenhum.

Ela olhou por cima da mala quase cheia.

– Eu não vou ficar aqui.

– Sim, você vai.

Ela apontou o dedo para ele como se a coisa fosse uma arma.

– Eu não me dou bem com as pessoas tentando me dar ordens.

– Eu estou *tentando* salvar sua vida. E permanecer aqui onde você é conhecida e visível para muitas pessoas, onde tem um trabalho no qual sentirão sua falta, compromissos para cumprir e um sistema de segurança como o desta casa é a única maneira de continuar viva. Ir a qualquer lugar só facilitará as coisas para eles.

Afastando-se, ela empurrou as roupas que tinha colocado na mala, o corpo esguio se curvava enquanto ela se inclinava para comprimir as roupas e criar mais espaço. Então, ela pegou uma blusa, dobrou ao meio e depois em quatro.

Quando ele observou como as mãos dela tremiam, ele soube que faria qualquer coisa para salvá-la. Mesmo que isso significasse condenar a si mesmo.

– O que você disse ao meu pai? – ela perguntou.

– Nada demais. Eu não confio nele. Sem ofensa.

– Não confio também.

– Deveria.

– Como pode dizer isso? Deus... as coisas que ele escondeu de mim... as coisas que ele fez... Eu não posso...

Ela começou a chorar, mas estava claro que não queria a velha rotina de ser envolvida pelos braços fortes dele: ela xingou e andou com passos firmes para o banheiro.

Vagamente, ele a ouviu assoar o nariz e o correr de um pouco de água. Enquanto ela esteve lá dentro, sua mão entrou no bolso do blusão e ele tateou o transmissor de alerta. Transmissor de morte era mais adequado: ajude-me, eu não caí e estou em pé, você pode vir e corrigir esse problema?

Grier ressurgiu.

– Estou indo embora com ou sem você. A escolha é sua.

– Temo que terá que ir sem mim – ele levantou a mão.

Ela congelou quando viu o aparelho.

– O que vai fazer com isso?

– Vou acabar com isso. Por você. Agora.

– *Não!*

Ele apertou o botão de chamada quando ela se lançou sobre ele, selando seu destino – e salvando o dela – com um toque.

Uma pequena luz vermelha no aparelho começou a piscar.

– Oh, Deus... o que você fez? – ela sussurrou. – *O que você fez?*

– Você vai ficar bem. – Seus olhos percorreram a face dela, memorizando mais uma vez o que já estava gravado em sua mente para sempre. – Isso é tudo o que importa para mim.

Quando os olhos dela se encheram de lágrimas, ele se adiantou e capturou uma única lágrima de cristal na ponta de seu polegar.

– Não chore. Eu tenho sido um homem morto que anda desde que fugi. Isso não é nada além do que viria até mim um dia. E pelo menos eu posso saber que está segura.

– Volte atrás... desfaça... você pode...

Ele apenas balançou a cabeça. Não havia como desfazer nada – e ele percebia aquilo completamente agora.

O destino era uma máquina construída sobre o tempo, cada escolha que fez na vida adiciona uma engrenagem, uma correia transportadora. Onde você acaba sendo o produto cuspido no final – e não tinha como voltar atrás e refazer. Você não poderia dar uma espiada no que tinha fabricado e dizer: oh, espere, eu queria fazer uma máquina de costura ao invés de uma máquina de armas; deixe-me voltar ao início e começar de novo.

Uma chance. Era tudo o que tinha.

Grier cambaleou para trás e bateu na borda da cama, afundando como se seus joelhos tivessem desaparecido.

– O que acontece agora?

Sua voz era tão baixa que ele tinha que se esforçar para entender as palavras. Em contrapartida, ele falou alto e claro.

– Eles entrarão em contato comigo. O dispositivo é um transmissor que envia um sinal e vai receber a chamada deles também. Quando eles retornarem o contato, eu arranjo um lugar para me virar.

– Então, você pode enganá-los. Vá embora agora...

– Tem um GPS aqui dentro, então, eles sabem onde estou a cada segundo.

Então, eles sabiam que ele estava ali agora.

Mas ele não achava que eles iriam matá-lo na casa dela – exposição demais. E Grier não sabia disso, mas uma vez que ele se entregasse, ela ia ficar bem, pois a morte do irmão dela a manteria viva. Matthias era a peça final do jogo de xadrez e ele queria controlar o pai dela, considerando o que o cara sabia. Uma vez que já tinha apagado o filho, aquela situação toda aconteceria sem que as operações extraoficiais fizessem o mesmo com a filha – e enquanto a ameaça estivesse fora do caminho deles, o velho Childe estava neutralizado.

O homem faria qualquer coisa para manter-se longe de precisar enterrar um segundo filho.

A vida de Grier a pertencia.

– Meu conselho para você... – ele disse. – É ficar aqui. As coisas vão dar certo para seu pai...

– Como você pôde fazer isso? Como pôde se transformar em um...

– Eu não fui a pessoa da equipe que matou seu irmão, mas eu fiz coisas assim. – Quando ela recuou, ele assentiu com a cabeça. – Eu entrei em casas, matei pessoas e as deixei onde caíram. Eu persegui homens através de florestas e desertos, cidades e oceanos e eu os apaguei. Eu não sou... Não sou um inocente, Grier. Eu fiz as piores coisas que um ser humano pode fazer a outro – e fui pago para isso. Estou cansado de carregar todos esses fatos comigo na minha cabeça. Estou exausto das lembranças e dos pesadelos e de estar à beira do abismo. Eu pensei que fugir era a resposta, mas não é, e eu simplesmente não posso conviver mais comigo mesmo. Nem mais uma noite. Além disso, você é uma advogada. Você sabe os estatutos que qualificam o assassinato. Essa... – ele balançou a corrente do transmissor de alerta. – É a sentença de morte que mereço... e quero.

Os olhos dela permaneceram fixos nele.

– Não... não, eu sei como me protegeu. Eu não acredito que seja capaz de...

Isaac subiu o blusão e o moletom e se virou, exibindo sua grande tatuagem do Ceifeiro da Morte que cobria cada centímetro de pele em suas costas.

Quando ela engasgou, ele baixou a cabeça.

– Olhe mais embaixo. Vê aquelas marcas? Aquelas são meus assassinatos, Grier. Aquelas são... a quantidade de irmãos, pais e filhos que eu coloquei em um túmulo. Eu não... não sou um inocente para ser protegido. Sou um assassino... e estou simplesmente recebendo o que me foi reservado.

Capítulo 28

Quando Adrian reapareceu nos fundos da casa da advogada, tomou forma mais uma vez ao lado de Eddie – o qual estava fazendo uma excelente imitação de árvore.

– Mandou o pai embora? – o outro anjo murmurou.

– Sim. Eu consegui tempo suficiente para esperarmos Jim voltar. Ele já ligou? – Já tinha perguntado isso antes dos cinco minutos que tinha passado com Isaac na frente da casa.

– Não.

– Droga.

Frustrado em tudo, Ad esfregou seus braços, que ainda estavam queimando um pouco. Cara, ele odiava cheirar a vinagre – e, caramba, como pode imaginar, a disputa com aqueles montes de lixo de Devina tinha arruinado outra jaqueta de couro. O que o irritou.

Ele realmente gostava daquela.

Desistindo de pensar nisso, ele voltou a se concentrar nos fundos da casa. O feitiço superforte de Jim bruxuleava, o brilho vermelho cintilava na noite.

– Onde, *diabos*, está Jim? – Eddie rosnou ao olhar o relógio.

– Talvez uma luta venha nos encontrar de novo – Ad se esforçou para exibir um sorriso. – Ou eu poderia conseguir outra garota.

Quando Eddie pigarreou e fez como se fosse o "Sr. Não Vou Fazer Isso", Ad entendeu bem. O anjo ficava um baita filho da mãe quando caía naquela rotina taciturna – Rachel dos dentes perfeitos e sem sobrenome tinha desaparecido no ar quando eles se despediram dela ao amanhecer. E por mais que doesse em Ad admitir isso, ele tinha a sensação de que muito daquele êxtase após o sexo vinha dos auxílios de Eddie.

Era evidente que o bastardo tinha uma língua ótima – e que tinha feito um bom trabalho. Ad tentou entrar no sexo, mas ele acabou só seguindo os movimentos.

Eddie checou o relógio mais uma vez. Olhou o telefone. Observou ao redor.

– O que você fez com o pai?

– Ele acha que veio aqui e Isaac já tinha ido embora.

Eddie esfregou o rosto como se estivesse exausto.

– Eu espero mesmo que Jim volte logo. Esse Isaac vai fugir. Posso sentir isso.

– E foi por isso que eu o toquei com minha mão mágica. – Adrian flexionou a coisa. – Jim gosta de GPS. Eu não.

– Pelo menos os que ficam nos carros não cantam como você.

– Por que ninguém tem ouvido musical?

– Eu acho que é o contrário.

– Tanto faz.

Uma brisa assoviou através das árvores frutíferas que brotavam e os dois endureceram... mas não era uma segunda rodada do lixo de Devina chegando. Era apenas o vento.

A longa espera ficou mais longa.

E ainda mais e mais longa.

Ao ponto da tendência natural de Adrian de permanecer em movimento formigar sua coluna e ele ter que estalar o pescoço. Várias vezes.

– O que está fazendo? – Eddie disse em voz baixa.

Oh, ótimo. Como se a bobagem de se importar com ele fosse ajudar? Mesmo em uma noite boa, a rotina lhe dava o impulso de correr ao redor do quarteirão algumas centenas de vezes.

– Estou bem. Ótimo. E você?

– Estou falando sério.

– E não vamos a lugar nenhum com isso.

Pequena pausa... Uma pequena e gratificante pausa que estava encharcada e pingando Colônia de Reprovação.

– Você pode falar sobre isso – Eddie desafiou. – É só o que estou dizendo.

Oh, pelo amor de Deus. Ele sabia que o cara estava sendo apenas seu amigo e não se tratava de não apreciar o esforço. Mas depois que Devina esteve com ele da última vez, suas entranhas estavam soltas e bagunçadas, e se ele não conseguisse vedar a porta, trancar aquilo e jogar a chave fora, as coisas iam ficar confusas. De maneira que não poderiam mais ser colocadas no lugar.

– Estou dizendo, estou bem. Mas obrigado.

Para cortar o assunto, concentrou-se na casa. Deus, aquele feitiço de "baixo nível" de Jim foi tão forte... tão forte quanto qualquer coisa que Adrian e Eddie poderiam fazer sob a influência de seus poderes. O que significava que aquele anjo tinha truques que poderiam ferrar Devina seriamente...

O toque suave do telefone de Eddie foi um bom sinal: existia apenas uma pessoa que poderia ligar para aquele aparelho e era Jim.

Adrian encarou Eddie quando ele não aceitou a chamada.

– Não vai atender?

Eddie balançou a cabeça.

– Ele nos mandou uma foto. E a conexão é lenta à noite... ainda está chegando.

Você pode pensar que com tudo o que eles poderiam fazer seriam capazes de se comunicar telepaticamente – e até certo ponto eles conseguiam. Mas longas distâncias eram como gritar e ser ouvido do outro lado de um estádio de futebol. Além disso, se alguém foi ferido ou tivesse morrido, a habilidade de liberar coisas como feitiços e encantamentos e transmissão de pensamentos...

– Oh... Deus...

Quando a voz de Eddie irrompeu, Adrian sentiu uma premonição sendo despejada sobre sua cabeça como sangue frio.

– O quê?

Eddie começou a apertar confuso os botões do celular.

Ad agarrou o celular.

– Não apague, não apague essa maldita...

Algumas rápidas investidas e eles estavam em uma completa luta pelo telefone – e Adrian venceu somente porque o desespero o fazia mais rápido.

– Não olhe isso – Eddie vociferou. – Não olhe...

Tarde. Demais.

A pequena imagem sobre a tela brilhante era de Jim nu e esparramado em uma enorme mesa de madeira, braços e pernas bem abertos. Um fio de metal estava amarrado em volta de seus pulsos e tornozelos para fixá-los e sua pele estava iluminada por velas. Seu pênis estava ereto e tinha uma tira de couro na base para mantê-lo assim – mas, embora estivesse tecnicamente excitado, não estava nem um pouco a fim de sexo; isso era certeza... e Adrian sabia exatamente o que Devina fez para receber o fluxo de sangue inicial que desejava.

Aquele instrumento de tortura ia dar a ela algo para se distrair por horas e horas.

Adrian engoliu com dificuldade, sua garganta se contraiu como se ele mesmo estivesse naquela tábua dura e oleosa. Ele sabia muito bem o que estava por vir.

E ele sabia o que eram aquelas figuras sombrias ao fundo.

A legenda embaixo da foto dizia: *Meu novo brinquedo.*

– Temos que tirá-lo de lá. – Adrian quase esmagou o telefone da maneira como apertou sua mão em torno dele. – Aquela maldita *vadia.*

Deitado na "mesa de trabalho" de Devina, como ela assim chamava, Jim não se incomodou de olhar para ela – nem mesmo quando ela pegou seu telefone e disparou um flash. Ele estava especialmente preocupado era com as figuras escuras que circulavam nas laterais como se fossem cães prestes a serem soltos: ele tinha a sensação de que eram as mesmas coisas com que ele e os rapazes tinham lutado do lado de fora da casa daquela advogada, pois elas se moviam com aquela ondulação evasiva, como serpentes.

Seja como for. Havia grandes chances de ele ter certeza disso de alguma maneira, e não ia demorar muito.

Graças à escuridão que o cercava, ele não fazia ideia de quantos eram ou qual o tamanho da sala: as luzes das velas não ofereciam muita coisa e os pavios foram fixados em intervalos de alguns passos ao redor dele.

Então, era assim que um bolo de aniversário se sentia: um pouco preocupado, uma vez que todo seu delicado glacê estava bem perto das chamas.

Além disso, estava na iminência de ser devorado.

Devina entrou na luz e sorriu como o anjo que ela não chegava nem perto de ser.

– Confortável?

– Eu poderia usar um travesseiro. Mas, fora isso, estou bem.

Inferno, se ela podia mentir, ele também. A verdade é que os fios em torno de seus tornozelos e pulsos tinham farpas, então havia muita dor nas suas extremidades. Ele também tinha um colar de última moda da mesma porcaria que envolvia toda aquela diversão. E a mesa embaixo dele estava revestida com algum tipo de ácido – muito provavelmente o sangue daquelas coisas nas laterais.

Era evidente que Devina tinha trabalhado em muitos demônios naquela prancha.

Ele estava disposto a apostar que Adrian esteve ali. Eddie também.

Oh, meu Deus... a moça loira?

Jim fechou os olhos e viu atrás de suas pálpebras, mais uma vez, aquela linda inocente amarrada sobre aquela banheira. Droga, para o inferno com salvar o mundo. Ele desejava ter entregado a si mesmo por ela.

Dedos frios percorreram o interior de sua perna e quando chegaram mais perto de seu pênis, unhas afiadas arranharam sua pele.

Um som estranho permeou o ar e, por alguma razão, ele se lembrou de uma galinha sendo desossada – muitos golpes soltos e um estalo abafado. Então, veio um cheiro estranho... como... que diabos era aquilo?

Quando Devina falou, sua voz estava destorcida, o tom mais profundo... baixo e rouco.

– Eu gostei de estar com você antes, Jim. Você se lembra? Na sua caminhonete... mas isso vai ser muito melhor. Olhe para mim, Jim. Veja o meu verdadeiro eu.

– Estou bem assim. Mas obrigado...

Unhas espremeram suas bolas e, então, seu saco se contorceu. Quando a dor atingiu a autoestrada neurológica da sua cintura pélvica, suas emanações concentraram uma forte náusea em suas entranhas. Que naturalmente não tinha para onde ir graças à coleira presa ao seu pescoço.

Sim, ânsias de vômito secas eram tudo o que ele tinha para oferecer, porque nada sairia de sua garganta.

– Olhe para mim. – Mais dor.

Sua boca aberta levou um bom tempo para dar a resposta. Estava muito ocupado tentando acomodar os goles de ar que tomava.

– *...Não...*

Alguma coisa montou sobre ele. Não sabia quem ou o que era, pois, de repente, havia mãos sobre todas as partes de seu corpo, os portões se abriram...

Não, não eram mãos. Bocas.

Com dentes afiados.

Quando seu pênis penetrou em algo que tinha a suavidade e o deslizar de um triturador de pia, o primeiro dos cortes foi feito em seu peito. Pode ter sido uma lâmina. Pode ter sido uma longa presa.

E, então, algo duro forçou sua boca. Tinha gosto de sal e carne, ele achou que era algum tipo de pênis e começou a sufocar – o ar, de repente, começou a se tornar um bem cada vez mais escasso.

Surfando na onda da asfixia, ele teve um momento de insanidade total e autônoma. No entanto, foi um caso de mente sobre o corpo. Quanto mais rápido seu coração batia, pior era a falta de oxigênio e mais aguda e quente era a agonia que queimava dentro de sua caixa torácica.

Calma, ele disse a si mesmo. Calminha. Calma...

O raciocínio tomou as rédeas do corpo: seu sangue pulsante resfriou e seus pulmões aprenderam a esperar as retiradas de sua boca para furtar uma respiração.

Sinceramente, ele não estava impressionado. A porcaria da sexualidade era tão sem imaginação quando se tratava de tortura.

Aquilo não ia ser um passeio no parque, não mesmo. Mas Devina não ia derrubá-lo com aquela babaquice de violação. Ou se tentasse castrá-lo com sua faca. A coisa com a dor era, sim, claro, com certeza, aquilo acelerava seu cérebro, mas, na verdade, não era nada mais que uma sensação forte – e era como ir a um show e ter seus tímpanos sobrecarregados por um tempo, mas, em algum momento, você acaba se acostumando.

Além disso, ele tinha uma grande reserva de força: Matthias viveria mais um dia, seus rapazes iam cuidar de Grier e Isaac e, ainda que ele preferisse umas férias na Disney, ou no hospital, o poder de estar fazendo a coisa certa e se sacrificando pelo bem de outras pessoas amparava cada célula de seu corpo.

Ele ia superar isso.

E, então, ele iria salvar a alma de Isaac e rir na cara de Devina no final daquela rodada.

A vadia não podia matá-lo e não ia conseguir tirar o melhor que havia nele.

É isso.

Capítulo 29

Quando Grier olhou do banheiro aquela tatuagem que cobria as costas de Isaac, suas mãos se ergueram e envolveram seu pescoço.

A imagem na pele dele foi feita em preto e cinza e foi desenhada de forma tão vívida que o Ceifeiro da Morte parecia estar olhando direto para ela: a grande figura de túnica preta estava em pé em um campo de sepulturas que se estendiam em todas as direções, crânios e ossos jogados como lixo no chão a seus pés. Debaixo do capuz, dois pontos brancos brilhavam acima de um queixo descarnado bem destacado. Uma mão esquelética segurava uma foice e a outra estava estendida apontando para o peito dela.

E, ainda assim, essa não era a parte mais assustadora.

Abaixo da descrição, havia filas agrupadas em conjuntos de quatro com uma linha diagonal juntando cada uma. Devia ter pelo menos dez daquelas...

– Você matou... – Ela não conseguiu completar o resto da sentença.

– Quarenta e nove. E antes que você pense que estou me glorificando do que fiz, cada um de nós tem isso na pele. Não é voluntário.

Isso dava quase dez por ano. Uma por mês. Vidas perdidas em suas mãos.

Com um movimento rápido, Isaac puxou seu blusão e o moletom para baixo – ainda bem. Aquela tatuagem era assustadora.

Virando-se para encará-la, ele encontrou diretamente seus olhos e parecia estar esperando por uma resposta.

Daniel era tudo o que ela conseguia pensar... Deus, Daniel. Seu irmão era um entalhe nas costas de algum daqueles soldados, uma pequena linha desenhada com uma agulha, marcado com tinta de maneira permanente. Ela tinha sido marcada também com a morte dele. Por dentro. A visão dele morto e desfalecido – e agora a mancha dos detalhes daquela noite – estariam para sempre em sua mente.

E assim seria o mesmo com o que descobriu sobre a outra vida de seu pai. E de Isaac.

Grier apoiou as mãos sobre os joelhos e balançou a cabeça.

– Eu não tenho nada a dizer.

– Não posso culpá-la. Eu vou embora...

– Sobre seu passado.

Quando ela o interrompeu, balançou a cabeça novamente. Ela estava em um furacão desde o momento em que ele entrou naquela sala reservada para advogados conversarem com seus clientes na cadeia. Estava presa em um zumbido, e girava cada vez mais rápido, desde a discussão com aquele homem do tapa-olho, até o sexo e o confronto com seu pai... até Isaac apertar o botão da autodestruição tão certo como se tivesse puxado o pino de uma granada.

Mas, de alguma forma, assim que ele fez aquilo, ela sentiu como se a tempestade tivesse cessado, o tornado deslocou-se para o milharal de outra pessoa.

Na sequência, tudo parecia muito claro e simples.

Ela encolheu os ombros e continuou olhando para ele.

– Eu realmente não posso dizer nada sobre seu passado... mas eu tenho uma opinião sobre seu futuro. – O soltar da respiração dela foi lento e longo e soava tão exausto quanto como ela se sentia. – Eu não acho que você deveria se entregar à morte. Dois erros não fazem um acerto. Na verdade, nada pode corrigir o que você fez, mas você não precisa ouvir isso. O que você fez vai segui-lo todos os dias de sua vida – é um fantasma que nunca irá deixá-lo.

E as sombras profundas nos olhos dele diziam que sabia disso melhor do que ninguém.

– Para ser honesta, Isaac, eu acho que você está sendo um covarde. – Quando as pálpebras dele se arregalaram, ela assentiu com a cabeça. – É muito mais difícil viver com o que você fez do que sair do jogo em um momento de glória hipócrita. Você já ouviu falar em suicídio por policial? É quando um homem armado dispara uma vez contra uma barreira policial e, efetivamente, a força a enchê-lo de balas. É para pessoas que não têm forças para enfrentar o acerto de contas que merecem. Aquele botão que pressionou? A mesma coisa. Não é?

Ela sabia que tinha acertado o alvo pela forma como o rosto dele se fechou, seus traços tornaram-se uma máscara.

– O caminho para ser corajoso – ela continuou – é sendo aquele que se levanta e expõe a organização. Esse é o jeito certo de agir. Acender a luz que ninguém mais pode acender sobre o mal que você viu, fez e tem sido. É a única maneira de chegar perto de fazer reparações. Deus... você poderia parar toda essa maldita coisa... – Sua voz ficou embargada quando ela pensou em seu irmão. – Você poderia parar e ter certeza de que ninguém mais seria sugado em direção a isso. Você pode ajudar a encontrar aqueles que estão envolvidos e responsabilizá-los. Isso... isso seria significativo e importante. Ao contrário dessa baboseira de suicídio. Que não resolve nada, não melhora nada...

Grier se levantou, fechou a tampa de sua mala e estalou as travas de bronze.

– Eu não concordo com nada do que fez. Mas teve consciência suficiente dentro de você para querer sair. A questão é se esse impulso pode te levar ao próximo nível... e isso não tem nada a ver com o seu passado. Ou comigo.

Às vezes, reflexos de si mesmo eram exatamente o que você precisa ver, Isaac pensou. E ele não estava falando sobre sua imagem refletida no espelho. Era mais sobre como os outros o viam.

Quando Isaac franziu a testa, ele não sabia o que o chocava mais: o fato de que Grier estava totalmente certa ou que ele estava inclinado a agir conforme o que ela havia dito.

Moral da história? Ela foi direto ao ponto: ele estava em um carrossel suicida desde que rompeu com a organização e ele não era do tipo que se enforcava no banheiro – não, não, era muito mais digno de um homem ser baleado por um companheiro.

Que *maricas* ele era.

Mas, com aquilo que foi dito, ele não tinha certeza de como agiria a seguir. A quem contar? Em quem poderia confiar? E mesmo conseguindo se ver despejando tudo sobre Matthias e aquele segundo na linha de comando, ele não ia revelar a identidade dos outros soldados com quem ele tinha trabalhado ou que conhecia. As operações extraoficiais tinham saído de controle sob a administração de Matthias e aquele homem tinha que ser detido – mas a organização não era de todo ruim e desempenhava um serviço necessário e significante para o país. Além disso, ele tinha a impressão de que se aquele chefe fosse colocado para fora, a maioria dos que se expuseram, como Isaac, seria dissolvida no éter como fumaça em uma noite fria, nunca mais fariam o que fizeram ou falariam sobre isso: havia muitos como ele, aqueles que queriam sair mas eram presos por Matthias de uma maneira ou de outra – e ele sabia disso, pois houve muitos comentários sobre a liberação de Jim Heron.

Falando nisso...

Ele precisava encontrar Heron. Se houvesse uma maneira de fazer isso, ele precisava conversar sobre o assunto com o cara.

E com o pai de Grier também.

– Ligue para seu pai – ele disse a Grier. – Ligue e diga para ele voltar aqui. Agora. – Quando ela abriu a boca, ele a interrompeu. – Sei que tem muito para perguntar, mas se há outra solução aqui, eu tenho certeza que ele tem melhores contatos que eu, pois o que eu tenho é *nada*. E quanto a seu irmão... droga, aquilo foi horrível e eu sinto muito. Mas o que aconteceu com ele foi culpa de outra pessoa – não foi culpa do seu pai. É isso. Se você é recrutado, eles não dizem tudo e você trabalha fora da realidade, quando vê, é tarde demais. Seu pai é muito mais inocente nisso que eu, e ele teve que perder um filho nessa. Está com raiva e está arrasada e eu entendo isso. Contudo, ele também... E você viu por si mesma.

Mesmo com a expressão do rosto rígida, seus olhos se encheram de lágrimas – então ele soube que ela estava ouvindo.

Isaac pegou o telefone na mesa da cabeceira e estendeu para ela.

– Eu não estou pedindo para você perdoá-lo. Só que, por favor, não o odeie. Você faz isso e ele vai perder os dois filhos.

– Só que ele já perdeu. – Grier passou uma mão rápida sobre suas lágrimas, enxugando-as. – Minha família se foi. Minha mãe e meu irmão morreram. Meu pai... eu não posso suportar a visão dele. Estou sozinha.

– Não, não está. – Ele movimentou o aparelho em direção a ela. – Ele está apenas a uma ligação de distância, e ele é tudo que lhe resta. Se eu posso fazer a coisa certa... então, você também pode.

Claro, ele queria uma chance de apresentar a ideia ao pai dela, mas a realidade era que os interesses dele e de Childe estavam alinhados: os dois queriam Matthias longe de Grier.

Olhando fixamente nos olhos dela, ele desejou que Grier encontrasse forças para continuar conectada com alguém que tinha seu sangue – e ele tinha total consciência do porquê aquilo era tão importante para ele: como de costume, ele estava sendo egoísta. Caso ele se redimisse frente a um juiz ou a uma audiência no Congresso, respiraria por um tempo, mas estaria essencialmente morto para ela quando fosse colocado em algum tipo de programa de proteção a testemunhas. Por isso, seu pai era a melhor maneira que ela tinha de ser protegida.

A única maneira.

Isaac balançou a cabeça.

– O único vilão nessa história é o homem que você viu na cozinha do meu apartamento. Ele é o verdadeiro mal. Não seu pai.

– A única maneira... – Grier enxugou os olhos de novo. – A única maneira que eu posso permanecer em algum lugar junto dele é se ele te ajudar.

– Então, diga isso a ele quando chegar aqui.

Um momento depois, ela endireitou os ombros e pegou o telefone.

– Tudo bem. Eu digo.

Quando uma explosão de emoção o atingiu, ele teve que parar de se inclinar em direção a um beijo rápido nela – Deus, ela era forte. Tão forte.

– Bom – ele disse com voz rouca. – Isso é bom. E eu vou encontrar meu amigo Jim agora.

Afastando-se, desceu as escadas rapidamente. Ele rezava para que Jim tivesse voltado ou para que aqueles dois durões no quintal pudessem trazê-lo de onde estivesse.

Rompendo através da cozinha, alcançou a porta de saída para o jardim, escancarando-a...

Em um canto mais distante, os amigos de Jim estavam segurando um celular brilhante como se tivessem levado uma joelhada no meio das pernas.

– O que há de errado? – Isaac perguntou.

Os dois o encararam e ele soube imediatamente devido às suas expressões que Jim estava com problemas: quando você trabalha em equipe, não há nada mais angustiante do que quando um dos seus é capturado pelo inimigo. Era pior que uma ferida mortal em si mesmo ou em um companheiro.

Pois nem sempre o inimigo mata primeiro.

– Matthias – Isaac disse entre dentes.

Quando o cara com a grossa trança balançou a cabeça, Isaac se aproximou rápido deles. O de piercing estava verde, verde mesmo.

– Quem, então? Quem está com Jim? Como posso ajudar?

Grier apareceu na porta.

– Meu pai vai estar aqui em cinco minutos. – Ela franziu a testa. – Está tudo bem?

Isaac apenas encarou os dois.

– Eu posso ajudar.

O da trança encerrou logo o assunto.

– Não, temo que não possa.

– Isaac? Com quem está falando?

Ele olhou sobre o ombro.

– Amigos do Jim. – Ele olhou para trás...

Os dois homens tinham ido embora, como se nunca estivessem ali um dia. Mais uma vez.

Mas. Que. Droga.

Quando o desconfiômetro na parte de trás do pescoço de Isaac foi ligado, Grier se aproximou.

– Havia mais alguém aqui?

– Ah... – Ele olhou em volta. – Eu não... sei. Vamos, vamos entrar.

Conduzindo-a para dentro da casa, ele pensou que era muito possível que estivesse perdendo sua maldita sanidade.

Depois de trancar a porta e observar Grier reativar o alarme, ele sentou-se em um banco na ilha e pegou o transmissor de alerta. Nenhuma resposta ainda e ele esperava que o pai de Grier chegasse antes que Matthias entrasse em contato.

Melhor ter um plano.

No silêncio da cozinha, ele encarou o fogão enquanto Grier parecia muito decidida do outro lado, encostada contra o balcão, próxima à pia. Parecia que uma centena de anos tinham se passado desde que ela fez aquela omelete na noite passada. E, ainda assim, se ele seguisse com o que estava pensando em fazer nos próximos dias, aqueles momentos iam parecer um piscar de olhos, quando comparados depois.

Sondando seu cérebro, ele tentou pensar no que poderia dizer sobre Matthias. Ele sabia muito quando se tratava do seu antigo chefe... e o homem criava, propositalmente, buracos negros na Via Láctea mental de cada soldado em atividade: você sabia apenas e realmente aquilo que tinha que saber e nenhuma sílaba a mais. Algumas porcarias você conseguia deduzir, mas havia muitos "hum, como assim?" e isso...

– Você está bem? – ela disse.

Isaac olhou com surpresa e achou que ele era quem deveria perguntar isso a ela. E, como pode imaginar, ela tinha os braços em volta de si mesma – uma posição de autoproteção que ela parecia assumir muitas vezes quando estava com ele.

– Eu realmente espero que consiga se acertar com seu pai – respondeu ele, odiando-se.

– Você está bem? – ela repetiu.

Ah, sim, agora os dois estavam brincando de se esquivar.

– Sabe? Você pode me responder – ela disse. – Com a verdade.

Era engraçado. Por alguma razão, talvez porque ele quisesse praticar... ele considerou fazer isso. E, então, foi o que ele fez.

– O primeiro cara que eu matei... – Isaac encarou o granito, transformando a pedra lisa em uma tela de TV e assistindo seus próprios atos sendo representados em toda a superfície manchada. – Era um extremista político que tinha explodido uma embaixada no exterior. Levei três semanas e meia para encontrá-lo. Eu o segui ao longo de dois continentes. Dentre todos os lugares, consegui pegá-lo em Paris. A cidade do amor, certo? Eu o conduzi a um beco. Fui por trás dele sorrateiramente. Cortei a garganta. O que foi um erro. Eu deveria ter estalado seu...

Ele parou com um palavrão, consciente de que sua versão de uma conversa casual era quase como uma advogada tributária queixando--se sobre as regras da Receita Federal.

– Aquilo foi... um choque por ser tão simples para mim. – Ele olhou para suas mãos. – Foi como se alguma coisa se apoderasse de mim e colocasse um bloqueio sobre minhas emoções. Depois? Eu simplesmente saí para comer. Eu comprei um bife com pimenta... Comi tudo. O jantar foi... ótimo. E foi quando estava tendo aquela refeição que percebi que eles tinham escolhido com sabedoria. Escolheram o cara certo. Foi quando vomitei. Fui até os fundos do restaurante, em um beco como aquele onde eu tinha matado o homem uma hora antes. Entende? Eu não acreditava mesmo que era um assassino até o momento em que o serviço não me incomodou.

– Só que incomodou.

– Sim. Merd... quero dizer, inferno, sim, incomodou. – Embora apenas aquela vez. Depois disso, ele não teve problemas em continuar. Uma pedra de gelo. Comia como um rei. Dormia como um bebê.

Grier clareou a garganta.

– Como eles o recrutaram?

– Você não vai acreditar.

– Tente.

– sKillerz.

– Como?

– É um jogo de videogame em que você assassina pessoas. Cerca de sete ou oito anos atrás, as primeiras comunidades de jogos online foram aumentando e os jogos integrados realmente pegaram. sKillerz foi criado por algum bastardo doente, aparentemente – ninguém nunca conheceu o cara, mas ele era um gênio em gráficos e realidade virtual. Quanto a mim? Eu tinha uma queda por computadores e gostei de – matar pessoas, ele pensou – ... gostei do jogo. Logo, havia centenas de pessoas nesse mundo virtual, com todas aquelas armas e identidades em todas as cidades e países. Eu estava no topo de todos eles. Eu tinha esse, algo como... jeito para saber como pegar as pessoas, o que usar e onde colocar os corpos. No entanto, era apenas um jogo. Algo que eu fazia quando não estava trabalhando na fazenda. Então, mais ou menos... mais ou menos depois de dois anos nisso... Eu comecei a sentir como se estivesse sendo vigiado. Isso durou cerca de uma semana, até que uma noite um cara chamado Jeremias apareceu na fazenda. Eu estava trabalhando nos fundos, consertando cercas, e ele dirigia um carro sem marcas oficiais.

– E o que aconteceu? – ela perguntou quando ele parou.

– Nunca contei isso a ninguém antes.

– Não pare. – Ela se aproximou e sentou-se ao lado dele. – Isso me ajuda. Bem... também me preocupa. Mas... por favor.

Certo, tudo bem. Com ela olhando para ele com aqueles lindos e grandes olhos, ele estava preparado para dar qualquer coisa a ela: palavras, histórias... o coração pulsando fora do peito.

Isaac esfregou o rosto e se perguntou quando tinha se tornado tão triste e patético... oh, espere, ele sabia essa: foi no momento em que o escoltaram até aquela pequena sala na cadeia e ela estava sentada lá toda arrumada, dona de si e inteligente.

Triste e patético.

Frouxo.

Maricas.

– Isaac?

– Sim? – Bem, como pode ver, ele ainda conseguia reagir a seu próprio nome e não apenas a um monte de substantivos referentes aos que não tinham bolas entre as pernas.

– Por favor... continue.

Agora foi ele quem clareou a garganta.

– O tal de Jeremias me convidou para trabalhar para o governo. Ele disse que estava dentre os militares e que estavam procurando por caras como eu. Eu fui logo dizendo "Garotos da fazenda? Vocês procuram por garotos da fazenda?". Eu nunca vou esquecer isso... ele olhou bem para mim e disse "Você não é um fazendeiro, Isaac". Foi isso. Mas foi a maneira como ele disse, como se soubesse um segredo sobre mim. Seja como for... Eu achei que ele fosse um idiota e disse isso a ele, eu estava vestindo um macacão encharcado de lama, um chapéu de palha usado para trabalhar e botas. Não sabia o que ele pensava sobre mim. – Isaac olhou para Grier. – Contudo, ele estava certo. Eu era outra coisa. Descobri que o governo monitorava virtualmente o sKillerz, e foi assim que me encontraram.

– O que fez com que se decidisse a... trabalhar... para eles?

Bom eufemismo.

– Eu queria sair do Mississippi. Sempre quis. Eu saí de casa dois dias depois e ainda não tenho interesse em voltar. E aquele corpo era de um garoto que sofreu um acidente na estrada. Pelo menos, foi o que me disseram. Eles trocaram minha identidade e minha Honda com a dele e assim foi.

– E quanto à sua família?

– Minha mãe... – Certo, ele realmente teve que limpar a garganta aqui. – Minha mãe saiu de casa antes de morrer. Meu pai tinha cinco filhos, mas apenas dois com ela. Eu nunca me dei bem com nenhum dos meus irmãos ou com ele, então, ir embora não foi um problema... e eu não me aproximaria deles agora. Passado é passado e estou bem quanto a isso.

Naquele momento a porta da frente se abriu e, do corredor da frontal, o pai dela chamou.

– Olá?

– Estamos aqui atrás – Isaac respondeu, pois ele não achava que Grier responderia: quando ela checou o sistema de segurança, pareceu muito calma para falar de repente.

Quando seu pai entrou no cômodo, o homem era o oposto de sua filha: Childe estava todo desalinhado, seu cabelo bagunçado como se tivesse tentado arrancar com as mãos, os olhos vermelhos e vidrados, a blusa desajeitada.

– Você está aqui – ele disse a Isaac em um tom cheio de medo. O que parecia sugerir que seja lá qual tenha sido o jogo mental que o amigo de Jim utilizou na frente da casa não foi apenas uma amostra.

Bom truque, Isaac pensou.

– Eu não disse a ele por que solicitei sua visita – Grier anunciou. – O telefone sem fio não é seguro.

Esperta. Muito esperta.

E quando ela ficou quieta, Isaac concluiu que seria melhor ele mesmo conduzir a conversa. Focando no outro homem, ele disse:

– Você ainda quer sair?

Childe olhou para sua filha.

– Sim, mas...

– E se houvesse uma maneira de fazer isso com a qual... as pessoas – leia-se: Grier – permanecessem seguras.

– Não existe. Eu passei uma década tentando descobrir.

– Você nunca pensou em escancarar os segredos de Matthias?

O pai de Grier permaneceu uma pedra de silêncio e olhou nos olhos de Isaac como se estivesse tentando ver o futuro.

– Como...

– Ajudando alguém a se apresentar e despejar cada detalhe que sabe sobre o filho da mãe. – Isaac lançou um olhar a Grier. – Desculpe minha boca.

Os olhos de Childe se estreitaram, mas a miopia não era uma ofensa ou desconfiança.

– Você quer dizer depor?

– Se for necessário. Ou encerrar essas atividades através de canais diplomáticos. Se Matthias não estiver mais no poder, todo mundo – leia-se: Grier – estará seguro. Eu me entreguei a ele, mas quero dar um passo adiante. E acho que é tempo do mundo ter uma imagem mais clara do que ele está fazendo.

Childe olhava para ele e Grier.

– Qualquer coisa. Faço qualquer coisa para pegar aquele bastardo.

– Resposta certa, Childe. Resposta certa.

– E eu posso me apresentar também...

– Não, não pode. É minha única condição. Marque os encontros, diga para onde devo ir e, em seguida, desapareça da confusão. Se não concordar, não vou fazer isso.

Ele deixou o bom e velho pai pensando sobre isso e passou o resto do tempo olhando para Grier.

Ela olhava para seu pai e, embora estivesse quieta, Isaac achava que a grande pedra de gelo tinha derretido um pouco: difícil não respeitar o velho pai dela, pois ele estava falando sério sobre dar com a língua nos dentes, se tivesse a chance, estava preparado para despejar tudo o que sabia tão bem.

No entanto, infelizmente, essa escolha não era dele. Se esse plano saísse errado, Grier não precisaria perder o único membro da família que lhe restava.

– Desculpe – Isaac disse, interrompendo a conversa. – É assim que vai ser, pois não sabemos como isso vai acontecer e eu preciso de você... para ainda estar em pé no final. Quero deixar o menor número de impressões digitais possíveis no decorrer. Você já está mais envolvido do que eu gostaria. Vocês dois.

Childe balançou a cabeça e ergueu uma das mãos.

– Agora, me ouça...

– Sei que é um advogado, mas é tempo de parar com os argumentos. Agora.

O homem fez uma pausa depois disso, como se não tivesse acostumado a ser abordado nesse tipo de tom. Mas, então, ele disse:

– Tudo bem, se insiste.

– Insisto. E é meu único ponto não negociável.

– Certo.

O homem andou ao redor. E andou ao redor. E... então, parou bem em frente a Isaac.

Segurando a mão ao peito, ele formou um círculo com o dedo indicador e o polegar. Então, falou. Suas palavras foram claras como cristal, mas tingidas com uma ansiedade apropriada.

– Oh, Deus, no que estou pensando... Eu não posso fazer isso. Não está certo. Sinto muito , Isaac... Não posso fazer isso. Não posso ajudá-lo.

Quando Grier abriu a boca, Isaac pegou seu pulso e apertou para que se calasse: seu pai estava apontando disfarçadamente na direção do que deveria ser a escada para o porão.

– Você tem certeza? – Isaac disse com um tom de alerta. – Eu preciso de você e acho que está cometendo um grande erro.

– Você é o único cometendo um erro aqui, filho. E vou ligar para Matthias nesse exato momento se já não fez isso por si mesmo. Não vou fazer parte de qualquer conspiração contra ele e me recuso a ajudá-lo. – Childe deixou sair um palavrão. – Preciso de uma bebida.

Com isso, ele se virou e atravessou a cozinha.

Nesse ponto, Grier agarrou a frente do blusão de Isaac e o puxou para que ficasse face a face com ela. Com um silvo quase inaudível, ela disse:

– Antes de qualquer um de vocês me atingir com mais uma rodada de informações selecionadas, pode acabar com isso.

Isaac ergueu suas sobrancelhas castanhas claras quando seu pai abriu a porta para o porão.

Droga, ele pensou. Mas era óbvio que ela não aceitaria mais daquilo. Além disso, talvez, estar envolvida a ajudaria a consertar as coisas com seu pai.

– Damas primeiro – Isaac sussurrou, indicando o caminho com um gesto galante.

Capítulo 30

Paraíso, Jardim Sul

Nigel concedeu uma audiência antecipada a seus dois anjos guerreiros favoritos não por causa da bondade que havia em seu coração – apesar do fato de ele, Colin, Bertie e Byron estarem no meio de uma refeição. Contudo, não haveria como mandar esses visitantes embora: ele sabia por que Edward e Adrian estavam chegando e eles não iam gostar do que ele tinha para lhes dizer.

Assim, ele sentia que precisava tratar disso pessoalmente.

E, de fato, quando os dois anjos tomaram forma do outro lado do gramado, caminharam ao longo do bosque como os vingadores que eram.

– Sinto muito mesmo – Nigel murmurou para seus assessores. – Mas poderiam, por favor, me dar licença um minuto.

Ele dobrou seu guardanapo damasco e se levantou, pensando que não havia razão para arruinar a refeição dos outros – e o que estava prestes a acontecer verbalmente seria um assassinato gastronômico do tipo mais sangrento.

Colin se levantou também. Nigel preferia fazer isso sozinho, mas não havia como dissuadir o anjo. Nada nem ninguém poderia mudar as ideias de Colin sobre o que teria de sobremesa, muito menos sobre questões de real importância.

Ele e Colin se encontraram com seus visitantes a meio caminho entre o local onde os dois haviam entrado e onde a mesa estava colocada entre as árvores.

– Ela o tem – Edward disse quando os quatro se aproximaram. – Não sabemos como isso aconteceu...

Nigel interrompeu o anjo.

– Ele se entregou para que outra pessoa tivesse uma chance na vida.

– Ele não deveria ter feito isso. Ele é valioso demais.

Nigel olhou na direção de Adrian e viu que o anjo estava em silêncio pela primeira vez. O que era o sinal mais concreto de que havia problemas.

Nigel puxou suas abotoaduras, alisando as mangas de sua camisa de seda dentro de seu terno de linho.

– Ela não vai matá-lo. Não pode.

– Tem certeza disso?

– Há poucas coisas confiáveis nela, mas as regras não foram impostas por ela. Se matar Jim, ela perde não só a rodada, mas o jogo na sua totalidade. Isso vai mantê-la em cheque.

A voz de Adrian percorreu o ar, fina e dura.

– Há algumas coisas piores que a morte.

– Com certeza, você está certo.

– Então, faça alguma maldita coisa. – O anjo vibrava por completo, seu corpo era um presente de natal prestes a ser rasgado em pedaços com ansiedade.

– Porém, nós poderíamos tirá-lo de lá – Edward disse. – Não é contra as regras.

– Claro que poderiam.

Longo silêncio.

Edward limpou a garganta e pareceu dobrar a língua numa contenção educada.

– A imagem que ela nos enviou sugere que ele está preso no mundo dela.

– Ele não está sobre a terra, é verdade.

– Então, como podemos chegar até ele?

– Não podem.

Quando Adrian soltou um palavrão, Edward segurou o braço do outro anjo, mas isso não o calou.

– Você disse que poderíamos tirá-lo de lá.

– Adrian, eu disse "poderiam" no sentido de permissão. Vocês têm permissão de fazer isso dentro das regras. No entanto, eu não fiz um comentário sobre suas habilidades. Neste caso, vocês são incapazes de alcançá-lo sem sacrificarem a si mesmos, deixando-o sem apoio e orientação durante esses momentos inicias e cruciais...

– Seu *imbecil.*

Antes que Adrian pudesse fazer algo estúpido, Edward transferiu sua força para o pesado peito do cara e o deteve.

Nigel levantou uma sobrancelha para os dois.

– Eu não faço as regras e eu tenho tanta intenção de ser desqualificado quanto meu adversário.

– Você tem... – Adrian engasgou com as palavras e teve que respirar fundo para terminar. – Você tem alguma ideia do que ela está fazendo com ele? Agora mesmo? Enquanto estamos parados em seu maldito gramado e o jantar está esperando por você?

Nigel escolheu as palavras com cuidado. A última coisa que ele precisava era dos dois fazendo justiça com as próprias mãos. Eles já tinham cometido esse erro uma vez, não tinham?

– Eu sei exatamente o que ela está fazendo sobre aquela mesa, por assim dizer. E também sei que Jim é muito forte... o que é a pior tragédia de todas. Pois ela vai recorrer a torturas que... – Não havia razão para continuar: os olhos de Adrian ficaram vítreos como se fosse alguém revivendo um pesadelo. – Eu diria, porém, que Devina não pode mantê-lo por muito tempo ou ela corre o risco de perder. As coisas estão chegando a um limite e, se ela impedir Jim de participar plenamente do que está por vir, então, não haverá uma competição justa.

– E quanto a Jim? – Adrian exigiu, libertando-se do seu melhor amigo. – E quanto ao sofrimento dele? E quanto a ele?

Nigel olhou para Colin, que estava completamente em silêncio. Mais uma vez, sua bela e familiar expressão facial dizia tudo: sua fúria era tão grande e profunda que os oceanos ficariam rasos, se comparados a ela. Ele sempre odiou Devina e isso não serviria de auxílio naquele momento.

No entanto, havia bastante exaltação ali.

Nigel balançou a cabeça com uma sincera decepção.

– Não há nada que eu possa fazer. Sinto muito. Minhas mãos estão atadas.

– Você sente muito? Você sente muito, seu maldito? – Adrian cuspiu no chão. – Sim, você parece mesmo, seu bastardo frio. Você parece muito desapontado. Imbecil.

Com isso, o anjo se desmaterializou.

– Droga. – Edward murmurou.

– Um palavrão, mas uma palavra adequada para isso. – Nigel olhou para o espaço que Adrian tinha preenchido antes. – É cedo para ele estar tão cansado e frágil com a batalha. Isso não é nada bom.

– Você está brincando comigo, certo?

Ele encarou o anjo.

– Com certeza você deve enxergar a loucura que há nele...

– Para sua informação, chefia, não faz nem quatro dias que Devina usou o cara ao seu bel-prazer. E você acha que ele não vai perder a cabeça agora que Jim está passando pela mesma máquina de tortura? Está falando sério?

– Gostaria de lembrá-lo que você jurou que ele poderia lidar com isso. – Nigel viu-se inclinado para frente em posição de confronto. Afinal, ele poderia ser o capitão deste lado, mas isso não queria dizer que estava isento de socos. – Você me disse que ele poderia suportar o estresse. Você me prometeu e eu acreditei em você. E se acha que vai ficar mais fácil à medida que avançamos, então você está tão louco quanto ele aparenta estar.

Edward ergueu o braço e o puxou para trás como se fosse lhe dar um soco.

– Vá se ferrar, Nigel...

Colin investiu contra o anjo em um piscar de olhos, atacando pela direita, como no futebol americano, derrubou o homem e o imobilizou de bruços sobre a brilhante grama verde.

– Você não toca nele, companheiro – Colin grunhiu. – Eu sei que está chateado e deseja libertar Jim, mas não posso deixar que bata em Nigel. Não vai acontecer.

Nigel olhou para a mesa de jantar. Como Bertie e Byron se viraram para olhar, ele viu que eles estavam sentados como pássaros preocupados, seus corpos se estenderam, os braços caíram nas laterais, os olhos arregalados.

Tarquin tinha deitado no chão e colocado seu longo focinho sob a toalha para que não conseguisse ver nada.

A refeição estava mais que arruinada. E não apenas porque o espetáculo que aconteceu ali foi um desastre de se assistir: na verdade, Nigel não ia ser capaz de colocar nada no estômago. Esse jogo com Devina estava tomando péssimas direções de tantas maneiras... e ele estava paralisado pelas regras.

– Solte-me – Edward resmungou.

Colin deveria ter uma estrutura duas vezes mais leve que a do outro anjo, mas tinha uma força elástica além da média.

– Você vai ser legal, companheiro. Nada mais de socos ou vai ser derrubado outra vez.

– *Está bem.*

As palavras não foram qualquer tipo de rendição, mas Colin saiu de cima dele de qualquer maneira... provavelmente por saber que só poderia subjugar o homem de novo se fosse necessário.

Edward tirou os pedaços de grama verde que ficaram presos em seu casaco de couro como se fossem lantejoulas.

– Só por que Jim pode sobreviver a isso não significa que seja justo.

Com isso, ele desapareceu no ar.

Após um palavrão silencioso, Nigel observou o desaparecimento da marca deixada pelo corpo pesado de Edward, a grama se erguia, endireitava-se.

– Eles têm razão – Colin disse asperamente. – E a vadia não está jogando limpo.

– Jim se voluntariou para ela.

– Em uma situação que ela projetou. Não está certo e você sabe disso.

– Você quer que *nós* corramos o risco da derrota? – Ele o encarou. – Você quer perder por causa disso?

Colin espalmou a grama de suas mãos.

– Inferno. Mas que maldito inferno. – Nigel olhou para a marca do corpo que desaparecia em seu gramado.

– Concordo plenamente.

CAPÍTULO 31

A adega não era um lugar aonde Grier ia com frequência. Em primeiro lugar, as garrafas de vinte dólares que enchiam suas taças todas as noites mal valiam o subir e descer de escadas. Em segundo, com sua porta que era como um cofre de banco, seu teto baixo e estantes que percorriam todas as paredes, ela sempre sentia como se lá fosse uma prisão.

E, como pode imaginar... quando seu pai fechou os três no caixão apertado, o peso da presença de Isaac diminuiu o local para o tamanho de uma caixa de lenços de papel e ela sentiu como se não pudesse respirar.

Havia uma mesa polida no centro do espaço e ela ocupou uma das quatro cadeiras. Quando Isaac se sentou à frente dela, foi difícil não se lembrar de quando o encontrou na cadeia: tinha sido bem assim, os dois frente a frente.

Só que agora, apesar do fato que nenhum dos dois estava algemado, ela não conseguia deixar de ter a sensação de que os dois estavam amarrados juntos... e que as rolhas em todas as garrafas eram um pelotão de fuzilamento na iminência de obedecer ao sinal para atirar.

Deus, quando ele foi trazido para se encontrar com ela pela primeira vez, ela não tinha ideia de onde estava se metendo.

Mas, alguém já soube? Quando as pessoas passam por suas vidas cotidianas, escolhas rápidas e eventos aleatórios podem, algumas vezes, girar em um tipo de força centrífuga que as suga e, depois, as expele em um endereço totalmente diferente de onde começaram.

Mesmo quando nunca saem de casa.

Seu pai sentou-se mais próximo da porta e uniu as mãos quando colocou os cotovelos no topo da mesa.

– Estamos seguros aqui embaixo – disse ele, apontando para uma saída de ar no pequeno teto que tinha duas bandeiras vermelhas tremendo com a brisa. – O sistema de ventilação é iniciado a vários quarteirões de distância daqui, assim, não há preocupação com uma contaminação. Há também um túnel e um transmissor de ondas de rádio que irá embaralhar nossas vozes se estivermos sendo gravados.

O túnel era uma novidade e Grier olhou em volta. Até onde ela poderia ver, todas as prateleiras estavam fixadas na parede e o chão era de pedra, mas dado os outros pequenos truques na casa, ela não poderia afirmar que estava surpresa.

Isaac se manifestou.

– Se eu tivesse que ir até alguém e conversar com essa pessoa, quem seria?

– Isso depende de como...

– E quanto à mamãe? – Quando Grier cortou, interrompeu, descarrilou, ela olhou para o rosto de seu pai, procurando por contrações ao redor dos olhos e da boca. – E quando ela morreu? Foi mesmo de câncer?

Embora tivesse sido há sete anos, aqueles dias finais horríveis ainda estavam tão vívidos e ela se infiltrou neles, procurando por rachaduras nas paredes dos acontecimentos, em busca de lugares onde as coisas que pareciam de um jeito pudessem ser de outro.

– Sim. – Seu pai disse. – Sim... ela... Sim, aquilo foi câncer. Eu juro.

Grier exalou e achou difícil imaginar que ela estivesse realmente aliviada por ter sido aquela doença horrível. Mas era muito melhor a Mãe Natureza ter sido a culpada. Muito melhor que aquela tragédia não precisasse ser reescrita. Uma era mais do que suficiente.

Ela limpou a garganta. Assentiu.

– Tudo bem, então. Tudo bem.

Uma mão quente cobriu a dela e a apertou. Como as mãos de seu pai estavam sobre a mesa, ela percebeu que era Isaac. Quando ela olhou para ele, Isaac quebrou a ligação, seu toque durou apenas o suficiente para que ela soubesse que ele estava ali com ela, mas não de maneira que ela se sentisse reprimida.

Deus, as contradições que havia nele. Brutal. Sensual. Protetor.

Com um tapa mental, ela voltou a se concentrar em seu pai.

– Você estava dizendo alguma coisa?

Ele balançou a cabeça e se recompôs antes de olhar para Isaac de novo.

– Até que ponto você está disposto a ir?

– Eu não vou comentar sobre os outros soldados em atividade – disse Isaac. – Mas quanto ao que se tratar das minhas atribuições, vou até o fim. As coisas que fiz para Matthias. O que sei sobre ele e sobre o segundo na linha de comando. Onde os dois me enviaram. O problema é: isso é uma colcha de retalhos... Há muita coisa a qual só conheço em parte.

– Deixe-me mostrar uma coisa.

Seu pai se levantou da mesa e, antes que ela pudesse ver o que ele fez, uma seção de prateleiras veio para frente e deslizou à esquerda, expondo um conjunto de segurança em meio à parede de pedra. A porta resistente foi aberta pelas impressões de toda a palma de sua mão em um painel e o interior não era muito grande – um pouco maior que um bloco de notas na horizontal e não tinha mais que quinze centímetros de altura.

Ele voltou à mesa com uma pasta grossa.

– Isso foi tudo o que consegui reunir. Nomes. Datas. Pessoas. Lugares. Talvez isso ajude a ativar sua memória. – Ele bateu sobre a capa da frente. – E vou descobrir a quem recorrer. Não há como saber com certeza quem está envolvido no círculo de relações de Matthias: conspirações governamentais têm grossas raízes, mas também possuem garras que você não consegue ver. A Casa Branca não é uma opção e é uma questão federal, então, contatos da União não vão nos ajudar. Mas eis o que eu penso...

A voz de seu pai tornava-se mais poderosa a cada palavra, a força crescente do propósito o transformava no pilar que ela sempre acreditou que fosse. E, enquanto ele descrevia os planos, ela sentiu uma mudança no centro de seu coração.

Embora isso se devesse muito a algo que Isaac havia falado. *Nenhum de nós sabe no que está entrando até ser tarde demais...*

O irmão dela tinha sido um drogado muito amado, um viciado de primeira ordem que teria morrido pelas suas próprias mãos em algum momento – embora essa não fosse uma justificativa para o que tinha sido feito com ele, era a simples realidade da situação. E ela se surpreendeu, na época, em como seu pai ficou desesperado com a perda. Ele e Daniel não mantinham contato há pelo menos um ano antes daquela noite terrível: depois da última internação em mais uma clínica de reabilitação caríssima ter caído no esquecimento, o pai atingiu seu limite assim como muitos pais e familiares faziam. Ele ofereceu tudo o que podia para seu filho, andou com toda dificuldade por uma década nos caminhos da recuperação que deram uma esperança traiçoeira, mas era inevitável que se seguissem longos e obscuros meses em que ninguém sabia onde Daniel estava ou, até mesmo, se estava vivo.

Contudo, seu pai estava inconsolável em sua morte. Ao ponto dele passar uma semana em uma cadeira com nada além de uma garrafa de gim ao seu lado.

E agora ela sabia o porquê. Ele acreditava que era inteiramente responsável.

Enquanto ela o observava falar, notava a idade em seu rosto... as rugas ao redor dos cantos dos olhos e da boca, a ligeira inclinação na linha do queixo. Ele ainda era um homem bonito e, ainda assim, nunca se casou de novo. Será que foi pela bagunça na qual estava envolvido? Provavelmente.

Definitivamente.

Aqueles sinais da idade nele não eram apenas uma questão do tempo. Foi estresse, dor de cabeça e...

Mudando seu foco para Isaac, seu olhar estreito e parecendo um laser era intenso; sua íris pálida brilhava muito com uma luz de "vamos à guerra". Engraçado, ele não tinha nada a ver com seu pai em termos de antecedentes, educação escolar, exposição, experiência. E, ainda assim, eles eram idênticos em muitos aspectos.

Especialmente unidos na missão comum de fazer o certo.

– Grier?

Sacudindo-se, ela olhou para seu pai. Ele estava segurando algo em sua direção... um lenço? Mas por quê...

Quando ela sentiu algo atingir seu antebraço, olhou para baixo. Uma lágrima prateada se recolhia após a queda de seu olho, aglomerando-se em um pequeno círculo brilhante em sua pele.

Outra escorreu e atrapalhou todo seu esforço – mas, então, as duas uniram forças e a massa duplicou.

Ela pegou o lenço e enxugou suas lágrimas.

– Eu sinto tanto – seu pai disse.

Ela enxugou o rosto e redobrou o linho fino, lembrando-se dele fazendo a mesma coisa quando estavam na cozinha.

– Sabe? – ela murmurou. – Desculpas não significam nada. – Ela apoiou a mão na pasta que ele tinha colocado na mesa. – Isso... o que vocês dois estão fazendo... isso é tudo.

A única coisa que poderia consertar qualquer aspecto sobre isso.

Para interromper a conversa mental, abriu a capa...

Ela franziu a testa e se inclinou. A primeira página era uma impressão da imagem de quatro fotografias de rosto. Todos homens. Todos eles pareciam diferentes versões étnicas de Isaac. Embaixo das imagens, com a caligrafia de seu pai, havia nomes, datas de nascimento, números de cadastro na segurança social, a última vez que foram vistos... embora nem todos os dados estivessem concluídos. E três deles tinham a palavra FALECIDO embaixo de suas fotos.

Ela virou para próxima página e a próxima. A mesma coisa. Tantos rostos.

– Eu quero que Jim Heron entre nessa – Isaac disse. – Quanto mais estiver disposto a ir adiante, melhor...

– Jim Heron? – o pai dela disse. – Você quer dizer Zacarias?

– Sim. Eu o vi mais cedo essa noite e na noite anterior. Eu pensei que ele tinha sido enviado para me matar, mas, ao que parece, ele quer me ajudar... ou é assim que diz.

– Você o *viu*?

– Ele estava com dois rapazes. Eu nãos os reconheci, mas parecem com caras que poderiam ser das operações extraoficiais.

– Mas...

– Oh, meu Deus. – Grier sussurrou, aproximando uma das páginas. – É ele.

Quando ela apontou para uma das fotos, ouviu seu pai dizendo:

– Jim Heron está morto. Atiraram nele em Caldwell, Nova York. Há quatro noites.

– É ele. – Ela repetiu, batendo na foto.

A voz de Isaac soou confusa.

– Como sabia? Grier... como você sabia?

Ela olhou para ele.

– Sabia o que?

– Que era Jim Heron.

Movendo seu dedo, ela viu o nome Zacarias abaixo da foto.

– Bem, eu não sei quem ele é, mas esse é o homem que apareceu no meu quarto na noite passada. Como um anjo.

Capítulo 32

Aquilo não estava funcionando.

Lá no fundo do Inferno, onde ela mantinha suas almas capturadas e onde o ar rarefeito ecoava os gemidos de seus servos oleosos, Devina estava sofrendo de um caso grave de mau humor.

Razão pela qual ela mandou todos embora.

Parando de repente, ela observou o pedaço de carne amarrado com um fio metálico em sua mesa. À luz das velas, Jim Heron era uma obra ao estilo Pollock com sangue, cera negra e outros líquidos de vários tipos, e ele estava tendo dificuldades para respirar através de seus lábios inchados e rachados. Em seu estômago, havia um roteiro de escavações que ela tinha feito com suas próprias garras e as coxas dele estavam bem marcadas com seu nome e seus símbolos.

Seu pênis tinha sido utilizado até ficar tão em carne viva quanto o resto do corpo dele.

E, ainda assim, ele não chorou ou implorou ou sequer abriu os olhos. Nenhuma blasfêmia, nada de lágrimas. Nada.

Ela não tinha certeza se deveria ficar chateada consigo e com seus ajudantes por não terem se esforçado o suficiente... ou se estava se apaixonando pelo bastardo.

De qualquer maneira, ela tinha a determinação de conseguir um pedaço dele. A questão era como.

Devina estava bem consciente de que havia duas maneiras de quebrar alguém. A primeira era de fora para dentro: você esculpia a pele, os ossos e o sexo do indivíduo até que a dor física, a exaustão e a vergonha aniquilavam seu núcleo mental. A segunda era o inverso: encontrar a fenda que havia dentro da pessoa e martelar com palavras até que tudo desmoronasse.

Normalmente, a primeira era suficiente para ela, tendo em conta todas as ferramentas à sua disposição – e também era divertido e, portanto, era por onde ela sempre começava. A segunda era mais complicada, embora não menos satisfatória à sua maneira. Todas as pessoas tinham chaves para abrir suas portas internas; ela só precisava classificá-las e descobrir aquela que a levaria para dentro da mente e do coração do indivíduo.

No caso de Jim Heron... Bem, estava claro que ele ia dar trabalho. E aquilo ainda abriria uma competição pelo brinquedo favorito com Adrian.

O que escolher, o que escolher...

A mãe dele. Sua mãe era uma boa, mas Devina não era capaz de ficar calma para se aproximar da realidade e ele deveria ser inteligente o suficiente para descobrir que ela estava fingindo...

Felizmente, havia outra solução que estava sob seu controle.

Fora do alcance da luz das velas, presas em suas paredes viscosas, as almas daqueles que ela capturou se contorciam. Mãos, pernas, pés e cabeças faziam aparições ondulantes que nunca quebravam a superfície suspensa, o torturado sempre procurava por uma saída.

A satisfação de ver sua coleção a distraiu, mas também a deixou faminta: ela tinha que ter Jim também como um troféu entre os outros. Estava desesperada para tê-lo dentro dela. No início, tinha sido um mero jogo; agora, depois daquela sessão, era muito mais que isso.

Ela queria obtê-lo.

Voltando a focar o rosto dele, ela achou sua expressão quase impossível de compreender. Como um homem poderia ter passado por tanta coisa... e sem sequer fazer uma careta. E também sem medo do que estava por vir.

Contudo, ela ia consertar isso.

E ela gostava de pensar que esse poder nele vinha daquela porção que ela compunha. Aqueles anjos de corações sangrando com sua contenção e moral sacrossantas... fracos, tão fracos. Ao ponto de ela não querer perder o jogo contra Nigel não apenas porque poderia governar a terra e os céus e tudo o que havia entre o sol e a lua... mas porque um bom tapa no traseiro daqueles maricas seria demais.

Contudo, Jim... ele era melhor que isso. Ele era mais parecido com ela no fundo de seu ser.

Que tragédia ter que enviá-lo à Terra em breve; mas o jogo, afinal, tinha que ser retomado. Entretanto, antes de ir, ela estava determinada em fazer uma impressão nele, dar a ele mais um pouco do que seria o Inferno Eterno. Afinal, os cortes em sua pele eram relativamente rasos. Porém, marcas na mente eram muito, muito mais profundas.

E imortais eram especialmente gratificantes nesse sentido, pois, conforme o cérebro persistia, assim era a memória – e isso significava que ela poderia deixar cicatrizes eternas.

Olhando a parede, que se estendia quilômetros acima dela, Devina pensou em sua terapeuta e no trabalho que estavam fazendo juntas. Aquele era um domínio que estava fora dos limites de sua "recuperação", e sua situação com Jim era mais uma prova de como seu probleminha de acumular objetos viria a calhar.

Você nunca sabe do que pode precisar.

Estendendo a mão, puxou uma das formas mais esbeltas, movendo-a dentre as outras almas, chamando-a até ela. Quando estava no chão, ela convocou a alma e a vestiu da forma corpórea que costumava exibir na Terra.

Devina sorriu frente a isso. Tanta utilidade em um pacotinho tão insosso e esquecível.

Voltando-se para a mesa, ela disse:

– Jim? Tenho alguém aqui que você vai querer ver.

Deitado sobre a mesa de Devina, ele duvidou. Duvidou disso, de maneira muito sincera.

Além disso, naquele ponto, visões provavelmente não eram convidativas.

Nada mais doía, o que tornava aquela droga toda muito mais fácil. No entanto, a troca que fez por aquela feliz dormência foi sua consciência recolhida a um canto escuro de seu interior. Ele ainda não tinha deitado a cabeça para tirar um cochilo, mas estava chegando lá: a audição tinha atingido a fase do algodão, onde tudo estava abafado e as coisas estavam bem frias dentro de sua pele.

Os sinais clássicos do choque faziam com que ele se perguntasse se ela tinha, de fato, a capacidade de matá-lo.

Ela não tinha finalizado Adrian, mas será que aquilo não seria um capricho do afeto?

– Vou deixar vocês dois se conhecerem.

A satisfação de Devina não era uma boa notícia, considerando que ela fez todo o inumano possível para acabar com ele afinal... Por quanto tempo? Horas? Tinha que ser.

Passos. Recuando.

Uma porta. Fechada.

Silêncio.

Contudo, alguma coisa estava com ele. Ele conseguia sentir a presença à sua esquerda.

Atrás de suas pálpebras fechadas, ele tinha certeza de duas coisas: Devina não devia ter ido muito longe e, seja lá o que foi que ela trancou com ele, estava perto.

A respiração foi a primeira coisa que ele notou. Macia, suspensa. Do tipo que você pratica quando está em modo de recuperação. Será que era sua própria respiração?

Não. O ritmo era diferente.

Ele virou a cabeça com cuidado em direção a coisa e babou, sua boca se livrou do que ele não conseguia engolir por causa do fio em volta do seu pescoço.

Seja lá o que estava com ele, soltou outra respiração suspensa. E, então, ele ouviu um sutil estalo.

Que diabos era aquilo?

Em dado momento, a curiosidade prevaleceu e ele rompeu uma de suas pálpebras... ou deu uma chance a elas, por assim dizer. Precisou de duas tentativas e ele teve que empurrar as sobrancelhas em direção à testa antes que as porcarias se abrissem...

No início, Jim não conseguiu compreender o que estava olhando. Mas o cabelo loiro não podia ser negado... aqueles cabelos longos e loiros que caiam sobre ombros frágeis.

A última vez que os viu tinha sido há dois dias. No banheiro de Devina.

Estava banhado de sangue.

A garota que tinha sido sacrificada para proteger o espelho de Devina estava vestida com uma capa manchada, seus braços finos cobriam os seios, uma pequena mão protegia a junção de suas coxas. Parecia, como milagre, que ela não estava marcada, mas o trauma estava ali: seus olhos estavam arregalados e horrorizados...

Só que eles não estavam na sala. Eles estavam nele... em seu corpo e nos restos brilhantes e pegajosos de tudo o que tinham feito com ele.

– Não... – A voz dele estava tão fraca que ele precisou puxar mais ar através daquela barreira de arame em sua garganta. – Não olhe... para mim. Afaste-se... Pelo amor de Deus, afaste-se...

Droga. Ele precisava de mais oxigênio, precisava fazer com que ela...

Os olhos dela encontraram os dele. O choque e o terror em sua face disseram mais do que ele precisava saber, não apenas do que tinha sido feito com ela por Devina, mas sobre o que a visão dele estava fazendo com aquela pobre garota.

– Não olhe para mim!

Quando ela se encolheu e retraiu-se, seu temperamento vacilou. Não que houvesse muito para conter – mas ele usou toda sua força naquele grito.

– Cubra o rosto – ele disse com a voz rouca. – Afaste-se e apenas... cubra o rosto.

A garota ergueu as mãos e se virou, sua coluna delicada destacava-se contra a capa conforme tremia.

Jim tinha puxado suas amarras involuntariamente durante a pequena sessão de exercícios com Devina. Agora, ele as empurrava.

– Você está se machucando – ela disse enquanto ele grunhia. – Por favor... pare.

A dor interrompia sua capacidade de fala e levou um tempo para dizer alguma coisa.

– Onde... Onde ela a mantém? Aqui embaixo?

– Na... na... – Sua voz era tão débil e, entre as palavras, seus dentes batiam, o que explicava o clique que ele tinha ouvido. – Na parede...

Seus olhos se atiraram em direção à escuridão, mas a luz das velas formava um bloqueio luminoso que seus olhos não conseguiam ultrapassar.

– Como ela faz isso? – Sem correntes, ele esperava.

E, droga, ele ia ferrar Devina por isso.

– Eu não sei – a garota disse. – Onde estou?

No inferno. Mas ele manteve isso para si.

– Eu vou tirá-la daqui.

– Minha mãe e meu pai... – ela caiu em lágrimas. – Eles não sabem onde estou.

– Vou dizer a eles.

– Como... – Quando ela olhou sobre seu ombro, seus olhos se fixaram sobre seu dorso degradado e ela empalideceu.

Ele balançou a cabeça.

– Não olhe. Prometa... não olhe mais para mim.

Mãos pálidas voltaram àquele belo rosto e ela assentiu.

– Meu nome é Cecilia. Sissy Barten, com 'e'. Tenho 19 anos. Quase vinte.

– Você mora em Caldwell?

– Sim. Estou morta?

– Quero que faça uma coisa por mim.

Agora, ela deixou cair os braços e olhou para ele com firmeza.

– Estou morta?

– Sim.

Ela fechou os olhos como se outra onda de agitação atingisse seu corpo.

– Esse não é o Céu. Eu acredito no Céu. O que eu fiz de errado?

Jim sentiu algo quente no canto dos dois olhos.

– Nada. Você não fez nada de errado. E eu vou te levar para lá.

Nem que fosse a última maldita coisa que fizesse.

– Quem é você?

– Sou um soldado.

– Como no Iraque?

– Costumava ser. Agora eu luto contra essa vadia... ah, mulher que fez isso a você.

– Eu pensei que estava ajudando... quando a moça me pediu para carregar uma bolsa para ela. Eu pensei que estava ajudando... – Ela inspirou com força como se estivesse tentando se recompor. – Você não pode sair daqui. Eu tentei.

– Eu vou salvá-la.

De repente, a voz dela ficou mais forte.

– Eles machucaram você.

Droga, ela estava olhando para ele de novo.

– Não se preocupe comigo... tem que se preocupar consigo mesma.

Um som, como de algo caindo ou talvez uma porta de metal se fechando, ecoou, assustando a garota e focando Jim. Sem dúvida, Devina chegaria logo e colocaria Sissy de volta ao seu lugar, então, ele tinha que agir rápido. Ele não sabia quando voltaria ali ou como exatamente poderia libertar sua garota.

Sissy, era esse o nome.

– É ela? – Sissy perguntou tensa ao ouvir o som de passos ao longe. – É ela, não é? Eu não quero voltar para a parede... por favor, não deixe que ela...

– Sissy, ouça. Eu preciso que você se acalme. – Ela tinha que ter algo para focar, algo para manter sua mente sã enquanto ele descobria como voltar ali para salvá-la. Sondando sua mente, ele tentou criar uma imagem, algo para acalmá-la.

– Eu preciso que me ouça com atenção.

– Eu não posso voltar para lá!

Droga, o que fazer para que ela se concentre?

– Eu tenho um cachorro – ele desabafou.

Houve uma agitação, como se ele a tivesse surpreendido.

– Você tem?

Quando os passos se aproximaram, ele quis soltar um palavrão.

– Sim, eu tenho.

– Eu gosto de cachorros – ela disse em voz baixa, seus olhos fixos nele.

– Ele é cinza, meio loiro e peludo. Seu pelo... – os passos foram ficando cada vez mais altos e Jim falou rápido. – Seu pelo é grosso, como se fosse feito das sobrancelhas de um senhor idoso e ele tem patinhas.

Ele gosta de sentar no meu colo. Ele tem uma perna manca que aparece quando ele corre rápido demais e ele gosta de comer minhas meias.

Uma fungada e uma respiração suspensa. Como se soubesse o que estava se aproximando e ela ia fazer o melhor que podia para segurar a corda de segurança que ele estava tentando oferecer.

– Qual o nome dele?

– Cachorro. Eu o chamo de Cachorro. Ele come pizza e sanduíche de peru e dorme no meu peito. – Mais rápido. Mais rápido com as palavras. – Você vai conhecê-lo, ok? Você vai levá-lo para passear em um gramado e... Sabe quando se dobra uma meia dentro de outra?

– Sim. – Agora havia urgência. Como se ela quisesse o máximo que ele poderia dar. – Uma bola de meia.

– Bolas de meia... é isso. – Rápido, rápido, rápido. – Você vai pegar uma bola de meia, vai jogar e ele vai trazê-la de volta para você. O sol é alto, Sissy. Você pode senti-lo em seu rosto...

– Quando você volta? – ela sussurrou.

– Assim que eu puder. – Ele estava falando de maneira confusa agora, os passos se aproximavam e ele sabia que estavam usando saltos agulha afiados e pontudos.

– Lembre-se do Cachorro. Está me ouvindo? Quando sentir que está perdendo, lembre-se do meu cachorro...

– Não me deixe aqui...

– Vou voltar por você...

O rosto de Sissy estava cheio de lágrimas quando ela estendeu a mão para ele.

– Não me deixe aqui!

Em um instante, ela assumiu a forma que tinha quando ele a viu sobre a banheira, aquela capa desapareceu, deixando-a nua, seu corpo estava profanado, seus cabelos loiros desgrenhados e emaranhados com sangue.

De repente, seus olhos saltaram para um canto distante e seus lábios manchados começaram a tremer.

– Não!

Ela colocou as mãos para cima como se quisesse afastar golpes, curvando-se para se afastar deles...

Dessa maneira, ela se foi. E Devina, a bela e diabólica Devina, entrou sob a luz das velas.

Jim perdeu essa.

Parou na metade.

Perdeu como um filho da mãe.

Quando ele xingou a assassina sangrenta, era tudo sobre a menina. A moça inocente que tinha sido tirada de sua família por um demônio, puxada para um buraco e aprisionada ali... e obrigada a ver o que restou de um homem torturado.

A raiva era uma bomba nuclear que explodia dentro dele...

A luz branca entornou de suas órbitas, explodindo na sala, iluminando as brilhantes paredes pretas que se estendiam para cima em direção ao infinito. A liberação da luz consumiu sua forma física, libertando-o das amarras de Devina, levando-o a percorrer o espaço em uma rajada de moléculas soltas que sopraram as velas e derrubaram seus suportes.

Aglutinando sua forma intensamente, ele se virou... e foi ao ataque de Devina.

Agora, era ela quem se preparava para o impacto, seu cabelo moreno foi arrancado de seu couro cabeludo com o furacão explosivo que ele produziu, a pele de seu rosto foi de encontro a sua estrutura óssea quando ela perdeu o equilíbrio e caiu sobre o chão de pedra.

Assim que ele a alcançou, Jim reuniu sua nova forma em uma lança certeira e atirou-se direto em direção ao peito dela.

Jim entrou no corpo dela e lançou a vadia longe, todas as partes dela saíram voando, pedaços de sua pele, emaranhados de entranhas escorregadias e quilos de carne vermelha escura se espalharam pelas paredes de sua masmorra.

O que sobrou foi um buraco negro da mesma massa e energia que o compuseram – ele estava pronto para atacá-la assim.

Só que, evidentemente, ela não estava interessada em uma luta corpo a corpo: sua sombra distorcida saiu da sala e desceu um corredor, iniciando uma fuga.

Mas que... Droga!

Jim correu atrás dela...

E se chocou com o equivalente metafísico de uma casa de tijolos.

O impacto chocante da barreira invisível o enviou para trás e ele assumiu sua forma corpórea mais uma vez ao deslizar em carne viva no chão de pedra.

Ele teve um breve momento para soltar um "mas que inferno!" antes que o sinal de fim de jogo do seu corpo piscasse e ele caísse de costa em exaustão absoluta.

Quando sua raiva passou, nada mais havia nele e um cansaço fatal sangrou de seu coração que batia de maneira estranha e se espalhou por ele como uma erva daninha que se enraíza e floresce. Não mais sendo capaz de erguer a cabeça, ele deixou a coisa descansar na pedra e apenas respirou, mal notando que o ar estava saturado com cheiro de morte recente e com uma pitada acre da fumaça das velas.

– Sissy – ele disse na escuridão. – Estou bem aqui...

Ele não tinha ideia de se ela podia ouvi-lo e não houve resposta. Apenas um som estranho, fundido... sem dúvida, as almas tentando se livrar de sua prisão.

Ele odiava pensar que sua garota estava presa lá.

Odiava o fato de tê-lo visto daquela maneira.

Com esse pensamento, a dor o incomodou como se tivesse sido esfaqueado com uma barra de ferro. Oh, Deus... aquela pobre criança...

Um aumento súbito de emoção veio sobre ele em uma onda: nu, arrasado e imundo, Jim encolheu-se para um lado e chorou sufocado e com grande sofrimento, suas lágrimas quentes e salgadas percorriam a pele de seu rosto arrasado.

Ele nunca se preocupou em se machucar. Nunca. Mas suas falhas... seus fracassos eram insuportáveis. E agora havia duas mulheres que ele não tinha sido capaz de salvar: sua amada mãe e Sissy... Nas duas ocasiões, ele chegou tarde demais no local, nas duas ocasiões, o dano já havia sido feito antes dele chegar.

Com uma precisão horrível, ele viu sua mãe no chão da cozinha da fazenda, nada além de estraçalhada... e Sissy sobre a banheira.

Agora Sissy também, tentando se afastar do demônio.

Era demais para suportar, o peso de suas falhas era grande demais para suportar, quanto mais para continuar a lutar...

O som de seu nome abriu seus olhos e diminuíram os soluços.

Com um esforço enorme, ele virou a cabeça e olhou para cima.

Muito, muito, muito acima, a uma galáxia de distância de onde ele estava, um pontinho de luz se recolhia e ficava mais forte, começando de novo como se fosse a cintilação minúscula de um pisca-pisca na árvore de Natal... e, então, se intensificou para 25, depois 60 e, então, parecia uma lâmpada de 100 watts.

A iluminação caía sobre ele com a velocidade e a eficiência de uma pluma através do fino ar... dentes de leão soprados pela boca de uma criança... flores do campo sob uma brisa suave...

Levou um tempo bastante longo para que sua mente abrangesse a desconexão entre seu desespero épico e o delicado caminho de luz. Fechando os olhos, ele parou de assistir e se entregou ao estremecer aleatório de seu corpo espancado.

– Jim.

Uma voz masculina. Sobre ele.

Jim abriu as pálpebras para ver que a luz havia se tornado um homem de cabelos escuros com asas douradas magníficas.

Colin.

O arcanjo número dois.

– Ei, companheiro – o cara disse ao se ajoelhar. – Eu vim para te tirar daqui.

De algum lugar, só Deus sabe de onde, Jim convocou energia suficiente para falar.

– Leve-a no meu lugar. Deixe-me aqui... leve-a no meu lugar. Sissy. A menina...

– Isso eu não posso fazer. Eu não deveria estar aqui agora. – O anjo se inclinou e reuniu a forma arrasada de Jim em seus braços. – Mas você vai precisar de um tempo para se recuperar antes que possa sequer se sentar, quanto mais sair daqui por si mesmo. E a guerra continua sem você.

Nenhum argumento para seu nível de energia, mas Deus, ele gostaria que Sissy estivesse um milhão de quilômetros longe dali.

– Deixe-me – ele gemeu.

– Não nessa vida. Você quer Sissy liberta? Derrote Devina. É assim que vai libertar sua garota desse pesadelo.

Quando começaram a levitar, a cabeça de Jim pendeu para um lado e ele os viu subir, subir, afastando-se metros e metros – inferno, eram quilômetros – das paredes negras. Ao longo do caminho, a forma brilhante de Colin iluminava o deslocamento, agitando a superfície, e rostos se sobressaíam na opacidade, através da barreira líquida, como se aqueles que estavam presos tentassem vê-los, pegá-los, juntar-se a eles na fuga. De todas as direções, mãos se estendiam. Contorcendo-se em formas grotescas como se a barreira maleável da prisão provasse ser rígida demais para ser trespassada.

Onde estava a garota dele? Sua bela e inocente garota que...

O cérebro de Jim estava esgotado, a trama de seus pensamentos se desembaraçava, a consciência começou a desistir daquele fantasma e se aprofundou no berço rígido das paredes de seu crânio.

Enquanto desmaiava, sua última missiva mental foi uma oração: que Sissy se lembrasse do Cachorro e se agarrasse a essa esperança até que Jim pudesse fazer disso realidade.

Capítulo 33

Na adega, com a imagem de Jim Heron exposta no dossiê, Isaac estava certo que os dois Childes tinham perdido a cabeça.

– Ele não está morto. – Isaac lançou olhares para pai e filha. – Eu não tenho certeza do que você viu ou o que ouviu...

– Ele esteve no meu quarto. – Grier balançou a cabeça. – Foi assim que fiquei sabendo que você estava tendo o pesadelo. Ele apontou o caminho e, em seguida, eu fui até você. Pensei que era um sonho, mas por que identifiquei o rosto dele na foto de maneira tão clara?

– Porque você o viu. Ontem à noite, na luta. Ele estava comigo.

– Não, ele não estava.

Certo. O cara esteve bem na frente dela.

– Você disse que era um anjo.

– Bem, parece que ele tinha asas.

Teoricamente, era possível que Heron tivesse feito uma visita a ela – mas com o alarme de segurança, era possível concluir que ele deve ter ficado distante das portas francesas da sacada. Ao acordar e ficar meio desorientada, ela concluiu que Jim estava do lado de dentro. E isso foi apenas uma coincidência com o pesadelo... Assim como as asas? Jim Heron nunca foi santo, muito menos um anjo. Seja lá o que ela tinha visto, devem ter sido reflexos dos vidros. Tinha que ser.

O pai de Grier falou.

– Estou dizendo, ele está morto. Eu recebo um alerta de rastreadores na internet com os nomes dos agentes que conheço... e ele levou um tiro em Caldwell, Nova York, há quatro dias.

Isaac revirou os olhos.

– Não acredite em tudo que lê. Eu falei com o cara no jardim dos fundos ao anoitecer. Frente a frente. Confie em mim, ele está vivo e precisamos dele. – Isaac ficou em pé. – Os amigos dele estão vigiando a casa enquanto conversamos e, pessoalmente, acho que Heron declarou uma guerra velada a Matthias, então, tenho plena certeza de que podemos chamá-lo para trabalhar conosco, concluindo que eles ainda não o mataram. Acredito que o status dele é de desaparecido em ação, no momento.

– Espero que possa agregá-los, então, pois quanto mais pessoas para acompanhá-lo, melhor. – Childe bateu uma de suas mãos sobre os dossiês. – Deve revisar tudo isso essa noite, preencher as lacunas, tentar encaixar o que sabe... mesmo que não queira entregar seus companheiros soldados, isso pode ajudar nas suas lembranças. Vou subir até o corredor do banheiro e usar meu telefone de segurança para fazer algumas ligações e estabelecer as coisas o mais rápido que puder.

– Entendido. Mas eu gostaria que o senhor ficasse longe das janelas e não saísse da casa.

– Vou ser cuidadoso. – Childe lançou um olhar à sua filha. – Prometo.

Quando o pai de Grier desapareceu escada acima, Isaac verificou o transmissor de alerta. O aparelho ainda mostrava que o sinal tinha sido enviado, mas ainda não tinha recebido resposta. O que significava que ele ou estava muito abaixo do solo naquela adega para receber isso... ou Matthias estava dando um tempinho para entrar em contato.

Ele olhou para Grier.

– É melhor eu ficar lá em cima por um tempo no caso deles tentarem entrar em contato comigo.

– O que você vai fazer? Se eles quiserem se encontrar com você imediatamente?

– Tenho uma margem de tempo até eu me entregar. Mas seu pai precisa fazer alguns milagres rapidamente. – E, por favor, Deus, faça com que Jim Heron esteja bem... e que apareça logo.

Ela acariciou os dossiês com sua mão elegante.

– Ele é bom com milagres. Na verdade, é a especialidade dele. Você deveria vê-lo negociando. – Seus olhos baixaram até a pasta. – Vou ficar aqui. Quero ver se reconheço algum desses homens. Havia muitos que batiam na porta durante a minha infância e eu sempre me perguntei quem eles eram.

Quando ela ficou em silêncio, ele deu um passo adiante. E depois outro. Em volta da mesa, até que estivesse ao lado dela.

Quando ela levantou o olhar para ele, Isaac colocou para trás com cuidado uma mecha de cabelo que estava em seu rosto.

– Não vou perguntar se está bem, pois como poderia, não é?

– Você já sentiu... como se não reconhecesse sua própria vida?

– Sim. E isso foi o que me levou a mudar.

Bem, aquele tinha sido o primeiro passo. Ele estava começando a acreditar que ela era o segundo. E com o pai dela e Jim Heron... três era o número mágico. Se Deus quisesse.

– Sabe de uma coisa? – ela disse. – Estou realmente feliz em ter te conhecido.

Isaac recuou.

– Pelo amor de Deus, como pode dizer isso?

– Você foi a chave que destrancou as mentiras. – Ela voltou a encarar a foto de Jim Heron. – Acho que sem você nada disso seria esclarecido. Apenas algo que pudesse estilhaçar assim...

Quando ela não completou, ele deu um passo para trás.

– Sim. Esse sou eu.

Ela assentiu de maneira distraída, virou a página e se perdeu nos rostos dos homens que eram exatamente como ele... homens que haviam arruinado a família dela.

Estilhaçado.

Será que os agentes que tinham matado seu irmão estavam ali? Com algumas notas?

De alguma maneira, ele duvidava que o pai os colocasse ali.

– Posso lhe servir um pouco de vinho? – ele perguntou, antes de sair.

Grier sorriu um pouco.

– Estou cercada disso.

– Verdade. – Ele deveria ter oferecido café. Água. Cerveja. Uma troca de óleo. Qualquer coisa que ele pudesse fazer por ela ou dar a ela para acalmá-la.

Bem, agora, com essa brecha, havia algo melhor que poderia fazer. Ele poderia deixá-la.

– Vou estar lá em cima. – Quando ele alcançou a porta, olhou para trás. Ela estava enterrada nos dossiês, sobrancelhas tensas, braços no colo ao inclinar-se sobre a mesa.

Sim, deixá-la tornaria as coisas muito melhor.

Ele se virou e subiu as escadas para a cozinha de dois em dois degraus. Parando na base da escada, ele ouviu alguma coisa. Não um som. O que fazia sentido uma vez que o pai dela tinha se trancado em um banheiro protegido.

Droga, ele não acreditava que estava prestes a denunciar Matthias. Mas, às vezes, a morte natural era boa demais para alguém. Melhor que apodrecer atrás das grades ou ficar tão aceso quanto a Times Square em uma cadeira elétrica.

Era quase como se ele estivesse destinado a encontrar Grier e seu pai nesse exato momento de sua vida – os dois tinham sido predestinados a lhe mostrar algo muito mais honroso do que havia planejado fazer.

Contudo, Jim Heron se mostraria importante também.

Apalpando uma de suas armas, saiu para o jardim pela porta dos fundos.

Evitando a luz que era sensível ao movimento, ele aguardou nas sombras sem fazer barulhos e, claro, um dos amigos de Jim se aproximou um momento depois. No instante em que colocou os olhos no cara, estava claro que o clima permanecia ruim: o cara com a trança tinha os lábios apertados e o olhar rígido como de um homem que ainda não sabia onde um dos membros de seu time estava.

– Jim ainda não pôde vir? – Isaac perguntou. Mesmo sabendo que a resposta era um claro "não", dado àquela expressão.

– Espero que possa vê-lo pela manhã.

Isaac olhou para seu relógio.

– Não sei se tenho todo esse tempo.

– Arranje algum.

Fácil para ele dizer.

– Vai me dizer se ele aparecer?

Quando o cara assentiu, Isaac ficou muito preocupado.

– Ele está bem? – Quando o cara balançou a cabeça devagar, Isaac soltou um palavrão.

– Você vai me dizer o que está acontecendo? – Silêncio. – Sabe? Para sua informação, as pessoas pensam que ele morreu.

– Tudo que posso dizer é que... neste momento, ele gostaria de estar morto.

Adrian observou enquanto Eddie conversava com Rothe perto da porta dos fundos e mesmo Ad sendo intrometido como ninguém, ele não se importava com o que estavam dizendo.

Nigel. Aquele filho da mãe do Nigel.

Pensava que era o "Sr. Acima de Tudo Quanto é Mais Sagrado".

Que estava mais que disposto a deixar seu maior trunfo ser usado e abusado pelo inimigo apenas porque era bichinha demais para arregaçar as mangas e nocautear Devina.

Enquanto isso, Jim era um equipamento de ginástica para um bando de babacas pervertidos.

Cara, ele apenas veio com aquela história de não poder fazer nada. Se Ad tivesse um de seus amigos capturado e ele pudesse libertá-lo? Não importava o que ele tivesse que fazer, o sacrifício que isso fosse requerer, por onde tivesse que passar: ele traria o pobre filho da mãe de volta. E onde estava seu chefe agora? Jantando.

Aquilo fazia com que ele desejasse enfiar a sobremesa no traseiro de Nigel.

Adrian esfregou o rosto com tanta força que quase arrancou o nariz. O problema era: a pequena oficina de Devina não era acessível a ele ou a Eddie, a menos que saltassem através de seu espelho – caso contrário, ela tinha que levá-lo até lá... e ela o liberava dali apenas quando estivesse bem satisfeita.

Nunca antes.

Foi por isso que eles foram até Nigel. Havia rumores de que arcanjos poderiam descer ao inferno sob certas circunstâncias – ninguém sabia exatamente o que aquelas mocinhas tinham que fazer ou como funcionava. Contudo, a moral da história era que aqueles quatro pesos-pena eram sua única esperança...

Como se seu nome tivesse sido pronunciado em vão, Colin apareceu do nada, os cabelos escuros do arcanjo surgiram em frente ao rosto de Adrian.

– Droga! – Ad falou entre dentes ao pular para trás e segurar-se em um arbusto – que rapidamente se quebrou ao meio com seu corpo pesado.

Ele aterrissou como um saco de areia, mas não ficou parado. Levantando-se, assumiu uma postura que exigia uma explicação: aqueles rapazes não costumavam aparecer à toa na Terra.

– O que você está...

– Eu o tirei de lá.

Ad piscou, de repente ele não entendia o idioma. Espere um minuto. Ele tinha acabado de ouvir que...

– Jim? Você está falando de Jim?

– Está livre.

– Mas Nigel disse...

– Não estou discutindo isso. Eu tinha a opção de tirar alguém do covil de Devina e coloquei o pobre rapaz no hotel em que estão hospedados... ele precisa de cuidados.

Eddie se aproximou.

– Você o tirou de lá? Mas eu pensei que Nigel...

– Eu tenho que ir. – Colin deu um passo para trás e começou a desaparecer. – Vão ajudá-lo. Ele precisa.

– Obrigado. – Ad respirou, aliviado e enjoado: a recuperação de alguém que passou por uma das sessões de Devina era terrível. Principalmente porque as memórias daqueles momentos eram muito vívidas.

Colin balançou a cabeça ao desaparecer, sua voz era demorada:

– Isso simplesmente não foi certo.

– Estou indo para o hotel – Adrian disse, desfraldando suas asas para se elevar no ar. – Fique de olho em Isaac...

Eddie segurou o braço dele com força.

– Deixe-me cuidar de Jim.

– *Não.*

– Essa não é bem sua área, Adrian. – O aperto de Eddie o manteve no chão, aquela grande mão espremia seus ossos e músculos. – E sabe disso.

– Pro inferno que não é.

Libertando-se, ele deu três saltos e saiu voando pelo ar, aprofundando-se na noite e impulsionando-se para oeste. O voo de volta para onde estavam hospedados foi irregular e acidentando – mas não por causa do vento. Era mais porque Eddie tinha razão, o filho da mãe.

Quando Ad chegou ao hotel, ele queria ir até os quartos atravessando as paredes, mas decidiu não arriscar: uma vez que o papel de bala interior que o envolvia estava solto e se debatendo, ele caiu no gramado e seguiu pela recepção. Ele tinha a sensação de que estava distraído e enjoado demais para atravessar madeira e concreto com sucesso.

O problema era: ele sabia exatamente como Jim estava.

Ao alcançar a recepção, uma mulher simpática atrás da mesa o cumprimentou:

– Boa-noite, senhor. – Mas ele apenas acenou e iniciou uma corrida. Não houve espera pelo elevador, um casal estava fazendo check-in com seus filhos e tinham um carrinho cheio de bagagens. Mas mesmo com aquela situação tão conveniente, ele não era capaz de esperar tanto tempo para que as portas se abrissem para ele.

Pelas escadas. De dois em dois degraus. Algumas vezes três.

Quando chegou ao último andar, seu coração estava a mil por hora e não apenas porque tinha se exercitado. Ele não tinha a chave do quarto de Jim, então, pegou a sua mesmo e deslizou no vão da fechadura.

Ele abriu o caminho como uma explosão.

– Jim? *Jim?*

O brilho do banheiro iluminava a cama desarrumada onde ele e Eddie tinham estado com aquela garota na noite anterior, as roupas também estavam espalhadas por toda parte.

A porta que levava ao quarto de Jim estava meio aberta, o quarto estava escuro.

– Jim...?

Ele sabia que o anjo estava lá. Ele podia sentir o cheiro da fumaça de vela, do sangue fresco e de... outras coisas.

A pressa que havia no rapaz evaporou quando a realidade do que estava prestes a ver agarrou seu peito e o sufocou. Mas ele não ia voltar atrás. Ele era um idiota de primeira ordem, sempre foi. Contudo, não era um maricas para fugir de situações difíceis.

Adrian passou pela porta entre os dois quartos e se inclinou.

– Jim.

A luz no banheiro atrás dele cortava um caminho ao longo da escuridão e parava aos pés da cama do anjo como se fosse educada demais para mostrar sua condição.

Depois que Adrian atravessou o batente, precisou de um momento para que seus olhos se ajustassem.

Com um sussurro, ele prometeu:

– Eu vou matar aquela vadia...

Jim estava deitado de lado, enrolado em si mesmo, como se tentasse conservar seu próprio calor, e tremia por completo. Um cobertor foi puxado – sem dúvida, pelo arcanjo – sobre seu corpo grande e maltratado e o Cachorro estava bem próximo de seu rosto, ajeitado em formato de bola, sem se mover.

Quando Adrian se aproximou, o animal se moveu um pouco, mas não levantou a cabeça, permanecendo nariz a nariz com Jim.

O anjo parecia estar respirando, seu peito subia e descia, um chiado suave saía por sua boca machucada. Seu cabelo estava embaraçado e havia sangue em seu rosto, feições que, há não muito tempo eram suas, desapareceram graças às feridas enormes.

Adrian sentou-se lentamente.

– Jim?

Sem resposta, então, ele tentou repetir o nome de guerra mais algumas vezes. Em dado momento, as pálpebras de Jim se ergueram.

– Ei... – Adrian sussurrou.

Ele gemeu e, em seguida, seus olhos se fecharam e o corpo estremeceu sob o cobertor como se estivesse tendo um ataque.

Se aquilo era algo parecido com o que Adrian passou – e dada a forma como o cara aparentava, era quase idêntico –, o que Jim realmente queria era uma banheira de água quente seguida por uma ducha. Mas era cedo demais para isso. Medicar primeiro – havia muitos ossos quebrados e contusões para tratar – o que era o peso da dupla natureza de um anjo: ser real e irreal ao mesmo tempo significava que pelo menos metade de você poderia se ferrar muito e a droga não se revertia imediatamente.

Adrian se levantou e foi até o aquecedor que estava debaixo da janela. Girando o botão para o modo "sauna", ele tirou a jaqueta de couro e fechou a porta que dava para o outro quarto, trancando-os ali. Então, ele sentou na cama, se estendeu sobre o fino cobertor e colocou seu peito nas costa do anjo para aquecê-lo.

Enquanto estava deitado, ouvindo um zumbido que vinha do aquecedor, sentia os tremores ao longo do tronco e dos outros membros de Jim. Parte disso era o processo de cura, que de algumas maneiras era mais doloroso que o surgimento das lesões. E outra parte disso era o frio do choque traumático.

E outra parte eram as memórias, sem dúvida.

Ele queria colocar um braço em volta do cara, mas isso faria com que Jim se sentisse muito desconfortável: quando esteve nessa condição, ele deitou nu, sem sequer um lençol sobre sua pele arranhada.

Depois de um tempo, o calor crescente que se espalhou do aquecedor os alcançou, fazendo arcos e descendo pelo ar. Jim, obviamente, sentiu o fluxo, pois respirou longamente e exalou em um vago suspiro.

Deitando ao lado do outro anjo, Adrian já tinha esperado uma vez que seria assim que Jim acabaria e foi o que aconteceu mesmo, até certo ponto. Ele sabia que Devina queria o cara... desde a primeira missão, desde àquela primeira noite no clube em Caldwell. E ele serviu Jim de bandeja para ela.

Com direito a tudo, até a uma etiqueta indicando "DE/PARA".

Difícil não se sentir responsável por isso.

Difícil mesmo.

– Vou cuidar de você, Jim – ele disse com voz rouca. – Estou aqui por você, cara.

Capítulo 34

Na adega, Grier passava os dossiês um por um enquanto esperava... e esperava... e esperava mais um pouco...

Finalmente.

– Por que você não me disse? – ela perguntou, sem olhar para trás.

Daniel levou um longo tempo para responder, mas ele não desapareceu: sempre que ele estava por perto, ela conseguia sentir uma pequena brisa e enquanto aquilo acariciava sua nuca, ela sabia que ele ainda estava com ela.

Pensei que ia odiá-lo. E, então, você e ele não teriam mais ninguém.

– Então, você sabia o que aconteceu?

Daniel andou em volta da mesa, com uma de suas mãos plantada no quadril e a outra enterrada em seu cabelo de maneira que os cachos formassem um halo.

Eu estava drogado quando tudo aconteceu... então, achei tudo muito engraçado, papai entrando com tudo com três caras de preto. Achei que aquilo era sua versão de uma intervenção para me ajudar – uma história em quadrinhos barra pesada. Mas quando eles colocaram a agulha no meu braço ele começou a gritar e foi aí que percebi... aquilo não era engraçado.

Os olhos de Daniel encontraram os dela.

Eu nunca o vi daquela maneira antes. Para mim, ele era sempre tão distante e sem emoção. Foi... a reação que procurei durante toda minha vida, o amor visceral pelo qual buscava. Entenda, eu era como a mamãe, não como você e ele. Eu queria mais do que aquela desaprovação fria – e consegui, só que já era tarde demais. Ele deu de ombros. *Olhando para trás, vejo que eu era carente demais e ele não sabia o que fazer com um filho que não tinha sido feito para usar um uniforme militar. Água e óleo. Eu deveria ter lidado com isso de maneira diferente, mas não o fiz.*

– E ele também não.

Não é culpa de ninguém. Foi... o que foi.

Grier inclinou-se em sua cadeira, pensando na maneira como seus familiares tinham se alinhado na vida: ela e seu pai de um lado; Daniel e sua mãe de outro.

Não foi culpa dele – seu irmão disse com um tom severo que ela nunca tinha ouvido dele antes. *A forma como acabei minha vida... ele gritava, Grier... e, então, eu estava morrendo, e o ouvi dizendo várias vezes: "Danny... oh, Danny, meu garoto... meu garoto..."*

Quando a voz de Daniel se quebrantou, ela foi compelida a se levantar e se aproximar dele. Antes que percebesse o que estava fazendo ela envolveu os braços em volta...

De si mesma.

Por favor, não me odeie – ele disse do outro lado, tendo mudado de lugar tão rápido quanto um piscar de olhos.

– Por favor, não fuja – ela respondeu.

Desculpe... Tenho que ir...

Ele desapareceu diante dela como se não pudesse mais conter suas emoções, seu desespero permaneceu no rastro frio que ele deixou para trás.

Ela ficou em pé por um tempo, olhando para o espaço vazio que ele tinha acabado de ocupar. Ela e seu pai eram do mesmo tipo e fizeram um acordo intelectual onde trancavam os outros do lado de fora, não foi isso? Sua mãe e irmão tinham seus vícios enquanto ela e seu pai estavam em sintonia com a lei, suas carreiras e suas paixões externas.

Ela sabia disso de alguma maneira... e talvez aquilo tenha feito parte de sua corrida para salvar Daniel. O vício de seu irmão e seus esforços para tirá-lo disso tinha sido a ligação que não tiveram durante a infância: ela sempre se culpava... e, por um breve momento, naquela noite, ela culpou seu pai.

Agora... ela tinha raiva do homem com o tapa-olho. Uma raiva terrível. Se Daniel estivesse vivo, talvez eles tivessem resolvido tudo isso. Os três perdoariam um ao outro dos erros do passado. E se dirigiriam a... a algo que sua família desfrutava apenas superficialmente. Afinal, privilégios, dinheiro e educação poderiam cobrir uma infinidade de problemas... e não garantiam que a proximidade vista em um cartão de Natal fosse realmente mais que uma mera pose feita uma vez por ano para um fotógrafo.

Balançando a cabeça, ela voltou para sua cadeira e encarou os dossiês.

Isaac ia igualar o placar da família, ela pensou. Por ter revelado o bastardo maníaco que assassinou seu irmão e não fez nada além de arruinar seu pai.

Folheando as fotografias, ela reconhecia cada homem, pois tinha analisado cada página repetidas vezes enquanto esperava pela aparição de Daniel. Havia uma centena de fotos ou mais, mas havia um total de uns quarenta homens, capturados em vários ângulos, ilustrando as páginas produzidas ao longo de anos. Dentre os muitos rostos, havia cinco que ela reconheceu... ou pelo menos achou que os tinha visto antes. Difícil saber... de alguma maneira, eles pareciam tão semelhantes.

A fotografia de Isaac estava lá e ela voltou a revê-la. A foto era clara, capturada bem em cheio. Ele estava olhando diretamente para a câmera, mas ela tinha a impressão que ele não sabia que estava sendo fotografado.

Sério. Deus, ele parecia tão sério. Como se estivesse preparado para matar.

A data de nascimento sob seu nome confirmava a idade que ela já sabia e havia algumas anotações sobre países estrangeiros onde ele tinha estado. E, em seguida, havia uma linha que ela tentava entender: *Correção moral necessária*. Ela tinha visto a frase apenas em dois outros perfis.

– O que você está segurando?

Grier pulou ao som da voz de Isaac, a cadeira gritou ao arranhar o chão. Agarrando seu peito, ela disse:

– Jesus... como você faz isso?

Pois, considerando tudo, ela preferia não ser pega encarando a foto dele.

– Desculpe, só pensei que gostaria de um café. – Ele se aproximou, apoiou uma caneca e, em seguida, voltou à porta. – Eu deveria ter batido.

Ao fazer uma pausa entre os batentes da porta, vestia apenas o moletom de capuz que usava como travesseiro, seus ombros eram muito largos ao longo da extensão de tecido cinza. E considerando as últimas quarenta e oito horas, ele parecia incrivelmente forte e focado.

Seus olhos se voltaram para o café. Tão pensativa. Muito pensativa mesmo.

– Obrigada... e desculpe. Acho que apenas não estou acostumada com... – um homem como ele.

– Vou anunciar minha presença de agora em diante.

Ela pegou a caneca e tomou um gole. Perfeito: simplesmente com a quantidade certa de açúcar que ela gostava. Ele a observou, ela pensou. Viu o quanto ela adicionou em algum momento, mesmo não estando consciente disso. E ele se lembrou.

– Está olhando para mim? – Quando ela levantou o olhar, ele assentiu com a cabeça em direção aos dossiês. – Para minha foto?

– Ah... sim. – Grier interrompeu a frase. – O que isso significa exatamente?

Ele andou em sua direção e se inclinou. Quando encarou os detalhes descritos sob seu rosto, a tensão nele era palpável, todo seu grande corpo ficou rígido.

– Eles tiveram que me dar um motivo.

– Antes de você matar alguém.

Ele assentiu e começou a andar ao redor, indo em direção às garrafas de vinho. Ele pegou uma, olhou o rótulo, voltou a colocar no lugar... passou uma a uma.

– Que tipo de motivos eles lhe deram? – ela perguntou, bem ciente de que as respostas dele sobre isso significava muito para ela.

Ele fez uma pausa com uma embalagem de Bordeaux nas mãos.

– Do tipo que faz com que isso pareça certo.

– Como o quê?

Seus olhos viraram em direção a ela e Grier fez uma pausa. Eles estavam tão tristes e vazios.

– Diga-me – ela sussurrou.

Ele colocou a garrafa de volta no lugar. Distanciou-se um pouco das prateleiras de madeira.

– Eu só fazia isso com homens. Nenhuma mulher. Havia alguns que conseguiam fazer isso com mulheres, mas eu não. E eu não vou lhe dar exemplos específicos, mas o absurdo de uma filiação política não era suficiente para mim. Matar um monte de gente ou estuprar mulheres ou explodir algumas mer... er... coisas? É uma história bem diferente. E eu precisava visualizar algumas provas com meus próprios olhos... vídeo, fotografia... corpos que foram marcados.

– Você já recusou alguma tarefa?

– Sim.

– Então, você não mataria meu irmão.

– Nunca – ele disse sem hesitar. – E eles nem sequer teriam me pedido. Da maneira como Matthias encarava isso, eu era uma arma que funcionava sob determinadas circunstâncias e ele me tirava do coldre em momentos apropriados. E, você sabe... Eu percebi que tinha que sair das operações extraoficiais quando me dei conta de que não era diferente das outras pessoas que eu matava. Todos eles sentiam como se as atrocidades que cometiam eram justificáveis. Bem, então, aquilo fazia de nós espelhos que refletiam um ao outro. Claro, de um ponto de vista objetivo, qualquer um concordaria comigo sobre isso, mas não era o suficiente.

Grier exalou longamente. Ele era aquilo em que sempre acreditou, pensou ela.

– Como assim? – ela disse.

De repente, ela achou que tinha pensado em voz alta.

– Eu sempre disse a Daniel... – Ela fez uma pausa, perguntando-se se estava tudo claro dentro dela para continuar. – Eu dizia que nunca era tarde demais. Que as coisas que ele tinha feito no passado não definiam o futuro. Acho que no final, ele desistiu de si mesmo. Ele roubava do meu pai, de mim e de seus amigos. Ele foi preso assaltando uma casa e também por roubar um automóvel, em seguida, ao tentar saquear uma loja de bebidas. Foi assim que me envolvi com as causas voluntárias. Eu entrava e saía de várias cadeias nos últimos cinco anos antes de sua morte. Eu sentia que estava ajudando... mas talvez eu pudesse fazer isso com outra pessoa, sabe? E eu fiz... Eu ajudei outras pessoas.

– Grier...

Ela fez um gesto com a mão quando sua voz ficou embargada. Ela terminou de falar chorando. Não passaria disso e nada mais poderia ser mudado.

– Você quer continuar com isso?

Quando ela indicou os dossiês, ele deu de ombros e foi até a porta, ficando exposto apenas por um pequeno vão contra o batente.

– Eu só vim mesmo para ver como você estava.

No ar rarefeito, seus olhos de pálpebras baixas a aqueceram de dentro para fora. Ele era uma grande contradição... entre seu trabalho onde foi treinado para matar e seu coração de escoteiro.

Ela deu uma olhada para a foto dele.

– Parece que está procurando alguma coisa aqui.

– Na verdade, eu estava prestes a embarcar em um avião. Tive a sensação de que alguém estava olhando, mas não conseguia dizer de onde vinha esse olhar. Estava esperando em uma base aérea para viajar ao exterior. – Ele limpou a garganta como se estivesse varrendo a memória de sua mente. – Seu pai dormiu lá em cima. Ele passou uma duas horas no telefone, até onde vi.

– Já passou tanto tempo? – Ela olhou para seu relógio e ao movimentar o pulso, tomou consciência de cada articulação de seu corpo. Esticando os braços sobre a cabeça, sua coluna estalou.

– Como as coisas estão indo?

– Eu não sei. Antes de deitar, ele me disse que se conseguirmos fazer tudo até amanhã à noite, estaremos bem. Ele fez múltiplos contatos desde a CIA, Departamento de Segurança Nacional e gabinete presidencial e ficaremos bem aqui para que eu não precise me deslocar. A peça que falta é Jim Heron – nós ainda estamos esperando que ele volte – embora, se for preciso, seguiremos sem ele.

– Você recebeu alguma... resposta? Deles?

– Não.

O medo passou por suas costelas e atingiu seu coração como uma carga de bateria.

– Você pode ficar até amanhã à noite?

– Se for para ser dessa maneira, sim.

Ele parecia tão seguro e ela precisava acreditar naquela confiança: seria uma tragédia sem limites para ele ser interrompido agora, quando estava tão perto da liberdade que desejava.

Estranho que alguém que tinha conhecido há apenas alguns dias tivesse se tornado tão importante para ela.

– Eu estou orgulhosa de você – disse ela, deslizando o dedo sobre sua fotografia.

– Isso significa muito para mim. – Pausa. – E obrigado por me mostrar o caminho. Eu não seria capaz de fazer isso sem você.

– Sem meu pai, você quer dizer – ela contradisse suavemente. – Ele tem os contatos.

– Não. Você é a única.

Ela franziu a testa, pensando que era um jeito engraçado de responder.

– Quero que responda algo para mim.

– Diga.

Seus olhos encontraram os dele.

– Quais são as suas chances. De fato.

– De sair dessa com vida?

– Sim. – Quando ele apenas balançou a cabeça, ela franziu a testa para ele. – Lembre-se, acabamos com toda aquela coisa de "proteger a garota frágil".

– Meio a meio.

Bem, não é que aquilo deu um nó em sua garganta?

– Isso é ruim, hum?

– Quer alguma coisa para comer com o café? Não sou nenhum chefe de cozinha, mas vi algumas sobras na geladeira e posso colocar no micro-ondas. – Quando ela recusou com a cabeça, ele insistiu. – Você tem que comer.

– Eu prefiro fazer sexo com você – ela soltou.

Isaac tossiu. Na verdade, *tossia* como se alguém tivesse dado um soco em seu peito.

– Desculpe ser tão direta. – Ela deu de ombros. – Mas convenções sociais estão bem longe da minha lista de prioridades agora. E eu tenho a sensação de que não vou te ver depois de amanhã à noite, tanto por que você pode ser tomado sob custódia federal, quanto por... – Ela respirou fundo. – Quero um bom pedaço de você antes que se vá. Algo para lembrar-me de você em minha pele, não apenas em meu cérebro. Lá em cima foi tudo tão rápido e furioso... Eu quero prestar atenção e me lembrar.

Ele ficou em silêncio por um longo tempo.

– Achei que você gostaria de se esquecer disso o máximo possível.

– Não de você... eu não quero me esquecer de você. – O canto de sua boca se ergueu um pouco. – Embora eu não acredite ser possível.

Quando ele ficou onde estava, ela empurrou a cadeira para trás e se levantou. A distância entre eles era de três passos e quando ela veio em direção a ele, Isaac se endireitou e puxou seu blusão para baixo como se estivesse se arrumando.

Grier ergueu-se na ponta dos pés e tocou o rosto dele, colocando a palma de suas mãos na sua barba por fazer.

– Eu nunca vou esquecê-lo.

Quando ele lambeu os lábios, como se estivesse com fome daquilo que exatamente ela queria, Grier pegou a mão dele e o levou para o local mais fundo da adega, ao puxá-lo para dentro, os fechou ali.

Ao contrário da primeira vez, quando ela estava ferida e procurava apenas mais do ciclone, agora era apenas ele, o homem, que o impulsionava – não seu zumbido interno.

Ele estava *todo* ali.

Quando ela se inclinou para beijá-lo, ele colocou suas mãos grandes em seus pulsos e os segurou delicadamente.

– Isso não ajudou lá em cima.

– Sim. Ajudou. Você apenas não acreditou em mim.

– Grier... – O nome dela soou com uma combinação de confusão e desespero: pois as cinco letras foram pronunciadas, ao invés das três habitualmente ouvidas.

– Eu não quero mais falar – ela murmurou, aproximando-se de sua boca.

– Tem certeza?

Quando ela assentiu, ele se inclinou e apertou os lábios contra os dela, puxando-a para mais perto dele.

Ele estava completamente excitado, mais que pronto para ela e, ainda assim, ele recuou.

Antes que ela pudesse protestar, ouviu o clique da fechadura dando a volta e, em seguida, aquelas mãos quentes deslizaram sob sua camisa e em volta de sua caixa torácica, indo até o fim de suas costas. Ao sentir uma pressão suave e gentil, seus pés saíram do chão e ela foi carregada até a mesa.

Afastando os dossiês para um lado, Isaac a deitou, as palmas de suas mãos se movimentavam sobre seus seios enquanto ele se inclinava sobre ela e mantinha suas bocas unidas. Suas calças de ioga estavam fora de suas pernas um momento depois, mas, ao invés de jogá-las, ele as colocou sobre a cadeira onde ela estava sentada. Esperto. Ela poderia ter que se vestir rapidamente.

Um impulso sutil e seus quadris estavam na beirada da mesa... e, em seguida, ele separou o beijo deles e aproximou-se sobre os joelhos.

Se ela achava que já tinha visto os olhos dele queimarem antes, aquilo era nada comparado ao que estavam fazendo agora. Um local de baixa temperatura nunca foi tão quente.

Quando ela se deu conta de onde ele estava se dirigindo, ela se sentou.

– Mas eu quero que seja bom para nós dois...

– Você disse que queria se lembrar de algo. – As mãos dele deslizaram até o topo de suas coxas e as apertaram. – Então, deite de costas e deixe-me fazer meu trabalho. – A língua dele reapareceu – e não é que aquilo a fez aderir ao plano dele?

– Vamos lá, agora – ele murmurou com aquele sotaque sulista. – Deite-se e deixe-me cuidar de você. Prometo ir devagar... bem devagar.

Suas mãos desceram até seus joelhos e abriram suas pernas... e ela se entregou a ele. Seguindo suas instruções ao pé da letra, ela sentiu a rígida mesa contra seus ombros, o ar fresco em suas coxas e um calor selvagem em seu sangue.

Quando ele a encarou através das sobrancelhas, Isaac olhou como se fosse consumi-la.

E ela estava pronta para ser sua refeição.

Abaixando a cabeça, ele foi direto até onde ela necessitava dele, colocando sua boca no sexo dela através da fina calcinha de seda que usava.

Uma onda de calor delicioso floresceu e sua mão se esticou, agarrou as calças, as puxou e as colocou na boca para que fosse impedida de gritar. Se isso já a fazia se sentir tão bem, ela ia fazer barulho: sim, a porta da adega era pesada e seu pai deveria estar dormindo, mas ela não queria correr nenhum risco.

Isaac gemeu contra ela ao se aninhar na seda e, então, ele passou a língua sobre a delicada faixa de tecido que a cobria. Com um palavrão, ela se arqueou de maneira rígida, as unhas arranharam a madeira embaixo dela enquanto as mãos dele mergulharam em suas coxas e os dentes dela mordiam o algodão. E, então, não havia mais nada os separando. Em um momento, sua boca estava sobre a seda, no próximo, ela sentiu um puxão em seus quadris e ouviu o som de algo se rasgando quando a calcinha cedeu...

Oh, Deus... sua língua molhada deslizou direto até seu cerne e se arrastou para cima, partindo-a, deslizando com lambidas seguidas.

Ele foi devagar.

Quando suas grandes mãos se fecharam em sua cintura e a firmaram para baixo, ele produziu um momento doce, a beijando e sugando, aquela língua dele funcionava como mágica que apenas podia ser substituída pela sucção quente e firme de seus lábios. Todo o tempo, ele olhava para ela, olhava seus seios enquanto ela se contorcia sob sua boca.

De repente, como se precisasse tocar aquilo que estava observando, as mãos dele subiram sob a camiseta dela em direção ao que parecia o fascinar. Abrindo o fecho frontal do sutiã, ele tomou posse de seus dois seios, os polegares esfregavam seus mamilos.

Sua respiração bombeava para dentro e para fora através de sua boca aberta e assim que ela estava prestes a chegar ao orgasmo, Isaac recuou e lambeu os lábios brilhantes.

– Venha para mim – disse ele. – Eu quero sentir isso.

E, em seguida, ele estava contra ela mais uma vez, sua língua a penetrava – o que foi o suficiente. A sensação foi liberada, minando para fora de seu sexo e tomando conta de cada centímetro de seu corpo. Quando o turbilhão de faíscas a consumiu, ela estava vagamente consciente de que ele gemia, como se sentisse aquele prazer em primeira mão.

Ele não parou por aí. Fluía em círculos, lambia, chupava... ele continuou abrindo ainda mais as pernas dela, segurando-a no lugar, marcando aquilo na memória dela assim como marcava em seu sexo. Ela nunca iria esquecer...

Um de seus longos dedos, ou talvez dois, penetrou dentro dela e a pressão e o alcance a enviou direto para o topo novamente. Quando outro orgasmo disparou, as mãos dela se fecharam em seu antebraço, suas unhas afundaram em sua carne enquanto sua coluna se contorcia e aquela explosão de prazer a inundava de dentro para fora.

E ele ainda não parou.

Ele era quente, selvagem e implacável.

Ele era o amante que ela nunca, jamais iria esquecer.

Muito menos superar – e isso era o que temia.

Oh, meu bom Jesus...

Isaac olhou por entre as pernas de Grier e quase chegou ao clímax apenas com aquela visão. Ela era uma mulher totalmente desfeita, os restos de sua calcinha branca em volta de seus quadris, sua camisa preta em volta do pescoço, o sutiã pendia para os lados. Seus seios estavam rígidos nas pontas rosadas, seu rosto estava corado e sua barriga se movia em um ritmo de surtos e abrandamentos conforme trabalhava contra ele.

Aquela calcinha na boca dele foi uma das coisas mais sensuais de tudo.

E o gosto dela era ainda mais quente do que isso.

Isaac poderia ficar ali por horas, mas a cada momento ele corria o risco de uma interrupção e ele queria terminar aquilo direito.

Subindo e pairando acima dela, inclinou os joelhos dela até o peito, com isso, seu membro se contorceu até ficar à beira do orgasmo com a visão do sexo dela reluzente todo inchado e aberto para ele. Não houve chances para que as calças fossem forçadas... ele as puxou para baixo o suficiente para que a ereção saltasse... da qual surgiu uma gota na ponta quando ele pensou sobre onde estava indo. Passando a mão sobre sua boca molhada, ele a colocou sobre a cabeça de seu membro, escorregando ainda mais o corpo antes de contorcer a coluna e unir as mãos ao órgão.

Empurrando, ele a observou ao fazer a conexão, olhando-a para acomodar seu membro e ouvindo o gemido dela ao ir mais fundo, atendendo seus desejos.

– Ah, caralh... – O cavalheiro nele engoliu o palavrão. Já o homem das cavernas que havia nele tinha que continuar falando. – Olhe para você... Quero deixar algo para trás... *em* você.

Ele atirou seus olhos nos dela e começou a se mover, bombando para dentro e para fora, dentro e fora... e, então, ele voltou a olhar para o local onde tinham se unido, o brilho naquilo fez suas bolas ficarem rígidas. Curvando-se para os seios, ele sugou um mamilo e trabalhou nisso com a língua... até que o ritmo abaixo tornasse impossível manter aquela ligação: ele estava falando sério sobre ir devagar, mas a boa intenção não durou muito. O sexo tinha uma dinâmica própria e não passou muito tempo até que a mesa começasse a gemer sob a força de seus golpes e ele teve que abraçar a cintura dela para mantê-la onde ele a queria.

Ao ficar rígida sob ele, Isaac também ficou, tencionando seus molares para não fazer barulho, suas pálpebras se fecharam com força embora quisesse ver o rosto dela ao dar mais uma dose de prazer.

Com seu corpo no dela e a preenchendo por completo... ele estava tão saciado quando um homem no deserto que tinha recebido um gole de água.

Ele não estava nem perto de acabar. Ela queria memórias? Entendido.

Mantendo-os juntos, ele puxou a calça para fora da boca dela, a ergueu e trouxe seus lábios até os dele, beijando-a profundamente enquanto carregava seu peso com facilidade para fora da mesa. Posicionando-a contra a porta lisa, ele agarrou a parte de trás de suas pernas e começou a se mover novamente. Com as mãos emaranhadas em seus cabelos, o calor abrasador e a sensação de urgência tomando conta mais uma vez, o beijo não poderia durar muito – e não durou muito mais que o selar dos lábios. Ele veio rígido dentro dela, promovendo um colapso enquanto seu próprio orgasmo escorria.

O alívio foi um luxo que ele não desfrutou, pois tinha plena consciência de seu peso sobre ela e do fato de que as costas dela estavam contra algo rígido e de que o pai dela estava em casa...

Havia tantas coisas entre eles.

Isaac a soltou lentamente até que seus pés tocassem o chão e, quando ele saiu dela, não gostou do ar frio em seu pênis. O sexo dela era muito melhor... muito, muito melhor.

Quando ele a beijou, a maneira como seus lábios se moviam sobre os dele lhe dizia que em um mundo diferente, em circunstâncias diferentes... este seria, com certeza, um começo para eles – apesar de tudo o que os separava como família, dinheiro e escolaridade.

Mas aquela não era a realidade deles, era?

– Deixe-me arranjar algo para limpar isso – ele disse calmamente enquanto puxava as calças de volta no lugar.

Depois de beijá-la mais uma vez, ele saiu pela porta e quando a fechou lá dentro ele parou e baixou a cabeça.

Ele mentiu para ela.

Suas chances não estavam nem perto de cinquenta por cento: Matthias iria pegá-lo com toda e absoluta certeza. A questão era apenas quanto tempo ele levaria para conversar com os ouvidos certos antes que seu velho chefe surgisse das sombras e o reclamasse. Algo que sempre foi verdade sobre o líder das operações extraoficiais: Matthias nunca desistia. Nunca. E mesmo que o mundo estivesse desmoronando em torno dele, continuaria a buscar sua vingança. De alguma forma, de alguma maneira.

Contudo, isso não ia impedir Isaac de continuar tentando com todas as suas armas.

Muito melhor morrer tentando fazer a coisa certa... e deixar sua mulher pensando algo menos ruim sobre ele.

Muito melhor.

Capítulo 35

Quando o sol da manhã despertou de seu sono nublado e uma auréola de raios foi derramada sobre Caldwell, Nova York, dois garotos, com idades entre doze e nove anos, foram andando para a escola.

E nenhum dos dois estava impressionado com todo o "esplendor primaveril".

Seja lá o que isso significasse.

A mãe deles repetia sempre algo sobre *esplendor primaveril, esplendor primaveril...* bah! O que interessava a Joey Mason era a educação física: geralmente ele tinha educação física às segundas feiras, mas hoje haveria uma assembleia especial. Então, não importava o quanto de "esplendor primaveril" houvesse lá fora, ele ainda estava a caminho de um dia na escola com nada de interessante para fazer.

Por outro lado, seu irmão mais novo, Tony, gostava mais de assembleias do que de educação física, então, ele estava empolgado. Mas ele era um nerd que dormia com livros, que outra coisa poderia interessá-lo?

A caminhada de casa para a escola era de uns oito quarteirões e não era nada demais... apenas descer a Rua São Francisco, passando pela igreja e alguns outros pontos. Eles deveriam ficar do lado direito, pois havia um posto de gasolina à esquerda por onde passavam muitos carros. E eles deveriam parar em cada esquina. O que Joey fazia – geralmente enquanto segurava o colarinho de Tony para impedi-lo de atingir um carro em cheio.

Tony sempre andava com um livro aberto. Também comia lendo, ia ao banheiro lendo e se vestia lendo.

Estúpido. Simplesmente estúpido, pois se perde muito quando não se olha em volta.

Como aquele carro legal que estava no caminho. As janelas eram pretas e a pintura também, e havia um número na placa: 010. Era só isso, sem letras. Joey olhou para seu irmão mais novo e percebeu que, com certeza, ele não tinha notado aquilo.

Perdeu mais uma.

A coisa parecia ser da polícia.

Quando chegaram até o carro, pegou o colarinho de seu irmão e o puxou para perto. Tony não questionou a parada – apenas virou outra página. Provavelmente ele pensou que estavam em outra esquina.

Joey se inclinou um pouco para ver o interior, preparando-se para ver alguma coisa relacionada a um uniforme sair e gritar com eles por serem intrometidos. Quando não viu nada e quando nada aconteceu, ele posicionou as mãos em formato de concha e as colocou contra o vidro frio...

Pulou para trás.

– Acho que tem alguém lá dentro.

– Não tem – Tony disse sem levantar a cabeça.

– Tem sim.

– Não tem.

– Tem sim. E como você pode saber que não tem?

– Não tem.

Certo, Tony não sabia do que estava falando e aquela discussão poderia durar para sempre. E, então, ele e seu irmão caçula se atrasariam para as aulas e ficariam de castigo. De novo.

Mas...

Seria tão legal se eles encontrassem um cadáver – bem em frente à funerária!

Jogando a mochila, Joey distanciou seu irmão do carro, levantando-o e redirecionando seus pés.

– Isso é perigoso. Eu não quero que você se machuque.

Isso finalmente fez com que Tony levantasse os olhos do livro.

– Tem mesmo alguém aí dentro?

– Para trás.

Era o tipo de coisa que seu pai teria dito e Joey se sentiu um homem com relação a isso – especialmente quando Tony assentiu e segurou seu livro contra o peito. Mas era assim que deveria ser. Joey faria treze anos em breve e ele era responsável quando não havia ninguém por perto. E, às vezes, mesmo quando havia outras pessoas no local.

Voltando a colocar as mãos em forma de concha, ele reassumiu sua posição contra o vidro e tentou ver através da escuridão...

– É um pirata.

– Você está mentindo.

– Não, não estou...

Um carro passou devagar em frente deles e uma senhora abriu a janela – era a Sra. Alonzo do outro lado da rua.

– O que vocês estão aprontando, meninos?

Como se tudo o que eles fizessem fosse esse tipo de coisa.

Parte de Joey queria que ela continuasse seu caminho e deixasse que ele resolvesse a situação. Mas a outra parte queria se mostrar.

– Tem um cara morto aqui.

Sentiu-se muito importante, pois ela ficou pálida e parecia nervosa. Cara, se ele soubesse que tudo isso iria acontecer, ele teria saído mais rápido de casa. Aquilo era muito melhor que educação física.

A não ser pelo fato de que Tony teve que se intrometer.

– É um pirata!

De repente, a Sra. Alonzo não parecia tão assustada.

– Um pirata.

Seu irmão era um idiota – e Joey não estava interessado em perder a atenção da plateia. Piratas eram coisas de criança. Um morto no carro? Isso era coisa de adulto e era isso o que ele queria ser.

– Veja por si mesma – ele disse.

A Sra. Alonzo estacionou em frente ao carro completamente preto e saiu, seus saltos altos faziam um som de galope de pônei na rua.

– Certo, já chega, garotos. Entrem e vou levá-los até a escola. Vocês vão se atrasar. – Ela estendeu seu telefone para Joey. – Ligue para sua mãe e diga que estou levando vocês. De novo.

Isso acontecia muito. A Sra. Alonzo era uma executiva cujo escritório ficava não muito longe da escola, eles se atrasavam muitas vezes e ela os levava. Mas essa manhã era diferente.

Ele cruzou os braços sobre o peito.

– Precisa olhar pela janela.

– Joey...

– Por favor. – Outra coisa adulta: por favor e obrigado.

– Tudo bem. Mas entrem no meu carro.

A Sra. Alonzo marchou em direção ao carro enquanto resmungava alguma coisa sobre ficar prestando serviço de táxi. E Tony, que sempre seguia as regras, levou seu livro até o assento da frente da SUV – só que ele ainda estava interessado no que estava acontecendo, pois ele não fechou a porta e o seu exemplar do livro *Diário de um Banana: Dias de Cachorro* permaneceu contra seu peito.

Joey ficou onde estava.

Normalmente, ele teria se chateado com Tony por pegar o melhor lugar no carro: irmão mais velho andava na frente; bebês menores ficavam atrás. Mas havia coisas mais importantes que isso agora, então, ele ficou onde estava na calçada, o telefone sem utilidade em sua mão.

Ele estava pensando no que tinha visto...

A Sra. Alonzo deu um salto tão grande que quase acabou no meio do trânsito, uma *minivan* buzinou para ela quando se desviou por pouco de seu corpo.

Ela correu e pegou o telefone, assim como o braço do garoto.

– Entre no carro, Joey.

– O que é isso? Um cara morto? – Meu Deus, e se fosse um pirata? Caramba!

A Sra. Alonzo colocou o telefone no ouvido enquanto o arrastava para o carro.

– Sim, é uma emergência. Há um homem em um caro em frente à casa funerária McCready na Rua São Francisco. Não sei se há algo de errado com ele, mas ele está atrás do volante e parece não se mexer... Estou com uma criancinha comigo e não quero abrir a porta... certo...

Criancinha. Deus, ele odiava aquela coisa de *criancinha*. Além disso, foi ele quem encontrou o cara. Quantos adultos passaram por ali a pé para ir ao trabalho e não o viram? Ou de bicicleta? Ou correndo?

O cara morto era *dele*.

– Meu nome é Margarita Alonzo. Sim, ficarei aqui até os paramédicos e a polícia chegarem.

Certo. Esta era, oficialmente, a melhor manhã da história de sua vida, Joey pensou enquanto pulava no banco de trás – o qual tinha a melhor visão ao se virar para ver lá fora.

Quando a Sra. Alonzo entrou e trancou as portas, ele imaginou os três ali até a meia noite, uma da manhã. Talvez precisassem de um McLanche Feliz para o almoço. Ele tinha a grande esperança de que a polícia não corresse...

A chatice de todas as chatices o atingiu quando ele ouviu a senhora Alonzo dizer:

– Sara? Estou com seus meninos e eles estão bem. Mas há um pequeno problema e preciso que venha buscá-los.

Joey abaixou a cabeça no braço.

Sabendo da sorte que tinha, sua mãe correria até à cena e chegaria lá antes que ele descobrisse algo sobre o pirata morto no banco da frente daquele carro.

Arruinado. Simplesmente arruinado.

E, provavelmente, eles chegariam à escola a tempo de assistir a assembleia.

Quando Matthias dormiu atrás do volante de seu carro, ele sonhou com a noite em que Jim Heron salvou-lhe a vida várias e várias vezes. Os acontecimentos que o levaram até a bomba e a dolorosa caminhada para recuperar uma saúde relativa foram passados e repassados em sua mente, como se a agulha da sua velha vitrola mental estivesse presa em algum obstáculo no disco.

Matthias tinha atraído Jim Heron àquela cabana abandonada e empoeirada como testemunha, pois não havia mais ninguém nas operações extraoficiais cuja palavra houvesse mais peso e credibilidade. A ideia era que o soldado deixasse seu corpo na areia e fosse para a casa contar aos outros que tinha acontecido um terrível acidente: se alguém apresentasse um relatório como esse, a conclusão seria de que havia ocorrido um abate completo.

Contudo, não é o caso de Jim – ele era um atirador correto em um mundo cheio de curvas e nunca teve problemas em fazer o que tinha que ser feito, certo ou errado.

Prova de que havia um pouco de bondade em Matthias, afinal – pelo menos, ele não ia jogar a culpa de seu suicídio na cabeça de outro cara.

E sim, claro que ele poderia explodir a própria cabeça em um banheiro qualquer, mas mesmo sendo um suicida, ele tinha seu orgulho. Autoinjetar-se uma dose de chumbo seria fraqueza demais – muito melhor espalhar a porcaria gosmenta em algumas paredes de pedra e ser lamentado como o forte lutador que sempre tinha sido.

Contudo, o orgulho teve seu preço: ao invés de deixá-lo na areia, o idiota Heron o salvou – e descobriu seu segredinho. O explosivo foi a dica que faltava. Enquanto Matthias permanecia deitado e sangrava como um porco, Jim encontrou os restos da bomba e reconheceu o que eram. Ou seja, era um dos seus dispositivos.

O filho da mãe pegou os fragmentos, os colocou no bolso e tirou o cinto. Em seguida, fez um torniquete na perna de Matthias, o levantou e começou a puxá-lo. Ele ficou muito chateado e era evidente que as atitudes de seu salvador eram parte punição, parte recompensa – e completamente desgastante. O bastardo andou, andou e andou... até que, alguns momentos depois, Isaac Rothe apareceu dentre as dunas com uma Land Rover.

As exigências de Jim vieram semanas depois, em um hospital na Alemanha. Naquele ponto, a cabeça de Matthias não era nada além de um imenso balão de ar quente de agonia e ele estava tendo que se acostumar com apenas um olho funcionando. Heron se sentou à beira do leito e estabeleceu seus termos: fora. Livre e limpo. Ou pegava o que tinha restado da bomba e contaria a história para a única pessoa que poderia fazer algo sobre isso.

Olá, senhor presidente.

Ironia das ironias, se tivesse sido qualquer outro soldado, qualquer outro ser humano com um coração batendo e um dedo no gatilho, Matthias não teria se preocupado com a ameaça. Mas, Jim Heron – o bom e velho Zacarias – era uma daquelas malditas pessoas em quem as pessoas acreditavam. Fragmentos de bombas poderiam ser fabricados; e a credibilidade de um homem digno? Muito menos discutível.

E ele não poderia continuar sendo chefe se as pessoas achassem que não tinha mais coragem para o trabalho.

Naquele momento, Matthias sentiu como se não houvesse outra escolha e disse ao homem para que seguisse seu caminho.

Depois, a questão suicida veio à tona e ele teve que considerá-la seriamente. Mas, em seguida, seu segundo homem na linha de comando apareceu na hora certa – tinha certeza de que o cara sabia para onde estava indo.

Um homem muito persuasivo aquele. E quando se deu conta, Jim tinha salvado seu corpo, mas aquele segundo homem na linha de comando o trouxe, de alguma maneira, de volta à vida.

Apesar de a renovação ter tido consequências: quase imediatamente, Matthias abriu os olhos – ou um olho, melhor dizendo – para o erro de deixar Heron sair: aquele soldado estava solto pelo mundo com informações demais e a exposição não era aceitável.

O segundo na linha de comando concordou com isso e estava prestes a colocar as rodas de um carro em movimento para provocar um "acidente" quando Jim ligou procurando por informações sobre Marie-Terese Boudreau. Perfeito. Bem a tempo. O plano era que Jim entregasse Isaac em troca da informação que precisava – e, em seguida, seria o assassinato de Jim.

Só que alguém pegou Heron primeiro.

Morto. Jim estava morto. Matthias viu seu corpo com os próprios olhos. E, ainda assim... de alguma maneira ele sentia como se tivesse falado com o cara. Sim, ele sonhou que tinha conversado com Jim Heron...

Matthias acordou com a arma na mão, o gatilho armado e apontando para um homem de uniforme azul marinho – que tinha, dado a barra de ferro em sua mão, acabado de destrancar o carro e abrir a porta.

O paramédico congelou e colocou as mãos para cima.

– Eu só quero te ajudar, cara.

Provavelmente era verdade. Mas para o inferno, o parceiro do cara sem dúvida estava ligando para a polícia agora e, observação, fazer qualquer tipo de contato direto com um civil não era um benefício, segundo a cartilha de Matthias.

Ele baixou a arma.

– Sou um agente federal. – Ele colocou a mão no casaco e decidiu mostrar suas credenciais do FBI; que eram legítimas até certo ponto.

O paramédico se inclinou e olhou a fotografia, um nome qualquer no laminado e um brasão bem verdadeiro.

– Ah... desculpe, senhor. Recebemos um telefonema...

– Está tudo bem. É que passei três dias puxados na fronteira canadense e estou a caminho de Manhattan. Desci a estrada ao norte procurando algo para comer às quatro da manhã, mas não havia nada aberto e eu precisava dormir um pouco. Sabe como é.

– Ah, entendo muito bem.

Conversa fiada, conversa fiada, conversa fiada... blablablá...

Quando a polícia apareceu, eles colocaram seu número de identidade no sistema e, como num passe de mágica, tudo bateu. E sua história sobre estar em uma missão secreta e ter que parar um pouco por causa da exaustão foi engolida como um jantar de Ação de Graças: ele passou de criminoso à celebridade.

Gente estúpida.

Depois que os despistou, afastou-se e pegou o telefone. Havia uma série de mensagens de voz... e um alerta.

Bem, como pode imaginar... parece que Isaac Rothe tinha se entregado e sua localização era a casa de sua adorável e talentosa advogada. Que coisa mais perfeita: embora pudessem pegá-lo em pé na cozinha de Grier Childe se fosse preciso, aquilo faria das coisas muito menos complicadas.

Matthias ligou para seu segundo homem na linha de comando e quando o telefone soou ele pensou em quantas vezes tinha tido aquela conversa: vá. Pegue o bastardo. Acabe com ele. Dê um jeito no corpo.

Ele tinha feito isso tantas vezes.

Quando a dor do lado esquerdo do peito disparou novamente, ele ignorou a sensação...

– Sim? – o segundo na linha de comando respondeu.

– Isaac Rothe está pronto para você.

Não houve sequer uma pausa.

– O endereço é o de Beacon Hill?

– Sim. Vá até lá e pegue-o.

– Estou fora do estado.

– Bem, entre no estado. O mais rápido possível.

– Entendido. Onde você o quer?

Boa pergunta. Isaac não era conhecido por grandes fugas, sua reputação era de um assassino rápido e limpo que o fazia em circunstâncias extraordinárias. Mas você não conseguiria executar tarefas como as dele se não fosse muito imaginativo.

– Mantenha-o naquela casa para mim – Matthias disse de repente.

Quando levou em conta a situação, o instinto lhe disse que uma mudança na estratégia era apropriada. Afinal, seria útil puxar as rédeas de Grier Childe e seu pai – e nada chamava mais a atenção de um civil do que assistir a alguém sendo assassinado. O bom e velho Albie era uma prova disso...

Por alguma razão, a voz de Jim Heron estalou no cérebro de Matthias. Não havia palavras específicas, apenas um tom que se demorava, um tom grave, que implorava para que Matthias parasse com tudo e... fazer o que exatamente?

– Alô? – o homem do outro lado da linha perguntou, uma vez que o cara disse algo que não havia sido respondido ou que havia recebido nada além de silêncio por um tempo.

– Eu não quero que você o mate – Matthias se ouviu dizendo.

– Ah, entendo. Você quer fazer isso por si mesmo. – Satisfação. Tal satisfação era o objetivo do plano em todo o tempo.

Sem qualquer razão especial, o processador central do cérebro de Matthias começou a faiscar e sair fumaça, imagens voavam dentro e fora de sua mente em uma confusão louca que o fez pensar na rolagem de dados em uma mesa de feltro. E, então, em meio ao caos, ele viu Alistair Childe sendo segurado em um tapete sujo por dois agentes de preto enquanto era injetada em seu filho heroína suficiente para levar um elefante a ter uma overdose.

Danny... oh, Danny, meu garoto... Parecia uma música que poderia tocar em um bar irlandês, mas não soava nada musical uma vez que o pai gritava as palavras com voz rouca.

– Chefe – o segundo na linha de comando interrompeu. – Fale comigo. O que está acontecendo?

A voz era muito sonora, mas era um falso pragmatismo. Era evidente que o soldado estava preocupado de que as rodas estivessem saindo da estrada de novo – assim como tinha acontecido há dois anos, ele teria que arrastar Matthias para calçar suas botas de combate mais uma vez.

– Não o mate – Matthias ouviu-se repetir. – É uma ordem.

– Eu sei, assim você pode fazer isso. Ele é seu. Você *tem* que pegá-lo.

Por um momento, Matthias sentiu uma atração inevitável, tentadora...

– Não – ele exclamou, sacudindo-se. – Não, eu não tenho.

– Sim, você deve...

– Apenas siga a maldita ordem sem mais comentários ou encontro outra pessoa que o faça.

Com um palavrão, ele desligou, enviou um sinal de volta para Isaac e, em seguida, tentou encontrar um local sólido para se sustentar dentro de si mesmo. Droga, de repente, ele sentia como se houvesse duas vozes diferentes em sua cabeça e elas não apenas o direcionavam para caminhos opostos, o puxavam de fato.

Felizmente, o retorno da transmissão feita a Rothe interrompeu sua luta.

– Matthias – ele ouviu aquela velha voz familiar.

– Isaac. Como vai?

– Onde? Quando?

– Sempre indo direto ao ponto. – Matthias empurrou a parte inferior do volante para manter o sedã na estrada, enquanto massageava a dor que havia do lado esquerdo de seu peitoral.

– Estou mandando alguém até você. Então, fique onde está.

– Inaceitável. Não posso ser pego aqui.

– Ditando as regras? Eu acho que não.

– Grier Childe não vai ser envolvida nisso. Vou me entregar à meia-noite, amanhã, em um local público.

– E agora você quer me dizer quando? Vá se ferrar, Rothe. Se quiser que ela fique fora disso, fará o que vou lhe dizer. Ou você acha que não posso passar por esse sistema de segurança de luxo a qualquer hora da noite que eu quiser? – Silêncio. – Surpreso por eu saber sobre a maldita coisa? Bem, há outros truques nessa casa, Isaac. Fico me perguntando de quantos deles *você* tem conhecimento.

Vê, aquilo era bom. O movimento do jogo de poder limpava um pouco aquela porcaria distorcida, nebulosa e evasiva – e isso o lembrava da razão por trás da morte de Daniel Childe: a grande boca aberta do bom e velho Albie.

Um tiro de adrenalina o despertou ainda mais enquanto ele se perguntava exatamente que tipos de planos Isaac e o capitão aposentado poderiam ter tido enquanto ele estava desmaiado na estrada.

Ele limpou a garganta.

– Sim, fique onde está... e em caso de ter tramado alguma brilhante ideia com o pai dela, deixe-me esclarecer as coisas. Se você fizer qualquer coisa para expor a mim ou à organização, vou fazer coisas àquela mulher das quais ela vai sobreviver, mas nunca se curar. E saiba: meu alcance se estende além da sepultura. – Mais silêncio. – Você conheceu o pai dela... não negue isso. E tenho plena ciência de que ele vem coletando informações sobre as operações extraoficiais há décadas. Sem ideias brilhantes, Isaac. Pelo bem dela. Ou vou ignorá-lo e ir atrás dela. Vou permitir que tenha uma vida longa, sabendo que você é a razão da ruína dela que acontecerá de dentro para fora...

– Ela não faz parte disso! – Rothe disse entre dentes. – Ela não tem nada a ver comigo ou com o maldito pai!

– Talvez. Mas acidentes acontecem. E eu atribuí seu caso a ela por um bom motivo, que acabou ficando melhor do que eu pensava. Eu nunca esperava que vocês dois ficassem tão pessoalmente envolvidos, ou você acha que eu não ouvi os dois subirem até aquele quarto de hóspedes dela ontem à noite? – Matthias lutou contra a dor em seu peito, sentia como se estivesse se afogando. – Não me faça machucá-la, Isaac. Estou ficando cansado de tudo isso, estou mesmo. Fique onde está. Estou enviando uma pessoa e você saberá quando chegar lá. E se você ou o pai dela não estiverem lá quando ele chegar, vou fazer com que procure por ela, não por você. Você segue as instruções e vou me certificar de que ninguém além de você se machuque.

Matthias apertou o botão *end* para finalizar a ligação e jogou o celular no banco do passageiro.

Estremecendo, ele lutou para manter o carro em linha reta enquanto a agonia por trás de sua caixa torácica aumentava para níveis incontroláveis. Com o ataque, ele pensou brevemente sobre dirigir até o Aeroporto Internacional de Caldwell, mas decidiu que precisava se recuperar e isso ia levar tempo. E privacidade.

Apertando o peito esquerdo, ele parou e tentou respirar em meio à dor. O que realmente não ajudou muito... ao ponto de se perguntar se era isso. O derradeiro. Assim como aquele que matou seu pai.

Olhando para fora do para-brisa dianteiro, ele percebeu que estava na frente de uma igreja.

Sem nenhuma razão aparente, ele desligou o motor, pegou sua bengala e saiu. Ele não pensava em nada nem sequer remotamente relacionado a Deus há anos e estar mancando em direção àquelas enormes portas duplas o fazia se sentir... errado de muitas maneiras. Especialmente levando em conta tudo o que estava esperando por ele em Boston. Mas seu segundo homem na linha de comando precisava de tempo para arranjar as coisas e Matthias... precisava desse ataque cardíaco seja para se organizar e chutar o balde ou para calar a maldita boca.

Lá dentro estava quente e cheirava a incenso e cera com aroma de limão. O lugar era enorme, com centenas e centenas de bancos que se espalhavam em três direções desde o altar.

Matthias não fez todo o caminho. Ele entrou em colapso em um banco mais ou menos na metade do corredor lateral, caiu por completo no banco de madeira.

Movendo sua bengala entre os joelhos, olhou para o crucifixo... e começou a chorar.

Capítulo 36

Depois de terminar a comunicação com Matthias, Isaac guardou o transmissor de alerta em seu blusão. O que ele queria fazer era colocá-lo sobre o balcão de granito e esmagá-lo com seu punho. Em seguida, talvez, jogar os pedaços no fogo.

Apoiando as mãos sobre a pia da cozinha, ele se inclinou sobre os ombros e encarou o jardim. Quase oito horas da manhã e o local estava um poço de escuridão, pois as casas da vizinhança tinham sido construídas muito perto umas das outras. Não fazia ideia se os colegas de Jim estavam lá de volta. Nenhuma palavra sobre Jim.

Mas Isaac tinha outros problemas agora.

Droga. Levando tudo em consideração, o fato de Matthias suspeitar do que iria acontecer não era uma novidade. Mas aquilo o deixou tenso. Se ele fosse embora agora, ele corria o risco de Grier e seu pai serem massacrados. Se ele ficasse... provavelmente eles seriam obrigados a assistir a morte dele.

Filho da mãe!

– Eles entraram em contato com você?

Ele olhou sobre o ombro. Grier tinha acabado de sair do chuveiro, seus cabelos soltos secavam naturalmente.

– Isaac – o rosto dela ficou tenso. – Eles responderam?

– Não – ele disse. – Ainda não.

Para tornar a mentira mais convincente, ele puxou o transmissor e o balançou, apostando no fato de que ela não iria notar que a luz estava desligada.

– Essa coisa está funcionando?

– Sim. – Ele o guardou quando ela se aproximou. – Como está seu pai?

– No telefone do banheiro de novo. – Ela encarou o relógio. – Deus, pensei que essa noite nunca ia acabar.

– Eu só queria que Jim aparecesse – ele disse enquanto ela começava a fazer o café na pia.

– Você acha... que ele está mesmo morto?

Naquele momento... talvez.

– Não.

Sentando-se em um dos bancos, ele a observou estalar a abertura de uma lata de café e colocar o filtro no topo da máquina. Quando ela terminou a tarefa, a luz do sol em seu rosto o fez querer chorar, ela era tão bonita.

De alguma maneira, ele não podia acreditar que estava com ela – e não no sentido de que não era digno disso. Dã, isso era evidente. Mas ponderando tudo, o sexo quente e intenso parecia um sonho. Ela estava tão limpa, cheirando a xampu ao invés de suor, o cabelo liso, o rosto já não mais corado.

Ela tirava seu fôlego. Para Isaac, ela era uma prova definitiva que a vida valia o sacrifício que requeria das pessoas: apenas olhar para ela e estar no mesmo ambiente, ter as memórias que ele deu não só a ela, mas que ficaram dentro dele...

A ideia de que alguma coisa a machucasse um dia era simplesmente insuportável. E se ele fosse a causa disso?

Vou permitir que tenha uma vida longa, sabendo que você é a razão da ruína dela que acontecerá de dentro para fora.

Não era uma ameaça. Não vindo de um cara como Matthias, que não estabelecia qualquer distinção para o sexo feminino. E ele a machucaria de maneira que aqueles momentos especiais que Isaac havia passado com ela na adega fossem impossíveis de serem vivenciados novamente.

Por mais que lhe doesse, ele tinha que ser realista: quando ele partisse, ela encontraria outro amor. Talvez alguém com quem se case e tenha filhos e com quem possa passar a velhice. E não haveria nada disso para ela a menos que ele ficasse ali, esperando... e rezando para que quando o agente de Matthias aparecesse, ele fosse capaz de matar o filho da mãe e, em seguida, desaparecer rapidamente.

Afinal, ele era um maldito de um assassino. Era o que ele fazia para viver.

Uma coisa era clara: não ia mais prosseguir com a divulgação de informações. De jeito nenhum. A vida de Grier valia mais que o respeito que ela tinha por ele e, depois que a poeira assentasse, qualquer coisa que tivesse sido acionada pelo pai dela poderia ser desfeita tão rápido quanto uma ligação telefônica – assim, eles pensariam que o plano ainda estava de pé até descobrirem que Isaac tinha sumido.

E quanto ao resto de sua vida? Ele ia se entregar a Matthias e prestar suas contas, mas seria em seus termos. O pai de Grier faria algo com aqueles dossiês e Jim Heron, ou qualquer um de seus colegas, era o tipo de cara que poderia guardar uma narração gravada, em primeira pessoa, de cada assassinato que Isaac já cometeu – isso proporcionaria a Grier e a seu pai uma morte de causas naturais.

Afinal, ele tinha a impressão de que confissões feitas à beira da morte eram admissíveis no tribunal, então, uma vez que Isaac confessasse que Matthias iria matá-lo em breve, isso teria muita influência, não teria? – pelo menos seria o suficiente para que abrissem uma grande investigação.

Seu depoimento seria o seguro de vida dela e de seu pai.

Do outro lado, Grier apertou o botão *ligar* do aparelho e quando a máquina começou a sibilar ela ficou onde estava, olhando para a coisa.

Compelido por algo que ela não questionou, Isaac ficou em pé e se colocou atrás dela, colocando seu peito contra suas costas. A respiração de Grier ficou tensa ao sentir o corpo dele e, embora tivesse se enrijecido, ela não se moveu.

Ele estendeu as mãos e tocou as ondas loiras que caiam sobre seus ombros, correndo os dedos sobre ele. Em seguida, ele deslizou as mechas lentamente para a lateral, expondo a nuca.

Deus, ele já tinha se decidido, não tinha?

Tinha escolhido seu caminho.

– Posso beijá-la? – ele disse com voz rouca. Pois era mais cavalheiro perguntar antes.

A cabeça dela pendeu.

– Por favor.

Ele foi até o pescoço encantador, pressionando seus lábios contra a pele dela. Aquilo não era o suficiente, mas ele não confiava em si mesmo para ir mais além ou sequer para colocar suas mãos na cintura dela – se ele o fizesse, não ia parar até que ela estivesse sob ele e, por sua vez, ele estivesse dentro dela mais uma vez.

– Grier – ele sussurrou com voz rouca.

– Sim...

– Preciso dizer uma coisa.

– O que?

Algumas vezes as emoções eram uma locomotiva para as palavras: uma vez que se há uma revelação para fazer, não há freios suficientemente fortes para mantê-la nos trilhos de sua garganta.

– Eu te amo – ele pronunciou mais com ar do que com sílabas.

Contudo, ela ouviu. Deus, ela ouviu, pois inalou com um silvo.

Grier se virou tão rápido que se formou uma curva em seus cabelos e mesmo com o coração batendo forte, Isaac não desviou o olhar.

Quando ela abriu a boca, ele colocou seu dedo sobre os lábios dela e balançou a cabeça.

– Eu só precisava que você soubesse. Uma vez. Eu só precisava dizer... uma vez. Eu sei que não a conheço há tempo suficiente ou bem o suficiente e tenho plena consciência de que não sou o homem certo para você, mas algumas coisas precisam ser ditas.

O que não precisava ser transmitido era o terror dentro de sua pele.

Por mais que ele quisesse fazer a coisa certa, seu antigo patrão o pegou pelos cabelos: não havia sacrifício grande demais para garantir a segurança de Grier. Até mesmo a salvação de Isaac não era demais. Nem mesmo a queda de Matthias.

Uma garganta pigarreando discretamente fez com que Isaac olhasse para cima. Através do vidro sobre a pia, ele viu o pai de Grier em pé na cozinha – e por respeito à filha do homem, ele recuou.

– Café, pai? – Grier disse com uma voz estável ao se inclinar para o lado e pegar duas canecas no armário.

– Sim, obrigado.

Isaac podia sentir os olhos do cara oscilando entre um e outro, mas ele tinha certeza de que não queria responder qualquer pergunta.

E era evidente que Grier também não.

– Vamos sentar? – ela perguntou.

Ao invés de responder, o homem clareou a garganta mais uma vez. Sem dúvida por estar chocado com a situação do dia anterior, quando disseram para que ficasse longe, e o sentimento de "não toque na minha filha".

Mas ele não precisava se preocupar. Ele chegou tarde demais para a última alegação, mas a sensação que a primeira causava... dariam um jeito nela.

– Pai? Vamos sentar?

– Todos vão chegar amanhã de manhã...

– *Amanhã de manhã?*

– É uma situação delicada. É preciso dar desculpas adequadas – esses homens e mulheres não podem sair sem um bom motivo, sem que questionamentos sejam feitos.

Isaac podia sentir Grier olhando para ele, buscando um apoio para dizer um "não" veemente, mas era isso, ele discordava dela. Amanhã era perfeito.

Ele já teria partido até lá.

No hotel, Jim acordou em seu quarto pouco iluminado e sentiu como se tivesse sido vítima de um acidente de carro. Com um caminhão. E ele estava sem cinto de segurança.

Ele estava na cama, dormindo encolhido de lado, seu corpo pesado tinha esculpido uma parte do colchão e estava posicionado como um cão à espera da morte em uma floresta. Mas ele era imortal agora... e aquilo parecia significar que não importava o dano que fosse feito nele, ele seria curado.

Sim, só que aquilo não parecia o tipo de trabalho que requeria apenas um movimento de nariz da Feiticeira, onde tudo era resolvido em um passe de mágica. Ele se sentia muito humano com as dores e feridas, a respiração que fazia suas costelas queimarem, com os saltos de seu coração que mais pareciam o andar de um bêbado. Mas a pior parte disso não era física. Estava em sua mente.

A parte em que havia deixado Sissy para trás, no reino de Devina, o matava.

Abrindo os olhos, percebeu que era manhã; sobre o topo da cabeça encrespada do Cachorro, o alarme brilhava com números vermelhos. 7h52.

Hora de levantar, ele pensou ao se virar de costas com cuidado. Do outro lado, Adrian estava apagado como uma lâmpada, o anjo tinha uma respiração pesada, seus olhos se movimentavam por trás das pálpebras fechadas.

Dado o brilho em seu rosto, era evidente que ele não estava tendo bons momentos na terra dos sonhos.

Deus, que noite, Jim pensou. Depois que Colin o deixou ali ele achou que seria apenas ele e o Cachorro. Mas, então, alguém veio do outro quarto e ele poderia concluir que seria Eddie – a coisa toda de cuidados e enfermagem era mais a praia dele.

Mas não. Adrian foi quem entrou... e permaneceu ali.

No momento, Jim não teve forças para lidar com qualquer simpatia que pudesse sentir pelo cara, então, ele envolveu com cuidado um cobertor em volta de si e calmamente se colocou em pé com as pernas tão fortes quando dois lápis. Mancando até o laptop, ele estava muito tonto, e chegou à cadeira bem a tempo – contudo, mas que droga, seu traseiro doía demais.

Apesar do fato de precisar urinar como um cavalo de corrida, ele ligou o computador e esperou impaciente para que o navegador da Internet fosse iniciado. Para passar o tempo, ele deu uma olhada nas marcas deixadas por aquilo que prendia seus pulsos. Os dois tinham linhas tortuosas de um vermelho brilhante em volta, que reluziam e estavam em carne viva, o lembrete tangível de onde ele tinha estado e o que tinham feito com ele seduziu sua mente a fazer uma viagem ao campo do stress pós-traumático. Só que foi um deslize que ele se recusou a permitir.

Voltando a prestar atenção no que estava fazendo, ele começou a digitar. Contudo, uma vez que seus dedos estavam dormentes, levou uma eternidade para chegar ao site do jornal de Caldwell e pesquisar por Cecilia Barten...

Apareceu um artigo de cerca de duas semanas atrás e a imagem de Sissy trouxe um brilho aos seus olhos. Ela estava sorrindo para a câmera em pé no meio de vários jovens da idade dela. Não dizia quanto tempo havia se passado entre o momento em que a foto foi tirada e quando foi levada por Devina – mas o fato de que ela não tinha ideia do que a esperava ao virar a esquina fez com que seu coração desconfiado ficasse ainda mais focado no trabalho.

Provavelmente era melhor que não soubesse de nada.

E ele ia fazer com que Devina pagasse por isso.

O único artigo que havia além desse relatava que ela tinha desaparecido há uma semana e os dois juntos o fizeram perceber o porquê sua primeira pesquisa de dados havia falhado. Ele pediu que o computador procurasse por assassinatos ou garotas loiras mortas. Nada relacionado a desaparecimento.

Que erro idiota.

E os detalhes eram os que Sissy tinha dito: ela era caloura na Faculdade de Albany e estava passando as férias de primavera em Caldwell. A última vez em que a viram foi quando ela saiu do mercado local por volta das nove horas.

Nenhuma foto de seus pais. Contudo, ele iria encontrá-los.

– Você a viu? – Adrian disse com uma voz um tanto áspera.

– Sim. – Jim encarou a foto de sua garota sorrindo com seus amigos. Então, ele piscou e viu seus cabelos loiros emaranhados com sangue. – Como a tiro daquela parede?

A respiração do outro anjo era do tipo que se produzia quando não se tinha uma boa notícia para dar. De jeito nenhum. E você fica dolorido com isso.

– Você não pode.

– Inaceitável. Tem que haver um jeito.

– Não que eu saiba. – Houve um palavrão e, então, um estalo no colchão e uma variedade de estalos como se Ad estivesse se espreguiçando. – Volto já.

Quando os passos pesados se dirigiram para o outro quarto, Jim não se deu conta da saída do cara. Mas quando o focinho do Cachorro cutucou sua perna nua, ele olhou para baixo.

Os grandes olhos castanhos olhavam de um rosto de pelo que parecia palha.

– Você sabe como tirá-la de lá? Ela não pertence àquele lugar. Ela não deveria ter terminado ali.

Jim considerou que o pequeno gemido do animal significava que concordava com ele – e que também precisava sair para fazer suas necessidades.

– Dois segundos – disse Jim, preparando-se para ficar em pé. – Preciso de um banho.

Levantando seu peso morto da cadeira, ele deixou cair o cobertor e entrou no banheiro que era de um tamanho modesto. Fechando-se lá dentro, ele acendeu a luz, deteve-se no banheiro e se perguntou se seu pênis ainda funcionava de alguma maneira.

O fluxo rosa que ele urinou respondeu a pergunta. E também sugeriu que seus rins foram danificados.

Depois que terminou, grunhiu ao se inclinar para apertar a descarga e depois se virou para ligar o chuveiro. Sabonete. Ele precisava de muito mais sabonete do que aquela metade já usada que estava ali...

Jim congelou ao se ver no espelho.

Ruim. Muito ruim.

Muito pior do que ele pensava.

Sua boca estava roxa e inchada por causa de toda porcaria que tinha sido empurrada dentro dela, seu peito e sua barriga eram nada além de carne viva. Quanto ao pênis... A maldita coisa estava pendurada em seus quadris como se tivesse perdido a vontade de viver. E ele não queria saber como a parte de trás de seu corpo estava.

Usado e abusado eram os termos corretos.

E seu único pensamento, o único... apenas um... era que odiava o fato de que Sissy o tinha visto assim.

Quando seu estômago vacilou em torno de sua cintura, ele se lembrou da expressão horrorizada no rosto dela ao olhar para ele. Pobre garota... Ele tinha sido treinado para toda aquela porcaria. Ele tinha passado por isso antes... bem, não exatamente pelo que Devina fez com ele, mas com certeza ele teve que lidar com isso algumas vezes com punhos e facas. Até mesmo com uma bala ou duas. Mas Sissy...

Ele quase não conseguiu voltar à bacia sanitária à tempo.

Quando seu corpo se inclinou e nada além de bile saiu de sua boca, seus olhos lacrimejaram pelo esforço.

Maldição, Sissy o viu daquele jeito. Violado sexualmente, sangrando, surrado...

Mais vômito.

Ele não teve certeza de quando exatamente Adrian entrou, pois no terceiro round de lances que saíam de sua boca ele se deu conta que não sabia se ela estava livre do que tinha feito com ele. Afinal, ela foi capturada. Ela estava presa naquele inferno. E Devina tinha muitas coisas que satisfariam o gênero masculino.

– Aqui – Adrian disse, passando-lhe um pano frio.

Jim não conseguia enxugar o rosto, pois doía demais, então, ele deu leves toques, sentindo a umidade fresca como um bálsamo contra seu rosto em chamas e lábios queimando.

Baixando a cabeça, ele percebeu que tinha deixado manchas de sangue fresco no piso creme, das feridas que tinham sido reabertas em seus joelhos.

Sim, imortal não significava embalsamado; isso era certeza.

Adrian sentou-se ao lado dele, com o rosto muito pálido enquanto olhava ao redor da bacia sanitária.

– Quer que eu o coloque no banho? Foi o que me ajudou quando ela...

Quando seus olhos se fecharam com força, a conversa era de sobrevivente para sobrevivente.

– Ah, droga... – Quando Jim falou, sua voz era rouca e parecia que tinham passado um desentupidor por sua garganta.

– Ela me viu assim. Sissy... ela viu isso.

Ele não podia acreditar que havia dito isso, mas manter dentro de si era inútil.

Incapaz de manter contato visual, Jim fechou suas pálpebras com força e encostou ao lado da banheira. Enquanto a água caía como a chuva atrás dele e o chão duro pressionava seu traseiro, ele sussurrou:

– Ela me viu arruinado.

Foi a última coisa que disse antes de desmaiar.

Capítulo 37

Você não deve ter pensando que uma casa com seiscentos metros de área construída, no centro da cidade, com três andares – quatro, se contar o porão com a adega – poderia ser estreita como uma caixa de sapato.

Mas, à medida que a manhã se arrastava e chegava o florescer do meio dia, Grier sentia como se não pudesse ter ar suficiente... ou algum momento à sós com Isaac. Seu pai era uma presença passiva com olhos de águia que parecia preencher todo o espaço, mesmo quando não estava nele. E Isaac estava tão ruim quanto ele, movendo-se constantemente, olhando pelas janelas, indo e voltando da frente da casa para a cozinha.

Por volta das duas horas, ela não aguentava mais e foi organizar seu armário no quarto. O que era ridículo, pois já estava arrumado – apesar de ser uma cura rápida para o que estava passando.

Depois de parar no meio do quarto e fazer um giro pelas fileiras de roupas penduradas por categoria, ela pegou cada blusa, saia, vestido, terno e par de calças das prateleiras e os colocou em uma pilha no chão. Aparentemente, ela estava reorganizando as várias sessões. Na realidade, ela estava dando a si mesma um pouco de bagunça para limpar para que pudesse desfrutar de um pouco de controle.

Cabide por cabide, item por item, ela começou a organizar seu guarda-roupa.

Deus... Isaac.

Se ela o ouviu direito, lá na cozinha, perto da cafeteira... ele disse que a amava.

Vamos lá... claro que ela ouviu direito. E seus olhos incríveis confirmaram o que seus ouvidos tinham lutado para compreender.

Contudo, havia muitos *mas* que a advogada que havia nela queria esquematizar. A questão era, a mulher por trás da advogada de defesa não se importava com nada daquilo: ela sentia algo tão forte quanto ele.

Naturalmente, a lógica dizia que não devia confiar na emoção nos dois casos, apontando que tudo era uma questão de circunstâncias, drama, tensão, sexo – Deus, o sexo. Só que seu coração tinha uma teoria diferente. Ela sentiu uma faísca entre eles no instante em que colocou os olhos nele e a decisão de Isaac de tomar a frente e fazer a coisa certa sobre seu chefe corrupto e perigoso... bem , isso foi ainda melhor que os incríveis orgasmos.

Ele ganhou todo o respeito dela com isso.

Ao pegar um de seus ternos pretos com risca de giz, ela se entreteve com uma breve fantasia onde eles acabavam juntos em uma ilha segura e remota com nada além do dilema sobre o que fazer para almoço e jantar para preocupar suas mentes. Um dia de sonho na *Ilha da Fantasia* com nada para ser questionado seria uma ótima diversão, mas ela não ia enganar a si mesma. Isaac ia desaparecer. O governo ia levá-lo e escondê-lo até que as audiências no Congresso ou os procedimentos judiciais fossem iniciados. E se ele não acabasse na cadeia pelas atrocidades de guerra nos Estados Unidos, seria extraditado para algum inferno no exterior.

E foi por isso que ele disse aquilo. Era seu adeus.

– Uau.

Grier girou sobre os calcanhares, o terno em suas mãos se levantou em um círculo em volta de seu corpo antes de ser colocado de volta no lugar – como se tivesse esquecido momentaneamente sua discrição e retomado sua compostura.

E não é que ela sabia como a coisa se sentia?

Isaac se amaldiçoou.

– Desculpe, eu realmente preciso aprender a bater.

Grier ficou mais aliviada.

– Eu também estou nervosa demais.

Franzindo a testa, ele mediu a pilha no meio do carpete creme.

– Muitas roupas.

– Provavelmente roupas demais. Eu preciso doar um pouco para alguma entidade.

Ele avançou e pegou um de seus vestidos. Era longo e preto, como todos os outros, pois ela não era do tipo de garota que gostava de cores e brilhos.

– Para onde vai esse?

– Ah... – Havia apenas uma seção com barras altas o suficiente para os longos. Então, ela havia os tirado por nada, apenas para colocá-los novamente. – Aqui. No canto, por favor.

Ele pegou o vestido feito para se usar à noite e o colocou no lugar onde já tinha estado antes. Então, ele se voltou para o próximo, endireitando as ombreiras em um cabide acolchoado de cetim. Antes de colocá-lo no lugar, ele se surpreendeu por baixar a cabeça e colocar seu nariz no decote.

– Tem o cheiro do seu perfume – ele murmurou antes de colocá-lo sobre a haste de bronze.

Foi o que bastou para que um arrepio percorresse dentro dela – no bom sentido. Infelizmente, o formigamento foi substituído por tudo o que estava pairando sobre eles.

– Você já recebeu algum contato... deles?

– Não.

– O que você vai fazer se eles não responderem?

– Eles vão.

Ele não disse mais nada, apenas pegou um vestido com um corpete de veludo e uma larga faixa.

– Vestido de Natal?

– Sim.

– É lindo.

– Obrigada. Isaac? – Quando ele olhou, ela disse: – Eu...

Ele a interrompeu.

– O que é esse som?

– Que som...

O terno caiu de suas mãos quando ela reconheceu o sutil sinal sonoro e se atrapalhou para tirar a corrente do sistema de segurança do bolso. Era certeza, uma luz vermelha estava piscando. "*Havia alguém na casa.*"

Ela interrompeu o barulho e começou a ir em direção ao telefone ao lado da cama, mas ele segurou seu braço.

– Não. Nada de polícia. Já tiramos vidas de inocentes o suficiente com isso.

Sua arma surgiu e expôs um tubo quase tão longo quando seu punho. Quando ele engatou o silenciador na ponta da arma, olhou em volta e seguiu até o espaço mais abaixo onde o mecanismo do sistema de segurança se encontrava.

Mantendo a arma em mãos, ele arrancou a superfície de metal.

– Entre aqui. E não saia até que eu...

– Eu posso ajudar...

A expressão nos rosto dele fez com que ela desse um passo para trás: seu olhar era frio e totalmente estranho – como se ela estivesse olhando para um vidro fosco... sem esperança de algum dia ver o que estava por trás dele de novo.

– Entre aí, *agora*.

Os olhos dela encararam a arma e depois se voltaram para sua face rígida e implacável. Era difícil saber o que era mais assustador: a ideia de que alguém estava em sua casa ou o estranho em pé na frente dela. E, então, ficou claro para ela...

– Oh, meu Deus, meu pai!

– Eu cuido dele. Mas não vou fazer isso direito se estiver preocupado com você. – A arma apontava para o buraco escuro que ele tinha aberto. – Vá, agora.

Depositando sua confiança nele, Grier se abaixou, esquivou-se dentro do local e respirou o ar bolorento dos beirais quando Isaac recolocou a grade no lugar. Houve um movimento, um clique, outro movimento, outro clique ao fixar a coisa na parede e, em seguida, pelas frestas, ela o viu sair correndo, silencioso como uma sombra.

Ela olhou o relógio. Ouvia com atenção.

O medo se comprimia com ela dentro dos limites apertados de seu esconderijo, ocupava mais espaço que ela, trazia à tona a imagem de Isaac como um estranho, até aquilo ser tudo o que conseguia ver.

Silêncio.

Mais silêncio.

Que foi prontamente interrompido por uma estridente paranoia em sua cabeça.

Oh, Deus... e se tudo isso não passou de uma armadilha? E se Isaac tinha sido enviado com o único propósito de seduzir seu pai e determinar o quão longe ele iria para expor a agência?

Só que foi ela quem sugeriu isso.

Ou será que a intenção dele era que ela acreditasse nisso?

Contudo, seu perfil dizia que ele precisava de uma motivação moral – e se fosse uma mentira? E se aquilo fazia dele o agente infiltrado perfeito? E se tudo aquilo não passasse de um jogo para que seu pai entregasse os dossiês... antes de o matarem.

E, ainda assim, Isaac a colocou ali para protegê-la.

Só que ela não o reconhecia no momento em que fez isso...

Meu bom Deus, o transmissor de alerta – a luz estava apagada, não estava? Quando ele balançou a coisa em frente a ela na cozinha esta manhã, a luz que ela tinha visto antes estava apagada. O que aquilo significava? E, pensando nisso, o lapso de tempo lhe parecia bizarro: entre o momento em que ele aparentemente se entregou até agora.

Ela tinha que sair dali. Conseguir ajuda.

Grier se contorceu e se apertou atrás dos componentes empilhados do centro nervoso do sistema de segurança. A escadaria oculta que corria no meio da casa fazia parte de sua construção original, foi feita por suspeita e desconfiança de que os britânicos ainda pudessem passar por ali em 1810, cerca de trinta anos depois da Revolução.

Os truques da casa acabaram sendo úteis no presente.

O brilho do sistema de segurança proporcionava iluminação suficiente para que ela encontrasse a lanterna coberta de poeira que ficava pendurada em um prego no topo da escada secreta. Acendendo a luz, ela tateou os degraus antigos, entalhados à mão, deixando suas impressões para trás na poeira. Ao prosseguir, teias de aranha grudaram em seus cabelos e os ombros foram arranhados pela áspera argamassa dos tijolos.

Quando chegou ao primeiro andar, fez uma pausa. É claro que ela não conseguia ouvir nada devido às grossas paredes, mas o pai dela tinha acrescentado um tubo que parecia fazer parte do sistema de ventilação. Na verdade, porém, servia como posto de vigilância secreto.

Grier subiu e se inclinou para o lado para conseguir enxergar direito, apoiando-se sobre alguns tijolos que estavam mais firmes que os outros.

Quando ela apertou os olhos, sua visão trespassou as ripas e focou-se na entrada da frente. Se ela se arqueasse um pouco mais e esticasse o pescoço, ela conseguiria ver a cozinha...

Grier abandonou a lanterna e apertou as mãos sobre a boca.

Para não gritar.

Capítulo 38

Depois que Isaac se certificou que Grier estava segura, ele tateou ao redor do quarto dela e ouviu com atenção. Quando a falta de passos, confusão, ou tiros não lhe deu informações, ele continuou a ir em direção à entrada. Outra pausa. Será que ele deveria usar a escada dos fundos? A da frente?

Frente. Era mais provável que uma infiltração ocorresse a partir do jardim dos fundos. Havia mais cobertura nessa direção.

Droga, ele esperava que fosse apenas Jim Heron, mas não achava que o cara ia aparecer assim. E o pai de Grier poderia desativar o sistema – ele já tinha provado que conseguia fazer isso. Então, era evidente que ele não tinha permitido a entrada de quem estava ali.

Maldição, se era alguém mandado por Matthias, por que a chegada não foi anunciada pelo transmissor de alerta? Por outro lado, Isaac não permitiria que entrassem ali dentro e sem dúvida eles sabiam disso: Matthias pode ter exigido que Grier e seu pai estivessem por perto, mas Isaac não estava disposto a deixar que o matassem na frente deles.

Ela nunca superaria isso.

Por favor, Deus, ele pensou. Permita que ela fique onde está.

Andando com as costas deslizando contra a parede, ele desceu as escadas, sempre com sua arma à frente. Sons... onde estavam os sons? Não havia nada, literalmente, se movendo na casa e, considerando que o pai de Grier andava como um leão enjaulado, aquele silêncio todo não era animador.

Assim que a parede terminou e o percurso sem corrimão começou, ele se balançou, se soltou e, deliberadamente, aterrissou com força como uma pedra na sala da frente.

Às vezes, o ruído era um bom direcionador, dando ao seu oponente um alvo para perseguir.

E, como pode imaginar, o "boom" dos pés de Isaac atingindo o chão atraiu o visitante: da cozinha, um homem vestido de preto entrou em sua visão.

O segundo na linha de comando de Matthias.

E ele fez do pai de Grier um escudo humano.

– Quer trocar? – o cara disse severamente.

A arma apontada para a cabeça de Childe era uma automática equipada com um silenciador. Bem, não era surpresa. Era idêntica a que havia nas mãos de Isaac.

Movendo-se lentamente, Isaac curvou-se para baixo e colocou sua arma no chão. Então, chutou para longe.

– Deixe-o ir. Venha, leve a mim.

Childe arregalou os olhos, mas se segurou. Ainda bem.

Isaac virou para a parede, colocou as mãos em cima do gesso e abriu os tornozelos em posição de uma apreensão clássica. Olhando por cima do ombro, ele disse:

– Estou pronto para ir.

O segundo no comando esboçou um sorriso.

– Olhe para você, todo condescendente. Traz até uma lágrima no olhar.

Com um movimento rápido, o soldado deu um golpe no pai de Grier com a coronha da arma, o velho Childe caiu ao chão como um saco de areia. Em seguida, foi a vez do segundo no comando caminhar até Isaac, com a arma apontada para ele e com uma atitude inabalável.

Tão estranho quanto isso era o seu olhar negro e fosco.

– Vamos fazer isso logo – Isaac disse.

– Onde está sua outra arma? Eu sei que você tem outra.

– Venha pegar.

– Você quer mesmo brincar comigo?

Isaac se aproximou e pegou sua outra arma.

– Onde você a quer?

– Pergunta errada. No chão e dê um pontapé.

Quando Isaac se inclinou, o outro homem também o fez. E não mudaram de posição até que os dois se endireitassem e Isaac percebesse que sua primeira arma, a do silenciador, tinha sido apanhada por uma mão negra, enluvada.

– Então – o segundo no comando falou devagar – Matthias tem se divertido com as conversinhas que vocês dois têm levado e ele quer que eu o mantenha aqui até ele chegar. – O maldito olhar do bastardo se aproximou. – Mas eis a questão, Isaac: há coisas maiores em jogo e esta é uma situação pela qual seu chefe não é responsável.

O que era aquela coisa de "seu chefe", Isaac pensou.

E, então, ele franziu a testa ao perceber que o braço do cara, aquele que tinha sido quebrado há menos de dois dias, parecia estar completamente curado.

E aquele sorriso estava errado... havia algo de errado com aquele sorriso também.

– As coisas vão tomar um rumo diferente – o segundo no comando disse. – Surpresa!

Com isso, ele colocou a arma de Isaac no próprio queixo e puxou o gatilho, explodindo sua cabeça por completo.

Capítulo 39

Jim saiu do coma com sua nuca em chamas. Ele não fazia ideia de quanto tempo ficou apagado, mas estava claro que Ad o colocou de novo na cama: a maciez sobre sua cabeça era, definitivamente, um travesseiro e não a barra fria e dura da banheira.

Quando ele se sentou na cama, ficou chocado: sentia-se forte de uma maneira curiosa e milagrosamente estável. Era como se o tempo de descanso que teve... bem, que deve ter durado horas, supondo que estava lendo o relógio direito... tinha o reiniciado por dentro e por fora.

O que era uma boa notícia.

Contudo, a tensão no topo de sua coluna não era nada além de uma coisa: *Isaac.*

Isaac estava com problemas.

Balançando as pernas para fora da cama na posição vertical e as firmando no chão, não sentiu náuseas, tonturas, dores ou incômodos. Apenas o formigamento na base do crânio – ele não estava apenas pronto para ir, estava rugindo para fazer isso.

– Adrian! – ele gritou enquanto se aproximava de sua mochila e puxava um par de calças jeans.

Onde, diabos, estava o Cachorro?

Através da porta que ligava os quartos, ele pôde ver que as luzes estavam acesas do outro lado, então, o anjo tinha que estar lá.

– Adrian! – ele pronunciou o comando e puxou as calças; em seguida, pegou uma camisa.

– Nós temos que ir!

Ele pegou sua adaga de cristal e a colocou no casaco.

– Ei, Ad...

Adrian estava esparramado no quarto com o Cachorro debaixo do braço.

– Eddie está em apuros.

Bem, aquilo não fez com que a sensação de sua nuca tivesse muita melhora.

– O quê?

Adrian se desfez do Cachorro e deixou que pulasse para dizer "oi" a Jim.

– Ele não está atendendo ao telefone. Eu liguei. E liguei de novo. E liguei uma terceira vez. Nunca aconteceu.

– Droga.

Quando Ad se aprontou, Jim deu uma olhada no Cachorro e colocou um pouco de comida e, em seguida, ele e seu braço direito decolaram, literalmente. Cara, ele nunca foi tão grato por aqueles instrumentos em suas costas com os quais em um piscar de olhos estavam em qualquer lugar: apenas alguns minutos depois, eles estavam em Beacon Hill.

Ele e Adrian desembarcaram no jardim murado em uma chama brilhante e se mantiveram ocultos de olhares indiscretos, pois eram apenas quatro da tarde. A casa parecia bem por fora e o feitiço vermelho reluzente ainda estava no local, mas seu pescoço estava o matando. E onde, diabos, estava Eddie...

– Droga – ele disse cuspindo quando viu as solas das botas de combate do anjo saindo de um arbusto.

Jim bateu os pés no dele e se agachou. O cara estava deitado de costas para baixo, parecendo que tinha lutado contra um trator e perdido.

– Eddie?

O grande anjo abriu os olhos.

– Que inferno... o que... Eu não sei o que aconteceu. Em um minuto eu estava em pé. No seguinte...

– Você parece um tapete de boas vindas.

Adrian estendeu uma de suas mãos para ajudar seu melhor amigo a levantar.

– Que droga foi essa?

– Não faço ideia. – Eddie ficou em pé devagar. Então, ele olhou para Jim e se encolheu. – Jesus Cristo...

Jim franziu a testa e olhou ao redor.

– O que?

– Seu rosto...

Certo, talvez ele apenas estivesse se sentindo melhor. Com sorte, a parte da aparência ficaria boa depois.

– Está dizendo que meus dias de modelo de calendário chegaram ao fim?

– Não sabia que estava nessa. – Eddie balançou a cabeça. – Ouça, Isaac quer falar com você. O mais rápido possível.

Jim olhou para Adrian.

– Você fica com o tapete de boas vindas.

– Como se eu pudesse ir a outro lugar.

Jim correu para casa. A porta dos fundos estava aberta, o que era uma má notícia – e a porcaria só aumentou ao atravessar a cozinha.

Deus, você nunca se acostuma com o cheiro de um ferimento mortal feito à bala: havia diferentes aromas, vísceras, sangue, cérebro, mas as nuances eram todas metálicas em meio aos componentes da bala.

O primeiro corpo que ele encontrou foi de um homem do qual ele conhecia: capitão Alistair Childe. O pobre coitado estava deitado no arco que dava para o corredor da frente, contorcido no chão todo amontoado.

No entanto, não era ele a origem do sangue. Não havia nada na roupa ou no piso e Childe estava respirando regularmente apesar do cochilo forçado por um nocaute.

O corpo número dois estava na metade do caminho da porta da frente e era evidente ser a origem do cheiro... Sim, uau, se Jim se lembrava dos que já tinha visto, o bastardo era um candidato para um caixão lacrado: seu rosto estava distorcido de dentro para fora, a bala deve ter viajado por entre a carne e os ossos de seu queixo e nariz antes de fazer uma saída triunfal no topo do crânio.

Considerando a tatuagem de uma serpente no pescoço do cara, tinha que ser o segundo na linha de comando de Matthias.

E Isaac estava parado próximo ao cara com uma expressão assustada de "Mas que droga!"

Rothe levantou os olhos e as mãos desarmadas.

– Ele fez isso... a si mesmo. Droga... Como está o pai?

Jim se ajoelhou ao lado do capitão para verificar mais uma vez. Sim, Childe tinha sido atingido na cabeça, provavelmente com a coronha de uma arma, mas ele já estava começando a gemer como se estivesse recobrando a consciência.

– Ele vai ficar bem. – Jim se levantou e se dirigiu a Isaac e ao outro cara. Ao chegar mais perto, o cheiro ficou pior...

Ele começou a andar devagar e, em seguida, parou completamente. E esfregou os olhos.

Uma sombra cinza cintilante cobria o corpo do segundo homem na linha de comando de Matthias da cabeça aos pés, movendo-se ao redor dos braços, pernas e da cabeça estourada da mesma maneira que o feitiço de Jim se movimentava e cobria a casa em que estavam. E havia algo de errado com o sangue – cinza e não vermelho brilhante.

Devina, pensou Jim. Ou ela estava no homem ou tinha assumido o controle.

– Ele simplesmente colocou a coisa debaixo do queixo e puxou o gatilho. – Isaac ajoelhou-se sobre os quadris e acenou para a arma que estava na mão direita do cadáver.

– Ele usou minha arma para fazer isso.

– Fique longe do corpo, Isaac.

– Vá se ferrar, eu tenho que limpar isso antes que...

Jim não estava interessado em discutir e agarrou o rapaz, puxando-o para cima e fazendo com que recuasse alguns passos.

– Você não sabe o que é isso.

– Para o inferno que não sei. Ele veio para me pegar.

Jim encarou Isaac.

– A última vez que o vi você estava fugindo.

– Mudança de prioridades.

Que droga, ele é sequestrado por doze horas e o mundo vira de cabeça para baixo: Isaac se entrega, um demônio estava morto na porta de entrada de um civil, nada mais fazia sentido.

– Eu não vou deixar que volte ao trabalho, Isaac. Ou se sacrifique para manter outra pessoa viva. – Pois quanto você quer apostar que era o que estava acontecendo ali?

– A escolha não é sua. E, sem ofensa, mas eu ainda não sei por que você dá a mínima. – O soldado pegou um dos dispositivos das operações extraoficiais que estava disfarçado de transmissor de alerta. – Além disso, não adianta. Eu já me entreguei.

Aquela luz piscando fez Jim querer gritar. E foi o que ele fez.

– Mas que droga é essa que você está fazendo? Matthias vai matá-lo...

– E?

Uma voz aristocrática interrompeu.

– Eu pensei que você se apresentaria com informações sobre Matthias.

Jim olhou sobre o ombro. Alistair Childe tinha ficado em pé e estava se aproximando deles, sua mão na parede como se precisasse de ajuda para se equilibrar.

– Eu pensei que esse era o plano, Isaac. E, Jim, eu pensei que tinha morrido em Caldwell. Três ou quatro dias atrás.

Jim e Isaac passaram por cima de tudo e ignoraram qualquer regra de retórica. O que era fácil de fazer, considerando o quanto precisavam explicar.

O fato de que o segundo na linha de comando tinha entrado e se matado com a arma de Isaac era apenas a superfície da coisa. A verdade principal era que Devina estava por trás de toda a situação. Mas com que finalidade? Se Isaac era o alvo, por que diabos ela simplesmente não o tomou enquanto Jim não estava por perto?

– Ela... *ele* tinha um bom ângulo para atirar em você? – Jim perguntou. – Em qualquer momento?

– Você quer dizer, para matar? Claro que sim... eu estava contra a parede, com as mãos espalmadas e minhas armas no chão. Esse é um ângulo bom o suficiente para você?

– Isso não faz sentido. – Ele olhou para baixo, em direção ao corpo. – Não faz sentido.

– Temos que nos livrar do corpo – Isaac disse. – Antes que eu vá, temos que...

– Não vou permitir que se entregue.

– Não é da sua conta.

– Que *droga*...

– Meu pensamento era exatamente esse.

Isaac franziu a testa, os olhos dele se estreitaram ao observar a face de Jim.

– E o que diabos aconteceu com você ontem à noite?

Em uma fração de segundo, Jim realmente considerou bater sua cabeça contra a parede, só que seria redundante, dado o formato em que ele já se encontrava. Como, diabos, ele ia tirar Isaac dessa confusão?

Ele não poderia deixar tudo às claras e explicar o que realmente estava acontecendo: *Bem, entenda, eu morri mesmo e Matthias não é o problema. Estou tentando mantê-lo longe de um demônio que quer sua alma. E eu não faço ideia do que ela está fazendo aqui.*

Sim, isso seria um desastre total.

Isaac não esperou por uma resposta sobre o rosto de Jim. Era evidente que o cara tinha se metido em alguma briga com oitocentos seguranças ou algo assim e isso não era da sua conta. O que lhe dizia mesmo respeito era o soldado que, de alguma maneira, consertou seu braço como se fosse mágica antes de se matar.

A menos que... gêmeos?

Droga... *sim*. Tinha que ser. E Matthias usaria isso como um belo instrumento para ajudar a ferrar com a mente das pessoas. Não surpreende que ele tenha escolhido o filho da mãe para ser o segundo na linha de comando.

Quando Jim soltou mais um palavrão e começou a percorrer o caminho do corredor de entrada, Isaac se inclinou e desabotoou rapidamente a manga da roupa do segundo na linha de comando. Nenhum sinal de qualquer coisa no antebraço com relação a uma reparação cirúrgica, não havia evidência de pele ou osso quebrado.

Gêmeos. Tinha que ser.

Com um golpe rápido, ele rasgou a camisa preta, os botões estalaram e saltaram sobre o chão. O colete a prova de balas exposto foi uma surpresa. Sim, era uma edição padrão, mas por que se preocupar com um se a intenção é explodir o crânio feito um balão de festa?

Sem ter certeza exata do que estava procurando, ele puxou as tiras do velcro do colete.

– Mas que... porcaria... – Ele se inclinou para se certificar de que estava enxergando direito.

Por toda a pele do estômago do cara havia profundas cicatrizes que formavam um padrão e quando Jim deu uma olhada nisso e começou outra rodada de palavrões, Isaac continuou a revistar rapidamente. Celular, o qual ele colocou de lado. Carteira com cem dólares em dinheiro, não havia carteira de identidade. Munição. Nada nas botas, a não ser as meias e o solado.

Passando por cima do corpo, ele foi em direção à cozinha para pegar uma lata de lixo. Quando estava puxando a coisa para fora do armário e se perguntava quantos braços e pernas caberiam ali, ele ouviu passos atrás dele. Obviamente, sua plateia de fãs o seguiu, mas vamos lá, pessoal. Chega de conversa; eles precisam de ação. Grier estava trancada no maldito armário lá em cima e ele tinha que limpar toda aquela porcaria antes de deixá-la sair...

– Você mentiu.

Isaac congelou e girou a cabeça. Grier estava parada do outro lado da ilha de mármore, acabando de fechar a porta da adega atrás dela. Mas como diabos ela... Droga, devia ter uma escada secreta que era ligada ao porão. Ele deveria ter adivinhado que havia várias rotas de fuga.

Quando ela olhou para ele estava branca como um lenço de papel e tremia.

– Sua intenção nunca foi se apresentar. Foi?

Ele balançou a cabeça, sem saber o que dizer e bem ciente do que havia no corredor de entrada da casa dela. Aquela situação estava totalmente fora de controle.

– Grier...

– Seu bastardo. Você mentiu seu b... – De repente, ela olhou por cima dos ombros dele. – Você... – Ela apontou para Jim, que estava em pé sob o arco. – Você é quem estava no meu quarto na outra noite. Não é?

Um expressão estranha passou pelos traços de Jim, uma espécie de "agora eu me ferrei", mas, então, ele apenas deu de ombros e olhou para Isaac.

– Não vou permitir que você se entregue.

– Essa sua música nova está me dando nos nervos – Isaac exclamou ao decidir pegar o lixo e acabar com aquela história.

Conversa fiada, quanta conversa fiada da parte de todos... e todas direcionadas a ele. Mas que seja. Surdez seletiva era algo no qual se destacava quando era criança e, como pode imaginar, a habilidade voltou a ser exercida sem um pingo de ferrugem.

Isaac se curvou embaixo da pia e rezou para que o lugar mais lógico para se colocar sacos de lixo fosse mesmo ali... bingo. Ele pegou dois deles, uma vassoura e uma pá que não iriam sobreviver a esse trabalho em particular.

Deus, ele desejava ter uma serra. Mas talvez com alguma corda, eles poderiam dobrar o bastardo e carregá-lo como uma mala malfeita.

– Fique com ela – ele disse ao pai. – E a mantenha aqui...

– Eu vi o que aconteceu. – Quando Isaac congelou, ela o encarou. – Eu o vi fazer aquilo.

Houve uma pausa longa e silenciosa, como se ela tivesse acorrentado todos os homens do local.

Ela balançou a cabeça.

– Por que você fingiu que iria adiante com isso, Isaac?

Quando ela o encarou, a confiança tinha desaparecido de seus olhos. E, no lugar, havia um olhar frio – o qual ele imaginava que as pessoas que trabalhavam em laboratórios exibiam ao observar resultados de culturas em uma placa de Petri.

Não havia o que dizer a ela, não podia negar a mudança. E talvez fosse melhor assim. De qualquer maneira, eles não tinham que estar juntos – e isso era para ser assim até mesmo antes dele mergulhar na busca de excelência profissional na área de matar pessoas.

Isaac pegou seu kit de empregada feliz e se dirigiu para a entrada.

– Eu preciso tirar o corpo de lá.

– Não fuja de mim – ela gritou.

Ele ouviu Grier vindo atrás dele como se tivesse a intenção de gritar um pouco mais, então, ele parou e girou sobre os calcanhares ao chegar ao arco. Quando ela estacou para não passar por cima dele, Isaac olhou bem dentro de seus olhos.

– Fique aqui. Você não quer ver...

– Vá se ferrar! – Ela o empurrou, marchando até... – Oh... Deus... – Ela sufocou a palavra, sua mão subiu até a boca.

Bingo, ele pensou sombriamente.

Felizmente, o pai dela estava ali, aproximou-se e a direcionou gentilmente para longe daquela visão.

Amaldiçoando a si mesmo e tudo relacionado à sua vida, Isaac continuou até a entrada, mais determinado do que nunca a cuidar do problema... só que seu senso de urgência deu um tempo quando chegou ao corpo.

Um celular estava na mão do cadáver e a coisa estava enviando uma mensagem; a pequena tela no telefone estava brilhando com a imagem de um envelope entrando em uma caixa de correio várias vezes.

Certo. Hora de retomar alguns conceitos aqui: gente que não tinha o lobo frontal geralmente não pegava o celular e discava alguma coisa nele.

Um pequeno aviso brilhante apareceu indicando sucesso.

– Isaac, você vai precisar de mais do que uma pá para lidar com isso.

Ao som da voz de Jim, ele olhou sobre o ombro. E teve que piscar algumas vezes. O homem estava parado na parte escura do corredor, bem longe da luz, que passava pelos arcos, vinda da sala de estudos e da biblioteca... mas ele estava iluminado, havia um brilho em torno dele da cabeça aos pés.

O coração de Isaac deu altos pulos na caixa torácica. Então, pareceu tomar um pouco de fôlego.

Muitas vezes, ele esteve no campo, em meio a uma missão e as coisas não deram certo: você acha que sabe os hábitos e recursos de seu alvo, os pontos fracos e fortes, mas quando está prestes a atacá-lo, a paisagem muda como se alguém tivesse jogado uma bomba no meio da praça do seu plano perfeito. Era o mau funcionamento de uma arma. Uma testemunha em potencial que fazia com que perdesse a hora certa. O alvo pisando fora da faixa indicada.

O que você tinha que fazer era recalcular rapidamente a situação e Isaac sempre foi excelente nisso.

Que inferno, aquele jogo de videogame o treinou de maneira involuntária a abrir totalmente sua mentalidade para agir rápido.

Mas aquela porcaria estava fora de sua especialidade. Bem fora.

E isso foi antes de Jim empunhar uma longa adaga... que era feita de cristal.

– Você vai deixar com que eu cuide disso agora. Afaste-se do corpo, Isaac.

Capítulo 40

Matthias passou muito tempo dentro daquela igreja de pedra. E, quando finalmente ele se esforçou para sair, concluiu que tinha permanecido lá uma hora ou mais, mas no instante em que olhou para a posição do sol no céu, percebeu que tinha perdido toda a manhã e a maior parte da tarde.

Ainda assim, ele teria ficado mais se pudesse.

Ele não era um homem religioso, mas havia encontrado uma paz chocante e rara debaixo daquelas galerias de vitrais e diante do altar glorioso. Mesmo agora, quando sua mente lhe dizia que aquilo era tudo besteira, que o lugar era apenas um edifício e que ele estava tão cansado que poderia dormir até numa montanha russa da Disney – apesar de tudo isso, seu coração se sentia melhor.

A dor havia cessado. Logo depois que ele se sentou, a dor em seu braço e peito esquerdo tinha desaparecido.

– Tanto faz – ele disse em voz alta ao chegar ao carro. – Tanto faz, tanto faz...

Voltar ao jogo era algo pelo qual ele se sentia compelido a agir e havia uma picada agradável com relação a isso, como se estivesse arrancando a casca de uma ferida. De alguma maneira, ele estava cativado pelo que tinha encontrado na igreja, mas seu trabalho, seus atos, seu modo de vida formavam um turbilhão que o sugava e o mantinha assim e ele, simplesmente, não tinha energia suficiente para lutar contra isso.

E depois... talvez houvesse um meio termo, ele pensou, quando fosse tratar de Isaac Rothe. Talvez ele pudesse fazer com que o rapaz continuasse a trabalhar em uma área diferente. Era evidente que o soldado tinha respondido bem às ameaças contra Grier Childe – o que poderia ser o suficiente para mantê-lo na linha.

Ou... ele poderia deixar o cara ir.

No instante em que o pensamento cruzou sua mente, algo dentro dele o atingiu como se aquilo fosse uma grande blasfêmia.

Irritado consigo mesmo e com a situação, ele ligou o motor e verificou o telefone. Nada vindo de seu segundo na linha de comando. Onde diabos estava o bastardo?

Ele enviou uma mensagem de texto exigindo uma atualização e dando seu tempo estimado de chegada, o que, naquele momento, seria depois do anoitecer. Para o inferno com a história de fora do estado. Era melhor que o filho da mãe estivesse com Isaac Rothe amarrado a uma cadeira antes de Matthias arregaçar as mangas – e Deus o ajudasse se tivesse matado Rothe.

Quando a impaciência contorceu suas mãos sobre o volante, Matthias saiu da calçada e pegou a estrada graças à tela do GPS no painel. Ele tinha seguido menos de um quilômetro antes da dor sob seu peito voltar, mas era como vestir uma roupa com a qual ele já estava acostumado depois de experimentar os trajes de outra pessoa: fácil e confortável de uma maneira maldita.

Seu telefone disparou. Mensagem de foto. Do seu segundo na linha de comando.

Quando ele aceitou, ficou aliviado. Uma confirmação visual de que Isaac estava vivo e sob custódia era uma coisa boa...

Não era uma imagem de Isaac. Eram os restos do rosto de seu subordinado. E aquela tatuagem de cobra que percorria a garganta do homem era a única maneira de ter certeza que era ele.

Abaixo da imagem dizia: *Venha me pegar – I.*

O primeiro e único pensamento de Matthias foi... mas que *droga.* Que filho da mãe maldito. Que diabos Rothe estava pensando? Que droga, se as ameaças contra sua querida, doce e encantadora Grier Childe não funcionaram, Isaac era totalmente incontrolável e, portanto, ele tinha que ser sacrificado.

Uma fúria cruel fez com que abandonasse os últimos resquícios remanescentes de seu tempo na igreja, uma fonte de vingança emanava e rugia. Quando essa sensação o atingiu, no fundo de sua mente, ele teve uma ideia concluindo que aquele não era ele, que a precisão fria e cortante de pensamento e ação que sempre foram sua marca registrada o teriam impedido de provocar aquele pico de destruição. Contudo, ele era incapaz de se afastar da necessidade de agir – e agir de maneira pessoal.

Chega de mandar outros fazerem o trabalho sujo... havia inúmeros agentes que poderia ter convocado, mas ele ia cuidar disso sozinho.

Da mesma maneira que teve que ver o corpo de Jim Heron com seus próprios olhos, ele iria até lá e acabaria com Rothe sozinho.

O homem tinha que morrer.

Capítulo 41

Quando Grier se sentou no sofá no canto da cozinha, ela se lembrou de sua escolha pelo direito ao invés da medicina e soube que tinha tomado a decisão certa: ela nunca teria estômago para ser médica.

Suas notas e aproveitamento a permitiriam entrar em qualquer uma das graduações, mas o fator decisivo foi Anatomia Humana, que já ministravam no primeiro ano de faculdade: um olhar naqueles corpos durante sua excursão de pré-admissão e ela teve que colocar a cabeça entre os joelhos e tentar respirar como se estivesse em uma aula de ioga.

E, como pode imaginar, o fato de que havia alguém em uma condição ainda mais desagradável à frente era muito pior.

Surpresa, surpresa.

Outro choque para o momento – não que ela precisasse de um – foi a mão de seu pai fazendo círculos calmos e lentos em suas costas. As vezes em que ele tinha feito alguma coisa assim foram poucas e há muito tempo, isso porque ele não era o tipo de homem que lidava bem em mostrar suas emoções. E, ainda assim, quando ela realmente precisava disso, ele sempre estava lá: na morte de sua mãe. Na de Daniel. No terrível término de relacionamento com o cara com quem ela quase se casou logo depois que saiu da faculdade de direito.

Aquele era o pai que ela conhecia e a quem amou durante toda sua vida. Apesar das sombras que o cercavam.

– Obrigada – ela disse sem olhar para ele.

Ele clareou a garganta.

– Eu não acredito que mereço esse agradecimento. Tudo o que está acontecendo é por minha causa.

Ela não podia discutir isso, mas não tinha forças para condená-lo, especialmente considerando a terrível dor expressa em sua voz.

Agora que sua raiva tinha passado, ela percebeu que sua consciência iria assombrá-lo até o dia de sua morte e essa era a punição que ele merecia e que iria carregar. Além disso, ele já teve que enterrar uma criança, um filho imperfeito a quem ele tinha amado do seu jeito e que tinha perdido de uma maneira horrível. E, embora Grier pudesse passar o resto de seus dias se afastando dele e o odiando pela morte de Daniel... ela estava mesmo disposta a carregar esse fardo?

Ela pensou no corpo no corredor da frente e como a vida poderia ser arrebatada no intervalo de uma respiração e outra.

Não, ela decidiu. Ela não ia permitir que a mágoa e a raiva que sentia a afastasse do que restava de sua família. Levaria tempo, mas ela e seu pai iriam reconstruir seu relacionamento.

Pelo menos essa era uma coisa verdadeira e certa que Isaac havia dito.

– Não podemos chamar a polícia, podemos? – ela disse. Pois com certeza alguém que aparecesse ali em um uniforme seria caçado também.

– Isaac e Jim vão cuidar do corpo. É isso o que eles fazem.

Grier estremeceu com a ideia.

– Será que ninguém vai sentir falta dele? Qualquer pessoa?

– Ele não existe. Não de verdade. Qualquer família que ele tenha pensa que está morto... Esse é o requisito para os homens que entram nessa área das operações extraoficiais.

Deus, moralmente, ela tinha uns doze problemas com relação à morte. Mas ela não ia colocar sua vida em risco pelo cara que tinha sido enviado para matar Isaac e talvez matar a ela também.

Só que... bem, aparentemente, ele tinha cometido suicídio com testemunhas.

– O que vamos fazer? – ela disse, falando alto e sem esperar uma resposta.

E aquele *nós* na frase se referia a ela e seu pai. O *nós* não incluía Isaac.

Ele mentiu. Na cara dela. De fato, ele teve contato com aquelas pessoas terríveis – e, por algum tempo, ela pensou que tinham um plano. É claro que ele não ia trair seu pai, mas era apenas uma medida de prevenção, pois era evidente que tinha decidido se entregar – ou pelo menos era o que parecia. Um homem como ele, que lutava como ele e ficava à vontade com armas? Era muito mais provável que decidisse matar quem estivesse o levando em custódia e fugir do país livre, leve e solto.

Tudo bem. Ela permitiria que ele partisse.

Ele não era nada além de atração sexual embalada em uma caixa com uma bomba-relógio – e aquele som era o cronômetro da bomba que havia em todas as pessoas atraentes. E aquela coisa de "eu te amo"? A questão com os mentirosos é que você acredita em qualquer coisa que eles dizem por sua conta e risco – e não só nas coisas que você sabe serem falsas. Ela não tinha certeza de qual era a pegadinha a respeito daquela "confissão", mas ela sabia agora que aquilo tudo não passava de fumaça.

Grier havia se decidido, estava cansada demais para qualquer coisa além da dormência. Bem, dormência e a sensação de ser uma idiota. Mas, vamos lá, como se aquela "rara combinação" de brutalidade e gentileza realmente existisse.

– Espere aqui – seu pai disse.

Quando ele se levantou, ela percebeu dois homens grandes entrando na cozinha. Os dois seguiam os mesmos moldes de Isaac e definitivamente não estavam mortos assim como Jim Heron – e a visão deles era ainda outro lembrete do que estava acontecendo no corredor da frente.

Contudo, ela precisava de ajuda para se lembrar disso?

– Somos amigos de Jim – o homem com uma trança disse.

– Aqui – Heron gritou pela passagem do corredor.

Quando os dois saíram com seu pai em direção ao corpo, ela ficou irritada consigo mesma e tentou tomar uma atitude mental madura. Quando se levantou, sua cabeça girou, mas aquela sensação rodopiante retrocedeu enquanto ela ia até a cafeteira e começava os movimentos para fazer um pouco de café fresco.

Filtro. Ok.

Água. Ok.

Pó de café. Ok.

Botão *ligar*. Ok.

A normalidade daquele ato a fazia se recompor um pouco mais, e quando o café ficou pronto, Grier estava preparada para lidar com a situação.

Algo bom também. Era hora de pensar no futuro... no que estava além daquela noite feia e daqueles angustiantes últimos três dias.

Infelizmente, sua mente era como um espectador de um acidente de carro, demorando-se em torno dos destroços retorcidos e dos corpos no chão, presa nas memórias dela e de Isaac juntos. Contudo, em dado momento, ela interrompeu aquele foco doentio, seu lado racional atuava como um tira e forçava seus pensamentos a se moverem, a seguir em frente agora.

A questão era que Isaac tinha entrado em sua vida por uma boa razão: graças a ele, ela finalmente tinha aprendido a lição que a morte de Daniel tinha para lhe ensinar. Moral da história? Por mais que você quisesse que alguém mudasse e acreditasse que essa pessoa poderia mudar, cada um tem o controle sobre sua própria vida. Não você. E você poderia atirar-se contra a parede de suas escolhas até que estivesse cheio de hematomas e tonto demais, mas a menos que decidisse tomar um rumo diferente, o resultado não será aquele que você deseja.

Aquela percepção não ia impedi-la de ajudar pessoas na cadeia ou assumir casos voluntariamente. Mas era hora de colocar alguns limites no quanto ela tinha que se doar... e o quão longe ela estava disposta a ir. Em todas as suas atitudes exageradas de boa samaritana, ela tentava ressuscitar Daniel – mesmo sabendo que conversar com seu fantasma deveria ser a primeira dica de que ele não iria voltar. No entanto, ao descobrir a verdade sobre o que tinha acontecido com ele e na tentativa de encontrar um ponto de equilíbrio para si, talvez ela pudesse finalmente deixá-lo descansar e seguir em frente.

Tomando outro gole em sua caneca, ela sentiu um pouco de paz apesar das circunstâncias bizarras...

Neste momento, outro disparo se ouviu vindo da parte da frente da casa.

No corredor, Jim tinha acabado de se aproximar do corpo com a adaga de cristal quando sentiu a presença de Eddie e Adrian na cozinha.

Deus, o momento para a entrada deles era perfeito. Ele estava preparado para agir por conta própria, mas ter cobertura nunca foi uma má ideia.

– Estou aqui – ele gritou.

Os dois vieram direto e nenhum parecia surpreso com o que estava no chão.

– Oh, cara, Devina tomou conta desse aí – Ad murmurou ao caminhar até os restos.

– O que diabos você está fazendo com essa adaga? – Isaac perguntou.

Bem, na verdade, ele ia fazer um rápido exorcismo. Essa era a única maneira de ter certeza que Devina estava fora...

A primeira pista de que o cadáver estava reanimando foi uma contração nas mãos. Em seguida, rapidamente, aquele pedaço de carne se ergueu do chão e conseguiu focar um globo ocular que parecia estar funcionando.

E não é que isso o fez se lembrar de Matthias?

Isaac soltou um grito e disparou sua arma, mas foi como atirar um elástico com força em um touro enraivecido.

Jim empurrou o soldado para fora do caminho e atacou dando um bote, seu corpo arremessou o zumbi contra a parede. No momento em que o impacto foi feito, a imagem do rosto de Devina sobrepôs os traços dizimados do homem cujo corpo ela tinha assumido o controle, a reconfiguração metamórfica das características sorria de satisfação para ele.

Como se ela já tivesse vencido.

Jim atacou com a faca em um golpe rápido e poderoso, a adaga de cristal penetrou entre os olhos corpóreos e também os metafísicos.

Um som estridente explodiu do zumbi e uma haste de fumaça negra subiu em um fedor vil, a névoa escura se fundiu e, em seguida, fez um caminho rápido para a porta da frente. No último segundo, a coisa brilhou sob os painéis da frente, como se tivesse sido sugada do outro lado – e na sua ausência, o corpo do segundo homem na linha de comando de Matthias caiu no chão como o saco de ossos que era, a fonte de sua animação não sustentava mais os limites de sua carne.

– Agora está morto mesmo – disse Jim ao respirar com dificuldade.

No silêncio chocante que se seguiu, ele olhou para Isaac por cima do ombro. Os olhos do cara dariam uma grana no quesito diâmetro se fossem pneus de caminhão e havia água escorrendo deles. Adrian e Eddie esvaziaram os canos da arma de cristal sobre sua cabeça para protegê-lo.

Bom lance. Só que... o demônio nem sequer tentou se aproximar do soldado. Ele decolou na direção oposta.

Os circuitos mentais de Jim lembravam a loucura de Las Vegas, seus instintos gritavam que aquilo estava errado. Muito errado. Segunda chance de pegar Isaac... e Devina deixou passar. De novo.

Por que ela...

Como uma cortina sendo arrancada de uma janela, a paisagem do jogo de repente ficou clara e abalou seu âmago. Mas que droga...

Perdendo de maneira abrupta o equilíbrio, ele estendeu sua mão e segurou-se na parede.

– Não é você – ele disse a Rothe sombriamente. – Oh, Deus nos ajude, *não é você*.

Quando Grier Childe surgiu no arco, vinda da cozinha, Isaac falou.

– Estamos bem. Todo mundo está bem.

O que era verdade até certo ponto. Claro, Devina aparentemente desapareceu seguindo e estilo "Elvis não morreu" e deixou o prédio. E, sim, ninguém no grupo brilhava com uma sombra profana e o pescoço de Jim não gritava mais "Oh, meu Deus!". Mas eles estavam longe de se sentirem ótimos.

A questão urgente agora era... quem aquele demônio estava procurando? Por qual alma eles estavam lutando?

O celular, Jim pensou.

Quando todas as pessoas começaram a falar e o ar se encheu com suas vozes, ele colocou o ruído de lado e se agachou sobre os quadris. Do lado do corpo, agora duas vezes morto, ele pegou o telefone do chão e acessou a caixa de mensagens enviadas.

Ele reconheceu imediatamente o último número que tinha sido discado.

Matthias teve acesso à imagem.

A clareza fria que sobreveio a Jim trouxe a ele uma espécie de terror: ele estava tentando salvar o alvo... quando, o tempo todo, ele deveria ter focado o atirador.

Capítulo 42

Reflexo, não reflexão.

Era nesse ponto em que Isaac se encontrava ao ficar em pé no corredor de Grier com algum tipo de solução escorrendo pelo seu nariz e queixo.

Seu cérebro poderia passar uma ou duas décadas tentando descobrir o que ele tinha acabado de ver, mas isso requeria um tempo que ele não tinha. Por mais que ele não entendesse – e aquele buraco negro era do tamanho de um estádio de futebol – ele ia ter que confiar no que seus olhos mostraram e deixar por isso mesmo: ele tinha visto um homem morto se levantar; ele atirou no bastardo e a única coisa que conseguiu derrubar de novo o cadáver foi algum tipo de faca de cristal ou vidro. Em seguida, alguma coisa deixou o corpo e escapou por baixo da porta da frente.

Era o tipo de coisa que acontecia no sKillerz, quando se passava para o mundo paranormal do jogo. Com um toque no controle, as regras normais iam para o ralo e você entrava em um universo alternativo onde as pessoas poderiam desaparecer na sua frente, vampiros viviam nas sombras e homens pálidos vinham atrás de você ao invés de seres humanos.

Claro, aquilo era uma brincadeira a qual você poderia desligar – e não havia um botão de pausa nessa situação. Razão pela qual ele ia gastar muita energia para entender tudo isso. Sim, claro, talvez depois que isso estivesse terminado ele pudesse perguntar a Jim o que diabos tinha acontecido... mas isso apenas se houvesse um "depois".

Da maneira como as coisas estavam indo, algumas pessoas paradas naquela entrada poderiam muito bem ser direcionadas para uma "outra vida".

– Para onde foi aquilo? – ele perguntou a Jim. – Não aquela coisa preta, a imagem.

Quando Jim olhou o celular, a voz do segundo na linha de comando lhe veio à mente: *Matthias não está no comando*. Então, isso significava que algum outro cabeça estava planejando um determinado resultado ao acionar as alavancas e roldanas dos vários fantoches em cena.

– Quem? – ele repetiu.

– Matthias recebeu – disse Heron, levantando-se.

– Matthias é... um daqueles? – Quando Isaac apontou o cadáver detonado, ele pensou que era ótimo estar em uma situação onde não havia termos para descrever nada.

– Não era quando o vi ontem à noite.

Bem, talvez isso explicasse por que o rosto do cara tinha sido usado como um saco de pancadas. E, sim, se os dois sobreviveram a isso, Jim tinha algumas explicações a dar.

– Você é um deles? – Isaac perguntou.

O tema do jogo de perguntas e respostas estava sugerido quando Jim olhou para seus dois colegas, depois para Grier e seu pai.

– De certa maneira, sim. Mas estamos do outro lado.

Isaac balançou a cabeça e deixou tudo isso para mais tarde. O mais importante agora era o caminho que estavam tomando por uma série de acontecimentos.

– Matthias tem essa imagem e ele vai pensar que eu matei... o cara... isso... tanto faz.

Etapa dois da extrapolação? Matthias viria *mesmo* atrás dele para matá-lo agora.

– Para quem você está ligando? – ele perguntou quando Jim colocou aquele telefone no ouvido como se estivesse fazendo uma ligação.

O cara pronunciou, *Matthias*... e, então, a próxima coisa que saiu de sua boca foi uma maldição.

– Maldito correio de voz.

E os outros continuaram falando. Isaac puxou Heron de lado.

– "Não sou eu." Diga-me o que isso quer dizer.

– Não temos tempo...

– Temos um minuto e meio. Eu garanto.

– E isso não vai esclarecer nada, afinal. – Os olhos entediados de Jim encontraram os de Isaac. – Você se lembra do que eu disse quando o vi pela primeira vez? Que não ia deixar que nada acontecesse com você? Era verdade. Mas eu tenho que ir.

Isaac apertou o braço do cara, o mantendo no lugar.

– Onde?

Jim olhou seus dois colegas.

– Eu tenho que ir até Matthias. Acho que ela está atrás dele.

Quem era ela, Isaac se perguntou. E então ele se deu conta.

– Então, você não tem que ir a lugar algum. Quer vê-lo? – Ele puxou o transmissor de alerta e o deixou oscilar em sua corrente enquanto apontava para o próprio peito. – Tem sua isca bem aqui.

No final, a mala que Grier tinha feito acabou sendo necessária.

Ela iria com seu pai ficar em Lincoln por alguns dias – Isaac e Jim iam ficar para trás na casa dela para enfrentar aquele homem, Matthias. Apesar de ser estranho dispor a casa de sua família para estranhos, a realidade era que o local oferecia saídas que facilitariam as coisas para os dois homens.

E independentemente do que pensava sobre eles, ela não tomaria partido de suas mortes se pudesse fazer alguma coisa sobre isso.

Tragicamente, não havia mais o que falar sobre o que estava por vir e seu pai havia suspendido seus contatos. Isaac não ia dizer uma palavra sobre nada e seu pai não sabia o suficiente para promover um dano concreto – assim, os riscos, contrapostos aos possíveis benefícios, simplesmente não justificavam.

O que tinha acabado com os planos. Mas esse era o mundo real.

Olhando para sua mala, ela decidiu que deixar o local tinha muitos benefícios. Ela não queria estar por perto durante a remoção daquele corpo – não havia necessidade de ver isso em um dia bom, muito menos com as coisas se encaminhando daquela maneira. Além disso, ela simplesmente precisava de um tempo. Quando as coisas com Isaac começaram, aquilo já era tão familiar, toda aquela exaustão, os eventos e crises contraditórias. Mas ela estava cansada... e determinada a manter sua nova convicção: tempo para sair, se afastar, deixar para trás.

Então, ela estava indo para Lincoln com um coração pesado, mas os olhos estavam bem abertos.

Pegando a segunda temporada do *Three's Company* da estante, ela destrancou a mala para colocá-la dentro...

Grier enrijeceu e se preparou.

Dessa vez, pela primeira vez, ela sabia que Isaac estava em pé na soleira da porta de seu quarto, embora não tivesse batido.

Olhando por cima do ombro, ela viu que seu cabelo estava revolvido por causa daquela solução que tinham derramado sobre sua cabeça e seu olhar estava tão intenso como nunca.

– Vim para dizer adeus – ele murmurou baixinho, aquele delicioso sotaque sulista percorria as palavras de uma maneira profunda. – E para dizer que sinto muito por ter mentido para você.

Quando ele deu um passo dentro do quarto, ela se voltou para a mala, deslizando o DVD para dentro e fechando a tampa.

– Sente muito?

– Sim.

Ela produziu um clique nas duas trancas ao encaixá-las.

– Sabe, a parte que eu não entendo é por que você se importa. Se você nunca teve a intenção de ir adiante com isso, por que conversou com meu pai? Ou por que fez isso chegar até ele? Para descobrir o quanto ele sabe e, então, avisar seus amigos? – Quando ele não respondeu, ela se virou. – Seria isso?

Seus olhos percorreram seu rosto como se estivesse memorizando.

– Eu tinha outra razão.

– Espero que seja boa o suficiente para arruinar a confiança que eu tinha em você.

Isaac assentiu devagar.

– Sim. Ela é.

Bem, aquilo não a fez se sentir menos usada.

Grier pegou sua mala de mão e ergueu a coisa da cama.

– E você acabou fazendo isso de novo.

– Fazendo o que?

– Ativou o maldito transmissor de alerta. Chamou aquele pesadelo do Matthias. – Ela franziu a testa. – Eu acho que você tem vontade de morrer. Ou algum outro plano que eu não consigo adivinhar. Mas, de qualquer maneira, não é da minha conta.

Olhando para o rosto belo e rígido ela pensou, Deus, isso dói.

– Enfim, boa sorte – disse ela, perguntando-se se no final da noite ele estaria nas condições daquele outro agente.

– É verdade aquilo que eu disse, Grier. Na cozinha.

– Difícil dizer o que é real e o que é mentira, não é mesmo?

Seu coração estava partido, apesar de não fazer qualquer sentido e, em face da dor, tudo o que ela queria era fugir do homem que estava parado tão quieto e poderoso do outro lado do quarto.

Na verdade, do outro lado de sua vida.

– Adeus, Isaac Rothe – murmurou ela, caminhando para a porta.

– Espere.

Por um breve momento, um tipo de esperança estranha e desastrosa alçou voo em seu peito. No entanto, a chama não durou. Era feita de fantasias e emoções fantásticas.

Contudo, ela deixou que ele se aproximasse enquanto estendia alguma coisa para ela.

– Jim pediu que lhe desse isso.

Grier pegou o que havia em sua mão. Era um anel – não, um piercing, um pequeno círculo de prata escuro com uma bola na qual a extremidade estava rosqueada. Ela franziu a testa enquanto olhava para a inscrição minúscula que percorria o interior. Era um idioma do qual ela não estava familiarizada, mas reconheceu o carimbo onde se lia PT950. O aro era feito de platina.

– Na verdade, é de Adrian – Isaac murmurou. – Eles estão dando isso a você e querem que o use.

– Por quê?

– Para mantê-la em segurança. Foi o que disseram.

Era difícil de imaginar o que a coisa poderia fazer por ela, mas servia em seu dedo indicador e quando Isaac respirou fundo, aliviado, isso a deixou um pouco surpresa.

– É apenas um anel – ela disse suavemente.

– Não tenho certeza se alguma coisa pode ser considerada como "apenas" neste momento.

Ela não podia discordar.

– Como você vai tirar aquele corpo de lá?

– Removendo.

– Bem, isso é com você. – Ela deu uma última olhada para ele. A ideia de que ele poderia ser morto em questão de horas era inevitável. E assim era a realidade de que, provavelmente, ela não saberia o que ia acontecer com ele. Ou para onde iria se sobrevivesse. Ou se ele dormiria em uma cama segura de novo.

Sentindo-se escorregar, ela caminhou até a mala, acenou para ele e saiu, deixando-o para trás.

Não havia outra escolha.

Ela tinha que cuidar de si mesma.

Capítulo 43

A escolha tinha que ser resultado do livre-arbítrio.

Esse era o problema com essa coisa da disputa: a alma em questão tinha de escolher o seu caminho segundo sua própria vontade quando chegasse à encruzilhada.

Quando Devina saiu de sua suíte no hotel, ela pensou sobre o quanto odiava aquela besteira de livre-arbítrio. Era muito mais eficiente para ela tomar posse e dirigir o ônibus, por assim dizer. No entanto, de acordo com as regras, o Criador limitou o impacto que ela era autorizada a produzir.

Jim Heron era o único que poderia lidar com as almas... o único que poderia, de alguma maneira, tentar influenciar as escolhas.

Dane-se Jim Heron.

Dane-se aquele *bastardo*.

E também se dane o Criador nessa questão.

Ela puxou uma toalha da haste de bronze e secou o corpo da bela morena, pensando o tempo todo que aquela era uma morada muito melhor do que aquele soldado com tatuagem de cobra. Mas ela não tinha tempo para fazer o retorno adequado àquela carne. A rodada final com a alma atual em jogo não estava apenas se aproximando – estava acontecendo.

Hora de acertar as contas do jogo e vencê-lo.

Depois de desocupar a pele familiar do segundo na linha de comando de Matthias, ela se esvaiu no ar e livrou-se daquela casa de tijolos. O seu lado rancoroso queria estacionar dentro daquela advogada ou no pai dela – apenas por diversão, pelas risadas e pelo drama que isso causaria. Mas da forma como as coisas estavam, ela não achou que fosse uma boa ideia: tudo estava tão perfeitamente organizado, as predileções dos jogadores e as inclinações de como agiriam já garantidas.

Era o equivalente a uma roupa de corte perfeito.

E ela precisava ganhar essa por razões que iam além do jogo: Devina queria dar o troco pelo desempenho de Jim Heron em seus aposentos privados. E não aquele com seus subordinados, mas de quando estavam os dois sozinhos.

Ela estava totalmente despreparada para seu ataque. Ou foi o fato de que ele estava muito mais determinado do que apenas um anjo. Adrian e Eddie não poderiam ter feito nada parecido. Ela não conhecia ninguém que pudesse.

Aquilo não fazia sentido – Jim Heron foi escolhido para um papel definido e deveria ser um lacaio nem bom, nem mau. De fato, as duas partes concordaram com ele, pois cada equipe pensava que ele iria influenciar as coisas de acordo com seus valores e receber dicas de acordo com uma quantidade determinada de "treinamento".

Que grande besteira aquilo tinha se tornado.

Aquela primeira alma que eles disputaram? Jim tinha feito todo o possível para empurrar o homem para o bem – provando que a confiança que Devina depositou nele tinha sido equivocada. Aquele filho da mãe era um salvador na pele de pecador, não era um dos dela. E foi por isso que ela se envolveu ainda mais a partir de então; não havia ninguém em campo representando seus interesses e manipular a situação era crucial se ela quisesse prevalecer em algum desses ciclos.

Se ela não refinasse as coisas, ia perder de quatro a zero.

E foi por isso que ela levou Jim até às profundezas de seu reino quando foi possível. Ela precisava afastá-lo de Matthias – qualquer contato entre os dois era uma má ideia.

Mas pelo menos a sua escolha pela alma parecia ter sido correta. Ela vinha cuidando do líder das operações extraoficiais nos últimos dois anos até agora, ele simplesmente a pertencia – então, quando Nigel e ela trataram sobre o próximo indivíduo que seria colocado no jogo seguinte, ela escolheu Martin O'Shay Thomas, também conhecido como Matthias.

Na próxima rodada, a escolha volta a ser de Nigel e, sem dúvida, ele vai escolher alguém bem mais difícil para ela.

Matthias... oh, querido e corrupto Matthias. Um último ato imoral e ele seria dela por toda a eternidade – assim como sua primeira vitória.

Tudo o que ele tinha que fazer era tirar a vida de Isaac Rothe e *ding-ding-ding*! Ela poderia fazer a volta da vitória bem diante do nariz de Jim Heron.

Contudo, considerando o que Heron tinha feito a ela, temia que ele não fosse apenas um zagueiro nesse jogo, mas um outro tipo de entidade. E esse era outro motivo pelo qual ela não tinha se detido em Beacon Hill. A negociação entre os dois lá embaixo drenou suas energias e ela não estava forte o suficiente para enfrentar um confronto direto com Jim tão cedo.

Especialmente tendo em conta que subestimar os poderes de seu inimigo foi claramente um erro.

Envolvendo-se na toalha, ela olhou o balcão de mármore em volta da pia. Parte da tarefa que sua terapeuta lhe deu duas semanas antes era se livrar de toda sua coleção de maquiagem e ela concordou, jogando fora inúmeros pós compactos, batons e sombras.

Agora, ao observar os espaços vazios, ela entrou em pânico com a falta de possessões. Uma bolsa com essas coisas era tudo o que sobrou. Era isso.

Com mãos desastradas, ela pegou a pequena sacola e a inclinou para baixo, tubos, quadrados e potes pretos se espalharam por todo o lugar. Respirando pela boca, ela começou a organizar dúzias ou mais de recipientes, organizando-os por tamanho e forma, não adiantou.

Não era o suficiente. Ela precisava de mais...

No fundo de sua mente, Devina sabia que estava em um espiral, mas ela não poderia se ajudar com isso. A constatação de que Jim era muito mais formidável do que ela pensava... e que estava correndo um perigo muito maior do que imaginava... fazia dela uma escrava de suas fraquezas internas.

Sua terapeuta afirmou que a compra de mais porcarias ou a aquisição de mais bugigangas ou ordenar e reordenar a colocação dos objetos não ia resolver nada. Mas com certeza aquilo a fazia se sentir melhor por um curto período de tempo...

No final, ela teve que se arrastar para fora do banheiro. O tempo estava passando e ela tinha que se certificar se todos os pequenos dominós que ela organizou estavam na posição certa e adequada.

Para acalmar sua obsessão, ela repetiu o que a terapeuta havia lhe dito há três dias: *Não é sobre as coisas. É sobre seu lugar no mundo. É o espaço que você declarou como sendo seu emocional e espiritualmente.*

Seja como for. Ela tinha trabalho a fazer.

E outro traje de pele para revesti-la.

Capítulo 44

Depois que os Childes saíram em seus carros, com Eddie e Adrian indo sorrateiramente em seus calcanhares, Jim e Isaac ficaram nos fundos da casa das mil passagens secretas – as quais Jim conhecia todas, graças ao capitão Childe.

Após as partidas, a casa ficou escura, por dentro e por fora, e ele e Isaac permaneceram em pé, preparados.

Eram os velhos tempos de volta, Jim pensou.

Especialmente ao colocar seu telefone no ouvido e esperar que Matthias atendesse a ligação. Contudo... Se estivesse de volta no tempo, o bastardo atenderia o maldito telefone.

Neste momento, ele estava desesperado para encontrar o cara antes que ele chegasse com tudo...

A voz de seu ex-chefe ressoou em seu ouvido.

– Isaac.

– Não. – Jim falou com cuidado, porque só Deus sabia que havia pontas soltas por todo o lugar. – Não é Isaac.

Houve um momento de pausa, que foi preenchido por um zumbido sutil ao fundo. Carro? Avião? Difícil ter certeza, mas provavelmente um carro.

– Jim? É você? – A voz era robótica, totalmente sem vida. Claro, até mesmo um "oi, tudo bem" vindo dos mortos não era suficiente para abalar o cara, mas parecia não ser o caso do cérebro do líder estar sereno. Parecia mais que o homem estava anestesiado.

Jim escolheu cuidadosamente as palavras.

– Estou mais interessado em como você está. Isso e também gostaria de conversar sobre a imagem que recebeu.

– Você quer? Bem, eu tinha outras coisas em mente... como, por exemplo, você estar me ligando. Você está morto.

– Não exatamente.

– Engraçado, eu sonhei com você. Atirei em você, mas não morreu. Droga, abranger os dois mundos era complicado.

– Sim, eu sei.

– Sabe?

– Estou ligando para falar do seu subordinado. Isaac não o matou.

– Oh. Mesmo?

– Eu matei. – Mentiroso, mentiroso, o nariz vai crescer. O bom é que ele nunca teve problemas com esse tipo de coisa.

– E, mais uma vez digo, pensei que estivesse morto.

– Não estou exatamente morto.

– Claro. – Longa pausa. – Então, se você está vivo e bem, por que fez isso com meu segundo homem na linha de comando, Jim?

– Eu o avisei que não permitiria que ninguém se aproximasse do meu garoto Isaac. Naquele sonho. Sei que me ouviu.

– Está dizendo que devo começar a te chamar de Lázaro ao invés de Zacarias?

– Pode me chamar do jeito que quiser.

– Bem, seja lá qual for o seu maldito nome, você simplesmente colocou uma bala na cabeça do "seu garoto". Parabéns, pois Isaac é o único com quem eu vou acertar as contas, e você me conhece. Farei do meu jeito todo especial.

Droga. Grier Childe. Quanto você quer apostar, Jim pensou.

– Isso não tem lógica.

– É muito lógico. Ou Isaac fez isso e você está acobertando e espera por clemência. Ou você o fez e, nesse caso, eu realmente tenho contas para acertar com você... e a maneira como vou lidar com esse "você me pertence" vai deixar uma assassinato em sua consciência. Uma vez que você odeia efeitos colaterais, isso vai ser mesmo uma tapa na nuca.

– Rothe ajudou a salvá-lo. Naquele vale de areia onde você quase se matou.

Agora o cara simplesmente rosnou.

– Não me dê outra razão para ir atrás dele.

Bingo, Jim pensou, apertando o telefone. Aquele era seu jeito de lidar com as coisas e era mais importante que um confronto para saber "quem atirou no demônio".

– Quanta amargura, Matthias. Você parece muito amargo. Sabe, você mudou.

– Não, eu não mudei...

– Sim, mudou, e sabe do que mais? Você não tem mais o ímpeto para fazer isso. Não tenho certeza se já se deu conta disso. Mas o velho Matthias não veria isso de maneira pessoal. Seriam apenas negócios.

– Quem disse que estou a caminho?

– Eu disse. Tem que estar. Você não sabe disso ainda, mas está sendo obrigado a vir aqui e matar um homem inocente. – O silêncio disse a ele que estava no maldito caminho certo. – Você não entende por que tem que fazer isso por si mesmo. Você não entende a maneira como pensa nesse exato momento. E sabe que está perdendo o controle. Está fazendo escolhas e besteiras que não fazem qualquer sentido. Mas eu posso lhe dizer os motivos disso: é porque você está sendo impulsionado por algo que não acreditaria se eu dissesse que existe. Contudo, isso ainda não o tomou por completo, então, ainda há tempo.

Jim fez uma pausa e deixou que aquela informação se acomodasse no cérebro de seu ex-chefe. O que Matthias precisava era de um exorcismo, mas aquilo requeria seu consentimento. O objetivo era levá-lo até a casa e começar a trabalhar nele...

E nesse tom ele continuou:

– Foi com essa coisa que você lidou ao ligar para seu segundo na linha de comando. Ele não era o que pensava, Matthias. – Cavando ainda mais fundo, ele empurrou mais uma. – Quando ele falou com você, sentiu como se fizesse total sentido, certo? Ele o influenciou de maneira sutil, o direcionou, sempre esteve lá quando você precisou dele. Mal se nota em um primeiro momento e, então, você começou a confiar nele, delegar tarefas a ele, começou a prepará-lo para ser seu sucessor...

– *Você não sabe do que está falando!*

– Imagina. Eu sei *exatamente* o que está acontecendo. Você ia mesmo permitir que Isaac voltasse para as operações extraoficiais, não ia? Você ia encontrar um jeito de não matá-lo. Não é mesmo? Matthias...? Matthias, responda a maldita pergunta.

Uma longa pausa. Em seguida, uma resposta suave.

– Sim. Eu ia.

– E você não disse isso ao seu segundo homem, pois sabia que ele mudaria sua opinião.

– Contudo, ele estaria certo.

– Não, ele seria o demônio. É isso o que ele era. Pense nisso. Embora você tenha tentado sair das operações extraoficiais, ele o puxou de volta.

– Para sua informação, está falando com um sociopata. Logo, estou seguindo minha natureza.

– Uh-hun. Certo. Sociopatas que pretendem seguir uma "vida louca" não colocam bombas na areia e pisam em cima. Admita, você queria sair lá no deserto... você quer sair agora. *Admita.*

Por um tempo, não houve nada além de um zumbido ao fundo. E, então, Matthias jogou outra bomba, por assim dizer.

– Foi o filho de Childe.

Jim franziu a testa e recuou um pouco.

– Como?

– O filho de Childe... foi o que mudou tudo. Eu assisti a gravação... de Childe chorando enquanto seu filho morria na frente dele. Meu pai nunca teria feito isso se fosse eu quem estivesse naquele sofá. O mais provável é que ele teria preparado minha veia para a agulha. Eu não conseguiria ter aquilo... fora de questão. O jeito que o pobre coitado olhava e o que ele dizia... ele amava aquele garoto como um pai deve amar um filho.

Sim, nossa... de alguma maneira, era difícil imaginar que Matthias teve um pai. Desovado era mais adequado a ele.

Jim balançou a cabeça, sentindo-se mal pelo cara pela primeira vez desde que eles se conheceram há tantos anos.

– Estou dizendo, deixe Isaac ir. Esqueça a vingança. Esqueça as operações extraoficiais. Esqueça o passado. Vou ajudá-lo a desaparecer e ficar em segurança. Deixe tudo para trás... e confie em mim.

Longa pausa. Longa pausa onde não havia nada além daquele ruído límpido de um carro em movimento.

– Você está em uma encruzilhada, Matthias. O que fizer com relação a Isaac hoje à noite pode salvar você... e salvar a ele, também. Você tem mais poder do que imagina. Trabalhe conosco. Venha até aqui, sente-se e converse com a gente.

Provavelmente, era melhor não falar sobre a grande incisão nele com uma faca de cristal para retirar toda a pestilência de Devina pela garganta.

Matthias exalou o ar com força.

– Nunca pensei que você fosse do tipo Mahatma Gandhi.

– As pessoas mudam, Matthias – disse Jim bruscamente. – As pessoas podem mudar. *Você* pode mudar.

Em pé do outro lado da cozinha, Isaac não tinha certeza se estava ouvindo direito: Matthias plantou a bomba que tinha explodido sobre ele?

Deus, ele se lembrava de dirigir o Land Rover pelas dunas, de volta ao acampamento. Assim que Matthias foi tirado do veículo, os garotos com as bolsas de sangue, as agulhas e as luvas de látex o cercaram por completo e isso era praticamente tudo o que Isaac sabia.

Moral da história: Heron não tinha dito uma palavra sobre as maneiras, os lugares ou os motivos da explosão e Isaac não perguntou. "Saber só o necessário" era a regra de ouro das operações extraoficiais: o chefe e um soldado em atividade aparecem com um deles transformado em carne moída após uma explosão e o outro vem arrastando seus tristes corpos pela areia no meio da noite?

Tudo bem. Não é grande coisa. Tanto faz.

Além disso, algumas vezes, a informação a que tinha acesso era mais perigosa que uma arma carregada apontada na testa.

Quando Jim interrompeu de repente a ligação com o chefe, Isaac tinha algumas coisas para esclarecer com o filho da mãe.

– Primeiro, eu não preciso que banque o mártir por mim, então, não precisava daquela besteira de "eu atirei nele". E, depois, que inferno. Matthias tentou se matar?

– Primeiro – Jim repetiu –, eu não sofro com as consequências, então, você pode aproveitar qualquer coisa que eu faça para salvar sua pele. Segundo... sim. Ele tentou. O dispositivo era um dos nossos e ele sabia exatamente onde pisar. Ele me encarou ao colocar o pé no local... e disse alguma coisa. – O cara balançou a cabeça. – Não faço ideia do que ele disse. Em seguida, boom! A maior parte do detonador foi vaporizada. Mas não detonou tudo.

Fascinante.

– Quanto tempo até ele chegar aqui?

– Não sei. Mas ele está vindo. Tem que vir.

Sim, e quanto àquelas coisas sobre o segundo na linha de comando? Sinceramente, não havia nada que ele quisesse saber sobre isso. Ele tinha informação suficiente para inchar seu crânio. A única coisa que importava era conseguir superar aquela noite.

– Estou cansado de esperar – ele murmurou.

– Junte-se ao clube.

Naquele momento, Isaac olhou ao redor. O sistema de segurança estava desativado, mas todas as portas estavam trancadas, então, havia grandes chances de saber se alguém tentasse entrar.

– Ouça, vou subir – ele disse. – Fique de olho lá em cima.

– Certo. – Jim apertou os olhos e voltou a focar o jardim dos fundos como se esperasse uma infiltração a qualquer momento. – Vou dar cobertura.

Quando Isaac chegou à base da escada dos fundos, ele parou e se inclinou em direção à cozinha. Heron estava parado em frente ao vidro, mãos nos quadris, sobrancelhas unidas.

Não, o cara não estava morto. E, honestamente, ele não parecia incomodado com a realidade de que uma bala podia entrar arrebentando tudo o que visse pela frente a qualquer segundo.

– Jim.

– Sim. – O homem olhou para trás.

– O que você é? De verdade.

No silêncio que se estendeu, a palavra "anjo" sobrevoou o espaço que havia entre eles. Só que aquilo não era possível, certo?

O homem deu de ombros.

– Sou o que sou.

Entendido, Isaac pensou.

– Bem... obrigado.

Jim balançou a cabeça.

– Você não saiu dessa ainda.

– Mesmo assim. Obrigado. – Isaac pigarreou. – Não posso dizer que ninguém tenha, alguma vez, arriscado seu pescoço por mim assim.

Bem, não era verdade, era? Grier o fez, à sua maneira. E, Deus, um mero pensamento sobre ela quase fez seus olhos arderem.

Heron fez um pequeno aceno e pareceu sinceramente comovido.

– Não é nada, cara. Agora, deixe de ser patético e vigie o terceiro andar.

Isaac teve que sorrir.

– Posso precisar de um emprego depois disso, sabe?

Um sorriso apareceu, mas se desvaneceu rapidamente.

– Não tenho certeza se quer passar pelo processo seletivo de onde trabalho. É difícil.

– Eu já estive num lugar parecido, fazendo coisas parecidas.

– Eu também pensei que fosse fácil assim.

Com isso, Isaac subiu as escadas.

Sim, com certeza, aparentemente ele ia vigiar do último andar, mas havia outra verdade nisso, outra motivação.

Quando ele entrou no quarto de Grier, foi direto ao seu armário e parou sobre a bagunça de roupas que ficou no carpete creme. Ela deixou o projeto de reorganizar tudo pela metade – pois, algum imbecil atirou em si mesmo na entrada de sua casa.

Mas ele poderia cuidar do problema.

Enquanto esperava para ver como seria uma espécie de reunião bizarra com Matthias ou um tiroteio que deixaria os dois mortos, ele pegava as blusas, saias e vestidos e, um a um, os ordenava dentre o caos.

Pelo menos poderia limpar alguma coisa para ela; Deus era testemunha de que aquele corpo ainda estava lá embaixo, ainda envolto em plástico como algo prestes a ser enviado pelo correio.

Contudo, haveria tempo para removê-lo mais tarde.

E não haveria outra oportunidade para cuidar das coisas dela.

Além disso, o "patético" nele queria algum contato final com ela – e o mais próximo que ele chegaria disso era pendurando com cuidado o que uma vez já esteve contra sua preciosa pele.

Capítulo 45

Grier seguiu o Mercedes de seu pai em direção a Lincoln e quando os conhecidos pilares que havia de cada lado do caminho da fazenda apareceram, ela respirou fundo pela primeira vez depois que saiu de Beacon Hill. Virando à direita, em direção à pista de cascalho quebrado, ela parou em frente às placas de madeira cinza e brancas e estacionou seu Audi. Embora o centro da cidade de Boston estivesse apenas a pouco mais de trinta quilômetros dali, parecia muito ser trezentos. Tudo era silêncio quando ela desligou o motor e saiu do carro, o ar fresco e limpo formigou seu nariz.

Deus, como ela amava esse lugar, ela pensou.

A luz gentil que se desvanecia no crepúsculo suavizava a linha de árvores que percorria os seis hectares de campos e jardins e banhava a madeira com uma iluminação amanteigada. Antes da morte de sua mãe, o lugar tinha sido um refúgio para os quatro, uma maneira de sair da cidade quando não queriam ir até o Cabo – e Grier tinha passado muitos finais de semana ali, correndo ao longo da grama e brincando ao redor da lagoa.

Depois que seu pai ficou viúvo, precisava de um novo começo e, então, ela se mudou para a casa da cidade e ele fixou morada ali.

Quando o pai se aproximou da garagem onde tinha encaixado seu grande sedã, seus mocassins trituraram os pequenos fragmentos de cascalho. Quando era criança, ela pensava que caminhos como aquele eram cobertos de um tipo especial de cereais. Ao invés de derramar leite em uma tigela, tudo o que precisava fazer era pisar sobre eles para obter aquele som de estalos.

Ele foi cauteloso ao se aproximar dela.

– Quer que eu ajude com suas coisas?

– Sim, obrigada.

– E que tal se jantássemos?

Mesmo sem fome, ela assentiu.

– Isso seria ótimo.

Deus, eles pareciam estar em uma festa. Bem, uma festa que envolvia cadáveres, armas e fugir de assassinos... Neste caso, estar elegantemente atrasado significava sua morte, não seria apenas uma catástrofe com o penteado ou o trânsito ruim da Rua Vinte oito.

O que a lembrava de...

Grier olhou em volta e sentiu um arrepio na nuca. Eles estavam sendo vigiados. Ela podia sentir isso. Mas ela não estava ansiosa; estava calma com o que estava sentindo.

Ela podia apostar que eram os homens de Jim. Ela não os viu no caminho, mas eles estavam ali.

Depois que seu pai tirou suas malas e fechou o porta-malas, ela trancou o carro – e tentou não pensar no fato de que aquele homem com o tapa-olho já esteve ali dentro. Francamente, aquilo fez com que ela tivesse vontade de vender o Audi, mesmo com apenas uns 48 mil quilômetros rodados e funcionando muito bem.

– Vamos? – seu pai perguntou, indicando o caminho da frente com uma mão elegante.

Assentindo com a cabeça, ela se adiantou e iniciou o caminho de tijolos que havia até a porta. Antes de entrarem, seu pai desativou o sistema de segurança, que era igual ao da casa dela e, em seguida, destrancou os cadeados um por um. No momento em que atravessaram os batentes da porta, reativou o sistema e trancou tudo de novo.

Ninguém iria atrás deles ali: aquele lugar fazia com que a casa da cidade parecesse um brinquedo de papel machê no quesito segurança.

Após a morte de Daniel, aquela casa foi preparada para suportar um estado de sítio – algo que ela não tinha entendido até agora. Todas as placas foram arrancadas e painéis de microfilmes com substâncias retardadoras de fogo foram colocados no lugar delas por dentro e por fora; todos os vidros foram substituídos por vidros à prova de balas que tinham uma polegada de espessura; as portas antigas foram trocadas por outras reforçadas por molduras de chumbo; foram instalados sistemas de monitoramento de oxigênio e ventilação e não havia dúvidas de que foram feitas outras melhorias das quais ela não estava ciente.

Tinha custado mais do que a casa e, naquela época, Grier questionou a saúde mental de seu pai.

Agora, ela era grata.

Quando olhou para as familiares antiguidades americanas, para o chão de grandes pranchas e para a atmosfera de graciosidade casual, a noite que se aproximava se estendeu até o infinito. O que acontecia quando tudo o que se tinha diante de si eram momentos de espera: Jim e Isaac entrariam em contato com seu pai em algum momento, mas não havia como dizer quando. Ou quais notícias seriam dadas.

Horripilante. Como tudo aquilo era horripilante.

Deus, geralmente ela pensava na morte em termos de acidentes ou doenças. Hoje, não. Essa noite tudo era violência e premeditação, e ela não gostava desse mundo. Já era difícil o suficiente quando apenas a Mãe Natureza e a lei de Murphy estavam atrás de você.

Ela tinha um sentimento muito ruim sobre tudo isso.

– Gostaria de comer alguma coisa agora? – seu pai perguntou. – Ou prefere se refrescar primeiro?

Tão estranho. Geralmente, quando ela chegava àquela casa, ele a tratava como se fosse dela, abria a geladeira ou usava a cafeteira ou o fogão sem pestanejar. Era estranho e a incomodava ser tratada como hóspede.

Olhando por cima do ombro, ela observou seu pai, percorrendo as linhas de seu belo rosto. No silêncio constrangedor da casa blindada, ela se deu conta do quanto estavam sozinhos. Pelo bem deles, precisavam voltar a ser uma família ao invés de serem estranhos um ao outro.

– Que tal se eu fizer o jantar para nós dois?

Os olhos de seu pai lacrimejaram um pouco e ele limpou a garganta.

– Isso seria ótimo. Só vou levar isto até seu quarto.

– Obrigada.

Quando ele passou por ela, estendeu a mão e tocou seu braço, apertando um pouco – o que era a sua versão de um abraço. E ela aceitou o gesto colocando a palma de sua mão sobre a dele. Como sempre faziam.

Depois que ele subiu as escadas da frente, ela se dirigiu à cozinha sentindo-se trêmula e sem o controle de seu jogo... mas ela estava em pé e seguia em frente.

O que, no fim do dia, é tudo o que se tem, não é?

Havia apenas uma coisa faltando... ela parou e olhou por cima do ombro de novo. Então, ela andou pela cozinha e verificou a mesa da alcova... e o longo balcão onde estava o fogão... e o pé da escada dos fundos...

– Daniel? – ela sussurrou. – Onde está você?

Talvez ele não quisesse estar na casa do pai. Mas ele pôde aparecer no hotel naquela festa beneficente e, depois, em um ringue de luta clandestina, ele poderia muito bem dar o ar da graça ali.

– Eu preciso de você – ela disse. – Preciso vê-lo...

Ela esperou. Chamou seu nome baixinho mais algumas vezes. Mas parecia que apenas o forno duplo e a geladeira a ouviam.

Ah, pelo amor de Deus, ela sabia que seu irmão sempre evitou um conflito – e que seu pai o irritava. Mas ninguém o viu antes a não ser ela, então, era evidente que ele poderia escolher a quem se mostrava.

– *Daniel.*

Em um momento de pânico, ela se perguntou se ele nunca mais voltaria. Houve algum adeus de sua parte que ela não se deu conta?

Mais uma vez, sem respostas dos eletrodomésticos.

Pensando que teria mais sorte se os colocasse em funcionamento, ela foi até a geladeira e abriu a porta, perguntando-se que diabos poderia preparar para ela e seu pai.

Uma coisa era certa: o jantar não incluiria omeletes.

Levaria um tempo até ela preparar uma omelete de novo.

Quando a escuridão se instalou, os faróis do carro sem marcas oficiais de Matthias varriam a estrada à frente. Havia outros carros viajando na mesma estrada de asfalto que ele, outras pessoas por trás dos volantes, outros planos em outras mentes.

Tudo isso era irrelevante para ele, sem maior importância do que um filme passando em uma tela.

Sem mais profundidade que isso também.

Ele tinha problemas. Problemas terríveis. Do tipo que faziam nós em seu cérebro e que faziam a dor em seu lado esquerdo pegar fogo até o ponto de ter que se esforçar para se manter consciente.

Droga... Jim Heron sabia demais sobre coisas que deveriam estar apenas em pensamentos e conhecimentos particulares. Era como se o homem tivesse sintonizado a estação de rádio interna de Matthias e ouvido todas as suas músicas, comerciais e relatórios do trânsito.

E o filho da mãe estava certo. O segundo na linha de comando apenas se destacou de fato após o pequeno acidente de Matthias no deserto: nos últimos dois anos o soldado se fez indispensável e, olhando para as tarefas e situações com que Matthias tinha lidado, o cara tinha gradualmente influenciado suas decisões até que começou a tomá-las por si mesmo.

Tinha sido tão sutil. Como alguém girando lentamente o acendedor de uma chama sob uma panela de água. Seu subordinado foi quem o fez mudar de opinião sobre deixar Jim Heron ir. E o homem que direcionou Matthias a matar Isaac. E havia mais uma centena de exemplos... muitos dos quais ele acabou realizando conforme sua influência.

Ele nem sequer notou que isso estava acontecendo.

Deus, tinha começado com a morte do filho de Alistair Childe. Foi a primeira ideia brilhante.

Naturalmente, a lógica era indiscutível e Matthias não hesitou em puxar o gatilho. Mas quando viu as filmagens da morte, o choro do capitão o comoveu. Abriu uma porta que ele nem sequer sabia que existia dentro dele.

Matthias desligou o vídeo e foi para a cama. Na manhã seguinte, ele acordou e decidiu que já era o suficiente. Hora de deixar a festa que tinha iniciado há todos aqueles anos – ia deixar os convidados tomarem conta da casa e incendiá-la, tudo bem. Mas para ele bastava.

Já chega. Foi a gota d'água.

Focando suas mãos no volante, ele percebeu que outra pessoa o guiava, dirigia para ele, determinava as saídas e acionava as setas. Como aquilo tinha acontecido?

E por que, diabos, Jim Heron sabia?

Quando sua mente mais parecia uma máquina de lavar e começou um novo ciclo de rotação no passado, ele decidiu que todo aquele processo de lavagem e enxágue não era real. Não essa noite. Não naquela estrada. O que importava não era como ele tinha chegado atrás daquele volante e se encontrava a caminho de Boston. O que importava era o que ele faria quando chegasse lá.

Encruzilhada... certo. Ele sentia isso nos ossos – da mesma forma que sentiu quando preparou aquela bomba anos atrás.

A questão era: e agora? Acreditar no que Jim Heron havia dito. Ou seguir o impulso da raiva que o direcionava para o leste.

Qual destino ele seguiria?

Enquanto ele ruminava, tinha total certeza de que estava escolhendo entre o Céu e o Inferno.

Capítulo 46

Enquanto Adrian vigiava a casa cinzenta daquele cavalheiro parado próximo a um carvalho, ele estava começando a se sentir como a porcaria de uma árvore. A não ser por aquele confronto na cidade na noite anterior, ele passou muito tempo esperando nos bastidores nos últimos dois dias.

Ele nunca gostou de ficar parado, para começar, mas naquela noite, quando toda a ação estava na cidade e ele e Eddie estavam presos feito troncos servindo de babá para dois adultos, Adrian estava realmente inquieto. Especialmente levando em conta que ele e seu colega eram responsáveis pelo que estava trancado em uma casa que fazia da base do exército dos Estados Unidos parecer um sanitário portátil em termos de solidez.

Dane-se tudo isso. Ele não conseguia acreditar que estavam indo atrás da alma errada.

Todas as conclusões pareciam boas, mas na verdade, a porcaria era como uma equação de álgebra que tinha algum elemento errado: parecia ótima no papel, mas a resposta estava errada.

E que grande escorregão aquele tinha sido. Ele sentia calafrios em pensar que estava tão perto e tão longe do final de uma partida.

Mas a quase derrota não era a única coisa que fazia suas bolas ficarem tensas, no mal sentido. A outra metade disso se dava à situação em que Jim se encontrava agora: a despeito do que Devina tinha feito com ele, o cara estava fazendo tudo como se estivesse muito bem... e sim, tudo bem, talvez fosse o caso no momento. Inferno, o fato de que tudo com Isaac e Matthias ia vir à tona naquela noite parecia ser uma coisa boa, pois dava a Jim algo para se concentrar. O único problema era que, Adrian sabia bem, essa crise ia passar e, então, o cara enfrentaria muitas horas longas e silenciosas sozinho com nada além de más memórias sibilando em seu crânio como balas perdidas.

A pior coisa, pelo menos na opinião de Adrian, era saber que ia acontecer de novo. Quando a situação requeresse, Adrian voltaria a descer até o mausoléu onde havia a brinquedoteca de Devina... e Jim também. Isso por serem o tipo de homem que eram. E esse era o tipo de vadia que ela era.

Ao lado dele, Eddie sufocou outro espirro.

– Saúde.

– Malditas lavandas. Sou o único imortal com alergia. Juro.

Quando o cara olhou para a floração que havia próxima a ele, Adrian respirou fundo pensando que pelo menos seu melhor amigo não teve que passar pelo inferno daquela mesa. Por outro lado, ele foi marcado por aquele demônio, o que dificilmente se aproximava de uma temporada na Disney.

Dez minutos, três espirros e um monte de nada para fazer depois, Adrian pegou seu celular e ligou para Jim. O cara atendeu no segundo toque.

– Diga – ele vociferou.

– Nada. Estamos em meio a lavandas – acho que é assim que são chamadas – olhando Grier comer com o pai dela. Parecem duas costeletas de porco. – O exalar do outro lado da linha era de pura frustração. – Nada de novo por aí também, eu acho.

Cara, algumas vezes, uma má ação era melhor do que aquela porcaria arrastada, onde brincar com os dedos era a única coisa a se fazer.

Jim soltou um palavrão.

– Eu falei com Matthias há mais ou menos uma hora, mas não tenho ideia de onde ele estava. Contudo, com certeza estava no trânsito.

– Acho que deveríamos voltar. – Adrian franziu a testa e se inclinou para frente em suas botas. Dentro da cozinha rústica, Grier se levantou, pegou algumas louças de um armário e ergueu a tampa de vidro de um prato de bolo. Parecia que havia um bolo de chocolate. Coberto de creme.

Que droga. Talvez eles devessem ficar um pouco mais. Convidarem-se para a sobremesa.

– Aguente firme – Jim disse. – Mas talvez eu precise ir até aí. Prefiro manter o confronto bem longe dos Childes, só que não sei se Grier é o alvo. Nesse momento, não sei o que Matthias está pensando... eu só consegui chegar até certo ponto com ele ao telefone antes dele desligar.

– Olha, tudo o que sei é que queremos estar onde a festa estiver. – Quando Eddie espirrou de novo, Ad balançou a cabeça para indicar onde estavam os anti-histamínicos. – E ouça, eu andei em torno dessa casa. É segura como não sei o que. Matthias é a alma em jogo, então, para onde quer que ele vá será por onde a ação vai seguir – e ele está indo encontrar Isaac.

Houve um breve silêncio. E, então, Jim disse:

– Contudo, Grier é uma alma inocente e uma excelente maneira de Matthias conseguir sua vingança – talvez ela seja a única que ele pretenda capturar. Nós simplesmente não sabemos. É por isso que quero dar mais um tempo... e, então, talvez, possamos trocar de lugar.

– Tudo bem. Seja lá onde for que precise de nós, iremos. – Ad se ouviu dizer antes de desligar.

Dê só uma olhada, fazendo toda aquela coisa de um bom soldadinho. E aquilo era um pé no saco.

– Vamos ficar por aqui – ele reclamou. – Por enquanto.

– Difícil saber onde se posicionar.

– Precisamos de mais lutadores.

– Se Isaac sobreviver... podemos transformá-lo. Ele tem jeito.

Adrian o encarou.

– Nigel nunca permitiria isso. – Pausa. – Permitiria?

– Eu acho que ele não vai gostar de mais perdas, é o que posso dizer.

Adrian voltou a assistir Grier a cortar duas fatias e colocá-las no prato. Ele teve a impressão, pela maneira como seus lábios se moviam, que ela e seu pai estavam conversando com mais calma e ele estava feliz. Ele não sabia como era ter um pai, mas ele estava na Terra tempo suficiente para saber que um bom pai era uma coisa ótima.

Ele soltou um palavrão quando Grier se dirigiu ao congelador.

– Ah, cara. Sorvete também?

– A maneira que você consegue ter apetite em um momento como esse me surpreende.

Adrian pegou uma pequena tigela.

– Eu *sou* incrível.

– "Esquisito" também é um bom adjetivo.

Nesse momento, Ad começou a puxar de suas cordas vocais *Super Freak* fazendo uma imitação fantástica de Rick James. Nos arbustos de lavanda. Em... onde diabos eles estavam? Roosevelt, Massachusetts? Ou estavam em Adams?

Washington?

– Por tudo quanto é mais sagrado – Eddie murmurou ao cobrir os ouvidos. – Parc...

– ... *in the name of looooove*. – Erguendo a mão, Ad começou a se mexer e a rebolar como Diana Ross. – *Be... fore... you... breaaaaaaak... my...*

A risada suave de Eddie dizia que ele estava no limite e assim que entrou no coro, Ad se calou.

Quando as coisas ficaram em silêncio novamente, ele pensou no bom e velho Isaac Rothe. Aquele filho da mãe, grandalhão, cabeça-dura poderia ser um excelente complemento para a equipe.

Claro, ele teria que morrer primeiro.

Ou ser morto.

As duas maneiras, levando em conta a forma como as coisas estavam acontecendo, poderiam ser arranjadas naquela noite.

Na cozinha, Grier sentou-se diante de seu pai em uma mesa feita de tábuas retiradas de um velho celeiro. Entre eles, havia dois pequenos pratos brancos marcados com manchas de chocolate e os garfos de sobremesa descansavam em ângulos acentuados.

Eles não falaram sobre nada importante durante a refeição, apenas coisas do cotidiano sobre o trabalho e o jardim dele e sobre os possíveis casos que ela assumiria no sistema penal. A conversa foi tão normal... talvez fosse ilusão, mas ela se apegou ao que eles tinham seguindo a regra do "faz de conta".

– Outro pedaço? – ela perguntou, indicando com a cabeça o bolo no balcão.

– Não, obrigado. – Seu pai bateu suavemente os cantos da boca com o guardanapo. – Não deveria ter comido nem o primeiro.

– Parece que perdeu peso. Acho que deveria...

– Eu menti sobre Daniel para mantê-la em segurança – ele deixou escapar, como se a pressão de esconder aquilo tivesse chegado a um nível insustentável.

Ela piscou algumas vezes. Em seguida, estendeu a mão e começou a brincar com o garfo, desenhando um pequeno "op" e depois um "extra" em cima da cobertura que deixou de lado, seu estômago revirava todo o jantar que tinha acabado de comer.

– Eu acredito em você – ela disse em dado momento. – Contudo, isso dói muito. É como se ele tivesse morrido novamente.

– Sinto muito. Sei que não é o suficiente.

Seus olhos se ergueram e encontraram os dele.

– Entretanto, vai ficar tudo bem. Eu só preciso de um tempo. Você e eu... somos tudo o que restou um ao outro, entende?

– Eu sei. E isso é minha culpa...

Do nada, uma luz brilhou através das janelas, iluminando o cômodo e os dois que ali estavam em uma explosão de brilho.

Cadeiras arranharam o chão quando ela e seu pai ficaram em pé rapidamente e procuraram por abrigo atrás da sólida parede da cozinha.

Lá fora, no gramado da frente, as luzes de segurança acionadas pelo movimento foram ativadas e um homem estava andando sobre o gramado em direção à casa. Atrás dele, nas sombras, um carro que ela não conhecia estava estacionado no caminho de cascalho.

Seja lá quem fosse, deve ter vindo com os faróis desligados. E se fosse Jim, Isaac ou aqueles dois homens, alguém teria chamado.

– Pegue isto – seu pai disse entre dentes, pressionando algo pesado e metálico em sua mão.

Uma arma.

Ela aceitou sem hesitar e seguiu até a porta da frente – que era aonde parecia estar indo seu "convidado" inesperado. Contudo, qual era a lógica nisso? Você se esgueirava até a casa com as luzes do carro desligadas, mas andava decidido em direção a...

– Oh, graças a Deus – seu pai murmurou.

Grier relaxou assim que reconheceu quem era. Sob as luzes de segurança, o grande corpo de Jim Heron e seu rosto rígido estavam claros como o dia e o fato dele se esquivar pelo caminho fazia sentido.

Seu primeiro pensamento foi em Isaac e ela o procurou dentre as luzes quando seu pai desativou o sistema de segurança e abriu a porta. Contudo, ele não estava com Jim.

Oh, bom Deus...

– Estão todos bem – Jim gritou no gramado, como se tivesse lido sua mente. – Está tudo acabado.

O alívio foi tão grande que ela se afastou brevemente, esquivou-se até a cozinha, apoiou a arma e colocou seus braços sobre a mesa. Do outro cômodo, ela ouvia as vozes profundas de seu pai e de Heron, mas ela duvidava que conseguiria acompanhar a conversa mesmo se estivesse em pé ao lado deles. Isaac estavam bem. Ele estava bem. Estava bem...

Estava acabado. Terminou. E agora, com Isaac indo embora em relativa liberdade, ela poderia tentar seguir em frente também.

Cara, ela precisava de umas férias.

Em algum lugar frívolo e quente, ela decidiu ao se movimentar e pegar os pratos de sobremesa. Em algum lugar com palmeiras. Drinques e sombrinhas. Praia. Piscina...

Tick... tick... whir...

Grier franziu a testa e lentamente olhou por cima do ombro.

Perto da geladeira, a fechadura da porta dos fundos se deslocava da direita para a esquerda, ao mesmo tempo em que a velha trava se erguia.

As vozes na sala silenciaram de repente.

Silenciaram demais.

Aquilo estava errado. *Muito errado...*

Grier largou os pratos e se lançou para a arma que havia deixado no balcão...

Mas ela não chegou a fazer isso. Alguma coisa atingiu seu ombro e, em seguida, uma carga elétrica passou por seu corpo, curvando-a para trás, desequilibrando seus pés e a jogando com força no chão.

Capítulo 47

Em Beacon Hill, Isaac subiu as escadas da frente da casa, parou no patamar do segundo andar e depois continuou até o quarto de Grier. Em seu espaço particular, ele passeou ao redor da cama e sentiu que estava perdendo sua preciosa sanidade.

Ele olhou o relógio despertador. Caminhou até as portas francesas. Observou o terraço.

Nada se movia lá fora e não havia ninguém na casa além dele e Jim.

O tempo passava, mas ninguém aparecia e não importava quantas vezes ele descesse até Jim e depois voltasse a subir ele não era capaz de prever a próxima sequência de eventos.

Era como um diretor sem megafone e um elenco que não dava a mínima para o que ele tinha a dizer.

O medo inevitável que o afligia era de que estivesse no lugar errado. Que ele e Jim estavam tranquilos aqui enquanto a ação acontecia em outro lugar. Como na fazenda do pai de Grier.

Como se fosse um caminho viciante, ele voltou para a escada e correu para baixo, esperando nada ao longo do caminho ou nos fundos além de uma breve parada na cozinha e outra viagem para cima.

Só que...

Quando ele chegou ao térreo, a porta da frente rangeu como se estivesse sendo aberta. Pegando suas armas, ele estava pronto para atacar... até que ouviu a voz irritada de Jim aumentando.

– O que vocês estão fazendo aqui? – Heron perguntou.

– Você nos mandou uma mensagem de texto.

Isaac franziu a testa ao som da voz do homem de piercing.

– Não, eu não mandei.

– Sim, mandou.

Naquele momento, o transmissor de alerta disparou com um movimento sutil no bolso de Isaac.

Todos os seus instintos queimavam, ele se abaixou silenciosamente no quarto de hóspedes onde tinha ficado. Segurando o transmissor nas mãos, ele ativou o dispositivo e, desta vez, não houve demora na resposta.

Matthias respondeu logo em seguida.

– Estou com sua garota na casa do velho pai dela. Venha para cá. Você tem meia hora.

– Se você a machucar...

– O tempo está passando. E não preciso dizer para vir sozinho. Não me faça esperar, ou vou ficar entediado e terei que preencher meu tempo. Você não vai gostar disso, prometo. Esteja aqui em trinta minutos.

A luz se apagou, a transmissão terminou de repente.

Quando Isaac se virou para sair, ele pulou para trás. Jim, de alguma maneira, subiu as escadas e atravessou a porta fechada para ficar em pé bem atrás dele.

– Ele está com ela – disse Jim categoricamente. – Não está?

– Vou sozinho ou ele vai matá-la.

Empurrando o homem para fora do caminho, Isaac correu escada abaixo. O corpo no corredor de entrada havia sido revistado a procura de armas como se fosse um presente embrulhado, mas chaves de carro era outra coisa.

Bingo. Bolso da frente. Ford.

Agora encontrar o carro do bastardo.

Quando Isaac se levantou, percebeu que tudo estava completamente silencioso e não havia ninguém no corredor da frente. Olhando ao redor, ele teve a sensação de que estava sozinho na casa, embora não fizesse ideia de como eles tinham saído tão rápido.

Seja como for – dane-se. Danem-se todos eles.

Isaac foi direto para a porta, mas no último minuto, ele girou sobre os calcanhares debaixo do arco e se voltou para o corpo para tirar algo mais dele. Então, correu na escuridão.

O carro sem marcas oficiais que ele observou na casa da Rua Pinckney no dia anterior estava estacionado um quarteirão acima e a chave do cara morto encaixou nele. O motor pegou bem e o GPS funcionava, então, ele rapidamente colocou o endereço que o pai de Grier havia dado a eles.

"Morcego vindo do inferno." Era a descrição da viagem.

Rapidamente, ele pegou a estrada que ligava os locais, alcançando o limite de velocidade e depois ultrapassando-o. Mesmo assim, parecia que ele estava movendo-se em câmera lenta – e só piorou quando saiu da estrada e tentou atravessar um trecho da cidade que estava cheio de sinais vermelhos e estradas sinuosas.

Felizmente, o GPS o levou exatamente aonde ele precisava ir, seu destino tinha uma frente com dois pilares de pedra que ficavam de cada lado de um caminho pálido e brilhante.

Ele baixou os faróis e virou à direita, saindo da velocidade total para ficar cada vez mais lento. Descendo o vidro da janela para que pudesse ouvir melhor, ele avançou, odiando o som dos pneus esmagando um milhão de cascalhos. A única coisa boa era que o brilho permanente da cidade não existia ali em meio à natureza e a lua estava coberta por nuvens. Mas quanto você quer apostar que eles tinham sensores de movimento na parte externa da casa e/ou nas árvores?

Isaac se dirigiu até outro carro sem marcas oficiais que devia ser o carro de Matthias. Uma manobra depois e ele estava fora do carro. Pegando as chaves, ele correu ao longo da margem do gramado, seus sentidos avivados, sua raiva era como o inferno em seu sangue.

Matthias morreria se colocasse um dedo sequer em Grier. Um fio de cabelo daquela mulher fora do lugar e aquele canalha estaria massacrado.

Ao se aproximar da casa, ele procurou as portas. A da frente estava aberta e não conseguia ver a dos fundos.

Mas o que importava – esperavam por ele. E, assim, ele deveria jogar para o alto aquela rotina idiota de ninja e anunciar sua chegada.

Chegando à entrada da casa, ele manteve suas armas escondidas e seus olhos atentos ao fechar os punhos e bater na ombreira da porta de madeira.

– Matthias – ele gritou.

Ao entrar na casa, o silêncio retumbante era mais terrível que qualquer grito ou poça de sangue. Pois só Deus sabia no que ele estava entrando.

Jim elaborou um plano quando ele e os anjos saíram em direção à casa do pai de Grier. Ele não queria deixar Isaac sozinho na cidade, mas tudo o que eles teriam feito seria discutir e Deus sabia que o sagaz imbecil poderia cuidar de si mesmo.

Moral da história: Devina estava executando jogos mortais e isso era uma coisa com a qual apenas Jim poderia lidar. E ter um atraso antes da chegada de Isaac poderia não ser uma coisa ruim: se Matthias tivesse feito qualquer coisa à Grier, seria impossível controlar o soldado.

Sim, quando Jim aterrissou e foi direto para a porta aberta da casa da fazenda com seus homens de confiança na escolta, ele estava preparado para cuidar das coisas.

Nigel, porém, o desviou dos trilhos.

O arcanjo apareceu bem no seu caminho e, dessa vez, ele não estava com seu smoking ou com seu traje de críquete branco ou com qualquer outra roupa de tecido leve todo engomado: ele não era nada além de uma forma brilhante, uma silhueta ondulada com curvas de luz.

E ele disse apenas uma palavra.

– Não.

Quando Jim parou por um momento, ele poderia ter socado o desgraçado se ele tivesse qualquer forma sólida para atingir.

– Qual seu maldito problema?

Primeiro o engano quanto a Isaac, agora isso?

– A sorte está lançada. – Nigel levantou sua mão vacilante. – E se você intervier agora, vai perder de fato.

Jim apontou a porta aberta.

– A alma de um homem está em risco.

A voz de Nigel ficou obscura.

– Como se eu não soubesse disso.

– Se eu chegar a Matthias...

– Você teve sua chance...

– Eu não sabia que era ele! Quanta besteira!

– Não há nada que eu possa mudar. Mas posso dizer, deixe o final acontecer...

– Oh, você não pode mudar nada, mas pode entrar no caminho agora? Que maravilha de noção de tempo!

Jim tinha plena consciência de que sua voz era estrondosa, mas ele não tinha dificuldades para anunciar sua presença a Devina ou a qualquer outra pessoa.

– Dane-se, eu vou entrar...

Com a rápida emanação de um brilho, a forma de Nigel o cobriu da cabeça aos pés, a iluminação atuava como uma espécie de cola que o prendia no lugar. E, em seguida, aquela voz britânica não estava apenas em seu ouvido, mas percorria todo seu cérebro.

– Qual é o caminho mais confiável? O da emoção ou o da razão? *Pense*, Jim. Pense. Se alguém quebrar as regras, haverá uma punição. *Pense* nisso. *Pense*, idiota!

A fúria nublava sua mente e agitava seu corpo até ele pensar que iria se desfazer... mas, de repente, um raio atingiu sua cabeça dura e ele percebeu o que o anjo estava tentando lhe dizer.

Se alguém quebrar as regras... haverá uma punição.

– É isso, Jim. Tome isso como uma conclusão óbvia, leve-a para além dessa noite. E saiba que irá mais longe nesse jogo se usar a cabeça ao invés da raiva. Eu imploro, confie em mim a respeito disso.

Relaxando sua musculatura, Jim sentiu uma calma curiosa percorrer suas entranhas e ele mudou de ideia devido aos simples argumentos que Nigel tinha exposto.

Olhando para Adrian e Eddie que se preparavam para batalha, viu que estavam tão chateados quanto ele. O que agregava um valor adicional ao que Nigel havia explicado.

– Confie em mim, Jim – disse Nigel. – Eu quero ganhar tanto quanto você. Eu também tenho minha carga de perda de entes queridos. Eu também faria o que fosse preciso para colocá-los em uma eternidade de paz. Não pense que eu o conduziria para o mau caminho.

Jim balançou a cabeça para seu amigos.

– Deixa pra lá – disse Jim a eles. – Vamos ficar à margem. Ficaremos aqui fora.

Quando seus colegas olharam para ele como se estivesse fora de si, ele não poderia concordar. Não entrar ia matá-lo, mas ele percebeu o contexto... e estava satisfeito com a intervenção do arcanjo. Graças a Devina ignorar as regras, o melhor para Matthias seria Jim permanecer fora disso.

Mesmo indo contra todos os seus instintos.

Depois de um momento, Nigel se desprendeu lentamente e sua iluminação mágica gradualmente se dispersou. Na sua ausência, Jim caiu de joelhos na grama, os olhos fixos na porta aberta da casa de madeira enquanto Adrian e Eddie começavam a questioná-lo, exigindo explicações para a ordem de parada.

À margem de sua mente e emoções, o desejo de voar no caminho do que Devina havia projetado ainda o atordoava.

Especialmente quando pensava na mulher de Isaac nas mãos de Matthias...

Oh, Deus... Rothe seria sacrificado, não seria?

As mãos de Jim procuraram a terra e ele cavou o gramado com os dedos, mantendo o corpo no lugar.

Inclinando a cabeça, ele rezou para que sua fé estivesse bem posicionada e que o bem, em algum momento, prevalecesse. Mas o fato era: fazer a coisa certa causaria a morte de um homem que não merecia morrer naquela noite.

Capítulo 48

Matthias amarrou os Childes bem antes do momento que ele esperava que Isaac atravessasse a porta da frente.

Depois que a eletrocutou, descobriu que pegar Grier do chão e colocá-la em uma cadeira requeria mais força do que ele tinha – então, ele a deixou deitada onde estava, amarrando suas pernas e pulsos com a fita adesiva que encontrou na despensa de Alistair.

E quanto ao pai dela?

Não fazia ideia do que tinha feito o homem abrir caminho e ficar parado ali em transe, mas a distração e a falta de reação vieram bem a tempo. Matthias foi capaz de se posicionar atrás do cara e colocar uma arma em sua cabeça.

Então, sim, sentá-lo em uma cadeira na cozinha foi fácil demais; ele simplesmente uniu as próprias mãos e pés.

O que foi bem útil, uma vez que aquela dor no peito de Matthias estava tão ruim que ele mal podia respirar.

E agora, era apenas o caso de esperar por Isaac, os três na casa juntos com a porta aberta.

Houve um gemido e, em seguida, um movimento no chão quando Grier Childe começou a acordar. Ela teve um momento de confusão, como se estivesse tentando entender por que estava deitada sobre a madeira e por que não conseguia abrir a boca. E então ela se movimentou rapidamente com um impulso de corpo inteiro, os olhos bem abertos olhavam para ele.

– Acorde, pirralha – ele disse bruscamente, acenando com a cabeça quando seu pai começou a lutar contra suas amarras e a fazer ruídos abafados sob a fita adesiva na boca.

Matthias colocou a mira da arma em direção à cabeça do cara.

– Cale a boca.

Não havia ninguém por perto para ouvir, mas o sofrimento e a luta alfinetavam os nervos de Matthias. Na verdade, quando ficou em pé entre os dois, ele estava longe da calma e do "mestre da sobrevivência" que ele sempre foi no passado: ele estava com muita dor. Estava exausto. E ele sentia que o que estava prestes a acontecer estava predestinado, mas não era algo que ele teria escolhido.

Ele estava completamente fora de controle e totalmente preso ao mesmo tempo.

Com os olhos dos dois Childes nele e com todos em silêncio de novo, ele se apoiou contra o balcão, seu corpo decrépito protestando a mudança de posição.

– Sabe o que me irrita em você? – ele disse para Alistair. – Eu salvei a boa. – Ele balançou a cabeça em direção à Grier. – Eu poderia ter deixado aquele seu filho com você. Mas não, eu peguei o estragado... tirei seu querido Danny do sofrimento dele e do seu.

Ele se lembrava de ter se surpreendido com seu processo de pensamento na hora. Havia outras coisas dentro dele que machucariam muito mais, mas ele tomou um caminho diferente nessa encruzilhada.

Talvez ele tivesse começado a mudar antes de ordenar a morte. Quem sabe?

Quem se importa?

Ele estava mergulhado demais nas profundezas para ser salvo e sua conversa com Jim ao telefone mostrou a realidade da sua condenação ao invés das possibilidades de redenção. Era hora de acabar com isso... e sair dessa com um estrondo.

Só que dessa vez, ele faria a coisa direito.

Naquele momento, Isaac Rothe apareceu no arco da cozinha. Seus olhos foram até Grier primeiro e nem mesmo seu autocontrole estoico podia esconder seu medo.

Ele amava aquela mulher.

Bem, bom para ele, pobre coitado.

– Bem-vindo à festa – Matthias disse entorpecido ao erguer a arma e apontar para ele.

– Não faça isso – Isaac exclamou. – Leve a mim, não ela.

Matthias olhou os grandes e aterrorizados olhos da mulher e a maneira como ela parecia estar pronunciando algo como "Oh, Deus, não..."

– Eu sinto muito sobre tudo isso – Matthias disse a ela. E era verdade. Ele não sabia o que era mais cruel: matá-la em frente a Isaac... ou deixar que ela sobrevivesse à morte dele – supondo que o amor era recíproco.

Pena que um deles morreria agora – pois, em seguida, Jim Heron seria forçado a entrar e atirar em Matthias – portanto, estariam quites. O soldado o salvou há dois anos contra sua vontade e agora... naquela noite... ele faria o que deveria ter feito no deserto.

– Matthias – disse Isaac nitidamente. – Vou colocar minha arma no chão.

– Não se preocupe – ele murmurou, ainda focado em Grier. – Sabe, senhorita Childe, ele se entregou a mim para salvá-la. Duas vezes. Fez tudo isso por você.

– *Matthias, olhe para mim.*

Mas ele não olhou. Ao invés disso, encarou o rosto de Alistair e aquilo foi o que o fez ele se decidir.

Ele mudou a arma de direção.

Isaac estava pronto – e ele não esperava por menos.

Os dois puxaram o gatilho ao mesmo tempo.

Capítulo 49

Grier gritou contra a fita que cobria sua boca com os tiros que explodiram na cozinha, o eco fez seus ouvidos ressoarem e seus olhos arderem.

Alguém estava gemendo.

Com seu coração trovejando, ela levantou a cabeça e esticou o pescoço. Matthias não estava mais à vista – então, ele deve ter sido atingido... Ela rezava para que ele tivesse sido atingido.

Isaac...? Seu pai...?

Rastejando ao longo do assoalho, ela avançou ao redor do balcão no meio da cozinha. A primeira coisa que viu foi seu pai na cadeira. E ele era o único que gemia ao lutar furiosamente contra a fita que havia ao redor de suas mãos e pés.

Onde Isaac estava?

Um pavor frio substituiu cada gota de sangue em suas veias e ela sabia a resposta para sua pergunta antes mesmo de vê-lo deitado de costas no cômodo.

Ele não se movia, sua arma estava sobre sua mão frouxa e aberta, seus olhos encaravam o vazio em direção ao teto.

Grier gritou mais uma vez, seu corpo se contraiu, seu rosto se arrastou no chão envernizado, toda sua alma e tudo que havia em sua mente negava o inevitável. Debatendo-se, ela avançou até ele, esperando ajudar, esforçando-se para atravessar a distância...

De repente, suas mãos estavam livres.

Com toda aquela luta ela rasgou o que a prendia. Explodindo em uma coordenação de movimentos inesperada, ela arrancou a fita da boca e se arrastou com os braços até Isaac.

A bala tinha atingido em cheio seu coração.

Era um buraco tão pequeno através da camisa, nada além de uma alfinetada em relação à mancha de fuligem que havia ao redor. Só que foi mais do que suficiente para matá-lo.

– Isaac – ela disse, tocando sua face fria. – Oh, Deus... não se vá...

Sua boca estava ligeiramente aberta, suas pupilas fixas e dilatadas, a respiração superficial prestes a parar. Ele tinha feito tudo para salvá-la, a mudança de planos, a entrega de si mesmo. Afinal, aquele homem louco e terrível não tinha motivos para mentir.

– Isaac... Eu te amo... Sinto muito...

Sua cabeça virou lentamente em direção à ela, seus olhos se esforçando para entrar em foco. Quando ele pareceu se fixar em seu rosto, lágrimas escorreram daquele olhar gélido, uma escapou do canto e rolou sobre suas têmporas, caindo no chão.

– Eu...

– Eu vou chamar a emergência – ela disse rápido.

Só que quando ela foi dar um salto para alcançar o telefone, ele agarrou seu braço com uma força surpreendente.

– Não...

– Você está morrendo...

– *Não.* – Com a mão livre, ele pegou o zíper do blusão. Mesmo com os dedos tremendo, ele conseguiu segurar a alavanca e puxar para baixo...

Para revelar o colete à prova de balas que estava usando.

– Apenas... perdi... a respiração. – Com isso, ele fez uma inspiração profunda, o que expandiu seu peito totalmente e exalou de maneira uniforme e limpa. – Tirei... do soldado morto...

Grier piscou. Em seguida, ergueu as mãos e sondou o buraco... onde a bala tinha sido capturada e mantida entre as fibras do colete.

Seu corpo reagiu por conta própria, uma estranha força a impulsionou quando ela o ergueu do chão e o segurou perto de seu coração.

– Você é... – ela começou a chorar copiosamente quando o horror e o terror deram lugar ao alívio que se espalhou nela. – Você é um homem brilhante. Um homem brilhante... e estúpido...

E então os braços dele estavam ao redor dela e ele estava, contra todas as possibilidades, cuidando dela.

Contudo, logo ele se separou dela e pegou sua arma.

– Fique aqui.

Com um grunhido, ele se levantou e saiu para checar Matthias e, quando ele se afastou, ela desatou seus pés e correu para seu pai.

– Você está bem? – ela perguntou quando começou a liberar os braços dele.

Ele balançou a cabeça furiosamente, seus olhos não estavam nela, mas em Isaac como se também não pudesse acreditar que o cara tinha sobrevivido. E no instante que suas mãos estavam livres, ele começou a soltar seus tornozelos.

Grier olhou em volta e por precaução, em caso de alguma outra pessoa aparecer ou estar na casa, procurou a nove milímetros que Jim Heron deu a ela quando tinha aparecido por ali.

Supondo que realmente tinha sido o homem.

Algo lhe dizia que talvez o que ela e seu pai viram não estava lá de fato.

Matthias sabia que tinha sido um golpe mortal e estava contente. Sim, ele queria que a arma de Jim fizesse isso, mas a de Isaac funcionou bem – e Rothe tinha feito parte de todo problema da sobrevivência, não tinha?

Pelo menos, ele tinha conseguido com um deles.

Quando o ferimento arterial começou a vazar em sua cavidade torácica, a respiração começou a se tornar difícil e sua pressão caiu, seu corpo foi se entorpecendo e esfriando. Não havia mais dor.

Bem, não exatamente. Aquela pontada de agonia em seu lado esquerdo acabava com ele... e foi enquanto estava morrendo que descobriu o que era aquilo: ele estava errado. Não era seu coração se preparando para um ataque coronário. Era – surpresa das surpresas – a sua consciência. E a maneira como soube foi que quando pensou no fato de ter matado um homem relativamente inocente na frente da mulher que o amava, a dor se tornou exponencialmente pior.

Não era irônico? De alguma maneira, nas profundezas de seu pecado, o sociopata havia encontrado sua alma.

Tarde demais.

Ah, inferno, contudo, estava tudo bem. Ele estaria morto em breve e, depois disso, nada importaria. A luz branca que já tinha se aproximado dele antes, ao entrar em paradas cardiorrespiratórias a na mesa de operações algumas vezes, estava mais perto dessa vez. Ele não achava que fosse o Céu. A porcaria provavelmente era algum produto da imaginação ou alguma disfunção ocular, apenas outra parte dos mecanismos da morte...

Isaac apareceu na frente dele, alto e forte, seu blusão aberto para mostrar um colete à prova de balas.

Quando teve certeza de que estava enxergando direito, Matthias começou a rir... e a dor em seu lado esquerdo aliviou de repente.

– Seu filho da... – Ele não chegou ao *mãe*, pois uma crise de tosse o atingiu.

Depois que a crise passou, ele pôde sentir sangue escorrendo em sua boca e no rosto quando seu coração começou a bater em sua caixa torácica como um animal se debatendo em uma jaula.

Quando Isaac se agachou, Matthias pensou na tatuagem nas costas dele. O Ceifeiro da Morte, de fato. Ele se perguntou se o soldado tatuaria outro ponto na parte inferior.

Quanto você quer apostar que também seria a última?

Isaac balançou a cabeça e sussurrou.

– Eu tenho que deixá-lo morrer. Sabe disso, não é?

Matthias assentiu.

– Obriga... do...

Ele ergueu a mão gelada e, um momento depois, sentiu que ela estava envolvida em algo quente e sólido. Era a mão de Isaac.

Como foi estranha a maneira como as coisas se resolveram. Naquele deserto, Jim tinha a intenção de salvá-lo, mas aqui e agora, naquela cozinha, Isaac estava dando o que ele queria há tanto tempo.

Antes que Matthias fechasse seus olhos pela última vez, ele olhou para Alistair Childe. Sua filha o havia libertado e ele a abraçava, a envolvia em segurança, a cabeça dele estava bem ao lado da dela. Como se o homem sentisse seu olhar, ele olhou também.

O alívio no rosto dele era épico, como se soubesse que Matthias estava morrendo e nunca mais voltaria – e que, apesar de saber que isso não ressuscitaria o filho perdido, o futuro dele e de sua filha estaria protegido para sempre.

Matthias acenou com a cabeça para ele e, então, fechou as pálpebras, preparando-se para o grande nada que estava por vir. Deus, ele ansiava por isso. Sua vida não tinha sido um presente para o mundo ou para ele mesmo e ele estava buscando a não existência.

Enquanto esperava no trecho entre os mundos, quando não se está nem vivo, nem exatamente morto, ele pensou em Alistair na noite em que seu filho havia morrido.

– ...Dan... ny... meu garoto Danny...

Matthias franziu a testa e, então, percebeu que não tinha apenas pensado nas palavras, mas as pronunciou em voz alta.

Foram as mesmas palavras que ele havia balbuciado antes de colocar o pé naquela bomba.

Naquele momento, a luz branca se apossou dele, um produto da dormência... ou talvez tivesse ultrapassado a sensação como se o sentimento fosse uma porta. Após a chegada dessa luz, uma grande e pacífica calma tomou conta de sua mente, corpo e alma como se estivesse limpo de todos os pecados que tinha imaginado ou cometido durante seu tempo na Terra.

A iluminação era muito mais do que qualquer coisa que seus olhos poderiam abranger. Era tudo o que via, tudo o que conhecia, tudo o que era.

O Paraíso realmente existia.

A oh, a adorável inexistência... ah, a felicidade...

Nas extremidades de sua visão, uma névoa cinza surgiu fervilhando, em sua primeira aparição não havia nada distinto, mas, em seguida, as sombras se expandiram em uma escuridão que começou a comer a luz.

Matthias lutou contra a invasão, seus instintos diziam que aquilo não era o que desejava – mas não era uma batalha que ele pudesse vencer.

A neblina tornou-se piche, o envolvia e o reclamava para si, o puxava para baixo em um espiral apertado, apertado... apertado... até que ele foi jogado em um mar com outros.

Quando ele se contorceu contra a maré oculta e asfixiante, ele esbarrou em corpos que se debatiam.

Preso em uma infinidade de óleo negro, ele gritou... junto a todos que estavam ali.

Mas ninguém apareceu. Ninguém se importou. Nada aconteceu.

Sua eternidade, finalmente, tomou posse dele e ela nunca mais o deixaria ir.

Capítulo 50

– Ele está morto.

Quando Isaac pronunciou as palavras, ele se levantou e respirou fundo. Do outro lado, Grier e seu pai estavam envolvidos um ao outro e ele se permitiu um momento para apreciar a visão deles vivos e, enfim, juntos.

Obrigado, Deus, ele pensou – mesmo não sendo um homem religioso.

Obrigado, Deus todo-poderoso.

– Fiquem aqui – disse ele antes de percorrer o local, fechar e trancar a porta dos fundos.

Levou dez minutos para pesquisar e deixar toda a casa em segurança e a última coisa que ele fez foi ir até a porta da frente e verificar mais uma vez se os cadeados estavam devidamente trancados...

Isaac franziu a testa e olhou para o gramado através da janela. Havia um pequeno cachorro lá fora... parado com as pernas atarracadas, com a cabeça inclinada ao olhar para Isaac lá dentro. Que graça... precisava cortar o pelo, mas isso acontece nas melhores famílias.

Isaac abriu a porta e gritou.

– Você mora aqui?

Enquanto aquela cabeça continuava inclinada do outro lado, Isaac procurou pelo jardim da frente e rezou para que Jim Heron surgisse dentre as árvores a qualquer minuto.

Contudo, não havia nada além do cachorro.

– Quer entrar? – ele disse ao animal.

A coisa pareceu sorrir como se tivesse apreciado o convite. Mas, então, ele se virou e afastou-se, um leve mancar o fazia pender para a direita.

Em um piscar de olhos, o animal desapareceu.

Que trilha sonora a dessa maldita noite, Isaac pensou ao fechar a porta de novo.

Assim que entrou na cozinha, Grier se afastou de seu pai num rompante e veio correndo até ele, atingindo seu corpo com força, os braços o envolviam com uma força vital. E com um suspiro de gratidão, ele a segurou, pressionando sua cabeça sobre o peito, sentindo seu coração bater.

– Eu te amo – ela disse contra o colete à prova de balas. – Eu sinto muito. Eu te amo.

Droga, então ele ouviu direito quando estava no chão.

– Eu também te amo. – Erguendo seu rosto, ele a beijou. – Mesmo que eu não a mereça.

– Cale a boca.

Agora era ela quem o beijava e ele mais que a desejava – mas não durou muito. Logo ele interrompeu o contato.

– Ouça, eu quero que você e seu pai façam uma coisa por mim.

– Qualquer coisa.

Ele olhou o relógio. 9h59.

– Volte para a cidade – algum lugar público. Algum dos seus clubes ou algo assim. Eu quero que vocês dois sejam vistos juntos essa noite. Diga às pessoas que vocês foram jantar ou assistiram a um filme no cinema. Uma coisa de pai e filha.

Quando os olhos dela se lançaram sobre o corpo de Matthias, seu pai disse:

– Eu posso ajudar.

– *Nós* podemos ajudar – Grier corrigiu.

Isaac recuou e balançou a cabeça.

– Eu vou cuidar dos corpos. Melhor que nenhum de vocês dois saiba onde eles vão parar. Eu cuido disso – mas têm que ir agora.

Os Childes pareciam dispostos a argumentar, mas ele não tinha nada a dizer.

– Pense nisso. Está tudo acabado. Matthias está morto. Assim como seu segundo no comando. Com eles mortos, as operações extraoficiais vão voltar a ser o que deveriam – e serão administradas pelas pessoas certas. Você está fora. – Ele balançou a cabeça para

Childe. – Eu estou fora. A barra está limpa, permitindo com que eu lide com isso de agora em diante. Vamos fazer isso do jeito certo, pela última vez.

Seu pai soltou um palavrão – o que era algo que, sem dúvida, ele não fazia com frequência. E, em seguida, ele disse:

– Ele está certo. Deixe-me trocar de roupa.

Quando seu pai desapareceu, Grier olhou para Isaac, seus braços envolveram a si mesma lentamente, seu olhar ficou grave.

– Isso é um adeus entre nós? Hoje à noite? Aqui e agora?

Isaac foi até ela e capturou seu rosto com as mãos, sentindo de maneira muito intensa a realidade da qual não podia escapar e a qual ela não seria capaz de sobreviver.

Com uma dor em seu peito que não tinha qualquer relação com a bala, ele disse uma única e devastadora palavra.

– Sim.

Quando ela cedeu, fechando os olhos com força, ele teve que dizer a verdade:

– É melhor assim. Eu não sou seu tipo de homem, mesmo se não tivesse que me preocupar mais com as operações extraoficiais, eu não sou o que você precisa.

Suas pálpebras se abriram e ela o encarou.

– Quantos anos eu tenho? – ela perguntou. – Vamos lá, quantos? Diga!

– Ah... trinta e dois.

– E você sabe o que isso quer dizer, legalmente? Posso beber, posso fumar, posso votar, posso servir o exército e posso tomar minhas próprias decisões. Então, que tal deixar que eu escolha o que é e o que não é bom para mim?

Certo. Não era hora de discussões. E ele realmente achava que ela não tinha pensado nas implicações de estar com um homem com seus antecedentes.

Ele recuou.

– Vá com seu pai. Deixe-me limpar tudo aqui e na cidade.

Seus olhos se fixaram aos dele.

– Não parta meu coração, Isaac Rothe. Não parta meu coração quando você sabe perfeitamente bem que não precisa fazer isso.

Com isso, ela o beijou e saiu da cozinha... e enquanto ele a observava sair, se sentiu sendo direcionado a dois resultados: um onde ele ficava com ela e tentava fazer as coisas darem certo, outro onde ele a deixava para costurar sua vida e seguir em frente.

Ouviu os passos dela e de seu pai no andar de cima enquanto se aprontavam para sair e fingir que não tinham visto dois homens sendo mortos em suas casas e que não estavam rezando para que um soldado a quem eles nunca deveriam ter conhecido desaparecesse com os corpos.

Cristo, e ele sequer considerou estar na vida dela?

Isaac estava sozinho não mais que vinte minutos depois, os dois fizeram uma saída rápida para a cidade com o Mercedes de Childe.

Antes de partirem, Isaac apertou a mão do pai de Grier, mas não ofereceu sua palma a ela – pois ele não confiava que não iria beijá-la uma última vez: olhando para ela em seu vestido preto, com seu cabelo amarrado e maquiada, ela estava como da primeira vez que a viu, uma mulher bonita, bem educada, com os olhos mais inteligentes que ele nunca teve o privilégio de olhar fixamente antes.

– Fique bem – ele disse a ela com voz rouca. – Ligo quando estiver tudo certo para que possam voltar.

Sem lágrimas, sem protestos da parte dela no final. Ela apenas balançou a cabeça uma vez, girou sobre os calcanhares e se dirigiu para o carro do pai.

Quando os dois saíram, ele caminhou até a porta da frente e observou as luzes traseiras do sedã.

Ele teve que secar os olhos. Duas vezes.

E depois que os dois faróis vermelhos desapareceram, ele se sentiu abandonado. Mas aquilo era uma grande besteira, não era? Você não poderia ser abandonado quando se é o único a partir.

Certo?

Procurando algum tipo de contato, algum tipo de esperança, ele olhou ao redor da fileira de árvores do outro lado do gramado mais uma vez. Nenhum sinal de Jim e seus amigos... ou daquele cachorro.

E ele ainda podia jurar que estava sendo observado.

– Jim? Você está aí fora?

Ninguém respondeu. Ninguém saiu da folhagem.

– Jim?

Quando ele voltou para dentro, teve a estranha sensação de que nunca veria Heron novamente. O que era esquisito, pois Jim estava muito entusiasmado para ser um salvador.

Mais uma vez, ele observou o corpo de Matthias estirado no chão, o que significava que Isaac estava em segurança agora – a vida daquele homem acabou servindo para alguma coisa afinal, não é?

Contudo... só para garantir, ele ficou vestido com o colete à prova de balas até o amanhecer.

Não havia razão para não garantir a vida.

CAPÍTULO 51

– Jim? Você está aí fora, Jim?

Quando os olhos de Isaac procuraram pelas árvores, Jim estava a não mais que três passos de distância do cara e desejava poder abraçar o filho da mãe. Deus... quando aqueles tiros explodiram e ele viu pela janela da cozinha quando Matthias e Rothe caíram, anos foram arrancados de sua vida eterna.

Mas Isaac estava bem. Ele se salvou com um pensamento bastante óbvio e defensivo. Assim como foi treinado para fazer.

– Jim?

E agora, ao olhar para seu amigo soldado, uma alegria pura e inalterada o inundava. Ele tinha vencido. Mais uma vez.

Vá se ferrar, Devina, ele pensou. *Vá se ferrar!*

Isaac estava vivo, assim como Grier e seu pai. E apesar de ir atrás da alma errada no começo, as coisas funcionaram muito bem – embora a coisa de Nigel sobre punição acabou por ser irrelevante, não?

Jim olhou sobre o ombro para Adrian e Eddie e ficou surpreso por eles não estarem todos sorridentes.

– O que há de errado com...?

Ele não teve a chance de terminar a frase. Um turbilhão louco rodopiou sob seus pés, girando em torno dele, levantando-se para reivindicar suas pernas, quadris e peito. Ele tentou lutar, mas não conseguiu fugir...

Suas moléculas se misturaram e se dispersaram até que havia um enxame dentro dele que o fazia sair de suas dimensões de tempo e espaço, ele viajava para algum destino desconhecido. Quando ele se recompôs, sabia exatamente onde estava... e a visão da mesa de trabalho de Devina revirou o seu estômago.

Ele não tinha ganhado. Tinha?

– Não, você não ganhou – ela disse atrás dele.

Girando sobre os calcanhares, ele olhou para ela quando entrou atravessando o arco. Ela estava em sua forma morena, toda linda e exuberante e falsa como uma versão Barbie de si mesma.

Ela sorriu, seus lábios vermelhos ondulavam sobre seus belos dentes brancos.

– Matthias atirou em Isaac com a intenção de matar. Se houve ou não uma morte não importa. Isso significa dolo – uma mente culpada.

Acima de sua cabeça, uma bandeira preta estava pendurada na parede escura, seu primeiro troféu.

– Você perdeu, Jim. – Aquele sorriso ficou ainda maior quando ela levantou os braços e indicou sua grande e viscosa prisão que se erguia acima dos dois. – Ele está aqui agora, meu para sempre.

As mãos de Jim se fecharam para um soco.

– Você trapaceou.

– Trapaceei?

– Você fingiu ser eu, não foi? Foi assim que Matthias entrou na fazenda. Ou você fez com que ele se parecesse comigo ou apareceu como se fosse eu.

Sua satisfação presunçosa era toda a confirmação que ele precisava.

– O que é isso agora, Jim? Eu nunca trapaceei. Então, eu não sei do que está falando. – Devina caminhou até ele, aproximando-se em um sensual deslize. – Diga, você se incomoda de ficar mais um pouco? Eu tenho algumas ideias de como podemos passar o tempo.

Quando ela estava bem na frente dele, suas unhas vermelhas flutuaram sobre seu peito e ela se inclinou.

– Eu amo estar com você, Jim.

Com um forte estrondo, ele capturou o pulso dela e o apertou com força suficiente para quebrá-lo.

– Sei que você adora fazer os outros sofrerem. Mas caso não se lembre, eu resisti às suas torturas.

A vadia teve a coragem de fazer beicinho.

– Você está me machucando.

Ele não acreditou naquilo nem por um segundo.

– E você não vai dizer ou fazer nada.

Agora ela sorria de novo.

– Está certo, Jim, meu amor. Está certo.

Ele soltou dela como se ela o queimasse, o estômago apertou ao reconhecer a luz em seus olhos.

– Isso mesmo, Jim – ela murmurou. – Eu tenho sentimentos por você. E isso o assusta, não é? Com medo de ser recíproco?

– Nem. Um. Pouco.

– Ah, bem, teremos que trabalhar em cima disso.

Antes que ele pudesse detê-la, ela se ergueu e capturou a boca dele, beijando-o rápido e, em seguida, mordendo o lábio inferior com força suficiente para tirar sangue.

Ela recuou rápido, como se soubesse que estava forçando.

– Adeus, por enquanto, Jim. Mas nos veremos em breve. Prometo.

Com nojo, ele limpou a boca com as costas da mão e cuspiu no chão. Estava prestes a levá-la ao chão quando franziu a testa, pensando no que Nigel havia dito no gramado.

Saiba que irá mais longe nesse jogo se usar a cabeça ao invés da raiva.

Agora, era Jim quem sorria – embora severamente. Havia coisas piores do que seu inimigo apaixonado por você: forte como ela era, tão imprevisível e perigosa quanto seus poderes, aquele olhar em seus olhos, aquele olhar em chamas, fora de controle, era uma arma.

Deixando para trás suas emoções, ele se viu descendo a mão e empurrando seu pênis.

A reação de Devina foi instantânea e elétrica. Seu olhar quente se voltou para os quadris dele, a boca dela se abriu como se não conseguisse respirar direito, os seios se erguiam sobre o corpete do vestido.

– Você quer isso? – ele perguntou rispidamente.

Como uma marionete, ela assentiu com a cabeça.

– Não é o suficiente – ele disse a ela, odiando-a, odiando a si mesmo. – Diga isso, vadia. *Diga*.

Com uma voz rouca e ansiosa, ela sussurrou:

– Eu te desejo...

Jim soltou seu membro, sentindo imundo por dentro e por fora. Mas a guerra era feia, não era? Mesmo se você está do lado bom e moral.

Um mal necessário, ele pensou. Seu corpo e a necessidade dela eram um mal necessário e ele os usaria se precisasse.

– Bom – ele rosnou. – Isso é bom.

Com isso, ele desejou que seu corpo se levantasse do chão, dessa vez a energia era convocada por ele e por mais ninguém.

Ao levitar cada vez mais alto, Devina se aproximou dele, seu rosto se contorcia em um tipo de desejo doloroso que dava mais energia a ele.

E, então, ele não estava mais olhando para ela; ele estava examinando as paredes de sua masmorra, em busca da garota que ele odiaria deixar para trás de novo... assim como seu patrão a quem ele tinha tentado salvar e falhado.

Ele voltaria pela moça. Mas seu patrão... temia que Matthias tinha sido colocado para descansar ali por uma eternidade, o seu sofrimento interminável era merecido.

Contudo, Jim lamentava a perda do homem.

Ele queria redimir o cara.

Jim voltou a consciência no gramado do capitão Alistair Childe. E quando ele voltou a pensar em sua primeira missão, parecia que tinha ficado especialista no vai e vem na grama.

Adrian e Eddie estavam um de cada lado dele, os dois anjos graves e sérios.

– Perdemos – disse Jim. Como se eles já não soubessem.

Adrian estendeu a mão e quando Jim se ergueu, o cara o ajudou a colocá-lo em pé.

– Perdemos – Jim murmurou novamente.

Olhando por cima do ombro, ele pensou brevemente em ir até a fazenda e ajudar Isaac a cuidar dos restos de Matthias, mas decidiu ficar onde estava. O soldado já teria um momento difícil suficiente para fazer com que todas as coisas que não poderiam ser explicadas fizessem sentido – mais contato com Jim só daria a ele outra porcaria para pensar.

– Caldwell – disse Jim aos seus amigos. – Vamos voltar a Caldwell.

– Está certo – Eddie murmurou, como se não estivesse nem um pouco surpreso.

E Jim não ia se preocupar com quem seria o próximo no jogo. Como ele aprendeu com essa tarefa em particular, as almas iriam encontrá-lo. Assim, ele poderia muito bem seguir o que seu coração lhe dizia: que já era hora da família Burten encontrar o corpo de sua filha para enterrá-lo de maneira adequada.

Jim era o único anjo que poderia fazer isso acontecer.

Desfraldando suas grandes asas luminescentes, lançou um último olhar através das janelas da cozinha. Isaac Rothe estava trabalhando com uma determinação sombria, lidando com as coisas com a mesma competência, como sempre fez.

Ele ia ficar bem – desde que fosse inteligente o suficiente para ficar com aquela advogada. Deus, quem tem sorte de encontrar um amor assim? Só um idiota desperdiçaria isso.

Jim se dirigiu para o céu noturno como se tivesse nascido para ele, suas asas o carregavam através do ar frio, o vento batia em sua face e dedilhava seus cabelos, sua equipe de dois membros estava bem atrás dele.

Na próxima batalha ele seria mais rápido no gatilho. E usaria sua nova arma contra Devina para sua total vantagem.

Mesmo se isso o matasse.

Capítulo 52

Uma semana depois...

Ao se despir no closet, Grier pendurou seu terno preto com os outros e achou ser impossível não se lembrar da maneira como estava organizado antes. Os ternos ficavam à esquerda da porta. Agora, eles estavam bem à frente.

Apenas vestida com sua blusa de seda e meias, ela passou as mãos ao redor, tocando as roupas, perguntando-se quais foram penduradas por ela naquela tarde... e quais Isaac havia organizado depois que ela saiu.

Fechando os olhos, ela quis chorar, mas não teve forças.

Não soube de nada mais sobre ele desde aquela noite da limpeza há uma semana – sobre o que, aliás, ele tinha avisado via mensagem de texto ao invés de pessoalmente ou falando ao telefone.

Depois disso? Nada de ligações, e-mails, visitas.

Era como se ele nunca tivesse existido.

E ele não deixou nada para trás. Quando ela voltou àquela casa, o cartão de visitas que Matthias havia dado a ela assim como as faixas de tecido retiradas da regata e a pasta cheia de dossiês haviam desaparecido. Juntamente com os dois corpos e os dois carros em Lincoln.

De maneira insana, ela procurou por um bilhete, assim como havia feito na primeira vez que ele "partiu", mas não havia nada. E, às vezes, no meio da noite, quando não conseguia dormir, ela levantava para procurar novamente, verificando nos criados mudos ao lado da cama, na cozinha e até mesmo no closet.

Nada.

A única coisa que ela concluía que ele havia deixado para trás era aquele closet organizado. Mas era algo que ela dificilmente colocaria em seu diário e daria uma olhada de tempos em tempos quando se sentisse melancólica.

Durante aqueles sete dias que se passaram, o trabalho a manteve firme, forçando-a a levantar pela manhã quando tudo o que ela queria era puxar os cobertores sobre a cabeça e ficar deitada na cama o dia inteiro: em todas as manhãs, ela se levantou, se vestiu, tomou café e ficou presa no trânsito durante o curto caminho até o Distrito Financeiro, onde os escritórios se encontravam.

Seu pai tinha sido ótimo.

Eles jantaram juntos todas as noites, como se já tivessem esse hábito antes...

A única coisa mais próxima de uma luz no fim do túnel era – apesar daquilo ser apenas um fósforo aceso e não uma fogueira ou coisa assim – que havia persistido na ideia de tirar umas férias. Na próxima semana ela entraria em um avião e iria até...

Grier congelou, uma sensação de cócegas em seu pescoço interrompendo a rotina de angústia.

– Daniel?

Quando não houve resposta, ela soltou um palavrão. Além de procurar por um bilhete inexistente de Isaac, ela esperava ver o fantasma de seu irmão, mas era como se os dois a tivessem abandonado na pior sem dizer adeus.

Virando-se, ela...

– Daniel! – Ela agarrou o peito. – Cristo! Onde diabos você esteve?

Pela primeira vez, seu irmão não estava vestido com suas roupas da Ralph Lauren. Ele estava com uma longa bata branca, parecendo que estava prestes a se formar na faculdade ou algo assim.

Seu sorriso era terno, mas triste.

– Oi, irmãzinha.

– Pensei que havia me abandonado. – Ela quase saiu correndo para abraçá-lo quando percebeu que não ia dar certo: como sempre, a maior parte dele era de ar. – Por que você não...

– Eu vim para dizer adeus.

– Oh. – Seus olhos se fecharam por conta própria e ela respirou fundo. – Era como se eu já esperasse por isso, acho.

Quando ela abriu os olhos novamente, ele estava bem na frente dela e tudo o que pôde pensar foi em como ele parecia bem. Tão relaxado. Tão... curiosamente sábio.

– Você está pronta para isso agora – ele disse a ela. – Você está pronta para seguir em frente.

– Estou? – Ela não tinha certeza. A ideia de não vê-lo de novo a deixou em pânico.

– Sim, você está. Além disso, não é o tipo de coisa permanente. Vai me ver de novo... Mamãe também. Vai levar muito tempo, mas você tem algo pelo que viver agora.

– Certo, tenho a mim mesma. Sem ofensa, mas eu já venho fazendo isso há trinta anos e é meio vazio.

Agora, ele sorria e sua mão brilhante pairou sobre sua barriga.

– Não exatamente.

Quando olhou para si mesma, ela se perguntou sobre o que diabos ele estava falando.

– Eu amo você – seu irmão disse. – E você vai ficar bem. Eu também quero lhe dizer que acho que estava errado.

– Sobre o que?

– Eu pensei que estava preso entre os dois mundos por que você não me deixaria ir. Mas não era isso. Eu era o único que não me permitia partir. Contudo, você vai ficar em ótimas mãos e tudo ficará bem.

– Daniel, do que você está falando...?

– Vou dizer a mamãe que você a ama. E não se preocupe. Sei que me ama também. Diga "oi" para o papai por mim se puder. Diga a ele que estou bem e já o perdoei há muito tempo. – Seu irmão ergueu sua mão fantasmagórica. – Adeus, Grier. E Daniel seria ótimo. Sabe? Se for menino.

Grier recuou quando seu irmão desapareceu no ar.

Na sua ausência, ela ficou ali, parada de maneira idiota, imaginando no que em nome de Deus ele poderia...

Seus pés começaram a se mover sem que ela os ordenasse e, uma fração de segundo depois, ela se encontrava no banheiro. Escancarando a gaveta onde guardava a maquiagem e suas...

Pílulas anticoncepcionais.

Com a mão trêmula, ela pegou o bloco de bolhas quadrado e começou a contar.

Mas não era como se ela não se lembrasse qual havia esquecido... de tomar.

A última pílula que engoliu foi na noite anterior a de Isaac entrar em sua vida. E eles tinham feito amor duas vezes... talvez duas e meia sem proteção.

Grier saiu tropeçando do banheiro e imediatamente percebeu que não tinha para onde ir. Caindo sobre os pés da cama, ela ficou lá sentada na penumbra e olhava para a embalagem enquanto a chuva começava a cair lá fora.

Grávida? Seria possível que ela estivesse... grávida? Ela estava...?

A batida foi tão silenciosa que no começo ela achou ser apenas um efeito de seu coração que batia forte, mas quando aconteceu de novo, ela olhou para a porta francesa no terraço.

Do outro lado do vidro, uma forma enorme se sobressaía e por um segundo ela quase recorreu ao sistema de segurança. Mas, então, ela viu que não era uma arma na mão do homem.

Uma rosa.

Com certeza parecia uma única rosa.

– *Isaac* – ela gritou.

Explodindo, ela correu para a porta e a abriu com força.

Seu soldado desaparecido estava ali agora na garoa, seu cabelo úmido, a regata preta deixava seus ombros nus sob as gotas.

– Oi – ele disse com uma voz doce. Como se estivesse inseguro com a recepção que teria.

Grier colocou as pílulas atrás de si.

– Olá...

Sua mente girou em um frenesi ao se perguntar se ele tinha vindo para conversar sobre algum problema com a limpeza dos corpos... ou ele estava ali para avisá-la de que alguém estava atrás deles? Mas, então, por que ele traria uma...?

– Não há nada de errado – ele disse, como se talvez ela tivesse pensado em voz alta. – Só estou aqui para lhe dar isso. – Ele ergueu a rosa branca meio desajeitado. – É... ah, algo que os homens fazem. Quando eles... ah...

Quando a voz pareceu abandoná-lo, Grier olhou para as pétalas perfeitas da flor e, ao respirar fundo, ela sentiu o aroma – e, então, percebeu que estava fazendo com que ele ficasse na chuva.

– Deus, onde está minha educação... entre – ela disse. – Você está se molhando.

Quando ela recuou, ele hesitou. E, então, ele colocou a rosa entre os dentes e se abaixou para desfazer o laço das botas de combate.

Grier começou a rir.

Ela não conseguia evitar e não fazia qualquer sentindo, mas não havia como segurar. Ela riu até que precisou voltar e sentar-se no colchão de novo. Ela ria de alegria, confusão e esperança. Ela ria de tudo, desde a rosa perfeita até o momento perfeito... até o *timing* perfeito.

Até de ele ser um perfeito cavalheiro – ao ponto de não querer sujar o tapete de seu quarto.

Seu irmão estava certo.

Ela ia ficar bem.

Seu soldado estava em casa afinal... e ela ia ficar perfeitamente bem.

Isaac entrou no quarto de Grier de meias e foi cuidadoso ao fechar a porta atrás de si. Tirando a rosa dentre os dentes, ele passou a mão no cabelo e sentiu mais uma vez a sensação de querer ter aparecido em um smoking ou coisa assim.

Mas ele simplesmente não era o tipo de cara que usava smoking.

Ele se aproximou de sua mulher e ficou de joelhos na frente dela, observando-a dar risada e sorrindo um pouco de si mesmo. Ou ela tinha perdido a cabeça ou estava feliz em vê-lo – e ele esperava com todas as forças que fosse a última opção e não se importava que fosse a primeira se ela o deixasse ficar.

Deus, ela estava linda. Com nada além de uma blusa de seda preta e um par de meias finas, era a coisa mais linda que ele já tinha visto...

Quando ela enxugou os olhos, ele percebeu que havia alguma coisa em sua mão e não era uma flor boba. Era uma embalagem cheia de... pílulas?

Foi evidente quando Grier percebeu o que ele estava olhando, pois ela parou de rir e tentou fixar a coisa nas costas.

– Espere – ele disse. – O que é isso?

Ela respirou fundo, como se estivesse se preparando.

– Por que você voltou?

– O que faz com essas pílulas?

– Você primeiro. – Seu olhar estava mortalmente sério. – Você... responde primeiro.

Bem, agora, ele se sentia como um tolo, mas, novamente, apesar de tudo se justificar no amor e na guerra, não havia lugar para o orgulho de um homem naquela confusão, havia?

– Eu vim para ficar, se você permitir. Passei a última semana... cuidando das coisas. – Não havia motivos para detalhar isso e ele ficou aliviado por ela não perguntar. – E eu tive que pensar um pouco. Eu quero entrar na legalidade. Como você disse, não se pode mudar o passado, mas posso fazer alguma coisa quanto ao futuro. Meu tempo nas operações extraoficiais... vou ter que carregar esse fardo comigo pelo resto da minha vida – mas, e sei que isso vai soar mal, sou um assassino com a consciência tranquila. Não sei se isso faz sentido...

Porém, a questão de haver uma anotação em seu dossiê "Precisa de uma motivação moral" não era apenas fachada – e aquela era a única razão pela qual ele conseguiria viver sem se entregar à prisão ou à cadeira elétrica.

Ele limpou a garganta.

– Quero ir a julgamento pelas lutas clandestinas... talvez se eu concordar em cooperar, posso conseguir uma sentença reduzida, fiança ou algo assim. E, depois, quero conseguir um emprego. Talvez na área de segurança ou...

Ele gostaria de entrar para a equipe de Jim Heron, mas com Matthias morto talvez aqueles três tivessem se separado – contudo, ele nunca saberia. Se Jim não tinha vindo procurá-lo até agora, ele nunca mais iria.

– Acho que estou grávida.

Isaac congelou. Depois, piscou os olhos.

Hum, ele pensou. Considerando o zumbido em seus ouvidos, parecia que alguém tinha atingido sua nuca com um golpe.

O que não só explicava o barulho como também a súbita tontura.

– Desculpe... O que você falou?

Ela ergueu as pílulas.

– Eu me esqueci de tomá-las. Com todo aquele drama, eu simplesmente... não fiz isso.

Isaac esperou para ver se a sensação de "certo, eu fui atingido" voltava e, como pode imaginar, sim, ela voltou com tudo.

Porém, não durou muito. Uma alegria devastadora derrotou suas hesitações e, antes que se desse conta, ele saltou sobre Grier a derrubando no colchão em um abraço de esmagar os ossos. E isso, imediatamente, o deixou *apavorado.*

– Oh, Deus, eu machuquei você?

– Não – ela disse, sorrindo e o beijando. – Não, estou bem.

– Tem certeza?

Ela lançou um olhar estranho e distante em direção ao dele.

– Sim, estou bem mesmo. Podemos chamá-lo de Daniel se for menino?

– Podemos chamá-lo de tudo. Daniel. Fred. Susie seria complicado, mas eu aceito.

Não havia mais nada a dizer depois disso. Ele estava muito ocupado a despindo e, então, eles ficaram nus e...

– *Caramba...* – Ele gemeu ao entrar nela, sentindo seu forte abraço e encantado com aquela pressão quente e escorregadia. – Desculpe... eu não quis... reclamar...

Oh, o movimento, o glorioso movimento.

Oh, o glorioso futuro.

Ele estava livre enfim. E, graças à ela, Isaac saiu da tempestade, literalmente.

– Eu amo você, Isaac – ela arfou contra sua garganta. – Mas quero mais intenso... preciso de você mais forte...

– Sim, senhora – ele rosnou. – Qualquer coisa que a moça quiser.

E, em seguida, ele começou a dar-lhe tudo o que tinha... tudo o que era e tudo o que seria.